하프 브로크

HALF BROKE

Copyright ⓒ 2020 by Ginger Gaffney
All rights reserved.
Korean translation copyright ⓒ BOKBOKSEOGA. Co. Ltd., 2021

This Korean edition is published by arrangement with Wales Literary Agency, Inc.,
through Shinwon Agency Co., Seoul.

이 책의 한국어판 저작권은 신원 에이전시를 통해
저작권자와의 독점 계약으로 복복서가㈜에 있습니다.
저작권법에 의해 한국 내에서 보호를 받는 저작물이므로
무단 전재 및 무단 복제를 금합니다.

하프 브로크 HALF BROKE

**부서진 마음들이
서로 만날 때**

진저 개프니
Ginger Gaffney

허형은 옮김

福
복복서가

글렌다에게

차례

"우리는 하나같이―영적으로나 정신적으로, 정서적으로나 육체적으로, 또 재정적으로도―부서진 채로 그 목장에 갑니다. 하지만 우리 모두에겐 한줄기 희망이 있지요. 우리 안의 살아 있는 것이 부드러운 목소리로 말을 걸어온다는 거예요. 그게 아니라면 우리 중 누구도 애초에 여기 오지 않았을 거예요."

―일라이자

지은이의 말

　이 책은 내게 가장 와 닿은 사건들을 최대한 기억나는 대로 떠올려 글로 옮긴 것이다. 이 사건들이 펼쳐진 일 년 반 동안 나는 오십여 명의 목장 재소자들과 함께했다. 몇몇 등장인물은 실제 인물 여러명을 혼합해 창조한 결과물이다. 대화는 기억에 의존해, 그리고 목장을 떠난 재소자들과 훗날 나눈 대화에 의존해 옮겼다. 대화하다가 같은 사건이지만 서로 달리 기억하는 지점을 종종 발견했는데, 이 경우두 관점을 최대한 통합해 이야기에 반영하려고 했다.

프롤로그

처음엔 내게 도움을 청하는 여느 목장과 다를 바 없어 보였다. 말을 훈련하고 마주를 교육하는 건 지난 이십 년간 내 업이었다. 문제 있는 말에 얽힌 일화는 지겹도록 들었다. 잘 들어보면 이야기에 쏙 빼놓은 부분들이 있고, 말하는 이 스스로 깨닫지 못한 부분도 십중팔구 있다. 하지만 나는 아주 미세한 움직임—한쪽 귀를 쫑긋거린다든가 숨이 가빠진다든가 하는—도 말이 소통하는 신호임을 안다. 마주들이 이런 미묘한 언어를 일찍이 알아챘더라면 안 좋은 경험들을 피할 수 있었을지 모른다. 그렇지만 이번 요청은 달랐다. 말이 이런 행동을 보인다는 얘기는 생전 들어본 적이 없었다. 쓰레기를 뒤지는 말, 약탈하는 말, 피에 굶주린 말이라니. 진짜일 리 없다고 생각했고, 진짜라면 내 두 눈으로 직접 봐야겠다고 생각했다.

이 목장은 실제로는 교도소다. 여기서 지내는 주민들은 대부분

다중의 전과가 있는 중범죄자다. 이들은 스스로 교도소에서 목장으로 옮겨오겠다고 신청했고 판사 앞에 나아가 남은 형기를 목장에서 마쳐도 좋다고 허락받은 이들이다. 목장 운영은 하나부터 열까지 재소자들이 맡는다. CEO를 고용하지도 않고, 변호사나 고문도 없으며, 외부 배관공이나 의사도 드나들지 않는다. 심지어 간수도 없다. 연방판사와 지방판사, 보호감찰관과 가석방 담당관, 국선변호사―이들 모두가 목장의 선임 재소자들과 교류하면서, 각 재소자의 남은 형기 복역을 그들에게 전적으로 맡긴다.

이 목장은 거의 오십 년째 이렇게 운영되고 있다. 가장 오래된 재소자들이 솔선해 신입 재소자들에게 목장 유지에 필수적인 기술을 가르친다. 헤로인이나 메스암페타민, 또는 알코올에 절어 길에서 막 살던 재소자 중에 자진해서 들어온 이는 드물다. 다들 인생의 바닥을 치고 온 사람들이다. 그러니까 이 목장은 그들의 생명줄인 셈이다.

말들은 줄곧 목장의 일부였다. 목장의 말들은 뉴멕시코주 북부 리오그란데강 제방을 따라 펼쳐진 이 7만 제곱미터 부지에서 재소자들과 함께 생활한다. 방목용 목초지를 자유롭게 돌아다니며 풀을 뜯는다. 비나 눈이 오면 자동차 정비 작업장에 모여들고, 파리가 심하게 꼬일 때는 목공소를 차지한다. 말들은 목장 덤프스터*를 뒤져 쿠

---

* 대형 쓰레기 수거함.

키나 먹다 버린 머핀, 식빵을 주워먹는다. 해가 지면 건장한 남자 여섯 내지 여덟 명에게 쫓겨 지붕과 물, 알팔과 건초가 제공되는, 공간 넉넉한 축사로 들어간다. 낮에는 모든 것을 관장하는 거대한 신처럼 부지를 마음껏 활보한다.

목장에는 말에 대해 잘 아는 사람이 단 한 명도 없다. 식빵과 컵케이크가 수천 년간 풀과 꽃, 나무껍질을 뜯으며 살아온 동물에게 좋지 않다는 것을 그들은 모른다. 목장측에서 내게 연락하기 전 말들은 개처럼 떼 지어 다니면서 재소자들이 매 끼니 식사 후 식당에서 쓰레기봉투를 내올 때마다 그들에게 달려들어 무섭게 추격하는 이상행동을 보이기 시작했다. 그래서 재소자들은 쓰레기를 버릴 때마다 덤프스터 옆에 단단히 뭉쳐 서 있어야 했다. 목공소에서 깎아 만든 나무장대를 들고 다니면서 말들이 달려들 때마다 그걸 휘둘러 쫓아버렸다. 재소자들은 말들에게 물리고, 넘어져 짓밟혔다. 발목이나 팔, 손목에 부상을 입은 이들도 있었다. 교도소와 길바닥에서 단련될 만큼 단련된 남녀 재소자들도 일단 말들이 달려들 기미가 보이면 있는 힘껏 달려 피신했다.

내가 처음 목장에 방문한 날은 일요일이었다. 일요일은 재소자들이 단 하루 고된 일정에서 놓여나는 날이다. 목장에는 가축전담반이 있다. 가축전담반 일원들은 목장에 사는 말과 오리, 개, 고양이 들을 먹이고 돌볼 의무가 있다. 반장 두 명이 이끌며 대략 여섯 명의 팀원이 가축 돌봄 노동을 분담한다.

그 첫날 나는 가축전담반을 플로르와 새라라는 두 여성이 이끈 다는 것을 알게 되었다. 삼십대의 플로르는 십오 년간 헤로인에 절어 산 장기 중독자다. 여러 건의 범죄로 실형을 살고 있었고, 마지막 형은 자기 모친의 집을 턴 강도죄로 받은 것이었다. 어머니가 딸에게 가장 안전한 곳은 교도소라고 믿고 직접 신고했다고 한다. 플로르는 몸집은 작지만 존재감이 큰 사람이다. 처음 만났을 때 양발을 넓게 딛고 가슴을 한껏 내밀고 어깨도 쭉 펴고서 팔은 옆에 늘어뜨린 채 내 눈을 똑바로 쳐다봤다. 사십대에 자녀도 있는 새라는 메스암페타민과 헤로인 중독인데다 열세 살부터 매춘을 해왔다. 나와 대화하는 내내 새라의 몸이 춤꾼처럼 이리저리 흔들거렸다. 입가의 주름 때문에 양 입꼬리는 아래로 축 처져 있었다.

목장의 모든 것, 시설이 제대로 유지되고 재소자들이 잘 먹고 보살핌 받는 데 필요한 모든 노하우와 기술은 여기 들어온 지 가장 오래된 재소자들이 총괄한다. 가장 나이든 재소자들이 최고관리자 역할을 한다. 오랜 세월에 걸쳐 한 사람에게서 다음 사람에게로 전해 내려온 노하우이며, 목장의 견고한 전통과 기준이 계속 유지되게 하기 위한 장치다. 한때는 말 돌보는 노하우도 대를 이어 전수되었다. 그런데 어느 시점에 그 고리가 끊겼다. 플로르와 새라는 둘 다 말을 다뤄본 경험이 거의 없지만, 그럼에도 무언가 단단히 잘못됐음은 인지했다.

그래서 두 사람은 목장 원로들 앞에 나아가 지역사회에 도움을

하프 브로크

청하게 해달라고 허락을 구했다. 목장에서는 외부에 도움을 청하거나 외부로부터 도움을 받을 일이 거의 없다. 재소자 대다수는 약물 중독과 빈곤, 조직범죄로 점철된 긴 내력이 있는 가족을 두었다. 평생 일다운 일을 해본 적이 없는 이들도 있다. 각자 한 가지씩 가르친다—이것이 목장의 운영 기조다. 재소자들은 사 개월마다 전담 부서를 바꿔가며 배관, 요리, 자동차 정비 등 새 기술을 익힌다. 나이든 재소자들은 삶의 노하우를 전수한다. 목장 재소자는 항시 백여 명에 이른다. 일반적인 교도소를 벗어난 삶에 적응하고 있긴 하지만, 여전히 가로세로 3.5미터 감방에 갇힌 약물중독자와 중범죄자 들이다.

내가 연락을 받은 것이 바로 그 무렵이었다. 나는 뼈대가 가늘고 몸무게는 54킬로그램 나갈까 말까 하는 여자다. 처음 만나는 사람에게는 보통 조용하고 내향적으로 비치고, 극적인 첫인상을 주는 일은 드물다. 차분하고 절제된 내 태도에 상대방이 시큰둥할 때가 많지만, 말들은 내게 쉽게 곁을 내준다. 지난 이십 년 동안 이 일을 해오면서 말과 인간의 상호작용에서 헤아릴 수 없을 만치 다양한 행동 양상을 목격했다. 그런데 목장을 처음 방문한 그 일요일에 나는 말과 관련해 여태껏 경험해본 가장 위험한 상황에 처하고 말았다.

감정 위장

2013년 3월

가축전담반은 작은 마구실 그늘막 아래 테이블과 벤치에 앉아 있다. 마구실은 야간용 축사에서 몇 미터 떨어져 있다. 마침 오후 네시, 여물 줄 시간이다. 최근 여물을 줄 때 안 좋은 일이 몇 번 있었다고 들었다. 누구 잘못인지, 문제를 어떻게 해결할지 따지고 싶은 마음이 굴뚝같은 얼굴들이다. 내가 모두에게 내 소개를 하고, 그러자 가축반 일원들도 한 사람씩 일어나 나와 악수하고 자기 이름을 말한다. 그런 다음 이야기가 시작된다. 가장 최근에 있었던, 폴이 먹이 줄 때 일어난 사건이 재차 언급된다. 이틀 전 폴이 호크에게 밟혔단다. 폴은 왼쪽 손목을 압박붕대로 감고 있고, 걸을 때 오른다리를 끌면서 절뚝거린다.

"녀석들이 우리를 깔아뭉개지 못하게 하려면 어떻게 해야 돼요? 우리 말을 영 안 듣잖아요." 폴이 설명한다. 폴은 키가 큰데다 목이

하프 브로크

굵다랗고 어깨도 떡 벌어졌다. "우리가 거기 서 있지 않은 것처럼 곧장 달려든다니까요." 폴의 양 귓불 끝에는 구멍이 횅하니 뚫려 있다. 작은 창문으로 들여다보듯 그 너머가 보일 정도다.

"저녁밥 줄 때만 그런가요, 아니면 다른 때도 그런가요?" 내가 묻는다.

"저녁밥 줄 때도 매번 그러고, 하여간 먹을 것 줄 때는 늘 그래요."

키 크고 마른 남자가 벤치에서 일어나 나와 악수한다. 렉스라는 재소자다. 그는 씩 웃으면서 깃 달린 셔츠의 단추를 풀어 가슴팍에 정확히 말굽 모양으로 든 멍을 보여준다.

"어제 아침밥 줄 때 스카우트가 나를 아주 제대로 찼어요." 그는 이렇게 말하면서, 방목장에 무리와 떨어져 서 있는 갈색과 흰색 얼룩빼기를 가리킨다. "내가 저 녀석 구유에 건초를 담는데 갑자기 돌아서더니 덮쳤죠." 키가 폴보다도 큰 렉스는 최소 187센티미터는 돼 보인다. 여위고 호리호리한 그가 셔츠 깃을 풀어헤친 채 내 머리보다 한참 위에서 녹갈색 눈으로 나를 내려다본다.

나는 잠시 머뭇거리다가 입을 연다. "일이 어떻게 돌아가는지 보고 싶어요." 그리고 가축전담반에게 이렇게 말한다. "말들을 데리고 와 여물을 줘봅시다."

마커스라는 청년이 벤치에서 일어선다. 몸이 헬스장에서 하루종일 지내는 사람 같다. 딱 붙는 티셔츠 안에 근육이 울끈불끈하고, 상체는 움직이는 거대한 바위 같다. 약간 화가 나 보이지만, 말씨는 조심스럽다. 혹시 내가 와 있어서 긴장한 건가 궁금해진다. 가축전담반 전원이 내 도움을 달가워하지는 않는 눈치다.

"가서 데려옵시다."

마커스의 지시에 나머지 가축반 일원들도 벤치에서 일어선다. 마커스는 성큼성큼 걸어가 건초 보관용 헛간 문의 걸쇠를 젖히고 문을 활짝 열더니, 기다리고 있는 남자들의 팔에 작은 알팔파 건초 덩이를 던지기 시작한다. 말들은 방목장 저 끝에서 고개를 푹 숙이고 조용히 풀을 씹고 있다. 그런데 걸쇠가 풀리고 헛간 문 열리는 소리가 들리자 처박고 있던 고개를 번쩍 들고 이쪽으로 달려들 태세를 한다. 남자들은 각자 알팔파 두 덩이씩을 들어 옆구리에 꽉 붙이고 야간용 축사를 향해 달리기 시작한다. 그 건초를 구유에 던져넣고 다시 그늘막을 향해 죽을힘을 다해, 숨이 목구멍까지 차오르도록 달린다. 몇 명은 한 번 더 축사로 달려가 말들이 밤새 굶주리지 않도록 건초를 더 던져주고 온다. 플로르와 새라, 그리고 나머지 일원들도 헛간 문간에 나와 대단한 운동 경기라도 응원하듯 소리친다.

"빨리. 쟤들 오잖아. 이리 들어와!"

재소자들의 외침에 나는 얼어붙는다. 다음 순간, 올 것이 온다―말들이 귀를 바짝 젖히고 흙먼지를 차올리며 우리를 향해 두두두 전력으로 질주해온다. 나는 헛간과 야간용 축사에 그늘을 드리운 커다란 미루나무 옆에 서 있다. 한 무리의 말들이 들판을 가로질러 달리는 광경에는 눈길을 사로잡는 힘이 있다. 나는 거의 연중 내내 인간세계에 편히 섞여 지내는 법을 말들에게 가르친다. 하지만 아무에게도 말하지 않은 속내는, 내가 말들의 세계를 더 좋아한다는 것이다. 말들은 제 몸뚱이만 있으면 된다. 녀석들이 우리를 향해 돌진할 때 넓은 가슴팍 아래로 마구 휘젓는 다리가 보인다.

고성과 비명이 점점 커지고, 남자들 몇이 후다닥 달려나와 나를 붙잡더니 건초 헛간으로 끌고 들어간다. 마커스가 우리 등뒤로 헛간 문을 굳게 닫는다. 우리는 건초 더미 앞 너비 2.5미터의 공간에 모여 있다. 말들이 꿈틀대는 몸뚱이를 한껏 비틀고 흙을 차올리면서 전속력으로 나무문까지 돌진해온다. 그러더니 머리와 목을 어깨높이로 낮춘다. 언제든 박으려고 몸을 일자로 납작하게 만드는 것이다.

쉿 하고 입김 내뿜는 듯한 소리가 난다. 침을 찍 뱉는 소리에 가깝다. 호크가 입을 벌리고 우리를 향해 이빨을 들이댄다. 그러더니 턱을 앙다물고 입술을 까뒤집는다. 그 힘 때문에 튄 침이 우리 얼굴에 분사된다. 호크는 우리가 보이지만—말들은 다 우리를 볼 수 있다—우리한테 다가올 수는 없다. 녀석들의 색이 짙고 텅 빈 눈동자가 생소하게 느껴진다. 먹잇감 노리듯 우리를 향해 포식자처럼 이빨을 드러낸 모습을 보고 있자니 이런 생각이 든다. 저건 말이 아니야.

약한 짐승처럼 한데 몰이당해 갇힌 우리는 이제 녀석들의 포로다. 녀석들은 귀를 바짝 젖히고 헛간 문 앞에 서서 목을 마구 휘젓는다. 우리는 한덩어리로 뭉친 채 문에서 몇 발짝 물러나 찍소리 안 하고 기다린다. 서로 딱 붙어선 몸들의 감촉이 느껴진다. 우리가 느끼는 공포의 내밀함, 아드레날린과 땀 냄새가 한데 뭉쳐 있는 우리에게서 풀풀 피어오른다.

우리를 여지없이 정복하고 나자 말들은 저녁을 먹으러 축사로 걸어들어간다. 우리는 말들이 자리잡는 소리에 귀기울이며 침묵 속에 잠자코 기다린다. 오 분, 십 분이 흐른다. 말들이 알팔파를 씹는 소리가 들린다. 남자 몇 명이 헛간에서 빠져나간다. 그들은 몸을 잔뜩 낮추고 도둑처럼 살금살금 움직여 축사로 달려가 게이트를 닫는다. 걸쇠가 철컥 걸리는 소리가 난다. 거대한 야수들이 욕구가 충족되고 밤을 보낼 울타리 안에 갇혔으니, 비로소 우리는 다시 우리의 세계로 입장할 수 있다.

말은 주인을 닮는다고들 한다. 자신을 보호하기 위해 마주가 되어가는 것이다. 말들은 주인의 내면에 자신을 녹아들게 한다. 감정의 위장이다. 목장에 있는 말들은 오랫동안 망가진 사람들을 수도 없이 많이 보아왔다. 그들은 얼굴에, 몸의 자세에, 각자의 독특한 움직임에 인생 역정을 고스란히 드러내고 다닌다. 이 신체적 표현은 말들이 즉각 이해할 수 있는 언어다. 두려움과 그 사촌들―분노와 짜증과 고통―은 재소자들의 걸음걸이에, 그들의 어깨와 목에, 굽은 등에 실리고 눈썹 밑 그림자에 숨어 그들로 하여금 곁눈질로 주위를 살피게 만든다.

하프 브로크

어떤 재소자들은 작위적인 자신감으로 위장한 채 움직인다. 팔을 크게 휘두르며 팀원들에게 버럭버럭 지시를 내리는 식이다. 반대로 몸에 생기라고는 한 방울도 안 남은 것 같은 이들도 있다. 암초에 딱 붙어사는 조그만 해양생물처럼, 물컹물컹한 무정형의 몸이다. 움직임 또는 움직임의 부재는 그 자체로 감정이 담긴 이야기다. 모든 걸 숨김없이 드러낸다. 상처받은 인간들과 한때 야생이었던 말들 간의 이 밀폐된 관계가 오랜 세월 지속되어오면서 재앙을 만들어냈다. 가난에, 가족사에, 그리고 교정 시스템에 얻어맞은 거친 남자와 여자들이 자신도 모르게 매일같이 그 고통을 말들에게 전하며 목장을 돌아다니는 것이다.

고개를 푹 숙이고 풀을 뜯을 때조차 이 말들은 눈과 귀로 모든 것을 보고 감지한다. 말은 위험을 인정하고 우두머리를 따르면서 살아남는다. 맞서 싸우기보다는 피하는 것이 말이 문제 상황을 해결하는 자연스러운 습성이다. 해가 될 만한 곳으로부터 무리를 떼어놓고, 심각한 위험이 감지되면 스피드라는 타고난 능력을 사용해 안전을 도모함으로써 우두머리는 우두머리가 된다. 피하거나 싸우기. 그런데 외부와 차단된 이 목장의 높다란 흙벽돌담 안에서, 수천 년에 걸쳐 유전된 그 본능이 뒤집히고 말았다. 달아날 공간이 부족한 상황에서 움직일 때마다 분노를 발산하는 백여 명의 사람들과 함께 살면서 이 말들은 싸우기를 택한 것이다.

두번째로 목장을 방문한 날이다. 말들은 전부 목공소 안에서 쉬고 있다. 나를 포함해 여섯 명이 쓰레기통 뚜껑을 요란하게 두들기면서 목공소 안으로 들어간다. 패닉에 빠진 말들이 쌍여닫이문 밖으로 달려나간다. 녀석들은 무순과 콩 새싹이 드문드문 돋아난, 울타리 친 텃밭을 지나 목장 부지 한복판에 풀을 뜯으라고 마련해준 5만 제곱미터의 방목장을 가로질러 내달린다. 마커스와 렉스가 알팔파 네 덩이를 들고 원형 마장으로 간다. 지름이 20미터쯤 되는, 신축한 지 얼마 안 된 마장이다. 두 사람은 알팔파 덩이를 쭉 갈라 마장 안에 골고루 뿌린다. 그런 다음 마커스가 마장 게이트를 활짝 열어젖힌다. 그는 트레이닝복 바지에 운동화를 신었고, 가슴팍에 '캐롤라이나 팬서스'라고 인쇄된 반소매 티셔츠 차림이다. 건초를 골고루 충분히 뿌려놓은 뒤 마커스와 렉스는 미루나무 뒤로 달려가 피신한다. 말들이 우르릉 천둥소리를 내며 방목장을 가로질러와 곧장 마장 안으로 쳐들어가더니 알팔파를 허겁지겁 먹어치운다. 렉스가 미루나무 뒤에서 튀어나와 얼른 게이트를 쾅 닫는다.

말들은 다른 짐승의 똥냄새를 킁킁대며 맡고 다니는 야생짐승처럼 원형 마장 안을 빙빙 돌며 이 건초 더미에서 저 건초 더미로 옮겨다닌다. 귀를 앞뒤로 움찔거리며 우리를 주시한다. 가축전담반이 한데 모인다. 피로감 같은 것으로 눈이 흐리멍덩하다. 장화를 덮을 정도로 몸에 비해 많이 큰 작업용 진바지를 입은 그들은 발을 질질 끌며 주어진 작업을 하나씩 해치운다. 새라와 플로르는 남자들에게서 좀 떨어진 곳에 붙어서 있다. 그들도 피곤해 보이기는 마찬가지다. 눈 밑에 검푸르죽죽한 다크서클이 끼어 있다. 재소자 대부분이 남자인 이 목장에서 지내는 기분이 어떨지 짐작조차 안 간다. 지금까지 나는 다른 여성 재소자를 세 명밖에 못 만났다. 오늘 목장에 들어오면서 진입로에서 잠깐 마주친 이들이다.

가축전담반 남자들 여섯 명이 마장 펜스 레일에 기대서서 떠들고 농지거리를 하기 시작한다. 아침식사 때 있었던 일을 가지고 네가 이랬느니 쟤가 저랬느니 하며 서로를 긁는다. 나는 내 트럭으로 밧줄과 가느다란 대나무 막대기를 가지러 간 김에 거기 서서 그들을 지켜본다. 그들은 말들이 아니라 오로지 자신들한테만 주의를 쏟고 있다. 나는 물을 한 모금 마시면서 오늘 혼자 일하게 되리라는 걸 깨닫는다.

저 말들에게서 읽히는 신호가 걱정스럽다. 경계하면서 무시하는 태도. 방어적이지만 확신에 찬 태도. 말들은 자기들이 구속된 상태임을 안다. 하지만 길들여진 것과는 거리가 멀다.

나는 한마디도 하지 않고 레일 맨 윗단을 넘어가 일을 시작한다. 호크라는 덩치 큰 구렁말을 고른다. 호크는 듣기로는 무리 중 최악이다. 재소자들이 점심 먹고 쓰레기를 내올 때 돌격을 이끄는 것도 이 녀석이다. 호크는 짓밟고 겁주는 데 도가 텄다. 이빨을 드러내고, 귀는 납작하게 젖힌 채 뒷발을 구르고 뱅뱅 돌면서, 자기가 찜한 쓰레기에 접근하는 사람은 누구든 걷어차버릴 기세로 위협했단다.

호크가 걸으면 나도 걷는다. 호크가 걸음을 멈추면 나도 멈춘다. 녀석은 내 소리를 듣고 있다. 한쪽 귀와 한쪽 눈 끝을 내게 단단히 고정하고 있다. 다른 말들이 마장 안을 슬렁슬렁 돌아다니면서 알팔파 찌꺼기를 주워먹는 동안, 호크와 나는 펜스를 따라 돈다. 나는 대나무 막대기를 왼손에 쥐고 걸으면서 땅을 치기 시작한다. 호크의 두 귀가 납작하게 눕는다. 녀석은 자꾸만 내게서 멀어지면서 점점 더 초조해한다. 저리 가라는 경고의 표시로 사자처럼 머리와 목을 내 쪽으로 붕붕 휘두른다. 떠들던 남자들이 잠잠해진다. 나는 아랑곳하지 않고 계속 땅을 두드린다.

물러서지 않을 거야, 나는 속으로 말한다. 그래, 물러서지 않겠어. 탁. 탁. 탁. 곧 무슨 일이 벌어질지 안다. 드물지만 몇 번 본 적이 있다. 호크는 나를 공격할 참이다. 내 무기라고는 대나무 막대기와 가느다란 밧줄뿐이다.

먼저, 녀석은 내게 반쯤 돌진해온다. 어깨와 목, 머리를 나를 향해 휘두르면서. 이빨을 드러내고, 귀는 뒤로 젖히고서. 나는 대나무 막대기로 녀석의 가슴팍 한가운데를 탁 치고, 이어서 불끈 튀어나온 흉근을 짧게 탁 친다. 호크가 놀라서 뒤로 움찔 물러난다. 나는 대나무 막대기로 땅을 한 번 친 다음 녀석의 옆구리에 대고 휘둘러 뒷다리 근처 땅을 탁 내리친다. 다시 앞으로 걸어가라는 뜻이다. 그러고는 다리를 넓게 벌리고 몸을 약간 수그려 다음 돌격에 대비한다. 다른 말들이 우리에게서 슬그머니 물러나 알팔파를 계속 질겅질겅 씹는다.

하프 브로크

나는 오른손에 휘감은 밧줄을 땅을 치는 박자와 맞춰 높이 휘둘렀다가 낮게 휘두르기를 반복한다. 이윽고 호크가 몸을 홱 돌려 있는 힘껏 내게 달려든다. 나는 대나무 막대기로 녀석의 이마를 힘껏 친 다음 곧바로 녀석의 어깨를 가로로 빠르게 두 번 내리친다. 녀석은 물러나길 거부하고 앞다리를 들어 나를 덮칠 듯 높이 솟구치더니 내 머리를 향해 앞다리를 마구 휘두른다. 내게서 터져나온 소리는 이제껏 내가 들어본 적 없는 소리다. 강렬하고 결의에 찬, 또렷한 울부짖음이다. 하지만 몸은 후들후들 떨려온다. 나는 대나무 막대기로 녀석의 앞다리 근처를 맹렬히 내리치면서 옆으로 움직이지만, 결코 뒤로 물러나지는 않으면서 내 자리를 지킨다. 호크가 앞다리를 쿵 내린다. 그러면서 나를 겨냥해 후구*를 내 쪽으로 비틀어 날린다. 나는 25미터 길이의 밧줄을 휘둘러 녀석의 등과 허리, 탄탄한 근육질의 후구를 맵게 강타한다.

나는 왼쪽으로 뛰었다가 다시 오른쪽으로 펄쩍 뛴다. 녀석의 시야에서 사라지려고 그러는 것이다. 그러다가 내 마른 몸에서 끌어낼 수 있는 최대한의 힘으로 녀석에게 몸을 날려 부딪친다. 이어서 밧줄을 휘둘러 녀석을 철썩 때리고 대나무 막대기로 친다. 녀석은 발을 바깥으로 차면서 또 한번 후구를 뒤틀어 뒷다리를 휘젓는다. 내 몸이 자기의 사정권 안에 들어오게 하려는 속셈이다. 나는 순간적으로

---

* 몸의 뒷부분.

그러모은 기운으로 밧줄을 휘둘러 녀석의 양 뒷다리 후면을 고르게 맞혀 제대로 매운맛을 보여준다. 그러자 호크가 앞으로 펄쩍 튀어나가 내게서 달아난다. 작은 승리다. 탁. 탁. 탁. 호크가 귀를 쫑긋 세우고 저쪽으로 간다. 나는 뒤돌아서 레일 맨 윗단을 넘어가 녀석에게서 압박을 덜어준다―옳은 행동에 주는 보상이다. 밧줄과 대나무 막대기를 던져놓고 말들에게서 멀어진다. 가쁜 숨을 고르다가, 두 손으로 입을 가린다. 뒷덜미를 타고 식은땀이 한 방울 흐른다.

남자들이 일제히 몰려들어 나를 에워싸고, 내가 경기의 승리를 결정짓는 3점 슛이라도 성공시킨 양 소리치고 환호한다. 서로의 말소리를 덮으면서 저마다 방금 본 광경을 못 믿겠다는 듯 떠들어대고, 팔을 쳐들고 휘저어가며 호크의 커다란 몸짓을 따라 하지만 실제에 한참 못 미치는 흉내로 끝난다. 나는 아직 웃으며 즐길 상태가 아니다. 다시 저 마장 안으로 들어가 녀석과 친해지기 위해 노력해야 한다는 걸 알기에, 호크를 등지고 미동도 없이 서 있다.

갑자기 비통함이 나를 덮친다. 오롯이 나에게서 우러난 감정은 아니다. 새라와 플로르를 찾아 두리번거린다. 두 사람은 15미터쯤 떨어져 미루나무 옆에 붙어서 있다. 서로에게 몸을 의지한 채 멀리서 계속 지켜보고 있었다. 새라는 걱정으로 얼굴이 시뻘겋게 달아올랐고, 플로르는 입을 꽉 다물고 있다. 입술이 안 보일 정도로 말려들어 갔다. 이래서 저들이 나를 불렀구나. 머릿속에서 이런 음성이 들려온다. 두 사람의 얼굴에 드러난 고통의 빛을 보니, 저들이 얼마나 오랫동안 말들의 괴로움을 목격해왔을까 싶다.

　잠시 그러고 있다가 호크를 흘끔 돌아본다. 녀석은 아까 내가 내버려둔 곳에 가만히 서 있다. 머리는 낮게 드리우고, 다리 하나를 꺾어 들고 있다. 귀는 힘을 뺀 채 머리 측면에 가볍게 두었다. 온몸에 힘이 빠진 듯 보인다. 훨씬 덜 경직돼 있다. 두 눈은 살짝 잠든 듯 반쯤 감겨 있다. 입도 힘없이 벌어져, 아랫입술이 축 처져 있다. 다른 녀석들은 고개 한번 안 들고 무심히 알팔파만 우물거린다. 나는 마커스에게 게이트를 열고 다른 녀석들을 원형 마장에서 내보내라고 한다. 말들이 한 번에 한 마리씩, 차분하고 무심하게 방목장으로 나간다. 호크는 그대로 서 있다.

　나는 펜스 레일의 제일 윗단을 넘어가 반대편에서 호크를 마주 보고 선다. 이게 우리의 새로운 무리야. 속으로 말한다. 너와 나만으로 이루어진 무리. "자기가 위인지 아래인지 모르겠다면 아래인 거야." 스승 중 한 분이 이런 말을 했던 게 생각난다. 보통때라면 나도 인간이 아래가 되는 법을 더 자주 배워야 한다고 생각하지만 지금 상황에서 그런 사치를 부릴 여유가 없다. 마장 한복판으로 걸어가 대나무 막대기를 집어들고 조용히 기다린다. 호크가 머리를 약간 쳐들고 다리를 편다. 녀석의 눈가에 의문이, 나를 향한 호기심이 묻어 있다. 나는 대나무 막대기를 쥔 채 녀석의 뒷다리 쪽으로 한 걸음 다가간다. 그리고 혀끝을 이에 부딪쳐 가볍게 "딱" 하고 분명한 소리를 낸다. 호크의 귀가 소리를 포착하고 쫑긋거린다. 나는 한 걸음 더 다가

서며 한번 더 "딱" 소리를 낸다. 호크가 앞으로 몇 발 내디뎌 내게서 물러난다. 나는 적당히 거리를 두고 따라간다. 호크가 걸음을 늦추는 순간 내가 "딱" 하자 녀석이 다시 걷기 시작한다. 내가 걸음을 멈추자 녀석도 멈춘다. 내가 걷기 시작하면 녀석도 걷는다. 녀석의 호흡이 깊고 뚜렷해진다. 녀석이 넓은 콧구멍으로 길게 내뱉은 축축한 숨이 땅으로 푸르르 쏟아진다. 녀석은 혀를 입과 턱으로 굴리고, 입술을 핥는다. 나를 받아들였다는 신호를 주는 것이다. 나는 다시 멈춰 섰다가 물러나 레일을 넘어간다. 그대로 먼지 낀 낡은 상자로 가서 수장굴레* 하나를 꺼낸다.

이걸 씌우게 해줄 거야? 그 정도로 가까이 가도 돼? 준비됐어?

나는 호크의 어깨 쪽으로 다가간다. 호크가 옆으로 물러나더니, 목을 꺾어 검은색 수장굴레와 붉은 리드줄을 쉭쉭거리는 뱀 보듯 빤히 바라본다.

전에 무슨 일이 있었든, 다신 그런 일 없을 거야.

나는 굴레의 버클을 흔들어 짤랑거리는 소리를 낸다. 호크는 몇 발짝 더 물러나지만 멀리 가버리지는 않는다. 나는 오른손을 뻗어 녀석의 기갑**과 어깨, 가슴팍 가운데를 살살 긁어준다. 팔을 얼굴 가까

---

* 말을 탈 때 쓰는 일반 굴레와 달리 말을 어딘가에 매어놓거나 붙잡거나 이끄는 용도로 쓰는 굴레. 보통은 이마끈이 없다.
** 어깨뼈 사이의 융기.

하프 브로크

이 더 들어올려 귀 근처를 긁어주면서 노랫말 없는 단순한 멜로디를 흥얼거린다. 녀석의 눈빛이 부드러워진다. 이제 굴레는 내 왼손에 들려 있다. 그걸 밑으로 내려 녀석의 얼굴 반대편으로 가져가 문지르고 짤랑거리면서 조금 더 노래를 흥얼거린다. 호크는 피하지 않고 서 있다. 상태가 괜찮다. 편안한 상태다. 나는 수장굴레를 녀석의 목 너머, 귀 뒤쪽으로 가져온다. 그리고 살짝 들어올려 주둥이 밑에서부터 씌우고 버클을 채운 뒤 리드줄은 내 왼쪽 어깨에 걸쳐 달랑거리게 늘어뜨린다.

　턱 아래에서 뭔가 당기는 느낌에 호크는 흠칫 몸이 굳는다. 고개를 뻣뻣하게 쳐들고 앞다리를 들어올려 내게 반항해본다. 나는 녀석의 목을 한쪽으로 접고 귀 뒤를 문지른다. 녀석의 콧잔등에 손을 얹고, 고개가 땅을 향해 푹 숙여질 때까지 녀석의 머리를 이리저리 흔든다. 내가 앞으로 걸어간다. 녀석이 한 발짝씩 천천히 따라온다. 우리는 원형 마장 안을 슬슬 걷다가 밖으로 나가 나머지 무리가 있는 쪽으로 간다. 방목장 가장자리에 다다랐을 때, 호크에게서 굴레를 벗긴다. 내가 손바닥으로 녀석을 쓰다듬어주면서 우리는 거기 잠시 가만히 서 있는다. 그러다 내가 가려고 돌아서자 호크가 고개를 푹 숙이고 풀을 뜯기 시작한다. 나를 시야 안에 두려는 듯, 녀석의 왼쪽 눈알이 도르륵 움직여 나를 좇는다.

떠돌이 개

2013년 3월

나는 방목장에서 나와 원형 마장에서 대나무 막대기와 밧줄을 챙겨 축사로 간다. 남자들은 씻으러 다들 숙소로 돌아갔다. 새라와 플로르는 부엌으로 갔다. 음식 조리하는 냄새가 선선한 저녁 공기에 점점 배어간다. 나는 트럭 뒷좌석에 밧줄과 대나무 막대기를 던져넣고, 목장 부지의 길을 따라 식당으로 향한다. 해가 높이 떠 있는데 벌써 다섯시다. 땀이 온몸에 끈적하게 배었다. 나는 셔츠 자락의 깨끗한 부분으로 얼굴을 훔친 다음 아예 셔츠 자락을 바지 허리춤에 깔끔하게 집어넣는다.

주위를 둘러보니 재소자가 한 명도 안 보인다. 나는 지은 지 적어도 백 년은 된 듯한 건물들이 모여 있는 곳으로 걸어간다. 오래된 흙벽돌담에는 금간 곳이 한 군데도 없다. 사막식물로 소박하게 이루어진 전경이 건물들을 둘러싸고 있고, R. C. 고먼*의 조각상 두 개가

하프 브로크

안뜰 한구석의 조그만 분수를 감싼 모양으로 서 있다. 아찔하게 자란 미루나무 한 무리가 건물들 위로 넉넉하게 차양을 드리우고 있다.

식당 문을 밀어 열자 칠리 입자가 눈을 쏜다. 나는 문간에 서서 갓 만든 토르티야가 가득 담긴 접시를 이리저리 나르는 광경을 멍하니 바라보고, 여든 내지 아흔 명은 족히 되는 남자들이 득시글거리는 식당 안을 둘러본다. 하나같이 슈트에 넥타이까지 갖춰 맸고 머리도 귀 근처까지 다듬어가며 단정하고 짧게 깎았다. 재소자들 대부분은 빠진 치아가 몇 개씩 있고, 문신이 목을 타고 올라가 눈 옆까지, 어떤 사람은 이마에도 낙서한 듯 새겨져 있다. 어떤 이들은 귀 뒤에 비스듬한 각도로 '리사' 같은 누군가의 이름을 검정 잉크로 새겨놓았다.

렉스가 다가와 인사한다. 절벽처럼 높이 솟은 그가 저 위에서 나를 내려다보며 환히 웃는다. 그가 지난 일요일 가슴팍에 생긴 말굽 모양의 멍을 보여주려고 거침없이 셔츠를 풀었던 게 생각난다. 오늘 그는 깔끔하게 면도를 했고, 초록색 동공 주위의 공막**도 눈처럼 새하얗다. 내가 이제까지 파악하기로 렉스는 여기서 온몸이 문신으로 뒤덮이지 않은 유일한 남자다. 그는 나와 악수한 뒤 '가축전담반'이라고 적힌 카드를 세워놓은 테이블로 나를 안내한다.

* R. C. Gorman(1931~2005). 주로 아메리카원주민 여성을 모티프 삼은 나바호족 미술가.
** 각막을 제외한 눈알 바깥벽 전체를 둘러싼 막.

"다들 아직 뒷정리중이에요. 곧 올 거예요." 그가 나에게 알린다.

나는 고개를 끄덕이고 웃으며 자리에 앉는다. 겉으로는 침착한 척하지만, 햇볕에 튼 아랫입술이 갈라지는 게 느껴진다. 테이블이 어마어마하게 크고, 식당도 마찬가지로 크다. 움직이고, 자리에 앉고, 떠들고, 먹는 남자들로 공간이 실제보다 부풀어오른 듯 느껴진다. 접시 부딪히는 소리와 사람 목소리가 비가viga라고 하는 40센티미터 두께의 커다란 원통형 서까래를 중심으로 얇은 윗가지를 가로질러 엮은 전통 남서부식 낮은 천장에 부딪혀 사방으로 흩어진다. 어느 쪽으로 고개를 돌려도 남자들이 나를 빤히 쳐다보고 있는 것 같다.

아까 플로르와 새라가 오늘 자기들이 식사준비반에서 일할 거라고 귀띔해주었다. 이번 일요일은 자기네 '부족'이 요리할 차례란다. 일주일에 한 번 정찬을 나누는, 목장의 오랜 전통 의식이다. 오래전 나의 조부모님이 아직 살아 계실 때 우리 가족이 그랬던 것처럼. 재소자들이 나를 식사에 초대했고, 나는 아무것도 묻지도 따지지도 않고 응했다. 물어봤어야 했다. 정찬이 여기서는 뭘 의미하냐고 물어봤어야 했다. 식당을 꽉 채운 깔끔하게 차려입은 남자들 때문에 속이 울렁거린다. 나는 지금 꼬질꼬질하고 부츠에서 희미하게 말 오줌 냄새도 난다. 음식 냄새가 진동하는데도 지린내를 맡을 수 있을 정도다. 셔츠 소맷부리는 다른 목장 진흙탕에서 말들과 씨름하고 오느라 주황색으로 물들어 있다. 오늘 새벽같이 나와 집에 한 번도 못 들렀다. 바람 맞아 산발이 된 머리카락이 엉키고 헝클어진 채 야위고 버

　　　　　　　　　　　　　　　하프 브로크

석한 내 얼굴에 엉겨붙어 있다. 매일 일과를 마치고 나면 늘 이런 몰골이다. 괜히 의식돼서 뭉친 머리칼을 손가락으로 빗어보고, 얼룩을 감추려고 소매를 걷어올린다. 위장이 꾸르륵거리면서 식도로 신물을 올려보낸다. 나는 의자 등받이에 등을 붙이고 앉아 두 손을 무릎에 포개어 놓는다. 억지로 심호흡을 한다.

"다들 주목. 오늘 저녁에는 손님이 계십니다." 렉스가 앞에 나가 소란이 잦아들 만큼 큰 목소리로 말한다. "진저 개프니 씨가 우리와 함께 식사하시기로 했습니다. 우리 목장 말들을 도와주러 오신 조교사입니다. 모두들 환영해주세요." 그러자 남자들이 일제히 일어서서 줄을 서고, 그 줄은 곧 나를 향해 움직이기 시작한다.

"와주셔서 감사해요, 진저." 줄 맨 앞에 선 남자가 손을 뻗어 나와 악수한다. "앨런이라고 합니다. 도와주셔서 다들 고마워하고 있어요."

앨런은 몸집이 왜소하다. 머리가 내 어깨에나 닿을까. 넥타이 매듭은 느슨하게 풀려 뒤집혀 있다. 슈트 재킷의 소맷부리가 손목을 지나 손등까지 덮었다. 흘끔 내려다보니 바짓단도 바닥에 질질 끌린다. 나는 일어서서 그와 인사를 나누고, 그대로 이십 분간 줄 선 사람들과 인사한다. 식당에 있는 남자들 모두가 와서 악수하고 자기소개를 한다. 얼굴과 몸, 체취와 촉감, 주름진 피부에 새겨진 문신, 수치와 오만의 퍼레이드다. 내 부츠에 묻은 오줌 입자가 악수할 때마다 풀풀 올라오는 것 같다. 내 눈과 입 모양이 새로운 사람과 인사할 때마다 달라진다. 마치 내가 무드 링*이 된 것 같다. 상대방 손을 잡고 꽉 쥘 때마다 피부의 질감이 고스란히 느껴진다. 그러쥔 손의 단단함이 그 자체로 감정을, 나름의 언어를 전달한다. 처음에는 마주잡은 손이 망치를 잡은 양 거칠게 느껴진다. 하지만 곧 살갗에 맞닿은 살갗으로 물렁해지고, 우리는 자주 써서 적당히 길든 장갑처럼 서로 딱 들어맞는다. 내가 미소 지을 때마다 그들의 눈가에도 반달 모양의 주름이 잡힌다.

몇몇은 닳고 닳은 선수들이다. 이 목장에 하도 오래 있어서 어떻게 인사하고 어떻게 인사 받을지 잘 안다. 다른 사람들은 능숙한 척한다. 가장 최근에 목장에 들어온 사람들은 내 눈을 똑바로 쳐다보지도 못한다. 그들은 쓰레기를 뒤져 먹고 허겁지겁 몸을 숨기는 떠돌이 개들이다. 나도 새로운 사람을 만날 때마다 떠돌이 개가 된 기분이 든다. 겁에 질렸지만 배는 고프다. 호기심이 동한다. 식당을 꽉 채운 이 남자들에게 기가 눌린다. 마음이 불편한 동시에 마음을 빼앗긴다. 이런 식의 양극단의 조화는 늘 나를 사로잡는다.

마침내 예의 차린 인사를 끝내고 도로 착석한다. 가축전담반 일원들이 와서 내가 앉은 테이블에 합석했다. 내 오른쪽과 왼쪽에, 또 맞은편에도 아까 낮에 내가 호크를 훈련할 때 구경하던 남자들의 얼굴이 보인다. 낮게 드리운 샹들리에 조명이 어두워지자 식당 안 남

---

* mood ring, 끼고 있는 사람의 기분에 따라 색이 변한다는 반지.

하프 브로크

자들이 일제히 일어선다. 나도 교회에 와 있는 양 따라 일어선다. 부엌으로 연결된 듯한 복도에서 여자 열 명이 식당 앞쪽으로 걸어나온다. 전부 주방용 복장으로 하얗게 맞춰 입었지만, 빨간 고춧가루가 그 흰옷에 제각기 다른 정도로 묻어 있다. 나는 헤어네트를 쓴 새라와 플로르를 알아본다. 여든 명 남짓한 남자들이 전부 기립박수를 친다. 여자들이 활짝 웃는다. 그중 한 명이 한 발 앞으로 나와 오늘 준비된 식사 메뉴를 읊는다. 갓 구운 토르티야, 과카몰리를 곁들인 프리홀*, 카르네 아사다**, 그리고 칼라바시타***. 남자들에게서 더욱 큰 환호성이 터져나온다. 다들 주먹으로 하늘을 찌르고 하이파이브를 해대고 난리다. 이윽고 다들 착석하고, 서빙을 맡은 재소자들이 음식을 그득하게 담은 접시를 복도 안쪽에서 더 내온다.

"배가 많이 고프시겠어요. 그죠, 미스 진저?" 내 왼편에 앉은 남자가 묻는다.

키가 작고 몸놀림이 날쌘 남자다. 비쩍 말랐고 민첩하다. 지난 일요일 모임에서 본 기억이 난다. 그날 무릎을 굽히고 몸을 한껏 낮춘 채 이루수처럼 그늘막에서 총알같이 튀어나갔던 사람이다. 앞뒤로 흔들리는 양손에 쥔 건초 덩이가 마치 야구 글러브처럼 보였다.

* 미국 서남부산 까치콩.
** 그릴에 구운 스페인식 고기 요리.
*** 스페인어로 '작은 호박'이라는 뜻으로, 각종 호박과 채소, 치즈를 넣고 볶은 멕시코 요리.

팔을 크게 한 번 휘둘러 건초를 여물통에 던져넣고, 여전히 허리를 숙인 채 우리 쪽으로 다시 달려왔었다.

"배고파 죽겠어요." 나는 대답한다. "오늘 종일 먹은 게 거의 없거든요. 그런데 죄송하지만 성함 좀 다시 말해주시겠어요?" 그러면서 손을 뻗어 그와 악수한다. "여러분, 다른 분들도요. 성함을 다시 알려주시겠어요? 그리고 괜찮다면 식사가 나오기를 기다리는 동안 각자 자기 얘기 조금씩만 들려주실래요? 여기 오게 된 연유 같은 거요."

"저는 오마예요." 내 왼쪽의 젊은이가 말한다. "그런데 우리 얘기는 하면 안 될 것 같아요, 미스 진저. 우리의 과거라든가, 어떻게 여기 오게 됐는지 같은 거요."

"이분한텐 해도 될 것 같은데. 여기 일원도 아니시잖아. 제임스한테 가서 빨리 물어보고 올게." 렉스가 일어나 식당 전면의 왼쪽, 다른 재소자들보다 훨씬 나이든 남자들이 모여 앉은 테이블로 간다.

"제임스가 누구예요?" 나는 식당 저쪽 테이블에 둘러앉은 여섯 명의 남자에게 다가가는 렉스를 눈으로 좇는다. 렉스가 테이블 위로 몸을 숙이고 질문하자 여섯 남자가 모두 뒤돌아 우리를 쳐다본다. 그 중 한 명이 짧게 고개를 끄덕여 허락을 내리더니, 카르네 아사다가 담긴 접시로 다시 시선을 돌린다.

"제임스가 대장이에요. 바로 옆에 앉은 분도요. 옆의 분 이름은 대니얼이에요. 여기서 모든 결정은 다 저분들이 내리죠. 여기 제일 오래 계신 분들이에요." 내 맞은편에 앉은 남자가 일어서서 팔을 뻗어 나와 악수한다. "죄송해요. 소개하는 걸 잊었네요. 폴이에요." 한쪽 손목에 찬 보호대가 눈에 띈다. 몇 주 전 호크에게 짓밟힌 재소자다. 그가 테이블 건너편에서 이쪽으로 몸을 숙이자 넓은 어깨와 두툼한 흉근 때문에 슈트 재킷이 팽팽히 당겨진다. 그는 내 손을 살며시 쥐고, 꿰뚫어보는 듯한 짙은 밤색 눈으로 나를 똑바로 바라본다. "저희 가족은 네 세대가 내리 옥살이를 했어요." 이렇게 털어놓으면서 그는 내 손을 새끼 고양이인 양 조심스레 쥐고 있다. "제가 출소해서 다시는 교도소 마당을 안 밟는 첫번째 주자가 될 거예요." 그러면서 계속 내 손을 쥐고 있다. 몸도 테이블 너머로 계속 숙이고 있다. 나는 숨을 크게 들이마시고, 우리 둘 다 동의의 뜻으로 한 번 고개를 끄덕인다.

"맞아요. 첫번째 주자가 될 거예요. 다른 가족들도 뒤따르게 만들 거고요." 어디서 나온 생각인지 모르지만, 내가 어떻게 하기도 전에 말이 튀어나온다.

처음 이곳에 온 날, 새라와 플로르가 약물중독자와 중범죄자 들이 목장을 처음부터 끝까지 운영한다고 말해줬다. 처음에는 무슨 소린가 했는데, 이제는 알겠다. 이 방에 있는 모두가 범죄에 발을 담그고 삶을 살아온 이들이다.

"된대요." 돌아온 렉스가 이렇게 말하며 자리에 앉는다. "제임스 말이, 그래도 우리 얘기를 너무 자세히 늘어놓지는 말래요."

"다음은 제가 할게요. 마커스라고 합니다. 여기 온 지는 이 년이다 됐네요. 석 달만 더 있으면 워크아웃 할 수 있어요."

"워크아웃요?" 나는 누군가 설명해주길 기대하며 묻는다.

"형기를 마치면 시내로 나가서 일자리를 얻을 시간을 넉 달 줘요. 얼마간 밖에서 돈을 벌고 매일 저녁 목장에 돌아와 점호하는 생활을 하는 거죠. 일종의 수습 기간이에요. 얼마나 잘 해내는지 보는 거죠."

서빙 담당자들이 우리 대화를 끊고 푸짐하게 음식을 쌓은 접시들을 우리 앞에 놓는다. 아무도 포크로 손을 뻗지 않는다. 나는 마커스 생각을 하고 있다. 그가 하는 말과 몸짓이 서로 매치가 안 된다. 말하는 동안 시선이 끊임없이 방황하고, 무릎은 쉴새없이 초조하게 경련하며 위아래로 덜덜 떨린다. 그는 겉모습이 멀끔하고 말도 잘한다. 하지만 일자리를 구할 경우, 일주일에 닷새 출근해 하루 여덟 시간 근무하라고 하면 과연 얼마나 꾸준히 해낼 수 있을지 의문이다. 그 정도의 압력을 견딜 만큼 그의 맨정신이 단단할까? 맨정신을 유지하고 약물을 멀리하는 게 왠지 그가 지금 입은 새 슈트처럼 아직 몸에 익지 않은 것 같다.

"식사들 하시죠." 내가 입을 열자 다들 포크를 들고 일제히 먹기 시작한다. 플로르와 새라가 뒤늦게 합류하고, 테이블 양쪽 열에 앉은 모든 사람들이 한 칸씩 이동해 자리를 만든다. 플로르와 새라는 아직 하얀 작업복 차림이지만 더러워진 앞치마는 벗어 치웠다.

"시팔 이 요리, 끝내주네!" 테이블에서 내 왼쪽으로 저만치 멀리

앉은 덩치 큰 남자가 수제 토르티야를 우적우적 씹으며 말한다. "여자들 상 줘야 돼. 이번 달 최고의 식사야."

"고마워, 랜디." 플로르와 새라가 한목소리로 대답한다. 새하얀 유니폼 차림에 단정하게 빗은 머리칼을 헤어네트에 깔끔하게 집어넣은 두 사람은 보기 흐뭇한 한 팀이다. 둘은 조용히 앉아 칭찬을 받는다. 둘 다 눈이 반짝반짝하다. 왜 가축전담반 반장으로 이 둘이 뽑혔는지 알겠다. 말에 대해 많이는 모르지만 팀으로 움직이면서 일이 되게 하는 법은 안다. 이 두 가지 측면이 조화를 이루지 못한 목장을 나는 많이 보았다.

"어, 저는 랜디예요." 남자가 여전히 토르티야를 우적거리면서 몸을 내 쪽으로 튼다. "원래 여기 있으면 안 되는 사람이에요. 형기를 다 마쳤거든요. 망할 빵에서 사 년을 있었지. 마누라 때문에. 나를 여기로 보낸 게 마누라예요. 마지막으로 나왔을 때 마누라가 나한테 또 한번 분노조절 못 하면 각오하라고 했거든요. 딸년도 하나 있는데 올해 고등학교 졸업반이에요. 똘똘한 녀석이죠. 우든-상도 탔어요. 연설을 할 거예요. 지네 학년 수석-조립-생이거든요. 요번 5월에 졸업해요. 근데 시팔, 내가 거기를 못 가네."

"짧게 해, 랜디." 렉스가 말을 끊는다. "저도 자발적으로 남은 케이스예요." 렉스가 돌아앉아 나를 마주본다. 그러더니 부담스럽지 않게 적당히 시원한 미소를 지어 보인다. "여기서 지낸 지 육 개월 됐네요." 그는 숨을 길게 들이마시며 내 뒤 허공에 시선을 두고는 생각을 추슬렀다. "제가 말 돌보는 일을 막 시작했을 때쯤 폴이 다쳤어요. 이렇게 와서 도와주셔서 감사해요."

"다른 데, 그러니까 재활센터 같은 데 말고 여기로 오게 된 이유가 뭐예요?" 내가 묻는다.

"재활센터를 다섯 군데나 가봤어요. 하지만 길게 버틴 데가 없었죠." 그가 자기 부츠를 내려다보며 딱히 이유 없이 발을 뒤척였다. "그러다가 드디어, 정말로 드디어 깨달았어요―이대로 가다간 중독자로 죽겠구나. 약을 끊어도 죽고, 약을 계속해도 죽고. 여기는 살기 위한 마지막 보루로 들어온 거예요. 혼자서는 할 수 없다는 걸 안 거죠."

"이 목장은 우리의 가족이고 우리 집이에요." 플로르가 불쑥 거든다. "우리는 같이 노력하고, 힘들어하면 서로 잡아줘요. 대부분은 새사람이 되게 도와줄 가족도 없어요. 우리가 밀쳐냈거나 아니면 가족도 다 중독자거든요."

나는 플로르에게 당신 가족은 어떠냐고 묻고 싶어진다. 무슨 일이 있었기에 마약에 손대게 됐느냐고. 하지만 참는다. 대신 내 인생을 떠올려본다. 내가 밟아온 모든 잘못된 길들을. 내가 정말로 도움이 될 수 있는 양 이 자리에 앉아 있는 것만도 얼마나 큰 행운인지를.

새라가 대화의 공백을 비집고 들어온다. "내 사정도 똑같아요. 가족은 저를 남 취급해요. 제가 낙오자라서 그러죠. 평생 감옥이랑 재활센터를 들락거렸거든요. 마지막으로 판사가 저를 이리로 보내준 게 얼마나 고마운지 몰라요. 이번엔 버텼으면 좋겠네요."

새라는 말하는 내내 사시나무처럼 몸을 부들부들 떤다. 당장 팔을 뻗어 안아주고 싶다. 하지만 맙소사, 그럴 수 없다는 걸 안다. 새라의 아픔에, 모두의 아픔에 내가 빨려들어가는 게 느껴진다. 아까 호크와 있을 때도 느꼈고, 지금도 또 느낀다. 나는 등이 의자 등받이에 닿도록 뒤로 바짝 당겨 앉고, 포니테일로 묶은 머리를 가다듬어 더 꽉 조인다. 갈 곳 없는 두 손에게 일을 시킨다.

"선생님은 여기 어떻게 오셨는데요?" 테이블 왼편 끝에서 들려온 목소리다. 온종일 나와 거리를 두면서 내가 무리를 향해 말할 때마다 가슴팍에 팔짱을 낀 채 일부러 다른 데만 쳐다보던 남자다. 오늘 이른 오후에 호크를 훈련하기 시작한 이래 이 남자가 나에게 처음 뱉은 말이 이것이다.

"말에 대해 한 수 가르쳐주시게?" 그가 묻는다. 꽉 다문 입술이 능글맞은 비웃음으로 일그러지고, 머리가 자동차 백미러에 달린 플라스틱 인형처럼 흔들거린다.

"누구신데요?" 내가 묻는다.

"이름은 토니고, 약쟁이요. 차마 들려주지 못할 등신 짓거리를 많이 저질렀지. 그건 됐고, 내가 궁금한 건 댁이 말에 대해서 뭘 가르치려는 거냐 이겁니다. 호스 위스퍼러인가 뭔가라도 돼요?" 몰라서 묻는 게 아닌 건 확실하다. 듣고 있던 랜디가 너무 크게 웃어서 먹던 토르티야가 목구멍에 걸린다. 그는 아이스티를 벌컥벌컥 마시더니 또 웃어젖힌다. 토니도 가세해 히죽거린다. 자기들끼리만 아는 농담인 모양이다. 테이블의 다른 누구도 따라 웃지 않는다.

"새끼들, 뭘 잘못 처먹고 저래?" 폴이 테이블 저쪽의 두 남자를 쏘아보더니 다시 플로르와 새라에게 시선을 돌린다.

"그러게, 너희 둘이 진저 씨가 오늘 한 것보다 더 잘할 수 있나 봐?" 새라가 일어서더니 테이블 위로 몸을 숙이고 토니와 랜디에게 호통친다. "그딴 빈정거리는 태도는 너희끼리나 주고받아. 우린 필요 없으니까."

순간 식당 안의 이목이 전부 우리 테이블에 쏠린다.

"그 정도면 됐어." 플로르가 말한다. "앉아, 새라."

"저 여자가 그놈들을 잡을 수 있을 것 같아? 우리가 한 번에 남자 열 명씩 나가서 잡으려고 해봤어. 저 여자 혼자서 어쩔 건데? 그걸 알고 싶다는 거야." 토니가 플로르를 똑바로 보며 말한다.

"누구를 잡아요?" 내가 묻는다.

"아직 못 만나보신 말이 두 마리 더 있어요." 플로르가 털어놓는다. "여기 이 년이나 있었는데, 아직까지 아무도 그 녀석들을 잡지 못했어요. 한 마리는 다쳤는데, 상태가 심각해요."

"어디 있는데요?"

"우리가 본부라고 부르는 건물 뒤에 살아요. 우리가 거기까지 가서 밥을 주고 마실 물도 챙겨줘요. 한번은 그 녀석들을 축사로 몰아넣으려고 해봤어요. 그러다가 사고가 났죠. 그때 다친 거예요."

"다쳐요? 얼마나요?" 내가 걱정돼서 묻는다.

"심해요. 얼굴 한 군데가 터지고 고름이 찼어요." 새라가 말해준다.

이 얘기를 왜 지금에서야 하는 거지? 나는 엉덩이를 의자 끄트머리까지 빼고 등받이에 깊이 기댄 채 손바닥으로 이마를 짚는다. 말 한 마리 잡는 데 이 년이 걸리다니, 가당한 소리인가? 나는 고개를 떨구고 바닥을 본다. 그리고 한숨을 토해낸다.

"수의사한테 연락해봤어요?" 내가 새라에게 묻는다.

"네. 근데 그 양반도 못 잡았어요." 새라가 자리에서 상체를 앞으로 빼 오마의 앞을 가로질러 몸을 내밀고 내 눈을 똑바로 바라본다. "그래서 진저 씨한테 연락한 거예요. 에스파뇰라*의 그 사료 가게에 붙은 전단에서 전화번호를 보고요."

새라와 플로르가 어떻게 내 번호를 알아냈는지 궁금하던 참이었다. 나는 고개를 들어 홍조 띤 새라의 얼굴을 들여다보았다. 새라는 걱정이 돼서 둥글게 만 손으로 입을 가리고 있다.

"우리가 잡을 수 있어요, 진저. 나는 알아요." 플로르가 말한다. 확신에 찬 또렷한 목소리, 한 방울의 의심도 묻어나지 않는 어조다.

하지만 내 안에서는 의구심이 솟구친다. 내가 이 일에 적합한 사람일까? 아까만 해도 호크가 나를 메다꽂을 뻔했는데. 그것도 여러

* 뉴멕시코주 리우아리바 카운티의 도시.

번. 목장 말들 중에 그만큼 위험한 놈이 몇 마리나 더 있는 걸까? 나는 몸을 아껴야 하는 사람이다. 몸이 곧 생계 수단이니까. 별로 죽을 마음이 없기도 하고. 게다가 아무도 내게 보수를 지급하겠다고 하지 않았다. 목장 재소자 중 돈을 벌고 있는 사람도 없다. 여기 계속 와야 할까? 어쩌면 다른 조교사를 소개해주고 손을 떼야 할지도 모른다. 그렇지만 보수를 못 받는데 누가 오려고 들까?

"둘 다 암말이에요?" 내가 플로르에게 묻는다. 플로르는 아예 자리에서 일어서서 내 반응을 기다리고 있다.

"자매예요." 플로르가 대답한다. "여기에 둘이 같이 왔어요. 굴레도 뭐도 안 채워진 채 버려졌죠."

헤메즈산* 너머로 해가 뉘엿뉘엿 기울어간다. 주황색 빨간색 불꽃이 식당 밖 주차장을 뒤덮는다. 수공예로 만든 창유리에 거품처럼 동그랗게 튀어나온 무늬들이 피처럼 새빨간 조그만 공이 되어 식당 안을 장밋빛으로 채운다.

서빙 담당자들이 접시를 거둬가고, 설탕 가루를 뿌린 따뜻한 비스코치토**를 담은 쟁반을 내온다. 우리는 하던 얘기를 멈추고 각자 그 따끈한 보물을 몇 개씩 집어든다.

"다른 날 다시 와야겠어요." 쿠키 한 개를 베어물고 씹으면서 말

* 뉴멕시코주 앨버커키 분지에 있는 휴화산.
** 뉴멕시코 지역의 전통 쿠키.

하프 브로크

하는데 애써 누른 감정 때문에 목구멍 안쪽이 아릿하다.

"언제요?" 토니가 묻는다. "그날 와서 꼭 봐야겠어."

"며칠 안에 올 거예요. 먹이를 주지 마세요. 그 녀석들 허기지게 만들어야 돼요."

"왜 허기져야 하는데요?" 렉스가 순수한 호기심에 묻는다.

"할 수 있다면 먹이를 미끼로 녀석들을 원형 마장으로 끌어들여야 하니까요. 밥 주지 마세요. 아무도요. 그 두 마리를 굶겨야 한다고 모두에게 말해두세요. 아셨죠?"

다들 알았다는 뜻으로 고개를 끄덕거린다.

나는 잠시 말을 멈추고 테이블을 둘러보다가 천천히, 깊이 숨을 들이쉰다. "플로르와 새라와 나, 셋이서 할 거예요." 내가 둘러앉은 사람들에게 말한다. "나머지 분들의 도움이 필요하면 그때 가서 얘기할게요."

그러고는 자리에서 일어선다. 토니가 눈알을 굴린다. 나머지 남자들은 따라 일어선다.

"초대해줘서 고마워요." 나는 플로르와 새라를 향해 말한다. "전화할게요. 며칠 내로 연락해서 상황이 어떤지 확인할게요."

"제가 목장 게이트 열쇠 갖고 와서 배웅해드릴게요, 미스 진저." 오마가 앞장서서 간다. 그는 곧장 프런트 데스크로 가서 열쇠를 달라고 한다. 나는 식당 문 옆에 서서 출입구와 가장 가까운 테이블에 앉은 남자들에게 작별 인사를 한다.

"또 와주세요. 언제든 저희랑 같이 식사해요." 식당에서 나가는 나에게 몇 명이 이렇게 말해준다.

등뒤로 문이 닫힌다. 사람들의 목소리, 접시와 포크와 나이프 부딪히는 소리가 흙벽돌담 안쪽에서 아득하게 들려온다. 나는 내 트럭으로 걸어가면서도 이 상황이 도무지 믿기지 않아서 고개를 절레절레 흔든다. 사람을 수없이 많이 만나봤고 내 도움이 필요한 말도 손꼽을 수 없을 만큼 많이 보아왔다. 하지만 이런 일은 처음이다. 게이트를 지나면서 오마에게 손을 흔들어 인사한다. 오마도 내게 손을 흔들면서 이 빠진 치열을 드러내고 씩 웃는다. 게이트를 빠져나가자마자 좌회전해 집이 있는 북쪽으로 향하지만 뭔가가 나를 잡아당기는 것을 느낀다. 땅에 족쇄로 매여 있는 무언가가.

달과 별

2013년 3월

　루나의 상처 부위는 퉁퉁 붓고 고름이 찼다. 오른쪽 눈은 솜을 너무 많이 넣은 쿠션처럼 부풀어 완전히 감겼다. 언제고 터질 것 같다. 가장자리에서 노란 액체가 배어나오는데, 얼굴 가운데를 지그재그로 가로지르며 움푹 팬 상처의 표피 밑에 염증이 창궐한 것이다. 제대로 진찰받고 한동안 항생제를 투여하지 않으면 그쪽 눈은 실명할 것이다.

　부은 얼굴만 빼면 루나의 컨디션은 최상이다. 루나와 그의 자매 에스트렐라는 둘 다 검은색과 흰색이 섞인 얼룩말로, 지난 이 년간 아무도 붙잡지 못해 7만 제곱미터 대지를 마음껏 누볐다. 재소자들은 이 두 녀석을 구석이란 구석으로, 또 건물이란 건물로 다 몰아봤고 심지어 지름 20미터의 이 원형 마장에 넣으려고도 해봤다. 그런데도 아무도 녀석들에게 손끝 하나 대지 못했다. 어젯밤 전화 통화에

서 새라가 루나에게 무슨 일이 있었는지 자세히 얘기해줬다. 목장 재소자 중에 팀 로핑* 선수로 뛰면서 라스 크루시스**에서 마약 밀수도 하던 남자가 육 주 전 오후에 루나를 마방에 몰아넣고 올가미를 씌우려고 시도했다. 그런데 올가미가 얼굴 중간쯤 걸쳤을 때 루나가 앞다리를 들고 일어서다가 30센티미터쯤 튀어나와 있는 서까래에 얼굴을 찧었다. 루나는 사방에 피를 흩뿌리며 마방에서 뛰쳐나갔고, 달려가면서 그 카우보이를 내동댕이치고 제 왼쪽 둔부도 T자형 쇠울타리 말뚝에 긁히고 말았다. 그 와중에 살이 옆구리까지, 마치 벌어진 분홍 입술처럼 쫙 갈라졌다.

재소자들이 루나를 치료하려고 두 차례나 수의사를 호출했지만, 수의사는 아무 처치도 못 하고 돌아갔다.

오늘 루나와 에스트렐라는 굶주려 있다. 모두가 내 지시를 잘 따라 이틀간 먹이를 주지 않은 덕분이다. 두 암말을 원형 마장에 몰아넣고 게이트를 닫아 포획할 작정이다. 녀석들이 안전하다고 느끼는 듯한 높은 건물 뒤 통로에서 녀석들을 유인해내려고, 새라가 곡물이 든 통을 탈탈 흔들어댄다. 말 자매를 방목장을 지나 원형 마장 쪽으로 끌어낼 요량으로, 듬성듬성한 사막의 잡풀 사이로 걸어가면서 곡

---

* team roping, 두 명이 한 조를 이루어 최대한 짧은 시간에 올가미 밧줄로 소나 말을 움직이지 못하게 하는 경기.
** 뉴멕시코주 남부의 도시.

물을 조금씩 떨어뜨린다. 뉴멕시코의 태양이 벌써 중천에 와 있는데 아직 아침나절이다. 에스트렐라가 루나 앞으로 나와 소복이 쌓인 곡물을 먹어치운다. 입을 옆으로 돌리며 대충대충 씹는 통에 으깨진 귀리 조각이 우수수 튀어나온다. 루나는 에스트렐라가 남긴 찌꺼기를 먹으려고 고개를 바닥에 처박는다. 곡물 더미를 하나씩 처치하면서, 새라와 두 암말은 천천히 방목장을 지나 원형 마장으로 향한다. 그러는 동안 플로르와 나는 건초 보관용 헛간 안에 숨어서 기다리고 있었다. 두 녀석이 가까이 오자 플로르가 두툼한 알팔파 플레이크 두 덩이를 들고 원형 마장으로 슬금슬금 다가간다. 루나와 에스트렐라가 고개를 들고는 원형 마장의 문을 열고 안쪽 깊숙한 곳에 알팔파를 갖다 놓는 플로르를 빤히 쳐다본다. 플로르는 돌아서서 재빨리 헛간으로 돌아온다. 새라는 계속 앞으로 나아간다. 뿌려놓은 미끼용 곡물의 간격이 이제 더 띄엄띄엄 벌어졌다. 새라는 남은 곡물이 든 통을 들고 마장에 들어가 한복판에 곡물을 쏟아놓는다. 우리가 헛간 문을 열고, 새라가 잽싸게 들어와 합류한다.

에스트렐라가 살쾡이처럼 무릎부터 천천히 다리를 들어올려가며 먼저 원형 마장으로 들어온다. 다리를 하나씩 들 때마다 잠시 멈추는 모양새가, 여차하면 당장 달려들어 짓밟을 것 같다. 주둥이는 땅을 향하고, 등은 위로 솟았고, 후구는 몸통 아래에서 땅을 짓누른다. 그 상태에서 곡물 더미로 고개를 숙이다. 새라와 플로르와 나는 원형 마장에서 30미터쯤 떨어진 헛간 안에서 지켜본다. 루나가 비스듬한 각도로 마장에 들어간다. 녀석은 어딜 가든 말썽이 따라올 것을 확신하는 듯 몸을 이리저리 비틀고 주위를 살피면서 움직인다. 경계하듯 귀를 뒤로 삐쭉거리면서 새파란 알팔파 잎 더미로 몸을 구부린다. 그때 새라가 큰 보폭으로 헛간에서 조용히 걸어가 녀석들 등뒤로 원형 마장 게이트를 철컥 닫는다.

우리는 더 가까이 접근해 루나와 에스트렐라 자매가 클로버만한 이파리를 소리 없이 먹는 모습을 지켜본다. 윗입술 제일 윗부분이 손가락 기능을 해, 조그만 이파리를 모아 혀로 가져간다. 루나는 먹으면서 몸을 부르르 떤다. 겨우내 무성히 자란 긴 털이 척추를 따라 곤두서 파르르 물결쳐서, 녀석의 등을 따라 몸의 떨림이 고스란히 보인다. 에스트렐라가 축축한 콧김과 입김을 내뿜더니 다시 알팔파를 질겅질겅 씹는다. 루나보다 몸집이 작고 덜 탄탄하다. 등이 짧고 배가 맥주통 모양이라 언뜻 임신한 것처럼 보인다. 콧잔등의 움푹 들어간 부분을 보니 아라비아종(種)의 피가 최소한 일부 섞인 것 같다.

새라와 플로르가 어젯밤 여자 숙소에서 있었던 드라마틱한 사건을 속삭거리며 떠들어댄다. 이 목장에는—내가 듣기로—여자가 열 명뿐인데, 전부 여자 교도소에서 왔다. 남녀 공용 교도소라는 건 존재하지 않으며, 그럴 만도 하다. 플로르와 새라 둘 다 여든 명 넘는 남자들과 이 작은 목장에서 공동생활을 하는 것이 상상 이상으로 힘들다고 내게 털어놓았다. 남녀 가릴 것 없이 재소자들이 생각 없이 뒹굴며 즐기다가 끊임없이 문제를 일으킨다.

플로르가 자기 손을 내려다보며 손가락을 쫙 펴 여러 색깔의 매니큐어로 칠한 손톱을 감상한다. 길게 땋아 포니테일로 묶은 머리에 엮어넣은 빨간색, 보라색 리본과 색깔을 맞춰 칠한 모양이다. 아직 일을 시작도 안 했는데 벌써 손톱 두 개의 끝이 부러져 있다. 둘이서 이 엄청난 상심거리를 두고 쑥덕거려, 내가 그 상념을 끊고 우리가 오늘 여기 왜 와 있는지 상기시킨다.

새라는 한쪽 다리가 해적선장의 갈고리손처럼 몸 바깥쪽으로 휘어 말을 잘 안 듣는다. 그래서 한 걸음 디딜 때마다 몸이 오른쪽으로 휘청 내려앉는다. 그걸 알기에 두 사람의 안전을 어떻게 보장할지 고민된다. 우리는 이 원형 마장에 늑대처럼 진입해야 한다. 위압적이고 사납게, 우리 뜻을 따를 것을 요구하며 조금의 반항도 용납하지 않는 자세로 들어가야 한다는 뜻이다. 새라는 마치 그것이 물음표라도 되는 양 손톱의 큐티클을 잘근잘근 씹고 있고, 플로르는 땋은 머리 타래 끄트머리를 쉬지 않고 배배 꼰다.

"플로르, 준비됐어요?"

"그럼요."

"확실해요?"

우리가 처음 만났을 때 플로르는 내게 강박적 허언증이 있다고 털어놓았다. 거짓과 진실을 구별 못한다. 평생 그렇게 살아왔다. 플로르가 말하기를, 이 목장에서는 그런 태도를 꾸며낸 자존심이라고 부른다고 했다. 하지만 플로르에게는 그렇게 단순한 문제가 아니다.

플로르는 뭐가 실제이고 뭐가 아닌지 명확히 구별하지 못한다. 너무 오랫동안 헤로인에 중독되어 살다보니 그 둘을 분간하는 게 어려워진 것이다.

내가 말을 멈추자, 플로르는 자신이 더 집중하기를, 포니테일과 손톱은 잊고 당면한 문제로 관심을 돌리기를 내가 기다리고 있다는 걸 알아챈다.

"준비가 됐는지 잘 모르겠어요, 미스 진저. 우리가 어떻게 하면 좋겠어요?"

"두 분 다 무릎을 구부려요. 그리고 양팔과 양다리를 넓게 벌려요. 자기 몸을 더 크게 만드는 거예요. 날 봐요." 나는 무릎을 굽혀 익숙한 농구 드리블 자세를 취한 다음 왜소한 나의 체구를 최대한 넓게 펴고, 벌린 양팔을 날개처럼 퍼덕거리며 옆으로—오른쪽에서 왼쪽으로, 다시 왼쪽에서 오른쪽으로—왔다갔다한다. "우리는 저기 들어가서 한 팀으로 움직여야 해요. 빈틈없는 한덩어리로요. 우리 사이에 조그만 틈이라도 포착하면 녀석들이 그 틈으로 파고들려고 할 거예요."

내 오른쪽에 있던 새라가 몸을 낮추고 나처럼 게걸음하기 시작한다. 플로르도 내 왼쪽에서 게걸음을 해본다. 셋 다 사지를 쫙 펴자 팔다리가 서로 엮인 하나의 인간 벽이 만들어진다. 일직선으로 서로 엮여 있지만 여전히 두 암말을 떼어놓을 만큼 튼튼하지는 않다.

"연습이 필요해요. 플로르, 저기 미루나무 옆에 가서 서볼래요?

새라는 원형 마장 근처에 서 있고요. 무릎을 굽히고 자세를 취해요. 내가 무슨 미친 짓을 벌이든 뒤로 물러나선 안 돼요."

두 사람은 웃음을 터뜨리지만 내가 진지하다는 걸 안다. 플로르가 팔다리를 최대한 넓게 벌리다가 풀어진 신발끈에 신경을 빼앗긴다. 새라는 쉴새없이 손톱을 물어뜯는다. 잠시 후 어떤 일이 벌어질지, 어떤 상황에 대비해야 할지 둘 다 전혀 모르고 있다. 하지만 내 설명을 듣고 정신을 번쩍 차린다. 플로르는 당장이라도 튀어나갈 기세로 발가락에 힘을 주고 몸을 들썩거린다. 새라는 한숨을 크게 내쉬고는 손가락을 말아 주먹을 쥔다. 그러고는 허리를 약간 숙이고 권투 선수처럼 두 주먹을 턱 가까이로 당긴다.

나는 둘에게서 30미터쯤 떨어진 지점까지 달려간 뒤, 준비됐냐고 다시 묻는다. 두 사람이 어정쩡하게 고개를 끄덕이고, 나는 플로르를 향해 곧장 달려든다. 윗입술을 코끝으로 말아올린 채 괴성을 지르고 으르렁거리며 달려간다. 플로르는 그 자리에서 몸을 잔뜩 낮추고 팔꿈치를 굽힌 채 양팔을 앞으로 가져가 내 공격에 방어할 최선의 태세를 갖춘다. 내가 점점 가까이 가자 플로르는 나를 향해 앞으로 달려나오면서 목구멍의 가는 통로에서 터져나오는 듯한 축축한 '끽' 소리를 낸다. 침이 회초리처럼 내 얼굴을 철썩 때린다. 이제 플로르와 마주선 나는 성난 괴성을 내지르고 펄쩍펄쩍 뛰면서 최대한 강렬하게 분노를 토해낸다. 플로르가 고막을 찢을 듯한 고음의 비명으로 맞서더니, 크게 두 걸음 쿵쿵 내디뎌 내 발가락 바로 앞까지 바짝 다가온다. 플로르의 숨에 묻어나는 단내에 나는 정신이 번쩍 든다. 새라가 고개를 돌리고 두 손으로 얼굴을 감싼다. 우리가 실연하는 닭싸움을 보고 기가 도로 꺾인 것이다. 플로르가 팔을 휘적거리자 우리의 팔꿈치가 서로 부딪힌다. 루나와 에스트렐라는 진즉에 먹는 걸 멈추고 마장 안 멀리 도망갔다.

나는 얼굴에 땀이 송글송글 맺힌 새라를 흘끔 본다. "저한테 그러지 말아주세요." 새라가 말한다.

나는 두 팔을 툭 떨어뜨리고 새라를 돌아본다. 새라가 얼굴에서 손을 떼고 말한다. "저는, 어쩌면, 이 일을 할 적임자가 아닌가봐요."

새라의 다리가 후들후들 떨리고 있다. 내가 플로르와 선보인 연습 장면을 보던 중 묻혀 있던 트라우마가 수면 위로 떠오른 모양이다. 나는 새라에게 다가가면서 낮은 목소리로 차분하게 이야기한다.

"새라가 적임자예요. 의심할 여지 없이요. 그냥 나한테 붙어 있기만 해요." 나는 손짓으로 두 사람을 불러내 앞에 세운다. "우리, 이제 준비됐어요."

나는 앞장서서 원형 마장으로 걸어가는 플로르와 새라를 바라본다. 마치 부서진 퍼즐 조각들이 일시적으로 붙어 움직이는 것 같다. 우리가 인간 장벽을 얼마나 오래 유지할 수 있을지 걱정이다. 우리가 접근하자 에스트렐라와 루나의 귀가 우리를 따라 움직인다. 녀석들은 다소 느린 속보로 펜스를 끼고 걷는다. 두 녀석은 튀어나온 부분 없이 깔끔한 몸체를 이루어 걸음마다 한덩어리로 출렁이면서 마치 하나의 물고기떼처럼 나아가고 커브를 돈다. 걸음을 디디는 내 발밑에서 자갈이 달그락거린다. 나는 의식적으로 어깨에 힘을 뺀다. 이 작전이 먹히려면 우리는 빈틈없이 온전한 상태여야 한다. 말들은 우리를 있는 그대로 꿰뚫어볼 것이다. 녀석들 앞에선 비밀이나 거짓말로 우리를 보호할 수 없을 것이다. 우리 몸의 정직함만이 무기가 될 것이다.

우리는 원형 마장으로 들어가 등뒤로 게이트를 닫아건다. 두 암말은 패닉에 빠져 펜스를 끼고 달리기 시작한다. 루나가 앞장서고 에스트렐라가 바짝 뒤따른다. 플로르와 새라가 내 양 어깻죽지에서 몇 걸음 떨어진 지점에 각각 자리잡고 사지를 한껏 벌려 회전침, 원형 마장 한복판을 가로지르는 견고한 선을 만든다. 새라와 내가 앞으로 나가고 플로르가 뒤로 가면서 우리의 바늘을 반시계방향으로 돌린다. 두 암말이 속도를 올리자 우리도 달리기 시작한다.

우리는 자매 사이에 비집고 들어가 둘을 갈라놓기에 충분한 틈을 찾고 있다. 세 여자로 이루어진 이 벽을 둘 사이에 찔러넣어 둘의 유대를 끊으려는 것이다. 플로르가 틈을 포착하고 게걸음으로 비집고 들어가, 에스트렐라가 뒤로 돌아 오른쪽으로 가게 만든다. 루나는 그대로 왼쪽으로 돈다. 이 분리가 원형 마장과 말 자매를 반으로 갈라놓는다. 일대 혼란이 일어난다.

에스트렐라가 이리 갔다 저리 갔다 하면서 루나에게 돌아가려고 기를 쓴다. 루나가 귀를 찢는 듯한 비명을 내뱉자 그 소리가 방목장을 지나 3.5미터 높이의 흙벽돌담에 부딪혀 퍼진다. 인간 회전침은 에스트렐라가 움직이는 속도만큼 빠르게 돈다. 두 자매는 각자의 반구 안을 미친듯이 빙빙 돈다. 원형 마장이 작아서 우리의 체구가 실제보다 커 보인다. 에스트렐라가 방향을 바꿀 때마다 인간 바늘도 도는 방향을 바꾼다.

우리 뒤에서 루나가 성질을 부린다. 앞발로 땅을 구르더니 하늘을 향해 쳐들고 휘둘러대는 게 보인다. 플로르는 안간힘을 써서 자리를 지키며 에스트렐라가 방향을 바꿀 때마다 앞으로, 또 뒤로 돌아 달린다. 그느라 신음 섞인 숨을 힘겹게 내뱉는다. 바늘이 뱅글 돌때마다 우리 몸뚱이는 인간 벽을 단단히 유지하려고 기를 쓴다. 새라가 슬슬 지쳐간다. 기운이 빠지면서 팔다리가 점점 더 몸통 쪽으로 오므려진다. 게걸음으로 가는 대신 다리를 뒤로 교차해 움직이고, 그래서 뱅글 돌 때마다 자기 다리에 걸려 휘청댄다.

에스트렐라가 다시 오른쪽으로 휙 돌자 인간 바늘도 같이 휙 돈다. 새라가 중심을 잃고 한쪽 무릎을 쿵 디디며 쓰러진다. 에스트렐라가 그 구멍을 포착한다. 벽의 틈을 비집고 들어가 습보*로 루나에게 뛰어가고, 그러다 새라의 휜 다리를 툭 치는 바람에 새라가 얼굴부터 땅에 박으며 고꾸라진다. 루나의 비명이 뚝 그친다. 두 암말이

* 말이 달리는 가장 빠른 속도.

하프 브로크

만나 서로 나란히 서고, 두 몸뚱이는 하나가 된다.

루나가 내지른 괴성에 사람들이 몰려들었다. 목장 부지에 흩어져 있던 재소자들이 한데 모였다. 가축전담반 남자들 몇몇도 이리로 오는 게 곁눈으로 보인다. 렉스와 폴, 오마다. 토니와 랜디는 코빼기도 보이지 않는다. 남자들은 원형 마장의 레일 맨 윗단에 몸을 기대고 서서 질문을 던지기 시작한다. 그들이 보이는 호기심에 플로르와 새라의 주의가 심히 흐트러진다. 몸을 일으킨 새라가 몸 오른쪽에 묻은 먼지를 탁탁 털어낸다. 얼굴에도 온통 분홍기가 도는 갈색 흙이 묻었고, 이마는 여기저기 긁히고 자갈이 들러붙었다. 아드레날린이 전염되어 무리를 휩싼다. 무심코 일으킨 열병이다. 검은 찌르레기 수천 마리가 하늘을 향해 일제히 울어대는 것 같다.

"조용, 조용!" 내가 소리친다. "원한다면 거기 있어도 좋지만, 대신 조용히 해요. 그리고 물러서요, 레일에서 두 걸음씩."

내가 선을 긋자 모두들 입을 다물고 그 틈에 플로르와 새라와 나는 원위치로 복귀한다. 두 사람의 얼굴에 의심이 어리는 게 보인다. 이 일을 못 해낼지 모른다는, 녀석들을 붙잡지도 굴레를 채우지도 못할지 모른다는 의심. 둘을 떼어놓고 루나의 상처를 소독해주지 못할 수도 있다는 의심이다. 새라가 땅을 내려다보고 흙을 찬다. 플로르는 군중이 모여든 이후로 한마디도 하지 않고 있다.

"두 분 괜찮아요?" 나는 새라에게 다가가 어깨에 한 손을 얹고 이마의 찢어진 상처를 살펴본다. "필요하면 일단 멈추고 내일 다시

해도 돼요." 내가 말한다. 플로르가 하도 바짝 다가와 서는 바람에 몸
의 열기가 내 얼굴까지 훅 끼쳐온다.

"안 멈출래요. 어림없어요. 쟤를 좀 봐요." 그러면서 플로르는 턱
짓으로 루나를 가리킨다. "도와줘야 돼요—오늘 당장." 우리는 모두
루나를 향해 고개를 돌린다. 녀석의 뺨을 타고 누런 고름이 뚝뚝 흐
르는 게 보인다. 플로르는 양팔을 옆에 편안히 늘어뜨리고 있다. 호
흡이 고르고, 고개를 살짝 틀고 있어서 콧구멍이 벌렁거리는 것까지
보인다. 플로르는 차분한 상태다. 자신에 차 있다. 준비가 됐다.

새라도 동의한다. 우리는 원위치로 돌아가고, 그러자 말 자매도
덩달아 펜스를 따라 다시 달리기 시작한다. 이번에도 루나가 앞장선
다. 에스트렐라는 뒤처진다. 힘이 빠진 것이다. 패닉과 두려움도 더
이상은 걸음을 재촉하지 못한다. 플로르가 다시 틈으로 파고들어 에
스트렐라를 오른쪽으로 떼어낸다. 에스트렐라와 루나의 연결이 다
시금 끊긴다.

우리는 큰 보폭으로 다함께 옆걸음 치면서, 야생마 부대처럼 하
나로 움직인다. 우리 몸 사이의 공간은 목적의식이 메워준다. 에스
트렐라의 행동이 변하기 시작하자 우리는 루나의 고통을 마음 한구
석으로 치워놓는다. 에스트렐라는 이제 반 바퀴씩 돌고 있다. 우리
가 당김음 박자로 바늘을 왼쪽에서 오른쪽으로, 다시 오른쪽에서 왼
쪽으로 돌리자 그 신호에 따라 녀석도 축을 중심으로 이리로 돌았다
저리로 돌았다 한다. 고요한 조화가 녀석에게 찾아든다. 녀석은 그렇

게 오 분을 더 달리다가 멈추고, 레일과 나란히 서서 두 눈을 우리에게 고정한 채 거친 숨을 몰아쉰다. 나는 녀석의 얼굴에서 익숙한 것을 발견한다. 야생성이 벗겨져나가면서 드러난, 길들여진 가축의 본성이다.

우리는 꼼짝 않고 서서 에스트렐라가 숨을 돌리게 내버려둔다. 녀석의 몸이 떨린다. 경직됐던 근육이 풀어지는 것이다. 에스트렐라의 마음이 루나로부터 분리되기 시작한다. 나는 마장 한복판에서 에스트렐라를 향해 움직인다. 녀석이 발을 떼거나 도망치려 들 경우 플로르와 새라가 내 양옆을 엄호하고 있으니 충분히 제지할 수 있다. 나는 살며시 손을 뻗어 녀석의 목과 어깨를, 이어서 가슴팍 중앙을 살살 긁어준다. 녀석이 들이마시다가 턱 걸린 숨을 가볍게 푸르르 하며 한꺼번에 내뱉는다.

플로르와 새라는 감정이 북받쳐 먹먹해한다. 아래 속눈썹에 눈물이 그렁그렁 맺힌다. 이 목장에서 두 암말에게 손끝 한번 대지 못한 채 지내온 시간이 얼마인가. 그리 크지도 않은 목장인데 말이다. 여기서는 모든 인간, 모든 동물이 전체와 연결되어 있다. 그런데 루나와 에스트렐라는 고립되고 외상을 입은 채 너무 오랫동안 방치돼 있었다. 그렇게 사는 게 어떤 건지, 플로르와 새라는 잘 안다.

우리는 루나를 곁눈질로 주시한다. 녀석은 원형 마장의 나머지 반원 안에서 왔다갔다하면서 몇 걸음마다 비통한 신음을 내뱉고 있다. 나는 에스트렐라를 놔두고 플로르가 오늘을 위해 자기 매니큐어와 똑같은 색깔로 고른 보라색과 빨간색 수장굴레가 들어 있는 상자로 서둘러 걸어간다. 그걸 꺼내와 에스트렐라에게 다시 살며시 다가간 뒤, 수장굴레와 리드줄은 내 어깨에 늘어뜨려놓고 다시금 손으로 녀석을 쓰다듬기 시작한다.

에스트렐라는 조금도 움찔하지 않고 내가 수장굴레의 코끈을 주둥이에 씌우게 해준다. 코끈의 놋쇠 버클을 찰칵 채운 다음 녀석을 끌면서 문 쪽으로 움직이자 녀석이 순순히 따라온다. 지금 보니 이 목장에 오기 전 사람 손을 탄 티가 난다. 내 손길을 받아들이고 금세 사람을 신뢰하는 걸 보면 말이다. 회복이 힘들 정도로 심하게 몸과 마음을 다친 말들은 이리 쉽게 행동이 달라지지 않는다. 루나는 절박한 비명 지르기를 멈추고 처음으로 조용히 서서 에스트렐라가 가는 걸 지켜본다. 사위가 정돈되고, 쨍하고, 고요하다. 나는 플로르에게, 와서 에스트렐라를 데려가라고 손짓한다. 우리는 자리를 바꾼다.

새라와 플로르, 에스트렐라가 천천히 걸어 원형 마장에서 나간다. 에스트렐라의 머리와 목이 낮게 드리워진 채 몸과 따로 느슨하게 흔들린다. 두 눈은 동그랗고 반들반들한 구슬 같다. 더는 말썽을 일으킬 태세로 주변을 두리번거리지 않는다. 이렇게 빨리 소속을 바꾸는 게 내심 놀랍다. 그 모습이 내 가슴 한복판에서 외로움 한 조각을 도려낸다. 셋이 발 맞춰 나가는 걸 보다가 새라가 다리를 절지 않는 것을 눈치챈다. 휘었던 다리가 지팡이처럼 꼿꼿하게 펴졌다.

나는 돌아서서 다시 양발을 넓게 딛고 루나가 나가는 동생을 향

하프 브로크

해 돌진할 순간에 대비하지만, 루나는 원형 마장 반대편에 레일과 나란히 미동도 없이 서 있다. 멀쩡한 한쪽 눈을 내게 겨눈 채.

두 말 자매가 이 년 전 목장에 온 얘기를 플로르가 해주었다. 근처 마을의 삼류 브리더*가 놓고 갔단다.

"너무 작아서요." 그 브리더는 가축전담반에게 이렇게 말했다. 하지만 속뜻은 암말이라 쓸모가 없다는 것이었다. 사람들은 거세마를 선호한다. 거세한 수놈은 더 높은 값을 받을 수 있고, 금방 팔린다.

가축반의 누구도 트레일러차 안을 들여다보고 말들이 굴레를 차고 있는지 확인할 생각을 못 했다. 말들이 사람 손을 탄 적이 있는지 물어볼 생각도 못 했다. 가축반이 막 문을 열어젖히는데, 그 브리더가 말들을 겁줘서 뛰쳐나가게 하려고 막대기로 트레일러 측면을 쾅쾅 두드렸다. 그러자 루나와 에스트렐라는 몸을 비틀고 서로 마구 부딪치다가 어느 순간 패닉에 빠져 트레일러 뒷문으로 튀어나가 방목장을 가로질러 가버렸고, 이후 누구도 손대지 못했다. 지금까지는.

가축반의 누군가가 브리더에게 말들의 이름이 있는지 물었다.

"이름은 무슨. 그런데 둘이 자매예요." 그는 이렇게 대꾸하더니 트레일러 문을 탕 닫고 트럭 운전석으로 뛰어가 올라탔고, 서둘러 목장 게이트를 빠져나가면서 백미러에 비친 가축전담반에게 행운을

* breeder, 가축이나 동물의 교배와 번식을 직업으로 맡아 하는 사람.

빈다고 외쳤다.

"낙오자들." 새라는 나에게 이렇게 말했다. "이 녀석들은 낙오자 예요. 꼭 우리처럼."

제대로 된 손길을 받지 못하고 애정도 거의 받아본 적 없는, 심지어 이름도 없는 녀석들.

우리 모두에게는 지나온 배경이 있지만, 그렇다고 우리가 어딘가에 속해 있는 건 아니다. 새라의 모친은 새라를 목 졸라 죽이려고 했다가 이 주 뒤 본인이 자살했다. 지금 새라는 통통하고 짧은 두 팔을 에스트렐라의 검은색과 흰색 얼룩무늬 목에 두르고, 머리는 녀석의 이마에 대고 서 있다. 둘 다 눈을 감는다. 플로르가 단단히 엉킨 에스트렐라의 갈기털을 손가락으로 빗어 풀어주려고 낑낑댄다. 나는 내 트럭에서 차가운 생수를 마시고 숨을 고르며 셋을 바라본다. 남자들 대여섯 명이 에스트렐라를 에워싸고 애정 공세를 퍼붓고 있다. 내 트럭 뒷좌석에는, 필요 없기를 바라면서도 챙겨온 올가미 밧줄이 있다. 좌석 시트 위에 무해하게 쭈그러져 있는 모양새만 보면 내가 루나를 못 잡을 시 그걸 녀석의 목 위로 붕붕 휘두르는 모습이 상상이 안 된다.

루나는 더 이상 동생을 향해 울부짖지 않고, 고개를 들지도 않는다. 그나마 떠지는 쪽 눈꺼풀이 멀쩡한 눈을 반쯤 덮고 있다. 루나는 원형 마장 안을 서성대다가 게이트 한가운데를 들이받고 또다시 서성대기를 반복한다. 발굽이 만들어내는 리듬이 소름끼치게 공허하다. 말은 스트레스를 받으면 외부 세계를 차단하고 자기 안으로만 파고든다. 그럴 때면 사나운 짐승이 아니라 로봇처럼 보인다. 경계의 촉이 꺼진 말은 귀가 측면을 향하고 얼굴은 땅을 향한다. 갇힌 짐승처럼, 목적을 잃고 되는대로 움직인다. 아니면 가만히 서서 눈도 깜빡이지 않고 아득히 먼 곳을 응시한다.

나는 물을 한 모금 더 마신다. 목구멍이 아리기 시작한다. 나는 푹 꺼진 그곳을 너무 잘 안다. 태어나서 처음 여섯 해 동안 나는 말을 거의 안 했다. 침묵은 금발이나 넓은 이마 혹은 아기 같은 눈 주위의 자글자글한 근심주름처럼 내가 가지고 태어난 것이었다. 나는 이 세상에 나온 순간부터 무언의 상태로 살기를 택했다. 심지어 내 방에 혼자 있을 때조차 말을 하지 않으려 했다. 나는 잠잠한 공간에서 살았고, 거기서는 침묵이 나를 보호해주었다. 나에게 언어는 보통 사람에게 그것이 가지는 의미 — 자신을 표현하는 힘 — 가 아니었다. 세상을 이해하는 힘도 아니었다. 나에게 언어는 모든 것을 베어버리는 칼과 같았다.

나는 정신없이 움직이는 가족에게서 태어났다. 우리 가족들은 속사포처럼 말했다. 부산스럽게 움직였다. 한 단락이 숨 쉴 틈도 없이 다음 단락으로 넘어갔다. 듣고, 생각을 떠올리고, 문장을 지을 틈은 극히 작았다. 모든 대화가 소리의 동시다발적 산사태인 양 괴성을 이루어 주위를 감돌았고, 끊임없이 내뱉어지는 소리들이 방안의 공기를 모조리 빨아들이는 것 같았다.

말을 할 수 없었던 나는 몸을 관찰하는 법을 배웠다. 우리 가족은 움직임의 불협화음이 되었다―손가락과 손과 팔 들이 서로 닿고, 움찔거리고, 긁고, 뜯어댔다. 상체들이 흔들거리다가 다른 몸통과 너무 가까워지면 움찔하며 물러났다. 눈들은 사방을 두리번거리고, 천장을 빤히 쳐다봤다가 창밖을 내다보기도 하고, 다시 황토색 리놀륨 바닥을 내려다보았다. 양쪽 가장자리에 깊은 주름이 팬 입술들은 머릿속에서 튀어나가려고 대기중인 떠들썩한 생각을 언제든 내보낼 준비가 되어 있었다.

나는 이 인간들이 만들어낸 폭풍의 눈에 앉아 있다가 한순간 상체를 굽혀 작은 공처럼 몸을 말았다. 그러고는 넘실대는 그 몸들 사이를 기어서 우리 집 개 샌디가 자고 있는 거실 소파 쪽으로 갔다. 소파 앞에 놓인 테이블 밑으로 들어가 숨었다. 거기서 관찰했다. 무릎 아래만 보이는 다리들은 거친 날씨에 포위된 나뭇가지 같았다―서로 문지르고, 비틀고, 관절이 두둑거렸다. 눈을 들면 샌디의 가슴팍이 깊고 길게 들이마신 숨으로 부푸는 모습이 보였다. 샌디의 몸은 내 눈이 머물러 쉴 수 있는 정지점이었다.

루나의 머리가 땅에 낮게 드리워져 있다. 루나는 어느덧 서성이던 걸 멈추고 펜스에 딱 붙어서 있다. 나는 상체를 뒤로 빼 뒷좌석에서 올가미를 집어들고 트럭에서 내려 원형 마장으로 간다.

토니와 랜디가 어느 틈에 와 있다. 내가 막 언더핸드루프*를 만드는데, 두 사람이 가축전담반의 다른 남자들과 함께 원형 마장 바깥쪽에 마치 커다란 바윗돌들처럼 빙 둘러선다. 나는 올가미 다루는 데 서툰 편이다. 올가미 쓰는 법은 몇 년 전 어느 나이든 카우보이한테 배웠다. 보통때는 한 달에 며칠씩 우리 집 헛간 앞에 세워놓은 플라스틱 소머리에 대고 스윙을 연습하는 게 전부다. 겁에 질린 불쌍한 루나를 포획하는 건 훨씬 고난도의 목표가 될 것이다.

루나의 고통이 내 눈을 통해 몸에 전이된다. 내가 뭘 해야 할지 알겠다. 루나는 절대 항복하지 않을 것이다. 결코 자진해서 잡혀주지 않을 것이다. 자유를 위해 싸울 것이다. 다친 눈을 영영 잃게 되더라도.

루나는 안에 부서진 부분이 있다. 그렇게 태어났거나, 아니면 다른 누가 그렇게 만들었다. 어느 쪽이든 루나에게는 돌아갈 집이 없다. 그러니 루나가 우리에게 오게 해야 한다. 부탁하지 말고, 애틋해하지도 말고, 변화시키려 들지도 말아야 한다. 그냥 올가미를 씌워야 한다. 자신 없지만, 별다른 수가 없다. 내가 밧줄을 빙빙 돌리기 시작할 때만 해도 루나는 반쯤 초주검 상태더니, 이내 반짝 살아나서는 습보로 달리기 시작한다.

각도. 각도가 관건이다. 1미터 앞, 1.2미터 앞, 1.5미터 앞. 미리

* underhand loop, 짧은 쪽 끝이 밑으로 가게 만든 매듭 고리.

계산해야 한다. 그런 다음 녀석의 뒤로 살짝 물러난다. 대각선 방향에서 올가미를 녀석의 얼굴 측면을 향해 던지기만 하면 된다. 올가미가 미처 포착하지 못한 구름처럼 덮쳐야 한다. 무슨 일이 벌어진 건지 녀석이 알아채기 전에 얼굴에 걸쳐야 한다. 빗나가서 내가 이 생가죽 고리로 녀석의 얼굴을 때리기라도 하면, 녀석은 펜스를 부수고 달아나려 할 것이다.

남자들 몇이 다리를 어깨너비로 벌린 채 골반에 손을 얹고 서 있고, 루나는 원형 마장의 펜스를 끼고 달리고 있다. 토니와 랜디가 루나의 관심을 다른 데로 돌리려고 두 팔을 크게 휘두른다. 루나가 성이 나서 마장 안을 미친듯 돌면서 점점 커지는 내 올가미 고리를 주시한다. 뒷다리 뒷면을 타고 땀이 뚝뚝 흐른다. 귀가 납작하게 젖혔고, 꼬리는 양 궁둥이 사이로 바짝 올라가 있다. 내가 너무 가까이 다가가면 냅다 차버릴 기세다.

다시 속으로 숫자를 세면서 올가미를 점점 천천히 휘두른다. 고리가 길고 홀쭉한 모양인데, 더 넓혀야 한다. 휘두를 때마다 올가미 끄트머리가 자꾸만 땅에 닿는다. 나는 팔꿈치를 펴서 몸에 좀더 붙이고 손목도 편다. 손을 하늘로 향한 채 휘두르자 올가미가 루나의 몸 절반을 덮을 만큼 커진다. 하나…… 둘…… 셋에 올가미를 날린다. 루나의 후방에서 붕 떠오른 올가미는 대형 프리스비처럼 루나를 앞질러 튀어나가 공중에 붕 뜬다. 올가미가 루나의 전방 1미터쯤에 떠 있을 때 루나가 발작해 올가미보다 앞서나가려고 5단 기어로 바꾸고

하프 브로크

서 힘껏 박차고 나간다. 그러자 올가미가 루나의 어깨를 두르며 떨어진다.

　고리를 조여. 젠장, 고리를 조이라고. 올가미가 다리까지 흘러내려서 엉망진창이 되기 전에. 나는 뒤로 뛰어간다. 밧줄을 감아들고 루나의 목에 올가미가 팽팽히 걸리게 한다. 두 손으로 밧줄을 꽉 잡고 팔을 몸 쪽으로 당겨 양손을 배 앞에 둔 채 녀석이 반대편 끝을 당길 순간에 대비한다. 닿았어! 루나가 공중에 붕 뜬다. 앞다리가 내가 잡은 밧줄보다 위로 솟구치고, 녀석이 몸을 돌리자 올가미가 녀석의 배에 걸친다. 한번 더 녀석이 올가미를 팽팽히 잡아당기고, 그 반동을 이용해 내가 녀석의 몸을 반대 반향으로 돌린다. 이제 녀석은 밧줄에 엉켜서 단단히 화가 났다. 앞다리로 밧줄에 마구 발길질을 하고 습보로 달리면서 줄에서 풀려나려고 기를 쓴다. 그렇게 펄쩍대고 몸부림치면서 마장 안을 한 바퀴 더 돌자 밧줄이 녀석의 목에 제대로 걸린다. 내가 밧줄을 더 말아 꽉 잡은 다음 54킬로그램 체중에서 쥐어짜낸 힘을 다해 녀석을 홱 돌리자, 녀석이 나를 바라보며 멈춰 선다. 뜨거운 김을 뿜으면서.

　루나가 갑자기 달리기 시작한다. 다시 한번 방향을 틀어 제 몸에 연결된 줄을 앞지르려 하지만 벗어날 구멍이 없다. 우리는 서로 연결돼 있다. 이리저리 끌고 당기기를 십오 분 더 한다. 나는 밧줄을 점점 더 내 쪽으로 감아들인다. 1.5미터 전방에 루나가 정지한다. 감여된 얼굴 부위의 악취가 여기까지 진동한다. 오늘은 친구를 사귀지는 못

할 것 같다. 오늘은 저 눈을 구하는 걸로 만족해야겠다.

나는 루나의 후구와 적당히 거리를 두고 녀석의 측면으로 이동한 뒤, 녀석의 목을 흉곽 쪽으로 접는다. 이 자세에서 녀석은 후구를 몸뚱이 아래로 낮춰 나를 다시 마주봐야 한다. 이 자세에서는 달아날 수 없고, 나를 들이받을 수도 없다. 나는 목의 뻣뻣함이 반쯤 풀어질 때까지 십 분간 더 녀석의 목을 좌우로 꺾는다. 입안이 바싹 말랐고, 턱은 얼얼하고, 살도 후들거리는데, 셔츠 안에 맺힌 땀이 살갗을 간질인다.

"남자 둘. 남자 둘만 와봐요." 나는 목구멍에 걸린 말을 간신히 내뱉는다. "지원자가 두 명 필요해요. 누가 호스를 급수전에 연결해 줘요. 이 녀석을 씻겨야 해요."

토니가 마장 펜스를 홀쩍 뛰어넘는다.

"제가 잡고 있을게요." 그가 대뜸 말한다. 내가 루나의 머리통을 몸통에 거의 붙을 정도로 바짝 접고 있어서 녀석은 근육에 힘이 빠져 부들거린다. 손에 쥔 올가미 밧줄이 불타는 듯 뜨겁다.

"녀석이 몸을 펴게 해선 안 돼요." 내가 토니에게 말한다. "그러면 후구를 펴서 당신을 뒷발질로 날려버릴 거예요."

"호스 연결했어요!" 렉스가 소리치더니 초록색 뱀 같은 호스를 루나에게 겨눈다. 루나는 호스가 자기를 죽이려고 덮치기라도 하는 양 목울대를 울리며 거친 숨을 훅훅 토한다.

"천천히! 천천히 움직여요, 렉스!" 나는 이렇게 외치면서, 앞으로 튀어오르려는 그를 제지하기 위해 두 팔을 아래로 펌프질한다. "물을 틀어요. 처음엔 살살요. 가뜩이나 겁먹었는데 더 겁먹게 하면 안 되니까요."

급수전 손잡이가 위로 끼이익 들리는 소리가 나더니 호스 주둥이에서 물이 쪼르륵 흘러나온다.

"준비됐어요, 토니?" 내가 묻는다.

토니는 고개를 한 번 짧게 끄덕인다. 렉스가 호스 끝을 들어올리자 루나의 얼굴에 물이 주르륵 떨어진다. 루나는 벗어나려고 고개를 움찔움찔 틀고, 입을 벌렸다가 다물며 이빨을 딱딱 맞부딪친다. 딱. 딱. 딱. 붙잡혔는데도 살겠다고 이렇게 싸운다.

"그냥 물이야, 루나." 나는 나지막한 소리로 달래고, 급수전 옆에 서 있는 폴에게 핸들을 조금 더 올리라고 지시한다. 물이 루나의 얼굴에 쏟아진다. 토니가 녀석을 단단히 붙들고 있다. 루나의 멀쩡한 눈이 다음엔 또 뭐가 덮칠지 살피느라 주위를 이리저리 두리번거린다.

"물 잠가요." 내가 폴에게 지시한다. 호스 물줄기가 뚝 끊긴다. "토니, 오른손으로 이 녀석을 조금 긁어줄 수 있어요?" 우리가 아주 조금씩 다가가면 루나도 우리를 신뢰하는 법을 배울 수 있을 것이다.

토니가 손톱을 세워 루나의 목을 뒤덮은 울퉁불퉁한 모기 물린 자국들을 살살 긁는다.

"더요. 잘하고 있어요. 계속 긁어요." 내가 지시한다. 토니가 본격적으로 긁기 시작하고, 루나가 몸을 점점 더 그의 손에 갖다 댄다. 녀석이 목에 걸린 것을 뱉듯 기침을 토하자, 초록색 알팔파 이파리들이 입에서 촤악 뿜어져나온다. 그러더니 녀석은 제 입술을 핥고 침을 삼킨다. 한번 더 핥고, 삼킨다. 이윽고 고개를 떨구고 한숨을 내쉰다.

"물 틀어주세요. 이번에도 살살요." 폴이 급수전을 작동한다. 렉스는 호스를 루나의 얼굴에 겨눈다. 루나는 얕은 숨을 길게 들이쉬면서 제 이마의 깊은 상처에 물이 스며들도록 내버려둔다. 딱지가 앉은 고름이 한 번에 작은 조각 하나씩 떨어져나가기 시작하더니, 마침내 가장 큰 덩어리들도 떨어진다. 나는 상처가 얼마나 심각한지 보려고 가까이 다가간다. 뼈가 보인다. 찢어진 부위 가장자리의 살은 이미 죽었다. 그 부위는 혈행이 멈춘 지 오래다.

새라와 플로르가 뒤에서 다가와 내 목 뒤에 숨을 내뿜으며 상처를 들여다본다. 루나의 얼굴이 마치 지형도 같다. 겹겹의 분홍색, 회색 살에, 7.5센티미터 길이의 찢어진 부위는 살짝 초록색을 띤다.

"괜찮아질까요?" 플로르가 속삭여 묻는다.

주위를 둘러보니 루나의 고통을 향해 몸을 기울인 이들의 얼굴이 보인다.

"모르겠어요. 일단 물이나 계속 끼얹어주세요."

껍질조차 다 벗겨진 너와 나

1992년 노스캐롤라이나

극도로 흥분해서 발굽을 굴러대는 소리가 밤공기를 울린다. 녀석은 오늘 낮 오래된 염소 축사 동쪽 귀퉁이에서 갈퀴로 긁어모은 떡갈나무 낙엽 더미에 무릎까지 잠겨 있다. 신경이 유난히 예민한 말에게 최상의 보금자리는 아니지만, 지금 내가 해줄 수 있는 최선이다. 축사에 가까워지자 나뭇잎이 바스락 밟히는 소리와 마방 벽에 던져져 부딪히는 소리가 들린다. 축사 앞마당에 긴 그림자를 드리운 반달이 내 발밑에도 나뭇가지들의 형상을 쭉 늘어 펼쳐놓았다. 녀석이 움직임을 멈추고 내 소리에 귀기울인다. 나는 가로세로 3.6미터짜리 마방을 빙 둘러 감싼 벌목재 송판들 틈으로 안을 들여다본다. 송판은 오래된 나무가 자라면서 그러듯 비틀리면서 뻗어 있다. 마감이 덜 된 나무판자에서 부숭부숭 일어난 가시에 이마를 갖다 대자 녀석의 윤곽이 보인다. 목의 곡선이 완만한 골짜기로 흐르듯 등으로 이어지더니 궁둥이에 이르러 나지막한 언덕처럼 살짝 올라갔다. 녀석은 다시 서성대기 시작한다. 자기를 가둔 우리의 네 귀퉁이 안에서 있는 대로 몸을 비틀면서.

녀석의 발굽 아래 자잘한 나뭇가지들이 초소형 폭탄처럼 타다닥 터지자, 녀석의 팽팽한 피부를 타고 미세한 진동이 파르르 퍼져나간다. 녀석은 흉부에서부터 격하게 숨을 토해낸다. 축축한 콧구멍으로 분사된 콧김이 송판들 사이로 튀어나와 내 뺨을 간질인다. 그 친밀성을 인식한 순간, 내가 전 애인들에게 품었던 것과 똑같은 두려움이 솟구친다. 너는 얼마나 위험한 존재야? 얼마나 가까워져야 너를 알 수 있어?

녀석은 내 바로 앞에 멈춰 서서 내 시선에 맞춰 고개를 낮추더니 송판들 사이의 가느다란 틈으로 내다본다. 우리는 겨우 몇 센티미터 간격을 두고 같은 눈높이에 있다. 나는 숨을 들이마시려고 한다. 하지만 숨은 목구멍을 반쯤 내려가다 만다. 입술을 꽉 다물자 날숨이 반쯤 내뱉다 끊어진 신음처럼 코로 터져나간다. 녀석이 겁을 먹고 반대편 구석으로 물러나더니 차가운 콧김을 내뿜는다. 히히힝 하는 고음의 비명이 낡은 헛간을 채운다.

내가 그 녀석을 사면 좋겠다고 생각한 사람은 한 명도 없었다. 내 애인도, 친구들 중 누구도 그렇게 생각하지 않았다. 오로지 밥만이 예외였다. 밥이 소유한 28만 제곱미터 규모의 목장은 대지 4만 제곱미터에 낡은 통나무 오두막만 덩그러니 있는 우리 목장과 경계를 맞대고 있었다. 내가 그쪽 목장에 말을 좀 데려다놔도 되겠느냐고 묻자, 밥은 즉시 오래된 수동 급수전을 떼어내고 뻣뻣하고 삐거덕거리긴 하지만 번쩍이는 빨간색 새 급수전을 설치했다. 고작 물 20리터 받는 데 손잡이를 위로 열다섯 번 아래로 열다섯 번 펌프질해야 하는 수전이었다. 쓰다보면 헐거워질 거여, 한마디하더니 밥은 곧바로 삐거덕거리는 데마다 기름칠하는 작업에 착수했다.

밥과 나는 어느 날 오후 일을 마치고 밥의 낡은 작업용 트럭을 몰고 그 녀석을 만나러 갔다. I-40번 국도를 타고 서쪽으로 이십 분 달리다가 I-85번 도로를 타고 남쪽으로 꺾어 더 달려야 했다. 낡은 트럭이 낼 수 있는 최대속력을 냈는데도 우리는 줄곧 오른쪽 차선에 머물러야 했다. 신형 자동차들이 꾸준히 우리 옆을 지나쳐갔다. 운전자와 합승자 들은 지나갈 때 고개를 돌려 우리 트럭 안을 들여다봤다. 그들 눈에 비친 나는 과연 어떤 여자일까 궁금했다. 조용하고 남의 눈에 띄지 않는 유령 같은 나였을까, 아니면 얼마 후 달라질 나였을까.

밥과 나는 이듬해 봄 건초용 풀을 경작할 계획이라든가 밥이 거의 평생을 산 땅에 대해 물 흐르듯 대화를 나누었다. 밥은 다시 말을 데려오면 잠들어 있던 꿈이 깨어나는 것 같을 거라고, 자신이 그토록 사랑하는 말 사육을 지속할 이유가 될 거라고 했다. 삶에 목적을 부여해줄 거라고.

우리는 물이 흘러내리도록 솜씨 좋게 가운데 부분을 높인 자갈 진입로와 짙푸른 풀이 무성하게 자란 비료 친 목초지에 경쾌해 보이는 새하얀 펜스까지 완벽하게 갖춘 깔끔한 말 목장 부지로 들어갔다. 완만한 주변 언덕들에는 털이 햇볕에 바래지 않게 경량 모포를 두른 손질 잘된 말들이 점점이 흩어져 있었다. 내가 처음 전화했을 때 목장주는 그 암말이 다루기 여간 힘든 게 아니라고 했다. 몇 번 타보려고 했지만 보통내기가 아니더라고 했다. 녀석이 끊어먹은 수장굴레와 라이딩용 굴레가 벌써 여러 개이며, 게이트도 몇 개 무너뜨렸고, 펜스도 수차례 넘었다는 것이다. 나는 전화를 끊고 이 짤막한 설명을 밥에게 전달했는데, 밥은 전혀 걱정하지 않는 기색이었다.

"우리가 고놈이 고런 문제행동을 졸업하게 해주지 모덜 이유가 없제. 아직 어리니께." 밥이 남부 사투리 특유의 노래하는 듯한 어조로 자기 견해를 밝혔다.

우리가 도착했을 때 녀석은 흠잡을 데 없이 깨끗한 축사의 통로 중간쯤에 위치한 커다란 마방에 있었다. 통로에는 건초 이파리 하나, 거름 한 방울 떨어져 있지 않았다. 우리는 소리를 먼저 들었다. 녀석은 밭은 숨처럼 콧김을 내뿜고, 바닥을 구르고, 마방 벽의 수직 판자를 덜컹덜컹 흔들어대고 있었다. 녀석의 방에서 축사 통로로 먼지가 풀풀 날아왔다. 그 녀석을 처음 본 순간 나는 충격을 받았다. 녀석은 겁에 질리고 잔뜩 성이 나서 온몸에 땀이 맺히고 흉근 사이에는 허연 거품마저 배어나오고 있었다. 악마라도 본 것처럼 반쯤 정신이 나

하프 브로크

간 듯했고, 도무지 길들일 수 없을 것 같았다. 축사에서 일하는 청년들이 인사를 하고는 우리에게 녀석의 수장굴레와 라이딩용 굴레를 건넸다. 그런 다음 조심하라고 당부하더니 우리만 두고 나가버렸다.

밥이 나를 트럭 세워둔 데로 보내 브러시와 말빗, 안장깔개 그리고 밥이 애지중지하는 먼지 쌓인 낡은 안장을 꺼내오게 했다. 안장 자락 한 귀퉁이에는 수작업으로 서명이 새겨져 있었다. 희미해지고 닳았지만 '안장 제작자 빌리 쿡'이라는 글자를 알아볼 수 있었다. 나는 가져온 마구를 전부 녀석의 마방 문밖에 쌓아놓았다. 그런 다음 밥과 함께 먼저 마방 문을 열고, 녀석이 몸으로 밀고 뛰쳐나가지 못하게 쳐놓은 바리케이드를 고정하느라 문틀에 감아놓은 사슬 두 줄을 푼 뒤 안으로 들어갔다. 녀석의 등에서 김이 피어올랐다. 두 눈은 추분의 보름달처럼 휘둥그렇고 동공 주위로 흰자가 가늘게 희번덕거렸다. 녀석은 우리 주위를 불안하게 서성댔다. 발이 땅에 붙어 있을 새가 없어 보였다.

"착하지, 아가야." 밥이 느릿느릿 한마디 뱉었다. 속으로는 불안할지언정 목소리와 겉모습에서는 전혀 티가 나지 않았다. "착 하 지."

밥은 곧장 녀석에게 다가가 어깨에 손을 얹었다. 밥이 손을 뻗는 순간 녀석은 바닥을 구르던 발을 멈추고 고개를 높이 쳐들더니 밥의 바로 옆에 가만히 섰다. 내가 밥에게 브러시를 건넸다. 빗어서 떼어낼 것도 별로 없었다. 갓 뽑아낸 오토바이의 메탈릭 컬러를 연상케 하는, 반들거리는 황적색 털이었다. 어쨌거나 밥은 빗질을 했다. 밥의 손길에 녀석은 조금 차분해지는 것 같았다. 뛰쳐나가고픈 충동이 좀 가라앉는 듯했다. 밥은 브러시로 녀석의 등에서 허리까지 살살 쓸다가 다시 흉부로 올라가, 한창 젊은 말의 불끈 튀어나온 근육에서 말라붙은 땀 거품을 털어냈다. 그러는 내내 밥은 나긋나긋한 음성으로 녀석에게 말을 걸었다. 밥은 청력이 많이 약해져 무슨 말이든 소리치듯 내뱉었다. 그런 양반이 이 녀석에게는 꿈결에 이야기하듯 나직이 속삭이고 있었다. 아마도 밥 자신에게는 그 나직한 목소리가 머릿속에서나 들릴 터였다. 그런데도 말은 밥의 목소리를 잘만 듣는 것 같았다. 나는 밥에게 갈기 빗과 꼬리 빗을 건넸고, 밥은 다시금 빗질로 녀석의 곤두선 신경을 가라앉히는 마법을 부렸다. 그가 털을 살살 빗겨주자 녀석의 고개가 내려갔다.

"이 녀석을 묶지는 않을 거여. 그럴 필요 없으니께. 오늘은 그런 압박까지 가할 필요가 읎어." 밥이 나에게 쩌렁쩌렁한 목소리로 외쳤다. 녀석은 밥의 갑작스러운 큰 소리에도 별로 당황한 기색 없이 귀만 쫑긋거리며 서 있었다. "이 굴레를 씌울 거여, 안장도. 그런 다음 니가 이놈을 타봐."

이제 두 살 된 녀석은 몸이 벌써 탄탄한 경주마 같았고, 나는 나대로 어쨌든 말이 필요했다. 그동안은 근처 마구간 관리인의 대타로 그 집 쿼터종*을 타고 있었다. 그간 늘 남의 말을 탄 건 내 수입이 말

---

* 4분의 1마일 경주용으로 개량한 몸집 작고 튼튼한 말.

하프 브로크

을 소유하고 돌봐줄 만큼이 안 되고 저축액도 부족해서였다. 그러다 스물아홉 살이 되니 내 말을 갖고 싶어졌고 내 말이 필요했다. 그래서 몇 달 전 밥을 찾아가 적당한 말을 찾는 걸 도와달라고 했다. 마침 밥의 조카 제리가 이 목장에서 조교를 하고 있었는데, 골칫거리 암말이 한 마리 있다고 얘기해줬다. 마주들이 처분하고 싶어해서 가격도 마침 적당했다. 제리가 사진을 가져와 보여줬고, 밥은 보자마자 마음을 빼앗겼다.

밥이 옛날에 길렀던 말들 얘기를 할 때 잘 들어보면, 한 마리 한 마리에게 다 사연이 있었다. 밥은 이 말이 저 말이랑 어떻게 달랐는지 시시콜콜 늘어놓았다. 어린 말을 길들이려면, 오른쪽으로 속보할 때 보폭이 짧아진다든가, 특정 종류의 조명이 비치면 숨을 참는다든가, 시끄럽고 부산스러운 사람들 근처에서는 침도 못 삼킨다든가 하는 미묘한 신호도 신경을 초집중해 알아채야 한다고 했다. 하지만 그 모든 말들에게 하나 공통점이 있었는데, 바로 다들 잘하려고 한다는 것이었다고 밥은 입버릇처럼 말했다. 혼란을 느끼면 곧바로 명확히 신호를 줄 것을 요구하는 등, 가식을 모르는 녀석들이었다고 했다. 누구를 태워도 절대 안 떨어뜨렸던 빅 레드라는 녀석도 그랬다. 밥의 표현을 그대로 옮기자면, 빅 레드는 동쪽에서 서쪽으로, 또 북쪽에서 남쪽으로 어떻게든 슬그머니 움직여서 제 등에 탄 사람을 기를 쓰고 똑바로 태우고 있으려 했다. 누구든 안전하게 태우려고 '단단히 작정한' 놈이었다.

어느 날은 밥이 이렇게 말했다. "대부분의 사람들은 말여, 말만치도 생각을 못한단 말이지."

사진 속 녀석의 등을 손가락으로 쓸면서 그는 말했다. "생김새로 보아하니 이 녀석은 일등급인디, 거의 헐값에 파는구먼."

밥이 늘 강조하는 필수조건이 그것이었다. 항상 협상하라. 절대로, 결코 말값을 후하게 쳐주지 마라. 절대로.

밥은 밧줄도 수장굴레도 씌우지 않은 녀석의 머리를 굳은살 박인 손으로 위에서 아래로 살살 쓰다듬었다. 그러자 녀석은 꼿꼿이 힘주고 있던 몸을 풀고 왼쪽 뒷다리를 접어, 그루밍 반시간 만에 처음으로 편한 자세를 취했다. 긴 목과 선이 고운 머리가 밥의 어깨높이로 내려왔다. 녀석은 크게 하품을 하면서 눈을 꿈벅거렸다. 꽉 다문 턱 안에 갇혀 있던 긴장의 악취가 우리에게 훅 끼쳐왔다. 내가 밥에게 굴레를 건넸고, 밥은 끙끙대며 그걸 씌웠다. 작고 호리호리한 밥은 키 170센티미터의 나보다 몸집이 별반 크지 않았다. 그런 밥이 녀석의 머리 위로 팔을 쭉 뻗어 고삐를 목 뒤로 넘겨 기갑에 얹어놓았다. 다음으로는 재갈을 준비했다. 길이 잘 든 그 재갈을 말의 벌어진 입 사이로 끼워넣을 수 있도록 검지와 엄지로 쫙 벌려 길게 폈다. 밥은 손을 천천히 놀리면서 녀석의 입 귀퉁이를 엄지로 살살 문질렀다. 그러자 녀석이 이빨을 벌렸다. 그런데 재갈이 혀 위쪽에 닿자마자 머리를 홱 쳐들고 몸을 강하게 뒤로 빼더니 급히 뒤로 물러나다가 벽에 부딪혔다.

"누가 상처를 줬네. 입에다 뭔 짓을 해놨구먼." 밥이 단언하는 투로 말했다.

녀석의 주름진 궁둥이가 벽에 닿아 눌렸다. 머리는 밥의 손을 피하느라 뒤로 빼서 우리 머리보다 한참 위로 솟았다. 밥이 녀석의 가슴팍 한가운데에 소가 핥고 지나간 듯 다른 방향으로 난 한 줌의 털을 살살 긁었다. 뭉쳐 있던 각질 가루가 부슬부슬 떨어져나왔다. 말은 이를 질겅거리고 혀로 제 입을 핥기 시작했다. 깊은 숨을 토하면서 한 발 앞으로 나오더니, 다시 네 발로 땅을 딛고 섰다.

"말은 절대 얕잡아봐선 안 돼." 밥이 속삭였다. "벌새만키로 민감한 녀석들인께." 녀석도 밥이 하는 말을 들은 것 같았다. 밥이 주둥이를 쓰다듬으려고 가슴팍에서 손을 들자 때맞춰 고개를 숙인 걸 보면 말이다.

이번에 밥은 혀에 닿지 않게 조심하면서 재갈을 녀석의 입에 밀어넣었다. 그러고는 굴레의 정수리 부분을 높이 들어 녀석의 귀에 씌웠다. 이 말은 '고칠' 점이 많았다. 그러나 밥은 우리가 녀석의 문제 행동을 전부 바로잡을 수 있을 거라고 자신했다. 녀석을 어떻게 온순하게 길들일지 내게 가르쳐주겠다고 했다. 다시 인간을 신뢰하게 만드는 법도 가르쳐주겠다고 했다. 밥은 나에게 고삐를 넘겼다. 나는 왼쪽 고삐줄을 받아 손가락 사이에 꽉 끼고 가죽끈을 손바닥으로 감아쥐었다. 나는 녀석의 입에서 고작 8센티미터쯤 떨어져 있었다.

"고삐를 살살 쥐어." 밥이 내게 소리쳤다. "살짝만 당겨도 이 녀석은 다 느낀다구."

밥이 녀석의 등에 문제없이 안장깔개를 얹었다. 그리고 그렇게 아끼는 때 탄 안장을 번쩍 들어 기갑에서 몇 센티미터 아래에 오도록 얹었다. 밥이 안장에 달린 복대를 매는 동안에도 녀석은 가만히 서서 기다렸다. 나는 고삐 쥔 손아귀 힘을 조절하느라 다른 데 신경 쓸 여유가 없었다. 녀석의 왼쪽에 서서 고삐 쥔 손을 펼치자 줄이 녀석의 입술 가에서 달랑거렸다. 녀석을 탈 생각을 하니 내 입도 파르르 떨렸다.

내가 라이딩을 하던 쿼터종 전문 사육장의 관리자는 내가 타고난 기수라고 했다. 여러 기수들 가운데 나를 눈여겨보고 다른 말들도 타보겠느냐고 제안한 사람도 그녀였다. 나는 밥처럼 말과 어울려 놀며 자라지 않았다. 매년 생일마다, 또 크리스마스마다 선물로 말을 사달라고 졸랐다. 그리고 매년 플라스틱 말 두 마리를 선물 받아 점점 불어나는 컬렉션에 추가했다. 말에 대한 매료는 나 스스로도 이해하지 못하는 내 안의 깊은 곳에서 우러난 것이었다. 어렸을 때, 돌아가신 할아버지가 말을 그렇게 좋아하셨다는 얘기를 들었다. 당신 아들과 놀아주는 것보다, 외양간에서 그리고 술집에서 시간 보내는 걸 더 좋아하셨단다. 나는 할아버지를 본 적이 없다. 말과 함께한 할아버지의 사진을 본 적도 없다. 어쩌면 말 사랑은 격세유전인지도 모른다. 아버지를 건너뛰어 나에게 안장째로 내려앉은 건지도 모르겠다. 어렸을 때 말을 탈 기회가 손에 꼽을 정도로 적었는데도 그 말들의 냄새와 감촉, 자태를 지금껏 생생히 기억하니 말이다.

청소년기에는 뉴저지 해안에서 파도를 타거나 코트에서 농구공을 튀기면서 시간을 보냈다. 밥은 나보다 마흔 해를 더 산 사람이다. 그때 나는 감당 못할 일을 덥석 물었다는 생각을 하고 있었다. 그 의심의 순간에, 밥이 나에게 다시 다가왔다. 고삐를 내 손에서 가져가더니 마방 문을 열라고 했다. 그러고는 녀석을 축사 통로로 이끌면서 앞장서서 마방을 나갔다. 뒤에서 지켜보는 나의 눈에 녀석은 마치 발끝으로 걷는 듯 움직임이 가벼워 보였다.

"이야, 이 녀석 물건이네, 안 그려?" 밥이 감탄해서 외쳤다.

아까는 환하더니 어느새 밤이 와 있었다. 축사 통로 저 끝을 지나면 조명이 반쯤만 켜진, 반은 야외고 반은 실내인 밝은 아레나가 나왔다. 반은 환하고 반은 캄캄했다. 우리는 축사 일꾼들을 지나치며 녀석을 통로 끝까지 데리고 갔다.

"얘 이름이 뭐예요?" 내가 지나가면서 그들에게 물었다. 벨이라고 공손히 대답하면서도 그들은 안장 없고 굴레 쓰고 사람 태울 준비가 다 된 녀석을 보며 충격을 숨기지 못했다.

"조심하세요." 지나가는 우리에게 그들이 또 한번 당부했다.

밥이 게이트를 열었고, 우리는 조명 켜진 구역 끄트머리의 모래 바닥으로 걸어나갔다. 거기서 나는 녀석을 처음으로 제대로 봤다. 녀석도 눈부시게 밝은 조명 아래서 나를, 내가 내딛는 한 발 한 발을 처음으로 제대로 봤다. 녀석은 미끈한 기관차 같았다. 몸 어느 한구석도 스피드 잠재력을 어필하지 않는 데가 없었다. 다른 때 같았으면 나는 겁을 먹었을 것이다. 이런 녀석을 타려고 했다니 미쳤군, 하고 마음을 고쳐먹었을 것이다. 그런데 밥과 함께 있으니 왠지 모르게 두려움이 가셨다. 녀석 앞에 미동도 없이 침착하게 서 있는 밥의 모습. 녀석의 목을 살며시, 길게 쓰다듬는 모습. 편안하고 깊은 숙면을 취하는 양 가슴팍이 일정한 박자로 오르락내리락하는 모습이 나를 진정시켰다.

나는 녀석의 왼편, 어깨 근처에 서 있었다. 고삐를 녀석의 목에 얹었다가 왼손으로 최대한 살며시 그러모아 쥐었다. 왼발을 등자에 올리는데 갑자기 밥이 내 발을 붙잡는 게 느껴졌고, 그는 그대로 한 번에 나를 밀어올려 안장에 훌쩍 앉혔다.

"뭘 하든 이 녀석을 막으려고 들지만 말어." 이것이 출발 전 밥에게서 마지막으로 들은 조언이었다.

내가 두 팔을 앞으로 내밀고 팔꿈치를 펴자 녀석이 속보로 걷기 시작했다. 그러다 이내 속도를 냈고, 힘도 안 들이고 구보로 가기 시작했다. 밑에 느껴지는 녀석의 몸이 참 부드러웠다. 내 엉덩이에 닿은 근육이 원을 그리며 오르락내리락 했다. 땅에 닿는 감각이 거의 느껴지지 않을 정도였다. 땅에 닿을 때의 충격은 어디론가 증발하고, 나는 쏜살같이 움직이는 구름을 타고서 떠다니고 있었다. 그런데 말의 호흡이 부자연스러운 리듬으로 변했다. 날숨이 반쯤 나오다 마는 것 같았다. 조금 더 빠른 구보로 달리게 해야겠다고 생각한 순간 녀

하프 브로크

석이 그렇게 달리기 시작했다. 다리로 녀석을 건드리면 안 된다는 걸 나는 본능적으로 알았다. 그렇게 건드리면 녀석이 나를 내동댕이칠 게 틀림없었다. 나는 밤의 삐걱거리는 낡은 안장 위에서 상체를 앞으로 기울이고, 안정된 자세를 찾고자 허벅지의 제일 윗부분에만 힘을 줬다. 고삐는 오른손으로 모아 쥐고 녀석의 목 위쪽으로 슬며시 밀었다. 재갈로 녀석의 입안을 건드리지 않으려고 그런 것이다. 혹시나 녀석이 펄쩍 뛸 경우를 대비해, 왼손으로는 안장꼬리를 꽉 잡았다. 녀석은 총 길이가 90미터쯤 되는 아레나 바깥쪽 레일을 돌아나갔다. 점점 속도가 붙자 녀석 몸 아래서 힘차게 울려 올라오는 '타 당, 타 당, 타 당, 타 다' 하는 네 박자 발굽 소리가 들려왔다. 어느새 우리는 새까만 밤으로 달려나가고 있었다. 조명 켜진 실내 아레나에서 캄캄한 실외 아레나로 갑자기 전환되면서 순간 나는 눈이 멀었고, 할 수 있는 거라곤 녀석의 눈을 믿는 것뿐이었다.

어리고 문제 많은 그 녀석을 타고 달리는 내내 녀석이 딛는 스텝이 내 몸 아래에서 감겨오는 느낌, 위로 밀어올렸다가 도로 떨어지는 느낌이 고스란히 전해져왔다. 3미터마다 녀석의 몸이 다시 솟구쳤다. 한 바퀴, 두 바퀴 돌면서 내 몸이 녀석의 리듬에 익숙해져갔다. 다시 환한 데로 들어온 순간 밤이 보였고, 그의 입이 움직이고 있었지만 뭐라고 하는지 들린 건 한참 후였다. "걔가 마음대로 하게 둬." 나는 몸을 앞으로 숙였다. 안장을 잡고 있던 왼손을 떼 녀석의 목 위에 올렸다. 속력을 낼 준비가 된 녀석은 환한 실내에서 조금 더 달리다가 어느새 어둠 속으로 또다시 튀어나갔다. 우리는 아무런 제약 없이 그저 우리의 감각에만 내맡겨진 채 펜스 따위는 없는 듯 차갑고 검은 밤으로 내달리는 야생짐승이었다. 밤을 뚫고 달려가 사라져버릴 기세로 달리고 있었다.

"앉아서 얘기 좀 하자." 내 애인 글렌다는 말을 사는 데 찬성하지 않았고, 나를 설득해서 마음을 돌릴 수 있다고 믿었다. 글렌다는 소파 끝에 걸터앉았더니 옆자리를 툭툭 치며 앉으라는 시능을 했다. 내가 어떤 말로 이해시킬 수 있을까? 나를 구하려고, 우리를 구하려고 그러는 거라는 걸. 우리는 거의 삼 년째 사귀고 있었는데, 나로서는 최장 기록이었다. 스물아홉 살이나 먹었는데 여전히 관계를 오래 유지하는 데 서툴렀다. 옛날에는 때로 한 번에 세 명을 사귀면서 애인을 마구 갈아치웠다. 이번에도 이미 바람피우기 직전까지 갔고, 따로 나가 살 아파트를 알아보고 있었다.

"왜 하필 말이야? 우리 처지에 말을 들일 순 없어. 어디에 데리고 있을 건데?" 글렌다가 따져 물었다.

그러더니 소파 등받이에 깊숙이 기대고 앉아 내가 늘어놓는 계획에 귀를 기울였다. 밥이 도와줄 거다. 벌써 벨을 만나봤다. 타보기까지 했다. 축사도 마련해뒀으니 샬럿에 가서 데려오기만 하면 된다.

"말을 데려올 거야." 나는 소파에 앉은 채 허리를 꼿꼿이 세웠다. 글렌다는 미간을 접고 짜증으로 얼굴을 구긴 채 나를 빤히 쳐다봤다.

그러다 숨을 깊이, 길게 들이마시더니 내게서 조금 떨어져 앉았다.

세탁기가 우리 옷을 마지막으로 한번 더 돌리는 소리가 들려왔다. 약한 불에 얹어놓은 비트가 익어가는 고소한 냄새가 부엌에서 은은히 풍겨왔다. 불에서 내려도 될 정도로 적당히 익은 것 같았다. 나는 일어나 부엌으로 갔다.

우리가 이 오두막에 들어와 같이 살기 시작했을 때, 나는 우리가 새집에 대해 내리는 결정에 사사건건 딴지를 걸었다. 냉장고를 구입하고, 세탁기와 건조기를 사고―이런 것들이 전부 나를 조여오는 족쇄처럼 느껴졌다. 내가 자유로워지려고 싸우는 거라고 생각했다. 하지만 실제로는 나에게 익숙한 한 장소를 향해 다시 도망쳐가고 있었다. 그곳은 바로 어린 시절의 외로움이었다.

내가 비트에 찬물을 붓고 검푸르죽죽한 두꺼운 껍질을 벗겨내기 시작하는데 글렌다가 뒤에서 다가왔다. 내 몸에 두 팔을 두르고 자기 허리를 내 허리에 갖다 댔다. 비트는 그냥 뜨거운 정도가 아니라 손대기 힘들 만큼 뜨거웠지만 나는 글렌다가 나를 놓을 때까지 묵묵히 껍질을 벗겼다.

"참 차갑네." 글렌다가 이렇게 말하더니 부엌에서 나가버렸다.

나는 푸르딩딩하게 물든 내 손가락을 내려다봤다. 손톱은 죄 물어뜯어 짧아질 대로 짧아졌고, 큐티클도 있는 대로 뜯어서 귀퉁이마다 딱지가 져 있었다. 짤뚱하고 너덜너덜한 나의 극단부들이었다. 더어렸을 때는 허벅지에 대고 손가락을 톡톡 두드려 글자를 쓰면 마음이 가라앉곤 했다. 머릿속에 핑핑 날아다니는 단어들을 옮겨 쓰는 것이다. 농구 경기 중 프리스로라인에서 레퍼리*가 공을 건네기를 기다릴 때는 *링 에 넣 어. 링 에 넣 어*라고 썼다. *도와줘*를 뜻하는 나만의 암호였다.

나는 껍질 벗긴 비트를 손바닥에 놓고 굴려보았다. 조그만 공 형태의 비트 알들은 생명으로 가득찬 듯, 피로 가득찬 듯 보였다. 단단하고 영속적인 어떤 것이 남긴 흔적 같았다.

그걸 들고 있는 내 몸은 텅 빈 껍데기처럼 느껴졌다. 어릴 때부터 느껴온, 생기의 부재가 내 안을 채우고 있었다. 내게는 나를 고정해주는 밧줄이, 나를 다른 무엇 혹은 누군가에게 묶어주는 끈이 없었다. 아버지 장례식 때 새엄마가 말해줬는데, 아버지가 끝까지 걱정한 유일한 자식이 나였단다. 아버지가 한밤중에 잠 못 들며 내가 어디에 있는지, 뭘 하고 있는지 걱정하는 모습이 상상됐다. 아버지의 길 잃은 자식.

그러다 벨을 타고 달리면서 내 몸이 두터워지는 걸 느꼈다. 살 위에 새로운 겹겹의 살이 붙었다. 내 밑에서 오르락내리락하는 움직임으로, 배어나온 땀과 녀석의 갈빗대를 지그시 누르는 내 허벅지 상부의 근육 운동으로 벨은 내 안의 부서진 부분들을 도로 끼워맞춰주었다. 녀석을 타고 달리면서 나는 이 세상의 것이 되었다. 꽉 차고 묵

* referee, 농구 경기의 주심.

하프 브로크

직한 몸뚱이, 어딘가에 속한 존재가 되었다.

나는 녹색 자기그릇에 비트 알들을 쏟아넣고 알루미늄 호일로 덮은 다음 그릇을 냉장고에 넣었다.

글렌다는 컴퓨터 앞으로 돌아갔다. 나는 내 방으로 가 문을 닫았다. 종일 입고 있던 더러워진 옷을 벗고 발가벗은 채 침대에 누워 내 몸을 허벅지부터 아랫배까지 만져보았다. 손가락이 근육 생김새를 따라 오르락내리락했다. 툭 튀어나온 골반뼈와 갈비뼈, 근육이 수축할 때마다 뭉치고 튀어나오는 사두박근의 긴 타원형 힘줄 더미. 물컹물컹한 내장들을 안전하게 담고 있는, 내 몸통을 감싼 복근의 밧줄 같은 선들.

옆으로 돌아누워 오래된 오두막의 내리닫이창 바깥을 물끄러미 내다보았다. 진달래 가지가 끼익끼익 창유리를 긁어댔다. "참 차갑네." 글렌다가 이렇게 말했지. 몸이 부르르 떨려서 이불을 끌어당겨 뒤집어썼다.

부모님은 두 분 다 내가 어린애치고도 지나치게 숫기가 없어서 어쩔 줄 몰라하셨다. 그런 지독한 내향성 때문에 나는 여섯 살이 되어서야 겨우 말문이 트였다. 나는 사회적 성별에 극도로 좌우되는 듯한 세상에서 반은 여자아이, 반은 남자아이―무성의 존재 ―였다. 나는 내가 엄마와 다르고 세 언니들과도 다르다는 것을 알았다. 그렇다고 남자아이인 것도 아니었다. 당시에 나는 욕실에서 문을 잠그고 거울 앞에 서서 수염이 났는지, 생식기에 고추가 자라났는지 보려고 내 몸을 샅샅이 살피곤 했다. 한번은 제풀에 신이 나서 온 가족에게, 그리고 막내외삼촌 찰리에게 나도 어서 삼촌처럼 콧수염과 가슴털이 났으면 좋겠다고 대뜸 말했다. 엄마는 아빠를 빤히 쳐다보더니 아빠 귀에 대고 뭐라고 속삭였다. 언제나 내 머스마 기질을 부추겼던 아빠가 그때만큼은 창피해서 소파에 푹 꺼져들어갔다.

나는 사람들에게 기대되는 모습들의 틈새에 은근슬쩍 비집고 들어가 거기에 숨었다. 운동을 시작하자 소년 같은 근육들이 자라날 자리가 생겼다. 더 활발하게 운동할수록 나의 소년다움이 기를 펼 기회도 더 커지는 것 같았다. 한 살 한 살 나이를 먹으면서 농구 코트는 내가 온전한 사람이라고 느끼는 유일한 장소가 되었다. 거기서만큼은 혼자이지만 어쨌든 온전했다.

고등학교 1학년 때 나는 여학생들을 위한 이 주짜리 올스타 농구 캠프에 참가할 자격을 얻었다. 웨이트리스로 일하던 엄마와 전기공인 아빠가 얼마나 힘들여 그 큰돈을 마련하셨을지 짐작도 안 가지만, 어쨌든 두 분은 참가비를 마련해주셨다. 어쩌면 나를 그 캠프에 보내면 내가 최소한 일부나마 사회적으로 정상 취급받는 아이가 되지 않을까 기대하셨던 것 같기도 하다. 그래서 두 분은 얼마 안 되는 저금을 깨 나를 기어이 캠프에 보내주셨다. 그때 나는 열다섯 살이었다.

칼라도 열다섯 살이었다. 쌍둥이 자매 조안과 함께 농구 장학금을 받으며 학교에 다녔다. 자매는 6월 초부터 캠프에 머무르면서 대학 레벨 선수들과 겨루고 있었는데, 둘 다 실력이 꽤 좋았다.

"너 본토에서 왔지?" 처음 만난 날 칼라가 대뜸 이렇게 말했다.

"어떻게 알았어?" 내가 되물었다.

"신문에 네 사진 실린 거 봤어. 학교 대표팀 신입생 선발이라고. 짱인데." 칼라가 말했다.

칼라는 반바지를 엉덩이에 반쯤 내려 걸치고 있었다. 하도 내려 입어서 바짓단이 무릎을 덮었다. 나와 나란히 걷는 칼라의 상체가 좌우로 흔들거렸고, 윗입술과 닿은 아랫입술이 바깥으로 살짝 말려 있었다. 멋있다. 이런 생각이 드는 순간 나는 얼른 땅을 내려다보고 운동화를 질질 끌며 걸었다.

"어느 팀이야?" 칼라가 물었다.

"올드 도미니온." 내가 대답하자 칼라는 어깨를 으쓱했다.

칼라는 '듀크' 팀이었다. 듀크와 올드 도미니온은 같은 디비전에 속하지 않았다. 우리가 당분간은 코트에서 만나지 않을 거라는 뜻이었다.

"픽업 게임은 밤에 열려. 올 거야?" 칼라가 물었다.

야간 픽업 경기는 하루 중 유일하게 다른 디비전 소속 선수들과 만나 런앤드건*을 할 기회였다. 나는 가도록 해보겠다고 대답했다.

* run-and-gun. 단독 드리블슛 위주의 자유로운 게임.

칼라는 벤트너*에 살았다. 쌍둥이인 조안과 둘 다, 나처럼 신입
생이면서 선발이었다. 걔가 다니는 고등학교는 내가 사는 곳에서 겨
우 이십 분 거리였지만, 다른 관할구 소속이었다. 나는 드레드록 수
준으로 곱슬곱슬한 칼라의 머리칼이 귀 주위에서 찰랑거리는 걸 넋
놓고 바라봤다. 칼라는 키가 작았는데, 그건 걔가 민첩한 선수라는
뜻이었다. 칼라는 내가 나중에 따라 하려고 해본, 거만한 운동선수
걸음걸이로 걸었다. 머리와 목이 칠면조 대가리처럼 까딱거리고, 두
다리는 느긋한 리듬으로 어기적거리면서 걸음 끝마다 반동으로 튀
어올랐다. 앞으로 약간 굽은 어깨는 경중대는 다리와 박자 맞춰 흔들
거렸고, 두 팔은 밧줄처럼 옆구리 옆에 늘어져 덜렁거렸다.

그날 저녁 늦게 픽업 게임이 시작되자 칼라가 외쳤다. "내가 얘
커버한다." 칼라는 몸을 낮추고 왼손을 내 오른쪽 골반에 대면서 나
를 한 발 뒤로 밀어냈다. 그러더니 레퍼리가 있었다면 반칙 휘슬을
불었을 만큼 꽤 오래 거기에 손을 대고 있었다. 손이 닿은 부위는 내
속옷 라인 바로 위였고, 내가 코트로 드리블해 들어가는 순간 걔가
내 속옷의 허리밴드를 꼬집더니 탁 튕겼다. 나는 자세를 낮추고 왼팔
을 뻗어 공을 수비했다. 일단 하프코트 라인을 넘어가자 선수들이 저
마다 소리지르며 자기한테 패스하라고 팔을 휘둘렀다. 실력 좋은 선
수들—나중에 WNBA에서 코치로 활약하는 모습을 내가 보게 될 선

---

* 뉴저지주 애틀랜틱 카운티의 도시.

하프 브로크

수들―이었다. 나는 양발을 넓게 딛고 칼라에게서 어깨를 돌리면서, 나를 밀어대는 칼라를 코웃음 나올 수준인 내 체중을 온통 실어 똑같은 힘으로 밀었다. 그리고 그쪽으로 밀고 들어갈 것처럼 오른발을 쿡 내디뎠다. 칼라가 속아넘어갔다. 나는 칼라를 떨쳐내면서 공을 잽싸게 등뒤로 가져갔다. 칼라를 떼어내자마자 센터 레인으로 냅다 달렸지만, 그해 봄 뉴저지주 토너먼트에서 마주친 적 있는 키 188센티미터의 여자애한테 즉시 저지당했다. 나는 그애 앞으로 가 더블펌프 페이크를 했다. 그애의 거인 같은 몸집이 내 위로 솟구쳤다. 나는 그애를 빙 돌아, 걔가 나를 막느라 레인 근처에 덩그러니 남겨둔 다른 선수 쪽으로 뛰어갔다. 레이업숏 성공. 나는 곧장 몸을 돌려 다시 디펜스 태세를 취했다.

"맛있겠는데." 칼라가 뒤에서 다가와 내 셔츠 자락을 잡아당기며 말했다.

"칼라, 걔 내버려둬." 등번호 '22'를 단 까만 머리 여자애가 내 옆을 달려가며 한마디했다.

"22번 누가 맡았어?" 우리 팀원 중 하나가 소리쳤다.

"거기 너, 새로 온 애. 네가 22번 맡아." 다른 팀원이 외쳤다.

22번은 칼라의 쌍둥이 자매 조안이었다. 조안은 공이 바닥에서 되튀어오를 새가 없을 정도로 낮게 드리블하는 선수였다. 그리고 손 대신 갈고리를 달고 태어났는지, 언제 어떤 상황에서도 공이 손바닥에 착 붙어 있었다. 조안은 땅에 붙어 미끄러져 다니는 동물처럼 코트를 누볐다. 나도 개처럼 자세를 최대한 낮고 넓게 잡고 내 오른쪽 골반으로 개의 허리를 밀었다. 조안은 바스켓을 정면으로 바라보고 서는 법이 없었고, 팀원들을 똑바로 보지도 않았다. 공으로 아스팔트 바닥을 훑고 다니면서 팀원들의 위치는 수비 받는 쪽 어깨 너머로 흘끔 보고 파악할 뿐이었다.

나는 조안이 그렇게 모든 것을 장악한 게 마음에 들지 않았다. 그래서 오른쪽 구석 베이스 라인으로 드리블해 가는 그애에게 몸으로 부딪쳤다. 뾰족하게 튀어나온 내 골반뼈로 그애를 밀쳐내 공격 라인을 차단했다. 조안의 입술이 씰룩 올라가면서 미소로 번지는 걸 포착한 순간 그애가 다른 선수를 보지도 않고 공을 높이 띄워 키 188인 애한테 패스했고, 그애는 내가 본 여자 선수 중 덩크슛에 가장 근접한 것을 바스켓에 내리꽂았다. 돌아서서 공격으로 전환해 뛰어가는데 반바지 아래로 드러난 앙상한 내 다리가 찌릿찌릿했다.

그날 밤 늦게 칼라와 조안이 내 방에 놀러왔다. 우리 모두 룸메이트가 있었지만 내 룸메이트들은 아직 픽업 게임에서 돌아오지 않은 상태였다. 조안이 침대에 올라 우리와 마주 앉았다. 칼라는 내 옆에 너무 바짝 앉아서 우리 둘의 축축한 다리가 간간이 붙었다 떨어졌다 했다. 칼라가 내 팬티라인을 가지고 농담을 했다. 운동복 반바지 겉으로 울퉁불퉁한 팬티라인이 그대로 드러났다며 놀려댔다. 그래서 자기가 자꾸 정신이 팔렸다고. 나는 얼굴이 화끈 달아올라 바닥만 내려다봤다. 조안이 칼라에게 그만하라고 했다.

"쟤, 꼬시는 데 선수야." 조안이 말했다. "그니까 조심해."

꼬시기 선수라니. 조안은 그게 아무렇지 않은 일인 것처럼 말했다. 여자애가 다른 여자애를 꼬시는 게 별일 아닌 것처럼. 조안과 코트에서 서로 주도권을 쥐려고 엎치락뒤치락하다가 내 골반뼈가 조안의 등허리에 닿았을 때의 감촉이 떠올랐다. 그 싸움에서 내가 졌다. 져도 아무렇지 않았던 게 문득 생각났다. 덩크슛 비슷한 걸 목격한 순간 마치 내가 그 슛을 넣은 양 의기양양했던 것도.

내가 집으로 돌아가기 전날 밤 칼라가 혼자서 숙소에 찾아왔다. 막 샤워를 하고 옷을 입고 침대에 앉아 운동화 끈을 묶고 있는데 그애가 방에 들어왔다. 온화하고 차분한 표정이었다. 장난치고 다닐 때의 짓궂은 미소 띤 얼굴이 아니었다.

칼라는 내 옆에 가까이 앉았다. 이번에는 자기 왼다리를 내 오른다리에 걸치더니 거기 얹은 채 다리를 앞뒤로 흔들었다. 그리고 내 손을 가져가 자기 손과 깍지 꼈다. 그애의 엄지가 내 손바닥의 보드라운 살을 살살 간질였다. 나를 그런 식으로 만진 사람은 그애가 처음이었다.

그 몸짓이 너무나 다정하고 무심해서 온몸의 혈관에서 피가 세차게 요동치는 것 같았다. 양쪽 관자놀이에서 맥박이 뛰는 게 느껴졌다. 칼라가 몸을 돌려 내 입술을 향해 다가왔을 때, 나는 납치됐다가 돌아와 헤어졌던 가족 품에 안기는 아이처럼 들이댔다. 두 입술이 만났다. 우리는 서로의 목, 가슴, 허리께에 입맞췄다. 나는 더이상 혼자 떨어져 있는 여자아이가 아니었다. 집 뒷마당 코트에서 자기 안에 고립된 채 몇 시간이고, 며칠이고 슛을 던지고 드리블하고, 슛을 던지고 드리블만 하는 아이, 팬티 안에 탐폰을 가로로 찔러넣고 거울을 보면서 나는 언제 남자아이가 될까 궁금해하는 여자아이, 바로 조금 전까지만 해도 남들 눈에 전혀 안 보이던 아이가 더 이상 아니었다.

칼라와 나는 캠프에서 만난 이후로 그 학년 내내 서로의 동네로가 주말을 함께 보냈다. 떨어져 있는 동안에는 편지를 썼다. 나는 칼라가 보낸 편지를 서랍장 제일 윗칸, 양말과 속옷 밑에 묻어두었다. 우리는 다른 사람들에게 우리의 관계에 대해 일절 말하지 않았다. 표현할 어휘도 몰랐고, 그걸 뭐라고 정의하면 좋을지 판단할 경험도 부족했기 때문이다.

한번은 내가 칼라네 집에 놀러갔을 때, 둘이 점심을 먹으러 부엌으로 갔다. 그런데 그애 어머니가 들어오더니 나더러 좀 앉아보라고 했다.

"진저, 너희 어머니가 지난주에 전화하셨다." 칼라의 어머니가 내 옆자리 의자를 빼서 앉으며 말문을 열었다. "서랍장 안에서 칼라가 보낸 편지들을 발견하셨대. 나한테 너희 관계에 대해 얘기해주셨어. 네가 걱정되신다면서."

나는 의자에서 축 늘어졌다. 칼라가 다가와 내 옆에 가까이 앉았다.

하프 브로크

나의 어딘가가 잘못돼 있다는 건 줄곧 알고 있었다. 아주 어렸을 때부터 숨어야 한다는 것을, 살며시 빠져나가야 한다는 것을, 내 진짜 모습을 남들 눈에 띄지 않게 숨겨야 한다는 것을 알았다. 엄마는 늘 나를 걱정하셨고, 그 이유를 나는 알았다. 나의 이 실체는 남이 봐선 안 되는 것이었다. 혐오스러운 것이었다. 그런데 그걸 들켜버렸다. 내가 그걸 만천하에 드러냈고, 모두가 볼 수 있게 되었다. 칼라는 자신의 본모습을 자랑스러워하는 것 같았다. 좀처럼 감정을 숨기는 법이 없는 애였다. 칼라의 어머니는 우리 엄마가 왜 걱정하는지 이해가 안 되는 눈치였다.

"너희 어머니한테 너랑 칼라는 괜찮을 거라고 말씀드렸어. 걱정하실 것 하나도 없다고."

그러더니 벌떡 일어나 찬장에서 접시 두 개를 꺼냈다. 거기에 그릴드 치즈 샌드위치를 하나씩 놓더니 냅킨 두 장과 함께 우리 앞에 놔주셨다. 그런 다음 가스레인지로 가 그릴 칸의 불을 끄고 프라이팬을 싱크대에 갖다놓으시는 걸 나는 멍하니 쳐다봤다. 모든 게 정상인 것 같았다. 부들부들 떨리기 시작한 내 몸만 빼고.

칼라의 어머니가 와서 내 어깨에 두 손을 얹으며 말씀하셨다. "걱정 마. 너희 엄마한테 다시 전화해서 잘 말씀드릴게. 다 괜찮아질 거야. 둘 다 점심 맛있게 먹으렴." 그러더니 복도를 지나 침실로 갔고 다시는 그 일을 입에 올리지 않으셨다.

칼라가 손을 뻗어 내 손을 잡았지만 나는 손을 도로 빼냈다. 목구멍에서 뜨거운 덩어리가 올라왔다. 나는 자리에 앉은 채 몸을 앞뒤로 흔들기 시작했다. 모든 감각이 단절됐다. 옆에 가까이 있는 칼라의 몸도 느낄 수 없었다. 그애가 뭐라고 하는지 들리지 않고 그애의 체취도 맡을 수 없었다. 나는 떨면서 의자를 칼라에게서 더 멀리 옮겼다.

이후 팔 년간 나는 엄마에게 그 편지에 대해 한마디도 하지 않았다. 숨는 법을, 남의 눈에 띄지 않는 법을 다시 익혔다. 거짓말하는 법을 배웠다. 내 삶에 대해 누구에게도 털어놓지 않았고, 아무도 내게 물어보지 않았다. 집에서 멀리멀리 가버렸다. 수많은 여자들과 잤고, 개중에는 늘 화가 나 있고 자기가 원하는 게 뭔지도 모르며 때로 폭력적으로 돌변하는 여자들도 있었다. 내 몸, 그들의 몸, 우리의 성적지향은 수치스럽게 여겨야 할 대상, 사랑해주는 게 아니라 학대해야 할 대상이었다. 칼라와 함께 빚기 시작했던 아름다운 어떤 것이 이제는 흉악한 무기가 되었고, 나는 그 무기를 나 자신에게 휘두르는 법을 배웠다.

팔 년 후 마침내 엄마에게 그 편지에 얽힌 진실을 털어놓았을 때, 엄마는 식탁 위로 몸을 숙여 내 손을 덥석 잡더니 오열하기 시작했다. 외삼촌이 겪은 일을 나도 겪는 걸 차마 볼 수 없었다고 했다. 엄마에게는 게이 남동생이 있다. 나처럼 그 외삼촌도 가족의 주변부에만 머물면서 우리가 단편적으로밖에 모르는, 베일에 싸인 삶을 살았다. 엄마는 동생이 다른 사람도 아닌 가족 구성원 한 사람에게 반

하프 브로크

복해서 조롱당하고 창피당하는 걸 지켜봐야 했다. 엄마는 눈물을 훔치면서, 동생이 그런 취급받는 걸 보는 게 너무 괴로웠고 언젠가 나도 똑같은 혐오를 당할까봐 걱정됐다고 고백했다.

걷는 법 배우기

2013년 4월

나를 향해 걸어오는 모습을 가만히 보니, 체중의 대부분이 한쪽으로 쏠리는 게 티가 난다. 고개도 한쪽으로 갸우뚱 꺾였다. 확실히 휘었다. 허리 아래로 모든 부위가 어긋나 있는 것 같다. 오랫동안 지속된 약물남용으로 온몸에 통증이 파도처럼 몰아친다. 그런데도 새라는 늘 행복한 표정이다. 장밋빛 뺨에 새빨간 립스틱, 매직펜으로 테두리를 강조한 것 같은 미소. 이 타고난 쾌활함이 목장 재소자들 몇몇의 심기를 거스르는 모양이다. 하지만 동시에 우회적으로 존경심을 이끌어내는 것도 알겠다. 새라는 가축전담반에서 가장 나이 많은 멤버. 열세 살에 친척이 운영하는 스트립 클럽에서 매춘부로 일하기 전까지는 시골의 어느 작은 목장에서 살았다고 한다. 어렸을 적 말과 함께 보낸 기억은 마약에 절어서 보낸 삼십 년 세월의 먼지 낀 분홍색 막으로 덮여 있다. 그러나 목장 말들을 향한 그의 애정은 진

하프 브로크

짜다. 말들에게 문제가 있다는 것도 바로 알아챘고, 내가 처음 연락 받았을 때 수화기 너머로 들린 것도 새라의 음성이었다.

세번째로 목장을 방문한 날 나는 내가 훈련한 말들을 가득 태운 트레일러트럭을 끌고 도착했다. 목장 정문에서 나를 맞이한 재소자 들은 여자가 그렇게 큰 트레일러를 끌고 다니는 광경이 낯설어서 입을 쩍 벌린다. 나는 왼편에 방목장을 끼고 목장길을 따라 북쪽으로 트럭을 몰아 가다가 야간용 축사의 긴 변을 따라 늘어선 미루나무들이 드리운 그늘에 차를 댔다. 플로르와 새라에게 오늘 아침에는 목장 말들을 우리 안에 가둬놔달라고 부탁해둔 참이다. 풀어놓으면 내 말들을 공격할 게 분명한데, 오늘은 차분한 분위기를 조성해야 하기 때문이다. 우리는 말들을 내려 트레일러에 매놓는다. 말들은 4월의 서늘한 아침 공기 속에 평화롭게 서 있다.

마지막 한 마리를 트레일러에 묶는데 갑자기 현기증이 난다. 숨을 참고 있었던 것이다. 발가락 끝과 손가락 끝에 감각이 없다. 당장이라도 무너질 것 같은 조마조마한 느낌. 심장이 너무 빨리 뛴다. 심장이 뛸 때마다 가슴팍에 팽팽히 닿은 셔츠를 바깥으로 밀어내는 게 느껴진다. 나는 트레일러 제일 끝에 매여 있는 회색 거세마 잇지에게 기댄 채 두 팔을 녀석의 등에 걸치고 녀석의 몸 가운데에 내 몸을 축 늘어뜨린다. 오늘 처음으로 가축전담반 여덟 명 전원―남자 여섯, 그리고 플로르와 새라―과 작업할 예정이라 몹시 긴장된다. 여덟 명다 말에 대해 생판 무지한 초보라서 그런 것만은 아니다. 여덟 명을 한꺼번에 가르치는 게 불가능에 가까운 일이라 그런 것만도 아니다. 주로 그들의 부서진 부분을 어떻게 다룰지 몰라서 걱정하는 것이다. 짧은 주의 지속 시간, 다친 몸, 마음속에 품은 분노, 멍한 눈.

나는 남자들이 축사들 안팎을 돌아다니며 손잡이가 부러진 녹슨 삽으로 똥거름을 퍼내는 광경을 지켜본다. 그들은 몸을 반으로 접고 아무 생각 없이 트롤처럼 축사를 헤집고 다닌다. 후드티가 그들의 둥글둥글한 체격을 감춰준다. 그들의 등에 살며시 닿은 햇빛마저 잘 못 찾아온 것처럼 보인다.

살아 있지만 죽은 상태, 속으로 이런 생각을 하다가 내가 왜 초조한지 퍼뜩 깨닫는다. 저들의 부서진 부분들이 꼭 나를 닮아서다. 나도 오래도록 내 안의 나침반을 잃은 채 살아왔다. 건강하고 좋은 것을 알아보는 스위치가 꺼져버렸다. 누군가가 아무리 크고 시끄러운 몸짓으로 다가와도 나를 깨우지 못했다. 나도 이 남자들처럼 하루하루를 멍하니 보냈다. 땅만 내려다보면서. 신발을 질질 끌면서. 나 자신과 주변 모두로부터 숨어들면서.

잇지가 목을 접어 축 늘어진 내 몸을 감싼다. 입술 끝을 내 재킷 귀퉁이에 대더니 잘근잘근 씹기 시작한다. 고개를 드니 거름 실은 외바퀴수레 마지막 한 대를 축사 밖으로 밀고 나가는 남자들이 보인다. 새라와 플로르는 새 카우보이 부츠를 신고 가죽장갑을 낀 채 미루나무에 기대서 있다. 둘이 나에게 이리 오라고 손짓한다. 오늘 아침 플로르는 엷은 갈색의 긴 머리를 뒤로 깔끔하게 넘겨 묶고 있다. 플로르가 고개를 왼쪽으로 까딱하며 나에게 괜찮으냐고 묻는다. 나는 다시 남자들 쪽을 본다. 그들은 건초 창고로 걸어가면서 후드 달린 스웨트셔츠를 벗어버린다. 웃통들의 형체가 아까보다 꼿꼿하고 몸선도 더 탄탄해 보인다. 그렇지만 여전히 머리는 목에서부터 푹 꺾여 있다.

"오늘 할 일은 간단해요." 내가 플로르와 새라에게 이른다. "효과가 있으면 좋겠네요." 나는 가축전담반 남자들을 향해 다들 이리 와서 둘러서라고 소리친다.

"오늘 작업을 시작하기 전에, 다들 길 저쪽을 보고 한 줄로 서보세요." 남자들은 영문 모른 채 지친 표정을 하고서, 보폭이 좁고 뚝뚝 끊기는 걸음으로 이동한다. 화가의 눈에는 형태의 불협화음으로 보일 것이다. 둥글둥글한 체형, 비쩍 마른 체형, 축 늘어진 어깨, 간혹 거만하게 내민 가슴팍도 있다. 그들은 고개를 약간 돌리거나 비틀고 있고, 하나같이 푹 꺾고 있다—불확실에 기가 꺾인 반항심의 형체다.

"오늘 우리는 걷는 법을 배울 거예요." 내가 말한다. 그러자 남자들이 고개를 저으며 자기들끼리 투덜거리기 시작한다. 나는 새라 옆으로 가 서서 모두에게 나를 보라고 한다. 그러고는 고개를 꼿꼿이 들고 시선을 앞에 두고 양팔은 흔들리도록 힘을 뺀 채, 길고 매끈한 보폭으로 길을 따라 성큼성큼 걸어 보인다. 그러다 휙 돌아서 똑같은 모양새로 걸어 돌아온다.

"보기엔 하나도 안 어렵죠? 누가 해볼래요?" 내가 묻는다. 아무도 대답하지 않고 새라만 초등학교 3학년생처럼 손을 번쩍 들고 흔든다.

토니가 조용히 잇새로 쳇소리를 뱉고 눈알을 굴리더니, 다시 땅을 내려다본다. 형기를 거의 마치고 이제 워크아웃 시작할 날을 앞둔 마커스는 지루해 죽겠다는 표정이다. 쩍 하고 하품을 한 뒤 초점 없이 먼 곳만 응시하고 있다. 왼쪽 골반에 한 손을 얹고 있어서 체중이 오른다리에 쏠린다. 들판에 홀로 선 수소 같은 모습이다.

새라가 내 앞으로 나오더니 두 발을 어깨너비로 딛고 비틀린 몸뚱이로 균형을 잡으려 애쓴다. 처음 몇 걸음을 디딘 후 이내 오른쪽으로 궤도가 꺾인다. 새라는 궤도를 바로잡으려고 애쓰면서 뒤뚱뒤뚱 길을 걸어간다. 한 걸음 내디딜 때마다 마치 상체 전체가 통짜 근육으로 움직이는 양 머리통과 목, 어깨가 꺼떡거린다. 새라가 만면에 웃음을 띠고 뒤로 돌더니 휘청대며 다시 대열로 돌아온다.

"애썼어요." 내가 새라에게 말한다. "그런데 내가 조금 도움을 줘도 괜찮을까요?" 내가 새라를 향해 손을 뻗는데 남자들 몇 명이 키득거린다. 렉스와 폴이 서로를 밀치기 시작한다. 둘은 최대한 터프하게 보이려고 눈썹을 잔뜩 구긴다. 그러자 얼굴의 모든 주름이 전부 아래를 향한다.

"저 말들이 여러분을 존중하길 바란다면, 먼저 여러분이 자기 자신을 존중해야 해요." 나는 주의를 단번에 집중시킬 정도로 크게 말

하프 브로크

한다. "어떻게 걷느냐, 어떤 자세로 서 있느냐를 보고 말들은 여러분을 짓밟을지 순순히 따를지 결정할 거예요. 그뿐 아니라 여러분이 믿을 만한 사람인지 가짜배기인지도 판단할 거예요. 내 말을 믿으세요. 말들은 차이를 알아요." 그러자 남자들 모두 나를 똑바로 바라보면서 완벽한 자세로 서려고 몸을 가다듬는다. 나는 그들이 잘못된 자세로 고쳐 선 뒤 누가 제대로 섰나 보려고 서로 두리번거리는 것을 지켜본다.

나는 다시 새라에게 손을 뻗어 두 손을 머리와 목, 어깨에 차례로 살며시 대가며 새라가 어느 정도 균형을 잡게 도와준다. 새라의 왼손이 오른손과 같은 높이에 오도록 왼팔을 아래로 당긴다. 그리고 마주보고 서서 새라의 몸이 평형 상태가 됐는지 슥 훑어본다. 그런 다음 다들 들으라고 큰 소리로 말한다.

"새라, 당신은 말들을 정말로 좋아하지만, 마치 두 발이 묶인 사람처럼 녀석들 주위를 걸어다녀요. 녀석들이 그 모습을 본다면 당신을 깔아뭉갤 거예요. 고쳐야 돼요. 알겠죠?"

고개가 일시적으로 몸과 일체가 된 상태에서 새라는 알았다는 뜻으로 한번 더 웃어 보인다. 그러고는 다시 줄 앞으로 나와 준비하고 발을 뗀다. 의식적으로 몸 전체를 왼쪽으로 바로잡으려고 애쓰면서 걷는다. 박수쳐줄 만하다. 새라 자신도 자랑스러워하는 게 보인다. 대열로 돌아온 새라를 플로르가 하이파이브로 맞아준다.

이어서 오마가 걸음을 내디딘다. 플로르도 한다. 두 사람은 절도 있는 동작으로 동시에 앞으로 걸어나간다. 두 사람의 팔이 똑같은 진폭으로 앞뒤로 흔들린다. 둘이 발을 내딛는 리듬이 너무나 자연스러워서 바짓단이 쉭쉭거리는 소리가 들릴 정도다. 오마의 눈은 강바닥의 짱돌처럼 부드럽고 동그랗다. 돌아와서 내 손을 잡고 흔드는 그의 두 눈에 수많은 이야기가 엿보인다.

"있잖아요, 미스 진저, 저 고등학교 우등졸업 할 뻔했어요. 야구선수랑 육상선수로도 뛰었는데, 어느 날 메스암페타민에 중독돼서 약을 거래하기 시작했죠. 제가 말을 잘 다룰 수 있을까요?" 오마는 가축전담반에서 제일 어리고, 여태 겪어온 일들에도 불구하고 순진함이 어느 정도 남아 있다. 나는 오마에게 당연히 잘할 수 있다고 자신감을 불어넣어준다.

"어이, 뭔 개소리야? 그냥 길 왔다갔다하는 것 가지고. 다시 줄이나 서." 랜디가 명령한다. 그는 뭐라도 후려칠 것처럼 양팔을 몸통에서 멀찍이 떼어놓고 선다. 다른 사람이 뭐라고 하기 전에 내가 냉큼 말한다.

"여러분 각자가 다 말 근처에 있을 때는 모든 행동과 움직임을 의식해야 해요. 그렇게 감정적으로, 또 물리적으로 자신을 통제해야만 말들이 여러분에게 조금이라도 관심을 가질 거예요. 내 말 새겨들어요. 이 일을 해내려면 여러분은 변해야 해요. 몸가짐과 마음가짐 전부요. 여기 있는 모두가 연습해야 해요. 플로르랑 오마, 아주 잘했어요. 다음엔 누가 해볼래요?"

랜디가 쿵쿵거리며 앞으로 나온다. "내가 할래요."

그는 홱 돌아서더니 성난 짐승처럼 땅을 쾅쾅 구르며 걸어간다. 고개를 높이 쳐들었고, 두 눈은 눈구멍에서 튀어나올 것만 같다. 손은 주먹을 꽉 쥐었다. 랜디는 체중이 110킬로그램 넘게 나가고 키도 190센티미터 가까이 된다. 하는 행동을 보니 아내가 분노 조절하는 법을 배우라고 이곳에 보낸 것도 이해가 간다.

"저 말들 나한테 개길 생각 않는 게 좋을걸요. 난 저 새끼들 안 무서우니까." 랜디가 거들먹거리며 대열로 돌아오면서 내뱉는다. 어깨가 안으로 굽었고, 두 팔은 아래로 축 늘어져 그가 발가락에 반동을 줄 때마다 주먹이 허공에 내리꽂힌다. "나는 말을 잘 알아요. 플로리다 경마장에서 일했거든. 조랑말 새끼들 겁 안 난다고."

다른 남자들을 돌아보니 하나같이 고개를 젓고 있다.

"아." 나는 말을 잇는다. "좋아요. 잘됐네요. 그럼 저기 트레일러로 가서 빌리를 풀어줘보세요. 서러브레드 혈통이 섞인 녀석이에요. 오른쪽에서 둘째, 양쪽 발에 흰 양말 신은 애. 풀어서 이리로 데려와 봐요."

랜디의 두 눈이 천천히 질끈 감긴다. 눈을 다시 떴을 때는 눈동자가 이리저리 두리번거리고 있다.

"뭘 하라고요?" 그가 묻는다.

나는 두 발을 초조하게 움직이며 땅을 내려다보는 랜디에게 지시를 반복한다. 랜디가 고개를 한 번 세게 흔들고, 그러자 그 흔들림이 그대로 품 넉넉한 청바지를 타고 출렁거리며 내려온다. 그가 요동치는 자기 몸을 가다듬기까지 몇 분이 흐르고, 이윽고 아까보다 훨씬 느릿느릿한 걸음으로 트레일러를 향해 걸어간다. 재소자들이 대열을 무너뜨리고 내 뒤에 반원을 그리고 선다. 말들은 각각 끝에 자물쇠가 달린, 풀매듭* 진 밧줄사슬에 묶인 채 내 트레일러 앞에 서 있다. 랜디가 처음 해결할 도전과제는 자신의 거대한 몸뚱이를 가장 덩치 큰 말 두 마리 사이에 밀어넣은 뒤 빌리의 주둥이에서 겨우 몇 센티미터 떨어진 데 서서 그 매듭을 푸는 것이다. 랜디는 내 트레일러 한 귀퉁이에 서서 트레일러 끄트머리 쪽에 매여 있는 모건종 거세마 무를 가리킨다.

"이놈요?" 랜디가 묻는다.

"아니, 인마, 그 옆의 놈. 설마, 둘이 구분이 안 가냐?" 토니가 끼어든다. 오늘 내내 한마디도 안 했던 그다. 토니는 자기가 무리에서 제일 똑똑하다는 믿음으로 이성의 끈을 놓지 않는 사람이다. 제일 똑똑할지는 몰라도, 그것이 곧 좋은 사람이라는 의미는 아니다. 오마와 폴, 렉스가 일제히 토니에게서 고개를 돌려 나를 바라본다.

"도와줄까요, 랜디?" 나는 당장 달려가 랜디를 구출해주고픈 충동을 억누르느라 몸을 앞뒤로 까딱거리면서 억지로 그 자리에 남아 있던 참이다.

---

    * 다시 풀 수 있도록 묶은 매듭.

"저기 들어가서 쟤를 풀어주고, 또 어떻게 하라고요?" 이제 랜디는 조금 떨고 있다. 입술도 일자로 다무는 대신 약간 벌린 채 밭은 숨을 쉰다. "저기 들어가라니, 어림없어요, 미스 진저. 난 못 해요." 그가 속마음을 털어놓는다.

내가 트레일러로 걸어가고, 나머지 재소자들도 우르르 뒤따른다.

"말한테 두려움을 내비쳐선 안 된다고 하지만, 내 생각은 달라요. 말을 대할 때 가장 필요한 건 정직함이에요. 자신의 감정을 정말 솔직하게 마주하면, 그게 몸으로 드러나게 돼 있어요. 말들은 그 차이를 알아요. 그러니 몸에 가둬놓은 두려움을 풀어줘야 해요, 랜디. 서두르지 말고, 심호흡을 해요. 잘할 수 있어요."

랜디는 '시팔'을 몇 번 내뱉으면서 말 두 마리 사이의 한 뼘밖에 안 되는 공간에 비집고 들어간다.

"빌리의 엉덩이에 손을 얹어요, 랜디. 당신을 감지할 기회를 줘요."

랜디가 높다란 빌리의 궁둥이 위로 팔을 들더니 쫙 편 손바닥을 녀석의 황동색 어린 갈색 털에 살며시 댄다.

"자, 이제 빌리의 머리 쪽으로 가면서 손으로 녀석의 등을 따라 살살 쓸어주세요. 아주 좋아요, 랜디. 잘했어요." 랜디의 얼굴 살이 뼈에서 분리된 듯 느슨해진다. 더는 분노가 평소처럼 뼈대에 찰싹 붙어 있지 않다. 나는 그에게 리드줄 다루는 법을 지도한다. 그는 밧줄사슬을 이루는 고리를 하나씩 풀어가며 풀매듭을 해체한다. 열기가 피어오르는 거구의 말 두 마리 사이에서 작업하는 랜디는 점점 자신감이 붙는지 말이 없다. "이제 녀석을 뒷걸음질시켜서 데리고 나와요. 리드줄을 잡고, 빌리의 얼굴을 마주보고서 녀석의 가슴팍으로 바짝 다가가요. 손에 너무 힘주지 말고요. 빌리는 그러면 안 되는 애예요."

빌리는 구조되어 나에게 왔다. 공격적이고, 보호본능 강하고, 비쩍 여윈 상태였다. 빌리가 겪은 일을 나는 죽었다 깨나도 전부 알지 못할 것이다. 내가 아는 건 상대방이 싸우려 들면 빌리도 똑같이 덤벼들 거라는 것이다. 빌리는 한눈에 사람을 관찰하고 파악한다. 지난 삼 년간 빌리는 더 참을성 있게 굴어야 한다는 것, 귀기울여야 한다는 것, 취약함을 거리낌없이 내보여도 괜찮다는 것을 나에게 가르쳐줬다. 빌리는 내 거짓 자존심을 남김없이 벗겨버렸다. 빌리는 운동능력이 뛰어난 동시에 문제가 많은 녀석이다. 이런 조합의 말을 다루려면 철저히 정직한 태도로 다가가야 한다.

빌리는 마치 병사가 하사관을 쳐다보듯 랜디를 똑바로 바라본다. 시선이 랜디의 얼굴에 고정된다. 움직일 준비를 하고 있던 뒷다리는 랜디가 녀석의 가슴팍 한가운데를 향해 첫걸음을 떼자 뒷걸음질한다. 둘이 같이 트레일러 앞 좁은 틈에서 빠져나온다. 랜디는 이마에서 땀을 뚝뚝 흘리면서도 단호하게 넓은 보폭으로 성큼성큼 걸어온다.

둘이 트레일러에서 멀찍이 떨어져 나오자 토니를 뺀 나머지 남자들이 전부 랜디와 빌리를 에워싼다. 그들은 랜디의 등짝을 세게 치며 칭찬세례를 한다. "잘했어, 랜디." 렉스가 빌리의 이마를 살살 긁어준다. "이 녀석 예쁘다, 그치?"

랜디가 리드줄을 내게 넘기고는 허리를 꺾고 무릎에 손을 짚더니 거친 숨을 몰아쉰다.

"좀 앉아야겠어. 기절하겠어."

마커스와 렉스가 랜디의 양쪽에서 겨드랑이를 받쳐 일으켜 세운다. 두 사람은 힘이 쭉 빠진 랜디를 도로 가의 작은 농수로 옆으로 데려가 앉힌다. 나는 빌리의 리드줄을 잡은 채 랜디의 뒤로 가 그의 어깨에 왼손을 얹는다. 자랑스럽다고 말해주고 싶지만 말을 아낀다. 대신 뒤에 조용히 서서 그의 어깨가 힘겨운 호흡으로 올라갔다 내려갔다 하는 것을 지켜본다.

어느새 활기를 찾은 렉스와 마커스, 폴이 나더러 자기들 좀 봐달라고 한다. 셋은 나란히 길을 저벅저벅 걷는다. 각자의 자연스러움과 노력과 개성이 드러나는 걸음걸이이다. 그들은 랜디가 한 것처럼 말을 만지고 싶어졌고, 그럴 기회를 얻기 위해 무엇이든 할 기세다. 셋다 몸이 운동선수 타입이다. 셔츠단과 진바지 사이의 가느다란 틈으로 드러난 아랫배에 죄다 복근이 잡혀 있다. 스웨트셔츠 소매에 가려진 불룩한 이두박근들은 지나치게 부푼 테니스공 같다. 키가 제일 큰 렉스는 육상선수라고 해도 믿을 것 같다. 폴은 럭비선수감이다. 마커스는 당장 축구선수로 뛰어도 될 것 같다. 술을 멀리하고 맑은 정신을 유지한 지 일이 년 된 세 사람의 눈은 단호한 빛을 띤 동공 주위로 흰자가 새하얗게 빛나고 있다.

마커스는 마치 근두운을 타고 미끄러지듯 걷는다. 더는 내가 여기 처음 온 날 만난, 잔뜩 힘준 보디빌더처럼 보이지 않는다. 오늘 그의 몸은 몇 달간 바다에 나가 있던 선원처럼 힘이 빠진 채 하늘거린다. 골반은 물결처럼 굽이친다. 상체는 그 상판 위에 얹혀 흔들린다.

"오늘 좋아 보이네요, 마커스." 내가 그에게 말한다. "뭐가 달라졌는지는 모르겠지만, 굉장히 편안해 보여요."

"내일 워크아웃 시작하거든요, 미스 진저." 그가 씩 웃으며 대답한다. "벌써 몇 군데 면접이 잡혔어요."

"와, 마커스, 잘됐네요. 정말 기뻐요. 내 전화번호 알려줄게요. 앞으로도 계속 연락하고 지내요." 나는 이렇게 말한다.

걷기를 마치고 돌아온 폴이 손목을 내민다. 오늘 말을 만져도 될 만큼 나았는지 나더러 봐달라는 것이다. 이 주 전 저녁밥 주는 폴을 호크가 공격해 커다란 미루나무 앞에 넘어뜨린 뒤 유유자적 건초를 먹으러 간 사건이 있었다. 그때 폴은 넘어지면서 오른손으로 땅을 짚었다. 손목이 부러지지 않은 게 천만다행이었다. 오늘 보니 손목 관절 주위가 약간 부어 있지만 의사가 처방한 손목 보호대는 벗어도 될 정도로 회복했다. 나는 빌리의 리드줄을 렉스에게 넘기고 폴에게 오른손을 이리 줘보라고 한다.

"다들 모여봐요. 보여줄 게 있어요." 나는 여전히 폴의 손을 잡은 채 그를 무리 한가운데로 데려간다. "폴, 나를 데리고 걸어볼래요? 내

하프 브로크

가 말이 되고 폴은 조교사가 되는 거예요. 나를 어떻게 따라오게 할 거예요?" 폴이 다치지 않은 손으로 내 손바닥을 꽉 쥐고 나를 앞으로 끌어당긴다. 나는 안 가려고 버틴다. 내 팔이 엿가락처럼 쭉 펴진다. 폴은 나를 잡아당기면서 웃음을 참지 못한다. 내 다리는 땅에 1미터 깊이로 박힌 울타리 말뚝이 된다.

온 가족이 4대째 감옥을 들락거린 가정에서 자란 폴은 미묘한 신호를 포착하는 데 익숙지 않다. 그는 굵다란 목에서부터 어깨를 구 부정하게 말고, 꼭 깡패처럼 걷는다. 손도 솥뚜껑만 하다. 팔뚝은 굵 기가 내 허벅지만 하다. 나는 스테로이드 주사를 맞은 보디빌더처럼 어기적어기적 걸어가는 그의 다리를 지켜본다.

"나를 잡아당기지 말아요. 나한테 신호를 줘요, 걸을 준비가 됐 다는 신호요. 몸짓 같은 거요."

그러자 폴은 허리부터 몸을 앞으로 살짝 숙이고 내 손을 좀더 살며시 잡은 채, 춤을 청하는 파트너처럼 내 앞에 선다. 그러자 맞닿 은 그의 살이 마치 입맞춤처럼 보드라워진다. 나는 그의 제안을 따르 고, 우리는 길을 따라 걷기 시작한다. 걷는 내내 그가 머뭇거리거나 자기를 의식할 때마다 그것이 걸음으로 고스란히 전달된다. 살아남 기 위해 거칠게 굴어야 했을 남자에게서 감지되는 이런 자기의심이 참 이질적으로 다가온다. 나는 일시적으로 걸음을 멈춰, 폴로 하여금 그 불확실함을 그대로 느끼게 해준다. 폴이 걸음을 멈추고 다시 앞으 로 가자고 몸짓을 보낸다. 우리는 하나가 되어 재소자들이 기다리고 있는 데로 돌아간다.

나는 폴 옆에 서서 가축전담반의 다른 일원들에게 이야기한다. 말과 소통하는 미묘한 어려움에 대해 설명한다. 말들이 어떻게 모든 것을 보고, 느끼고, 냄새 맡는지 얘기해준다. 폴의 손은 그대로 잡고 있다. 놓을 수가 없다. 손바닥이 살며시 서로를 감싼 채 거의 손들끼리 붙잡고 있는 것 같다. 마치 다른 누군가의 어린 시절처럼, 자유롭게 둥실 떠오른 채.

"자, 그럼 폴, 빌리의 리드줄을 잡아봐요." 렉스가 빌리의 리드줄을 넘기자 폴이 내 옆에서 물러난다. "나한테 했던 것처럼 빌리한테 같이 걷자고 해봐요." 빌리는 머리를 낮게 드리운 채 편하게 신호를 기다리고 있다. 폴이 검은색 리드줄을 꽉 쥐고 한 번 세게 당겨 앞으로 잡아끈다. 빌리가 고개를 획 쳐들더니 뻗댄다. 폴은 또 한번 멋쩍게 하하 웃더니 나를 쳐다본다.

"너무 과했죠, 알아요. 그런데 이런…… 이런 식으로…… 우리는 늘 이렇게 해왔어요. 말들한테 뭘 하자고 하는 대신 억지로 하게 만드는 식으로요. 그래서 말들이 우리한테 화가 나 있죠. 그동안 우리가 너무 심했으니까요."

"개소리 마." 토니가 불쑥 끼어든다. "저 새끼들이 미친 원숭이처럼 제멋대로 날뛰었잖아. 아기처럼 살살 대해줄 필요 없다고."

"집어치워, 토니." 플로르가 당장 입 다물지 않으면 언제든 잡일전담반으로 보내버릴 권한을 암시하는 자세를 취한다. "오늘 우리는

　　　　　　　　　　　　　하프 브로크

새로운 방식을 배울 거야. 적극적으로 참여하든가 아님 아예 빠져."
토니는 주먹 쥔 손을 주머니에 찔러 넣고 시선을 돌린다.

"목장 말들이 언젠가는 우리를 존중해줄까요, 미스 진저?" 랜디
가 충분히 쉬어서 혈색이 도는 얼굴로 뒤에서 다가와 묻는다.

"여러분이 변하면 말들도 변할 거예요." 나는 이렇게 말하고, 폴
에게 한번 더 해보라고 손짓한다. 폴은 이번에는 잠시 서서 고민한
다. 그가 빌리의 이마에 소용돌이 모양으로 난 털을 살살 긁어준다.
그러자 빌리가 고개를 낮춘다. 폴이 상체를 앞으로 기울이면서 리드
줄을 쥔 손을 빌리의 앞으로 쭉 내밀자 빌리가 첫발을 뗀다. 이제 빌
리는 폴과 나란히 발맞춰 길을 왔다갔다한다.

플로르가 앞으로 나와 폴에게 빌리를 다루는 법을 가르쳐달라
고 한다. 나는 렉스와 새라, 토니에게 트레일러에 묶여 있는 다른 말
세 마리를 데려오라고 한다. 렉스는 여덟 살 된 웜블러드* 거세마 조
커를 택한다. 새라는 열 살 먹은 루시타노**종 잇지를 트레일러에서
풀어준다. 토니는 열다섯 살 된 모건종 무를 고른다. 내 말들이 각자
자기를 맡은 새로운 사람을 파악하느라 귀가 얼굴 측면을 향해 쫑긋
선 게 보인다. 나는 재소자들에게 자신의 신체를 부조***로 사용하는

---

* 짐 싣는 말 또는 마차 끄는 말 중에 몸집이 중간급인 종.
** 마장마술용과 투우용으로 개량된 포르투갈 혈통의 말. 얼굴이 볼록하고
근육이 발달했다.
*** 말과 의사소통하는 신호.

법을 가르쳐준다. 가, 멈춰, 돌아. 재소자들이 몸을 숙이고, 옆으로 비틀고, 나에게도 들릴 정도로 크게 숨을 쉰다. 한 짐승이 다른 짐승과 소통한다.

렉스의 긴 보폭은 키가 거의 17핸드* 되는 조커의 보폭과 맞먹는다. 둘 다 걸음걸이에 반동과 솟구침이 있다. 잇지는 새라 몸의 낯선 굴곡에 적응하느라 정신이 없다. 새라가 보이는 불규칙함에 맞추느라 귀가 사방으로 쫑긋거린다. 무는 한 뼘도 타협이 없고, 토니도 마찬가지다. 둘 다 서로를 쳐다보지 않는다. 내 말들의 성격이 이렇게 빨리 새 조교사에 맞게 변하다니, 정말 놀랍다.

"가자, 잇지." 새라가 고음으로 노래하듯 말을 건다. 보통은 발을 질질 끌며 뒤따라오던 잇지가 곧장 새라의 쾌활함에 매료된다. 녀석은 좋아하는 노래를 흥얼거리며 깡충깡충 방목장을 가로지르는 새라와 보조를 맞춰, 거의 속보로 절도 있게 걷는다.

"알아서 하겠다니까." 플로르가 내 뒤에서 꽥 소리 지른다. 폴이 계속 지도해주는데 무슨 일인지 플로르가 마음을 닫고 있다. 플로르와 빌리는 아직 한 발짝도 떼지 못했다. 나는 그리로 가서 플로르와 빌리 앞에 서서 둘의 눈을 들여다본다. 텅 비었다. 흐리멍덩하다. 여기 없는 것 같다. 이런 상태의 빌리는 본 적 있지만, 플로르의 이런 모습은 처음이다. 트라우마는 몸과 마음을 텅 비게 만든다. 나는 둘

* 말의 키를 재는 단위. 1핸드는 약 4인치 또는 10.16센티미터.

을 지금 여기로 데려오려고 해본다.

"플로르, 집의 침대 위 이불이 무슨 색이에요?"

플로르는 멈칫하며 나를 빤히 보더니, 자기 발끝을 내려다본다. "파란색요."

"기억 속에서 가족과 함께한 마지막 식사는 뭐였어요?"

"오븐에 구운 닭. 튀긴 빵. 크록포트에 찐 얼룩강낭콩하고 그린 칠리요. 새아버지 생신이었거든요."

"같이 좀 걸을까요. 침실에서 부엌으로 가서 식탁에 앉아 진수성 찬을 즐기는 거예요, 어때요?" 나는 플로르의 왼손을 잡고 앞으로 이 끈다. 빌리가 플로르의 오른편에서 보폭을 맞춰 따라온다. 플로르가 방향을 틀면 빌리도 머리를 플로르의 허리 높이로 띨구고 얌전히 따 라온다. 돌아서 오는 길에 빌리가 입김을 푸르르 내뱉자 분사된 침이 플로르의 팔뚝을 간질인다. 플로르가 깔깔 웃음을 터뜨린다.

이 둘의 뒤쪽에서는 토니가 무와 입씨름하고 있다. 토니는 리드 줄을 무의 턱 바로 아래에서 꽉 쥐고 있다. 무는 목을 1미터쯤 뺀 상 태에서 앞다리를 머리 앞쪽에 쭉 뻗어 단단히 딛고 양 뒷발굽은 몸 통 바로 아래에 두고 서 있다. 뻗대는 것이다.

"이 망할 고집불통 노새 새끼. 이리로 오란 말이야, 이 당나귀 새 끼야." 토니가 리드줄 끝을 휘두르기 시작한다. 나는 당장 그리로 달 려간다.

무는 내가 데리고 있는 애들 중 지배성향이 제일 강한 놈이다.

다른 말들을 집까지 몰고 가는 녀석이다. 내 말들은 무를 슬쩍 보기만 해도 다른 데로 가버린다. 귀를 쫑긋거리거나 꼬리를 탁탁 휘두르거나 히히힝 소리지를 필요도 없다. 무는 자기가 원하는 여물통은 아무거나 차지하고, 방목장에서 풀이 가장 부드러운 자리, 햇볕이 가장 따사로운 자리에서 제가 자고 싶을 때 자며, 비나 눈이 많이 오면 대피용 그늘막을 혼자 떡하니 차지한다. 아무도 무에게 대들지 않는다. 왜냐면 무는 이견의 여지없이 대장이니까.

나는 토니의 뒤에서 붕붕 도는 리드줄 끝을 붙잡는다. 토니가 가시를 세우고 나를 향해 홱 돌아선다.

"이놈 완전 망나니잖아요. 왜 이런 놈을 데려왔어요? 그러잖아도 이딴 문제아들은 여기 넘쳐나는데." 오마와 폴이 뒤에서 황급히 달려온다. 나는 토니를 쳐다보면서 얼굴이 불붙은 듯 달아오르는 걸 느낀다. 토니의 반항기 따위는 얼마든지 맞받아칠 수 있다. 내 안에도 똑같은 게 있으니까.

몇 분이 흐른다. 무는 육중한 트랙터처럼 꿈쩍 않고 서 있다. 언제고 비명을 지를 것 같다. 무는 문제가 터질 것 같으면 언제나 티를 내니까.

나는 토니만큼 엉망진창인 상대를 딱 한 번 만나봤다. 플로리다주 오캘러라는 도시에서 만난 말이었다. 챔피언감인 서러브레드 암말인데 좀처럼 달리지 않으려 했고, 마구 분노를 내지르며 기승자와 조교사 들을 접근하는 족족 다치게 만들었다.

나는 삼십대 초반에 대니 마틴이라는 조교사에게 말 타는 법과 말에 대해 배우려고 플로리다로 갔다. 유독 다루기 힘든 말들을 떠맡는 대단하신 조교사 대니에 대해 다른 카우보이들이 얼마나 떠들어댔는지 모른다. 경주마들. 비싼 말들. 위험한 말들. 다른 조교사 대여섯 명을 쫓아 보내거나 부상 입힌 말들을 너끈히 훈련했다는 것이었다.

그 암말은 내가 대니의 목장에 간 지 이틀째 되던 날 왔다. 종마 같은 근육질 몸으로 트레일러에서 내렸다. 녀석을 통제하고 사람을 물지 못하게 하려고 주둥이에 사슬을 두 겹 둘러놓았다. 대니가 나에게 그 녀석을 실내 마장에 데려다놓으라고 했다. 길이가 30미터, 폭이 20미터쯤 되는 타원형 마장이었다. 그는 한 면에 플리스천을 덧댄 가죽띠를 건넸다. 그리고 내 다른 손에는 우비를 쥐여줬다.

"녀석의 오른쪽 앞다리에 호블을 채운 다음 최대한 빨리 나와. 우비도 필요할 거야. 내 말 믿어."

호블은 말의 다리를 접은 상태로 묶어서 말이 세 다리로만 자기 체중을 지탱하게 하는 장치다. 주로 하룻밤 이상 걸리는 짐 딸린 산지 여행에서, 말들이 야영지에서 달아나지 못하게 하는 용도로 쓰인다. 대니는 다른 용도로 사용했다. "마주가 나한테 보내는 녀석들은 대부분 말썽거리를 찾아 날뛰는 놈들이야. 이놈들한테 인간은 파리보다 못한 존재지. 할 수만 있다면 우리를 점심거리로 꿀꺽해버릴걸. 그래서 나는 녀석들이 자기 자신과 싸우게 할 장치를 모색하는 것뿐이야. 그렇게 해놓고, 알아서 싸우라고 내버려두는 거지."

　나는 영문도 모른 채 우비를 입은 뒤 왼손에 호블을 쥐고 오른손으로는 그 암말을 끌며 실내 마장으로 들어갔다. 거기서 녀석의 오른쪽 앞다리를 들어 무릎을 구부렸다. 그런 다음 들고 있던 가죽 호블을 플리스천 댄 쪽을 아래로 가게 해서 구절과 전완에 세 번 둘러 단단히 감았다. 그렇게 해놓고 주둥이의 사슬을 푼 다음 냅다 게이트를 향해 달렸다. 어떻게 하고 있나 뒤돌아본 순간 녀석이 폭발했다. 녀석은 세 다리로 억척스럽게, 내가 본 네 다리 멀쩡한 말들보다 더 빠르게 달리고 있었다. 습보로 달려오던 녀석이 나를 향해 오줌을 갈겼다. 꼬리를 휘둘러대면서 냄새도 지독한 노랗고 굵은 오줌 줄기를 몇 보마다 찍찍 갈겼다. 작은 알갱이처럼 발사된 오줌이 내 얼굴을 쏘아대고 우비에 맞아 튕겼다. 생전 본 적 없는 오줌발이었다. 오줌을 무기로 쓰는 건 처음 봤다. 다리 하나를 완전히 못 쓰게 되자 녀석은 있는 대로 성질을 부렸다. 나는 그 녀석이 실성한 악마처럼 마장 안을 뛰어다니는 모습을 지켜봤다. 두 눈이 툭 불거지고 흰자에 붉은 핏줄이 거미줄처럼 쫙쫙 가 있었다. 녀석의 몸뚱이는 오직 증오밖에 모르는 모종의 존재의 형상을 띠었다. 몸의 모든 근육이 분노로 불끈 거렸다.

　한 십 분쯤 그 쇼를 지켜보는데 대니가 불쑥 말했다. "다들 가서 일하자고." 우리는 녀석이 혼자 괴로움에 몸부림치게 버려두고 대니가 맡은 스무 마리쯤 되는 다른 말들을 훈련하러 갔다. 나는 기회 있

하프 브로크

을 때마다 그 암말을 들여다봤다. 녀석은 땀범벅이 되어 몸이 후끈거렸고, 등에서는 김이 피어올랐다. 그 지경인데도 강제 구속에서 어떻게든 벗어나보려고 속보나 습보로 마장 안을 돌고 있었다. 마장 안에서 녀석이 요동치는 소리, 제 꼬리를 물려고 뱅글뱅글 도는 개처럼 괴로움에 넋이 나간 녀석이 나무 펜스에 몸을 부딪는 소리가 하루종일 들려왔다.

대니는 쉬지 않고 다른 말들을 맡기면서 우리를 늦게까지 부려먹었고, 여덟시가 되어서야 그의 아내가 저녁 먹으라고 우리를 호출했다. 함께 식사하는 내내 나는 생각이 다른 데 가 있었다. 그 암말 생각을 했고, 정말로 밤새 저렇게 내버려둘 작정인가 해서 조마조마했다. 집에 가려고 일어섰을 때, 나는 정이 헤픈 여자로, 이런 일을 소화할 만큼 터프하지 못한 여자로 보이지 않으려고 애쓰면서 최대한 가벼운 말투로 대니에게 암말이 어떻게 하고 있는지 실내 마장을 들여다봐도 되느냐고 물었다. 대니는 녀석이 누워서 가만히 있으면 호블을 벗겨도 좋다고 했다. 그렇지 않으면 그냥 내버려두라고.

마장은 어둑어둑했고, 나는 조명 스위치를 영 찾을 수가 없었다. 하지만 달빛이 밝아서 녀석의 형체를 알아볼 수 있었다. 녀석은 옆으로 누워 있었다. 머리와 목은 들고 있었지만 나머지 몸뚱이는 이제 자려고 몸을 뉜 사슴처럼 바닥에 웅크리고 있었다. 호블을 채운 오른쪽 앞다리는 천장을 향해 세우고 있었다. 내가 게이트 잠금쇠를 찰칵 여는데도 녀석은 흠칫 놀라지 않았다. 그리로 다가가면서 나는 다정한 말투로, 주로 '아아'나 '어어'를 반복하면서 녀석을 달랬지만, 사실은 나를 달래려는 마음이 더 컸다. 혹시 녀석이 펄쩍 뛰어오를까봐, 음성언어로 내가 거기 있다는 티를 내면서 녀석의 뒤에서 접근했다. 녀석과 높이를 맞춰 무릎 꿇고 앉아 녀석의 목과 뒤통수를, 두 귀 사이를 쓰다듬었다. 그 순간 나에게 보인 건 그저 편히 쉬고 있는 평화로운 짐승의 실루엣이었다. 나는 녀석의 등 너머로 손을 뻗어 호블의 버클을 풀었다. 녀석은 그쪽 다리를 뻣뻣하게 쭉 펴더니 목을 길게 늘이고 내게 몸을 기댔다. 내가 전신을 쓰다듬어주자 머리를 아예 바닥에 댔다. 아까 하도 난동을 피워서 털이 떡진 채 버석하게 말라 있었다. 녀석의 호흡은 한동안 아팠다가 마침내 편안해진 이의 리듬이었다.

무의 얼굴을 잡아당기느라 토니의 손가락 마디마디가 새하얘졌다. 토니의 머리카락은 오랜 메스암페타민 복용으로 퍼석퍼석하게 타버렸다. 꼭 전기충격을 받은 사람의 머리칼 같다. 치아는 윗니 중 왼쪽 앞니 하나만, 아랫니 중에는 그 바로 아래 두 개만 남았다. 그가 무를 앞으로 가게 하려고 기를 쓰면서 턱에 힘주고 몸을 뒤로 빼자 두툼한 혀가 남은 치아들 사이로 튀어나온다.

"힘을 빼요, 토니." 내가 지시한다.

"그 망할 밧줄 도로 줘요." 토니가 내게 소리치더니, 내 손에서 리드줄 끝을 잡아챈다. 그 밧줄을 자기 팔뚝에 두 번 감아 더 단단히 말더니, 무릎을 너무 세게 잡아당겨서 녀석이 균형을 잃고 앞으로 휘청 휘청 나온다.

"뭐 하는 짓이에요. 내 말을 놔줘요!"

무가 뒷다리를 배 밑으로 모으고 밧줄을 팽팽히 당기며 몸을 뒤로 뺀다. 그 덕에 힘의 균형이 다시 잡힌다. 무는 결코 순순히 따르지 않을 것이다. 폴과 오마가 다가온다. 폴은 키가 180센티미터가 넘고 몸무게도 못해도 100킬로그램은 넘을 것이다. 목 뒤에는 *물러서*라는 문신을 새겼다. 조금 전만 해도 내게 같이 춤추자고 청했던 폴이 지금은 나를 진정시키려고 내 어깨 앞쪽에 살며시 두 손을 얹는다. 그러고는 설핏 웃는다.

"저희가 어떻게 해볼게요, 미스 진저." 그는 단어 하나하나를 정확히, 천천히 힘주어 말한다. "토니, 말을 오마한테 넘겨." 폴이 오마에게, 가서 무를 넘겨받으라고 고갯짓한다. 플로르와 새라, 렉스도 어느 틈에 와 있다. 그들은 양팔을 옆에 늘어뜨리고 다리도 넓게 벌린 채 언제든 필요하면 달려들 태세로 서 있다. 폴 말고는 다들 한마디도 하지 않는다.

"말을 놔, 토니." 폴은 여전히 내 어깨에 손을 얹은 채, 토니에게 등을 보이고 서 있다.

토니가 윗입술을 위로 까뒤집어 이 없이 휑한 잇몸을 내보이며 으르렁거린다.

폴이 내 어깨를 놓고 천천히 돌아서 토니를 마주본다. 오마가 리드줄을 당장 건네받으려고 한 손을 내밀고 무와 토니 사이에 선다. 우리 모두 하나가 되어 토니가 물러날 때까지 쏘아본다. 토니는 어이 없다는 듯 콧숨을 토하며 고개를 홱 젖히더니 가운뎃손가락을 세워 보인다.

"씨발, 다들 꺼져버려." 이 말을 거칠게 내뱉더니 무의 리드줄을 땅바닥에 팽개친다. 그는 부츠 발로 땅을 차고는 남자 숙소 쪽으로 성큼성큼 가버린다. 무가 길게 비명을 내지른다. 그 진동에 내 팔의 털이 곤두선다.

오마가 무의 리드줄을 주워들고 녀석을 트레일러로 도로 데려 간다. 무는 고개를 숙이고 턱을 혀 이쪽저쪽으로 굴리면서 입안을 핥 다가 씹다가 한다.

나에게 처음 연락했을 때 새라는 이곳 남자들이 어떤 식으로 말 들과 싸우는지 얘기해줬다. 말들을 축사 구석으로 몰아붙인 다음, 수 장굴레에 연결한 밧줄을 꼬리에 묶어 녀석들을 복종시키려 한다고 했다. 나이든 아라비아종 윌리를 그런 식으로 묶은 뒤, 그렇게 몸을 만 채로 너무 오래 방치해서 윌리가 쓰러져서 못 일어났다고 했다. 목장 말들은 지금 맞서 싸우고 있는 것이다. 녀석들은 발로 차고, 깨 물고, 해치려고 작정을 했다. 온순한 동물이 불가항력에 의해 맹수로 돌변했다. 토니 같은 남자들이 수년간 이 말들을, 자기들의 고통을 무기 삼아 벌줘왔기 때문이다.

하프 브로크

나는 확신 없는 걸음걸이로 트레일러로, 내 말들에게로 돌아간다. 오늘은 그만할 때도 됐다. 다들 저녁 먹으러, 검정고시 공부하러, 육아 수업 들으러 가려면 먼저 씻어야 하고 말이다. 나는 내 말들을 한 마리씩 차례로 트레일러에 태운다. 무가 제일 마지막에 탄다. 녀석은 트레일러 문 앞에 멈춘 채 타기를 거부하고 뭔가를 찾아 목을 이리저리 돌린다. 그러다가 마지막으로 한번 더 비명을 내지른다.

서로의 버팀목

2013년 6월

처음 만났을 때 윌리는 스물여덟 살이었다. 눈 주위에 설탕 가루를 뿌린 듯 새하얀 털이 희끗희끗했다. 몸의 나머지 부분은 아득한 밤하늘 색 털로 덮여 있었다. 윌리는 이 목장에서 거의 평생을 살았다. 식당 안 벤치 바로 위의 벽도 윌리의 사진들이 장식하고 있다.

목장 설립자들이 엘리스 섬*에서 가져온 벤치다. 폭이 좁고 긴 이 벤치를, 부엌 입구를 향해 앉도록 배치해놓았다. 이 벤치에 앉아 있는 사람에게는 말을 걸어선 안 된다. 목장 재소자들이 처음에 면접을 보러 목장에 오면 다들 이 벤치에, 어떤 경우 몇 날 며칠이고 앉아 있게 된다. 침묵 속에 홀로 앉아 자신이 어쩌다 이 지경이 됐는지 반

---

* 허드슨강 하구, 뉴욕항 입구에 자리잡은 섬. 1892년부터 1954년까지 미국으로 들어가려는 이민자들이 입국 심사를 받던 곳으로 유명하다.

하프 브로크

추한다. 엘리스 섬에 들어온 이민자들도 이 벤치에 앉아 어서 신세계에서 새 삶을 시작하기를 하염없이 기다렸다. 이 목장의 모든 장치에는 의도가 담겨 있다. 목장 재활 프로그램에 참가하도록 허락받은 재소자의 여정은 바로 이 벤치에서 시작한다. 규칙을, 이 목장의 규범을 하나라도 어기면 이 벤치로 돌아와 그 행동에 얼마나 엄중한 대가를 치를지 판결을 기다린다. 보통 이 벤치에 호출된다는 건 얼마 안 가 교도소로 돌려보내질 거라는 뜻이다.

나는 매일 목장에 도착하면 식당으로 가 이 벤치를 지나 프런트 데스크에서 체크인한다. 거기서 명단을 건네받는다. 그날 헛간에서 내 지시를 기다리며 대기하고 있을 재소자들의 명단이다. 프런트에서 돌아서면 벤치를 정면으로 마주보게 된다. 오래된 참나무 널로 만든 벤치 좌석부에는 오래전에 앉았다 가라고 마련해놓은 것처럼 군데군데가 움푹 파여 있다. 그렇게 파인 부분은 착색제가 닳아 벗겨져 있다. 좌석에는 서너 명까지 충분히 걸터앉을 수 있다. 보통은 재소자 한 명이 침묵을 지키며 앉아 있다. 생명력이 다 빠져나간 형체. 몸에 숨이 들고 나는 티가 전혀 안 난다. 거의 보이지 않는 존재다.

이 벤치 위 벽에 걸린 사진들 속 윌리는 훨씬 젊어 보인다. 새카맣고 윤기 흐르는 털 덕분에 늘씬하고 탄탄한 근육질 몸에 광택을 입힌 것처럼 보인다. 그러나 지금 윌리는 그 사진 속 주인공의 쪼그라든 그림자에 불과하다. 나이든 치아는 상아색의 닳아빠진 비스듬한 판이 되었고, 여물을 갈기에는 너무 매끈해졌다. 세월의 풍화를 맞은 두 눈 위로는 마치 두개골이 푹 꺼지듯 동그랗게 움푹 팬 부위가 생겼다. 윌리는 이십여 년 전 이 목장에 기증되었다. 이곳의 말들은 다 '기증'된 말이다. 하지만 공짜 말 같은 건 없다. 다루기 어렵다고, 길이 안 들었다고, 호전적이라고, 때로는 위험하다는 이유로 버려지는 말들이 있을 뿐이다. 윌리가 말 운반용 트레일러의 제일 안쪽에 서 있는 사진이 있다. 새파란 뉴멕시코의 하늘이 녀석의 까만 실루엣을 감싸고 있다. 고개를 높이 쳐들고, 무릎과 비절을 땅에서 들어올리고, 꼬리도 당당하게 아치 모양으로 세운 모습이다. 다른 사진에서는 웬 젊은 남자가 윌리에 올라타 있다. 그는 정수리에 크기도 맞지 않는 카우보이모자를 얹고서 안장에 어정쩡하게 앉아 있다. 고삐도 윌리의 목에 너무 바짝 붙여서 쥐고 있다. 기승자의 양손이 고삐를 너무 꽉 쥐고 자기 가슴팍께로 당기고 있다. 윌리는 귓자루*가 긴 쇠재갈을 물고 있는데, 귓자루가 아랫입술에서 15센티미터 아래까지 내려와 있다. 젊은 기승자는 뿌듯한 표정이다. 뿌듯할 만도 하다. 어떻게 했는지 모르지만 이 사진을 찍는 동안은 윌리가 가만히 있게 했으니 말이다. 나는 아직 윌리를 타보지 못했지만, 목장 원로들 말로는 윌리를 가만히 서 있게 하는 건 경천동지할 일이란다. 그간 윌리가 재소자들을 몰아 나무에, 축사 게이트에, 울타리 말뚝에 메다꽂은 일이 허다한데 매번 자기 등에 탄 사람을 떼어버리려고 그

---

* 말의 입에 쇠재갈을 물렸을 때 입의 양옆으로 나오는 막대 부분.

하프 브로크

런 것이었다. 윌리에 얽힌 에피소드가 참 많다. 윌리는 말하자면 전설의 불한당이다.

6월의 첫 화요일. 체크인 프런트 앞에 서서 대니얼과 얘기중이다. 대니얼은 나더러 플로르가 올 때까지 기다리라고 한다. 의논할 일이 있단다. 대니얼은 여기서 원로 대접을 받는다. 그는 이 목장에 온 지 육 년이 되었다. 대니얼과 제임스는 목장의 운영책임자다. 두 사람은 목장에서 일어나는 일들을 시간 단위로 꿰뚫고 있으며, 재소자들과 관련한 어려운 결정을 하루에도 몇 번씩 내린다. 플로르가 뒤에서 다가와 내 어깨를 톡톡 치더니 인사하고 내 손을 덥석 잡아 이끈다. 그대로 나를 벤치로 데려간다. 벤치에는 웬 형체가 앉아 있다. 사람이 아니라 자루 덩어리처럼 보인다. 키가 크고 어깨가 떡 벌어진 여성이다.

"진저, 이쪽은 일라이자예요. 일라이자, 이분은 진저예요." 플로르는 일라이자가 가장 최근 목장에 합류한 여성 재소자라고 나에게 설명한다. "일라이자, 우리가 얼른 이 벤치에서 벗어나게 해줄게요. 여기 잠자코 있어봐요. 금방 돌아올게요." 플로르가 이렇게 말하지만, 일라이자는 고개도 안 든다. 보일 듯 말 듯 고개를 끄덕일 뿐이다.

제임스와 대니얼이 체크인 데스크 앞에 서 있다. 우리 넷은 데스크를 지나 높이가 150센티미터밖에 안 되는 비좁고 둥그런 모양의 문간을 지난다. 나는 세 사람을 따라 아치형 천장이 낮게 드리운 복도를 지난다. 복도는 폭이 90센티미터도 안 되고 벽이 흙질로 마감되어 있다. 어두컴컴하고 공기가 잘 안 통해서 꿉꿉하다. 우리는 난쟁이용으로 만들었나 싶은 나무문을 여러 개 통과한다. 이 건물은 나이가 거의 백 살은 됐다. 1900년대 초에 이 주변 땅에서 구하고 모으고 가공한 자재로 지은 건물이다. 꼭 지하감옥을 향해 가는 기분이다.

우리는 오른쪽으로 꺾어 복도 왼편에 있는 문을 연다. 플로르를 제외한 나머지 사람들은 다 고개를 숙이고 문간을 통과한다. 비가로 받친 천장이 낮게 드리워져 있고, 방 한구석에 움푹 들어가게 설치된 둥그런 키바*식 벽난로에서는 피뇽** 장작이 타고 있다. 6월 초인데 피뇽 향기를 맡으니 지난 추운 겨울이 떠오른다. 의자들은 정사각형 상자 모양이다. 묵직한 나무의자들의 좌석에는 나바호 전통무늬 쿠션이 하나씩 얹혀 있다. 대니얼이 나에게 앉으라고 권하고 물을 한잔 준다.

"일라이자에 대해 상의드리고 싶어서요." 그가 물잔을 건네며 운을 뗀다. "일라이자에게 더 적합한 시설을 찾지 못하면 교도소로 돌

* kiva, 북미 푸에블로인디언이 주로 종교의식이나 회의에 사용했던 지하의 큰 방.
** piñon, 북미 서부산 잣나무의 일종.

　　　　　　　　　　　　　　　　　　하프 브로크

려보내야 할지 몰라요." 나는 무슨 영문인지 몰라 일단 앉아서 듣기만 한다.

"일라이자가 자해를 하기 시작했어요." 제임스가 설명한다. "머리카락이며 눈썹이며 안면 주위의 털이란 털은 다 뽑고 있어요. 한번 경고를 했지만, 멈출 수가 없는 모양이에요. 손톱도 피가 나도록 계속 뜯고 긁어내요. 완전히 의기소침한 상태고, 남과 전혀 소통을 안 해요. 날이 갈수록 더 심해져요." 대니얼이 내 쪽으로 몸을 기울이며 무릎에 팔꿈치를 괴더니 오른손으로 자기 턱을 감싼다.

"우리는 자살 시도력이 있는 사람은 받지 않아요. 일라이자의 기록에는 정신질환에 대한 언급이 없는데, 양 팔뚝에 오래된 자해 흉터가 있더라고요. 여기 온 지 사 개월 됐는데, 슬슬 걱정이 되네요." 대니얼은 얼굴을 플로르 쪽으로 돌리며 말을 잇는다. "플로르는 일라이자가 가축전담반에 합류하면 좋겠대요. 말들이 멍한 정신 상태에서 깨어나게 해줄지 모른다고요. 어떻게 생각하세요? 이런 문제를 다뤄본 적 있으세요?"

내가 가축전담반과 함께 일한 지 고작 석 달밖에 안 됐다. 그동안 배운 게 있다면 나한테도 한계가 있다는 것이다. 토니와의 관계는 아직도 삐걱거린다. 토니는 공격적이고, 늘 화가 나 있으며, 내게서 최악의 면을 이끌어낸다. 목장에서 진행하는 이 프로그램 외에 나는 주로 정상적인 사람들, 소위 '건강한' 사람들과 일한다. 강습 받으러 올 때 무슨 옷을 입을지, 비가 오면 수업을 취소해야 할지 따위가 가장 큰 고민인 이들이다. 그런데 지금 플로르는 나더러 자해 성향이 있는 사람과 함께 일해달라고 한다. 그건 내가 감당할 수 있는 영역 밖이다.

"일라이자 같은 부류와 일해본 경험은 없어요." 나는 대니얼에게 솔직히 털어놓는다. "어떤 배경에서 자란 사람이죠? 어떤 사정이 있대요?" 상대의 인생 경험에 대해, 또는 말이 거쳐온 배경에 대해 자세히 알면, 보통은 어떻게 접근할지 어느 정도 파악이 된다.

일라이자는 앨버커키 근처에 살았었다고 제임스가 이야기해준다. 그것도 외부인의 출입을 제한하는 고급 주택가의 으리으리한 집에서 살았단다. 지금 스물여섯 살인 일라이자는 지난 오 년을 약물 복용 및 약물 관련 범죄로 교도소에서 보냈다. 재활센터도 네 군데나 다녀왔다. 열여섯 살 때부터 들락거렸다고 한다. 일라이자의 가족은 마약 거래로 크게 한몫 잡은 이들이었다. 그들은 상업 지구에 있는 창고를 빌려 합법적인 사업체로 위장해 마약을 팔았다. 일라이자는 상품을 포장하고, 배송 라벨을 뽑고, 컴퓨터를 다룰 수 있는 나이가 되자마자 가족 사업에 동원되었다. 열네 살 때부터는 장부를 관리했다. 이 가족 사업은 일라이자가 아는 세계의 전부였다. 그러다 열다섯 살 때 경찰이 사업장에 급습했고 부모는 교도소에 수감됐다. 일라이자는 소년원에 보내졌다. 그때 이래로 연방교도소와 재활센터를 오가는 생활을 했다. 부모님은 오 년째 만나지 못하고 있다. 아버지가 교도소에서 편지를 보내오기는 하지만 말이다—일라이자는 그 편지를 받아두기만 하고 열지는 않는다.

플로르는 일라이자의 멘토다. 일라이자가 처음 목장에 왔을 때 담당 멘토로 지명되었다. 목장에 온 지 오래된 재소자들은 신입을 보살피는 책임을 맡는다. 플로르는 이곳에 이 년 넘게 있었다. 그 이 년 동안 다른 사람과 인사하는 법, 눈을 똑바로 보고 말하는 법을 배웠고, 남이 이야기할 때 품위 있게 배려해가며 대하는 법도 배웠다. 플로르는 언제나 차림새가 단정하다. 머리카락을 깔끔하게 빗어넘기고 옷도 제법 젊은 전문직 종사자처럼 차려입는다. 플로르에게는 대니얼과 제임스의 결정을 좌지우지할 영향력이 있고, 지금 그렇게 하기로 작정하고 있다.

"두 분 다 최근에는 말들을 보러 안 내려오신 거 알아요. 그런데 저희가 요새 여러 가지 변화를 시도하고 있거든요." 플로르가 의자에서 몸을 돌려 대니얼과 제임스를 똑바로 바라본다. "진저가 저희한테 말이랑 우리 자신에 대해 많이 가르쳐주고 계신데, 일라이자한테도 도움이 될 것 같아요."

그러자 대니얼과 제임스 둘 다 나에게 질문을 퍼붓는다. "어떻게 하실 계획인데요? 누가 일라이자를 지켜볼 거죠? 얼마나 오래 옆에서 지켜봐야 할까요? 그러니까, 위험해지기 전까지요. 무슨 일 생기면 진저가 일라이자의 버팀목이 되어줄 수 있어요?"

마지막 질문이 마음에 걸린다.

플로르가 내게 바짝 다가온다. "진저는 이미 우리의 버팀목이 돼

주고 계세요. 저하고 새라도 도와주셨어요. 랜디랑 폴, 오마도요. 그러니 일라이자도 붙잡아줄 거예요."

"솔직하게 말할게요." 내가 한마디한다. "일이 어떻게 될지는 저도 장담 못 합니다. 자신을 해치려는 성향이 있는 사람하고는 일해본 적 없어요. 하지만 말에 대해서만큼은 제가 잘 알아요. 일라이자의 상태가 악화되면 말들이 알려줄 거라고 믿어요."

"말들이요?" 이렇게 묻는 제임스의 목소리에 의심이 선명하게 묻어난다.

"언제 한번 와서 보세요." 내가 대꾸한다. "말로 설명하긴 힘들어요."

플로르와 나는 나란히 방을 나와 아까 그 복도를 반대 방향으로 지나간다. 플로르가 발을 재게 놀려 앞서간다. 내 관자놀이에 땀이 송글송글 맺혀 흐른다. 한번 더 해보지 뭐. 나는 속으로 중얼거린다. 바짝 지켜볼 사람이 한 명 더 느는 것뿐이다. 나는 한숨을 푹 내쉬고 발길을 재촉해 플로르를 따라잡는다.

벤치로 돌아가니 새라가 일라이자의 어깨에 팔을 두르고 같이 앉아 있다. 우리가 대니얼, 제임스와 얘기를 끝내고 돌아오기를 기다리고 있었던 것이다. 어서 말 축사에 가려고 부츠를 챙겨 신고 장갑도 끼었다. 새라는 자신이 혼자 축사에 가면 안 된다는 걸 잘 안다. 여자들은 목장 안을 돌아다닐 때 반드시 둘 이상 짝지어 다녀야 한다. 모두가 엄중히 감시받고 있다. 시시덕거리는 건 금물이다. 접촉도 안 된다. 남자든 여자든 다른 재소자에게 성적으로 접근하다가 발각되면 자동으로 벤치에 소환된다.

"어떻게 됐어?" 새라가 벤치에서 일어서며 묻는다.

"한번 기회를 주겠대." 플로르가 미소 지으며 새라와 주먹을 부딪힌다.

우리 셋이 다같이 팔을 뻗어 일라이자를 벤치에서 일으킨다.

축사에 가 보니 가축반 남자들이 기다리고 있다. 윌리와 스코트, 에스트렐라, 호크를 그루밍해서 미루나무 아래 파이프 난간에 매어놨다. 루나는 전용 우리 안에 있다. 얼굴의 열상은 지난 몇 달 새 크기가 줄었고 이제 눈도 다시 떠진다. 나는 폴과 토니에게 둘이 같이 하루 한 번씩 루나의 얼굴을 씻겨주라고 당부해두었다. 토니가 자기 자신 외에 남을 돌보는 법을 배우면 좋겠다는 생각에서였다. 토니에게 폴을 짝으로 붙여줘서 일이 더 수월히 풀릴 거라는 믿음이 있었다. 이제 둘이서 루나에게 수장굴레를 씌워 녀석을 파이프 펜스 친 우리로 데려가 그루밍해줄 수 있게 되었다. 몇 주 전부터 우리는 루나를 원형 마장에서 훈련하고 있다.

나는 축사에 편자 도구를 가져다놨다. 새로 산 말굽칼과 펜치, 그리고 칼줄이다. 말들의 발굽이 죄다 너무 자라 있다. 슬쩍 봐도 일 년 넘도록 손질을 못 받은 발굽들이다. 스카우트와 호크는 마방에서 데리고 나올 때마다 비틀거리고 자꾸 넘어지려고 한다. 에스트렐라는 제측*이 5센티미터쯤 갈라져 있다. 그간 발굽이 이렇게 자란 말들을 훈련하는 게 영 마음이 편치 않았다. 최악은 윌리다. 아라비아종이라 날 때부터 단제** 아니면 내반족일 확률이 높았던 녀석이다―이런 말들은 높고 꼿꼿한 굽 때문에 마치 하이힐을 신고 걷는 것처럼 보인다. 윌리는 목장에서 가장 몸집이 작은 말인데, 나이도 제일 많으니 삭제***를 받은 경험이 다른 말보다 많기를 바랄 뿐이다.

랜디가 윌리를 풀어서 우리가 모여 있는 데로 데려온다. 나는 일라이자를 찾아 두리번거리다가, 그녀가 새라 옆에 서 있는 걸 발견한다. 새라는 아직도 일라이자의 등에 팔을 두르고 있다. 나는 오마에게 첫 타자로 발굽을 다듬어보겠느냐고 묻는다. 오마는 목장 재소자 가운데 나이가 제일 어린 축에 속한다. 열다섯 살 때 어머니가 암에 걸려 돌아가셨다고 한다. 그때부터 오마는 마리화나를 피우고 술을 마시기 시작했고, 얼마 안 가 메스암페타민에도 중독되었다. 어머니가 세상을 뜨고 일 년이 채 지나지 않아 아버지가 재혼하자 오마는 집을 나와 길거리 생활을 시작했다. 그리고 한 달도 안 돼서 월마트에서 음식을 훔치다가 붙잡혀 소년원에 갔다.

오마는 랜디가 기를 쓰며 붙잡고 있는 윌리에게 다가간다. 윌리

* 발굽 측면.
** 굽이 갈라지지 않은 발.
*** 가축의 발굽을 일정 기간마다 깎아주는 것.

는 어디에 갇힐까봐 벌써 패닉에 빠져 랜디 주위를 빙빙 돈다. 나는 오마에게 윌리의 발굽을 다듬으려면 어디에 서 있어야 하는지 알려 준다. 잠시 랜디에게서 리드줄을 넘겨받아 윌리를 멈춰 세운 뒤 줄을 랜디에게 다시 넘긴다. 그런 다음 윌리의 오른쪽 앞발을 들어 등지고 선 내 다리 사이에 끼워 녀석의 발굽이 내 무릎 바로 위에 오게 한다. 양쪽 허벅지 상부 근육에 한껏 힘을 주어 녀석의 발굽을 고정한다. 윌리가 세 발로 펄쩍펄쩍 뛰며 랜디 주위를 돌기 시작한다. 나도 녀 석하고 같이 뛰다가 한순간 녀석이 얌전해지자 다리를 놔준다. 고개 를 들자 오마가 벌써 고개를 절레절레 흔들고 있다.

"윌리의 발을 거기에, 그러니까 내 말은, 알잖아요, 가랑이 가까 이에 갖다 대는 건 절대 못 해요, 미스 진저." 오마가 말한다.

"해보기 싫어요? 보기보다 위험하지 않아요." 나는 이런 말로 그 를 달랜다.

이 목장은 재소자들이 여기서 지내는 동안 새로운 기술을 이것 저것 시도하고 습득하도록 장려한다. 재소자들은 요리하는 법, 캐비 닛 만드는 법, 이삿짐 트럭 모는 법, 식당에서 서빙하는 법, 자동차 엔진 수리하는 법 따위를 배운다. 새로운 기술을 가르쳐주겠다는데 거부하다니, 안 될 말이다.

"그럼 한 번이에요. 딱 한 번만 해볼게요." 오마가 마지못해 응 한다.

그러고는 허리를 굽혀 윌리의 한쪽 다리를 든다. 그 다리를 재빨리 자기 무릎 위에 오게 끼고 슬며시 조인다. 윌리는 별로 힘도 안 들이고 다리를 쏙 빼더니 랜디 옆에 가만히 서 있다. 나는 일라이자를 지켜볼 의무가 있는 것이 퍼뜩 생각나 두리번거린다. 일라이자는 무리 뒤쪽에 서서 머리카락을 배배 꼬아 가느다란 끈으로 만들어 잡아당기기를 반복하고 있다. 일라이자는 덩치가 크다. 키가 180센티미터 정도에 몸무게도 80킬로그램이 넘어 보인다. 뼈대가 굵고 어깨가 떡 벌어진 그는, 얼굴은 패션모델인데 체격만큼은 운동선수다.

"일라이자, 고개 들어봐요! 보고 있었어요? 집중하고 있어요?" 나는 일라이자를 향해 소리친다.

"조금요." 일라이자가 기어들어가는 소리로 대답하고 도로 땅을 내려다본다.

"이리 나와서 가까이 와봐요. 오마, 일라이자가 한번 해봐도 되겠죠?" 내가 오마에게 묻는다.

오마는 다시 안 해봐도 되는 것이 그저 기뻐서 다시 무리 속으로 들어간다.

일라이자가 흙길에 발가락을 직직 끌며 다른 사람들을 지나쳐 천천히 앞으로 나온다. 보고 있자니 초등학교 때, 고등학교 때, 대학 때의 내가 생각난다. 동급생 무리를 지나쳐 가면서 그애들 눈에 띄지 않게 최대한 움츠렸던 내 모습이. 일라이자의 소리 없고 유령 같은 몸이 새라 옆을 지나치는데, 새라가 일라이자의 손을 덥석 잡고 윌리의 어깨 옆으로 데려다준다. 새라가 나지막한 목소리로 "할 수 있어

하프 브로크

요, 일라이자, 할 수 있어요" 하고 되뇌는 게 들린다.

일라이자가 무리 앞에 나와 선다. 표정이 전혀 없는 얼굴이 마치 아무것도 쓰지 않은 새하얀 종이 같다. 우리가 깨워줘야 해, 속으로 생각하다가 문득 남들도 나를 보고 그렇게 생각한 적이 있을지 궁금해진다. 나는 일라이자에게 단계별로 차근차근 설명해준다. 먼저 몸을 구부리고 윌리의 발굽을 들어 내 허벅지 사이에 끼운다. 그러고는 허벅지에 힘을 주어 녀석이 덩치 큰 랜디 주위를 돌며 펄쩍펄쩍 뛸 동안 십오 초 정도 발굽을 꽉 잡고 버틴다. 발을 도로 내려놓은 나는 윌리의 목을 한 번 시원하게 긁어주고 일라이자에게 시선을 돌린다. 일라이자는 여전히 멍하고 정신이 딴 데 가 있는 것 같지만, 그래도 내 바로 뒤에서 내가 하는 행동을 하나하나 주의 깊게 보고 있다. 나는 일라이자가 충분히 이해할 때까지 설명한다. 서는 위치, 허벅지로 붙들고 있기, 윌리가 압박감을 느끼고 요동칠 때 버티기, 녀석이 일단 진정하면 다리를 내려놓기.

"준비됐어요?" 내가 묻는다. 일라이자는 대답 대신 겨우 고개를 앞으로 까딱한다.

나는 일라이자의 골반 뒤쪽에 두 손을 얹고 바로 뒤에서 따라간다. 그의 몸이 나무처럼 넓고 단단하게 느껴진다. 윌리의 어깨 바로 옆에 일라이자를 데려다 놓는다. 일라이자가 윌리의 다리를 허벅지 사이에 끼우려고 손을 뻗는데 윌리가 벌써 한 발 앞섰다. 녀석은 그쪽 다리를 높이 들어올렸다가 땅이 울리도록 세게 내려놓는다. 남자 몇 명이 킬킬 웃지만, 일라이자는 웃을 기분이 아니다. 다시 허리를 굽혀 굵다란 팔로 윌리의 다리를 붙잡아 자기 허벅지 사이에 끼우고 꽉 조인다. 윌리가 압력을 느끼고 벗어나려고 버둥거린다. 일라이자는 놔주지 않고 버틴다. 윌리가 앞으로 달려나가 일라이자를 떼어내려고 두 앞다리를 들어올리는데도 녀석에게서 떨어지지 않고 펄쩍거리며 뒷걸음친다. 둘은 랜디 주위를 두 바퀴나 돌고, 결국 일라이자가 균형을 잃으면서 철퍼덕 바닥에 얼굴을 처박는다. 플로르와 새라가 식겁해서 숨을 들이마시고 곧 그리로 달려간다.

"입술이 터졌어요." 플로르가 보고한다. 일라이자는 흙투성이가 된 채 윗입술에서 불그죽죽한 피를 흘리며 일어나 앉는다. 나는 오마에게 얼음을 가져오라고 시킨다.

"우리, 여기서 그만두지 않을 거예요." 내가 말한다. "그쵸, 일라이자? 방금 저 녀석을 제압했다고요. 못 할 이유가 하나도 없어요. 이제 이건 의지 싸움이에요. 누가 이기나 끝장을 봐야죠." 나는 한쪽 무릎을 꿇고서, 일어나, 일어나라고! 하고 소리지르는 레슬링 코치처럼 일라이자의 눈을 똑바로 쏘아본다.

글렌다는 나에게 말이 필요하다는 걸 깨달은 날 이야기를 자꾸만 입에 올린다. 노스캐롤라이나에서 맞은 어느 쌀쌀한 가을날 아침이었다. 나는 밥이 그 집 옥수수밭에 풀을 밀어 만든 라이딩 트랙에서 벨을 타고 달리고 있었다. 바싹 마른 옥수숫대가 달리는 우리의

하프 브로크

양옆에서 바스락대며 바람에 흔들렸다. 벨과 내가 약간 빠르게 구보하면서 워밍업을 하고 있는데, 갑자기 옥수수밭에서 사슴 한 마리가 튀어나오더니 우리를 앞질러 후다닥 내달렸다. 그때 글렌다는 밥의 목장과 경계가 맞닿은 우리 산장 뒤 언덕에서 지켜보고 있었다.

벨은 처음에 화들짝 놀라 옥수수밭 쪽으로 살짝 방향을 틀었다가 곧 정신을 차리고 우리 전방에서 시속 30킬로미터로 날아가듯 달리는 사슴을 추격하기 시작했다. 우리가 5미터 뒤까지 따라잡았을 때 그 암사슴 녀석이 오른쪽으로 급회전해 옥수수밭으로 뛰어들었다. 벨은 부러진 옥수숫대를 마구 헤치며 전속력으로 질주해 들어갔고, 옥수수가 무섭게 돌진하는 우리의 얼굴을 마구 때려댔다.

상황이 좋지 않았다. 그날 아침 나는 좀처럼 벨의 입을 벌리고 재갈을 물릴 수가 없었다. 한 번 라이딩을 끝낼 때마다 녀석은 점점 심하게 재갈을 거부했다. 그래서 밥이 재갈 부분이 없는 굴레를 가죽으로 만들어줬다. 고삐를 말의 턱 밑에 오는 고리에 걸도록 되어 있을 뿐, 나머지는 표준 굴레와 똑같았다. 그날 아침이 그 굴레를 처음 채우고 나간 날이었다. 벨의 입에 쇠재갈이 물려 있지 않아 벨을 당겨서 저지할 장치가 없었다. 내가 어떻게든 해보려고 굴레를 잡아당기면 벨은 고개를 홱 빼면서 성질을 부렸다. 너무 빠른 속도로 달리고 있어서 내가 뛰어내릴 수도 없었다. 벨이 사슴에게서 멀어지도록 유인할 방도도 없었다. 아마 시도했으면 벨이 나를 내동댕이쳤을 것이다.

벨의 뾰족한 두 귀 너머로 사슴의 궁둥이와 연신 빠르게 오르락 내리락하는 새하얗고 복슬복슬한 꼬리가 보였다. 단단히 버텨야 했기에 나는 허벅지에 꽉 힘을 줬다. 영리하게 굴어야 했기에 제대로 호흡하기 시작했다. 나 자신을 믿어야 했기에 안장에서 일어서 벨의 목 쪽으로 상체를 숙이고 녀석의 갈기를 붙들었다.

글렌다는 그날 언덕에 서서 우리가 사슴을 쫓아 들판을 질주하는 걸 지켜보면서 충격을 먹었다고 한다. 겁에 질린 동시에 매료됐단다. 바로 그날, 그 순간, 글렌다는 비로소 말이 사람을 변화시킬 수 있음을 이해했다. 말이 어떻게 다른 누군가의 몸을 되살아나게 할 수 있는지 이해했다. 그 무렵 나는 글렌다와 말하고, 대화하기를 멈춘 상태였다. 생각에 갇히고 우울해져서, 집에 거의 붙어 있지 않았다. 어쩌다 집에 오면 혼자 내 방에 들어가 문을 닫아걸었다. 그런데 내 기좌 밑에서 벨의 등이 오르락내리락하는 느낌, 벨의 흉곽이 팽창하면서 내 종아리를 밀어내는 느낌, 녀석의 폐에 공기가 훅 들어가는 느낌 덕분에 내 살갗 밑 신경체계 전체가 불붙는 걸 느낄 수 있었다. 내가 벨의 목으로 상체를 기울인 채 등자를 딛고 일어나 녀석의 갈기를 죽을힘을 다해 붙든 모습에서 글렌다는 일 년이 넘도록 보지 못했던 것을 봤다—내 몸 말이다. 강하고, 단단하고, 살아 있는 몸.

우리는 옥수수밭에서 천천히 달려 밤의 농장길로 나왔다. 전방의 사슴은 아까보다 훨씬 차분해져서 설렁설렁 달리고 있었다. 마치 우리가 제 가족의 일원인 양 뒤따라오는 걸 받아들인 것처럼 보였다.

벨은 차차 속도를 늦춰 처음에는 사슴 뒤 5미터, 다시 6미터로 점점 멀어졌다. 그러다가 마침내 사슴이 후다닥 달려나가 자기가 있을 곳인 숲으로 도로 들어가게 내버려두었다.

일라이자의 눈은 이제 완전히 떠져서, 더 이상 반쯤 감은 눈꺼풀 뒤에 숨어 있지 않고 눈동자 전체가 드러나 보였다. 머리카락을 거의 다 얼굴 뒤로 깔끔하게 넘기니 몸집에 비해 인상도 가벼워졌다. 일라이자는 오마가 얼음을 갖고 올 때까지 기다리지 않는다. 원위치로 가서 윌리의 다리로 손을 뻗어 처음부터 다시 시작한다. 윌리는 일라이자의 손아귀에서 빠져나가려고 두 앞다리를 허공으로 60센티미터쯤 치켜올리면서 미니 르바드* 자세를 취한다. 몸을 밀착시켜 윌리의 앞발을 꽉 붙든 일라이자도 나란히 올라갔다 내려오면서 이 르바드 자세를 함께 취한다. 그러자 윌리가 이번에는 펄쩍 뛰어오르면서 랜디의 손에서 리드줄을 빼낸다. 랜디에게서 벗어난 윌리는 세 다리로 앞으로 튀어나가려고 한다. 일라이자의 머리카락이 앞으로 쏠리면서 얼굴을 가린다. 일라이자가 거꾸로 가는 캥거루처럼 뒤로 펄쩍펄쩍 뛰면서 둘은 헛간 앞마당을 뱅뱅 돈다. 그러면서도 일라이자는 생사가 걸린 듯 윌리의 다리를 결코 놓지 않는다. 윌리는 건초 헛간 바로 앞에서 멈춰 선다. 일라이자가 쥐고 있던 손을 놓자 윌리의 발굽이

* levade, 뒷다리를 구부리고 몸을 일으켜 앞다리를 접는 마장마술 동작.

땅에 떨어진다. 일라이자가 상체를 펴고 꼿꼿이 서더니 왼팔을 윌리의 등에 얹는다. 플로르와 나는 눈을 맞춘다.

"근데요." 일라이자가 입을 연다. "이 녀석이 벗어나고 싶어하는 건 알겠는데, 그렇다고 내가 잡아서 불안하거나 화가 난 것 같진 않아요." 일라이자가 온전한 문장으로 말하는 건 처음 듣는다. 일라이자의 윗입술이 아랫입술의 두 배로 부어올랐다. 일라이자가 윌리의 가슴팍에 오톨도톨 부풀어오른 벌레 물린 자국들을 살살 긁어준다. 그러자 윌리는 펄쩍 뛰어올라 랜디의 손에서 리드줄을 빼낸다. 나는 건초 헛간 쪽, 미루나무들 옆으로 몇 걸음 옮긴다. 그러다가 대니얼과 제임스가 마구실에 딸린 그늘막에서 지켜보고 있는 것이 눈에 들어온다. 두 사람은 우리 눈에 띄지 않게 그늘막 저 안쪽 구석에 엎어놓은 20리터짜리 양동이에 걸터앉아 있다.

리드줄이 윌리의 턱에서 대롱거린다. 아무도 윌리를 붙잡고 있지 않다. 마음껏 달려가도 되는 상태다.

"한번 더요. 다리를 한번 더 들어봐요. 녀석이 말을 잘 들으면, 곧바로 발굽 다듬기를 시작할 거예요." 내가 일라이자에게 이른다.

랜디가 다가와 리드줄을 잡으려고 한다. "아니, 내버려둬요." 내 명령에 랜디가 동작을 멈춘다.

일라이자가 돌아서서 원위치에 선다. 윌리의 두 귀가 일라이자의 움직임을 듣느라 바짝 뒤로 향한다. 그제야 나는 사위가 몹시 고요한 걸 알아챈다. 가축전담반의 나머지 일원들이 일라이자와 윌리

하프 브로크

의 달라진 모습에 홀린 듯 넋이 나갔다. 그들은 조심스레 지켜보다가, 윌리의 제저*를 자세히 보려고 조금씩 다가왔다. 일라이자가 윌리의 발굽을 들어올리려고 무릎 뒤를 건드리자, 윌리가 스스로 발굽을 들어 일라이자의 손에 턱 얹는다. 그러더니 고개를 숙이고 일라이자가 허벅지 사이에 발굽을 끼워 꽉 누르는데도 한 발짝도 움직이지 않는다. 윌리의 한쪽 다리를 끼운 채 일라이자가 고개를 들어 나를 본다.

"이 녀석 준비됐어요, 진저. 느낌이 와요. 도구는 다 어딨어요?"

렉스가 도구들을 일라이자와 윌리에게 갖다준다. 나머지 재소자들이 몰려들어 촘촘히 벽을 이루어 서고, 나는 일라이자의 등뒤에서 몸을 기울이고 들여다본다. 윌리는 제저가 다 갈라져서 제벽**에서 떨어져나가기 직전이다. 나는 일라이자에게 오른손잡이용 말굽칼을 보여준다. 날이 발굽 형태를 따라 초승달 모양으로 굴곡졌다. 나는 내가 곧 일라이자의 팔인 양 일라이자 위로 내 몸을 드리운 채 윌리의 발굽에 칼을 갖다 댄다. 양 손바닥과 팔뚝을 위로 향한 채 칼날로 윌리의 제저를 문지르듯 움직여 잘라내야 할 죽은 발굽을 깎아낸다. 녀석의 발이 돌덩이처럼 딱딱한데도 칼날은 그 돌을 서걱서걱 잘도 베어낸다. 내 살을 베지 않으려면 조심해야 한다. 윌리의 발굽이 수

* 발굽 바닥.
** 발굽 벽.

월히 깎여나가는 동안 나는 점점 초조해진다. 곧 이 칼을 일라이자에게 넘겨야 한다. 제임스와 대니얼 그리고 다른 재소자들 전부가 지켜보는 앞에서. 일라이자의 힘든 과거를 알고 있는 모두 앞에서.

나는 일라이자의 손을 가져와 내 손을 감싸고서 손목을 어떻게 움직여야 하는지, 얼마나 힘을 줘 칼날을 밀어야 하는지 보여준다. 우리의 몸이 밀착하면서 한데 섞여든 우리 둘의 숨 냄새가 난다. 일라이자는 내 손을 잡고. 나는 엄마처럼 일라이자의 몸을 덮고.

우리가 뒤엉켜 만든 공간이 후텁지근해지고, 내 셔츠가 배와 등에 들러붙는다. 일라이자의 이마도 땀으로 번들거린다. 땀이 뺨을 타고 흘러 뚝뚝 떨어진다.

"준비됐어요?" 내가 귀에 바짝 대고 묻는다.

"됐어요."

나는 일라이자의 오른손을 뒤집어 손바닥에 칼을 쥐여준다. 일라이자는 칼을 달걀처럼 살며시 쥔다. 내가 그 손을 손목부터 살짝 틀면서 날을 어떻게 움직일지 다시 알려준다. 우리 둘의 손이 함께 미끄러지는 순간 일라이자의 팔뚝에 흉진 들쭉날쭉한 선들이 비틀렸다 펴졌다 하는 게 보인다. 일라이자가 비튼 자세를 유지하느라 끙 신음을 뱉는다. 우리는 윌리의 발굽에 칼날을 갖다 대고 깎기 시작한다.

넓고 푸르른 초지

2013년 6월

"진저, 윌리가 가라앉고 있어요. 망할 오수 정화조에 빠졌는데 도무지 빼내지를 못하겠어요." 토니가 전화기에 대고 소리친다. "어떻게 하죠? 제가 잡아당기니까 윌리가 몸부림을 쳐서 더 가라앉더라고요. 유사에 빠진 것처럼요."

"맙소사. 이게 무슨 일이야. 어쩌다 거기 빠졌는데요?"

"어제 울타리를 제거했거든요."

"무슨 울타리요? 젠장. 얼마나 깊이 빠졌어요?"

"배까지 잠겨 있어요. 예전 정화조 주위에 둘러쳐놨던 울타리 있죠? 그걸 없앴어요, 멍청한 새끼들이."

"젠장, 토니. 잠깐 생각 좀 해보고요…… 그러니까…… 그래요. 알팔파 건초를 가져와요. 윌리 코앞에 놔요. 녀석을 어디다 붙들어매놔요. 더 가라앉지 않게. 이십 분만 기다려요, 바로 갈게요."

나는 목장에서 북쪽으로 3킬로미터 떨어진 다른 목장에서 조교사로 일하면서 승마 레슨도 하고 있다. 방금 한 회차 강습을 마친 아레나 안으로 다시 들어가, 고객에게 일이 생겨서 가봐야겠다고 알린다. 원래는 점심 먹고 나서 오후에 고객 두 명을 더 봐주기로 돼 있다. 전화해서 취소해야 한다. 요즘 들어 스케줄을 조정하는 일이 부쩍 늘었다. 재소자 목장에서 조금이라도 더 시간을 보내기 위해서다. 여전히 보수는 못 받지만 상관없다. 가축전담반 일원 몇몇과 시간을 보내는 게 다른 사람과 어울리는 것보다 더 좋다. 새라와 플로르, 폴, 오마와 함께 있으면 실로 오랜만에 살아 있는 기분이 든다.

나는 연락을 돌려 레슨을 취소한 뒤 그곳 관리자를 찾아가 농장 트랙터를 한 대 빌려달라고 한다. 그걸로 뭘 하려는지도 얘기한다. 관리자는 앞에 버킷이 달린 소형 구보다를 추천한다. "그것보다 큰 건 가라앉을 거예요." 이렇게 말하면서.

까만색 운전석 시트가 살을 태울 듯 뜨겁게 달아올라 있다. 나는 게이트를 빠져나와 남쪽으로 핸들을 돌려 관리 상태가 형편없는 우리 카운티 도로에 접어든다. 포탄을 맞은 듯 군데군데 팬 곳들 때문에 내 몸이 위아래로 내동댕이쳐진다. 마치 시속 40킬로미터로 도로를 질주하는 하얀 팝콘알이 된 것 같다. 성질 좀 있다 하는 동네 개들이 다 튀어나와 트랙터 타이어를 물어뜯으려고 달려든다. 새카맣게 타버린 트레일러 하우스 세 채를 지나친다. 뉴멕시코주 북부의 이근방은 메스암페타민이 장악한 지 오래다. 오토바이를 탄 나이든 남자 둘이 도로 한복판을 차지하고 달려오는 통에 나는 속도를 늦춘다. 그들은 우리 주지사가 판매를 불법화하려고 눈에 불을 켜고 있는 미니어처 리큐어를 사러, 어느 가족이 운영하는 작은 티엔디타*로 가는 길이다. 내가 주유소에서 기름을 넣을 때마다 거의 매번 마주치는 두 남자다. 오토바이 타면서 소지하거나 마시기 쉬운 미니어처 술병을 언제나 주머니가 축 늘어지도록 가득 채우고 다닌다. 그들은 벌써 취한 얼굴로 내게 손 흔들고, 나는 그들을 왼쪽 차선으로 먼저 보낸 뒤 트랙터 속도를 다시 올린다. 윌리가 얼마나 오랫동안 정화조에 빠져 있었을지 걱정된다.

목장 입구로 들어서자 오마와 렉스가 게이트에서 나를 맞는다. 내가 오기를 기다리고 있었나보다. 내가 트랙터를 몰고 온 걸 보고 굳었던 표정이 조금 풀린다. 둘이 게이트를 활짝 열어젖히고, 나는 트램펄린 탄 아이처럼 덜컹덜컹 튀어오르며 입구를 통과한다. 렉스가 트랙터로 다가와 자기들이 뭘 하면 되느냐고 묻는다.

"빨리 가서 삽을 최대한 많이 가져와요." 내가 말한다. 렉스와 오마는 각기 다른 방향으로 달려가더니 금세 삽을 들고 돌아온다.

오른쪽으로 고개를 돌리자 토니가 오수에 허리까지 잠긴 채 윌리 옆에 서서 짧은 리드줄로 녀석을 꽉 지탱하고 있는 게 보인다.

이 목장은 범람원에 지어졌는데, 새 폐수처리 시설이 들어서는

---

* tiendita, 구멍가게.

바람에 버려진 옛 오수 정화조에 원래는 재소자나 말 들이 접근 못하게 울타리가 둘러쳐져 있었다. 그런데 그 구역을 재생한답시고 울타리를 제거해버렸고, 윌리가 그 비옥한 흙에서 자란 무성한 풀을 뜯어먹으려고 거기 들어가는 건 시간문제였다. 매년 봄부터 초여름까지는 리오그란데강의 수위가 올라간다. 산의 지표수도 작은 시내와 아로요* 그리고 강줄기를 따라 동쪽 서쪽으로 콸콸 넘쳐흐른다. 이러한 봄의 범람은 리오그란데강을 따라 자리한 모든 농지에 영향을 준다. 저지대란 저지대의 표면마다 강물이 차오른다. 울타리를 철거한 타이밍이 딱 들어맞았다—아니, 최악의 타이밍이었다. 오래된 오수 정화조가 속에서부터 범람한 상태에서 윌리가 달콤하고 여린 풀줄기를 뜯어먹으려고 곧장 걸어들어간 것이다.

나는 토니를 향해 팔을 흔든다. 토니는 흘끔 고개를 들었다가 다시 윌리를 본다. 윌리는 배까지 오수에 잠겼는데도 주스에 빠진 벌레인 양 행복에 겨워 알팔파 이파리를 우적우적 씹고 있다. 오수 처리장 바로 너머에는 오래된 미루나무들이 일렬로 늘어서서 목장 남쪽에 있는 스완 호를 빙 둘러 경계를 치고 있다. 정화조에서 찐득찐득한 액체가 지표면으로 배어나온다. 그 한복판에 선 토니와 윌리의 뒤로 백 살은 먹었음직한 미루나무의 새파란 잎들이 느지막한 오전의 햇살을 받아 반짝거린다. 정신 바짝 차려야 한다. 나는 트랙터 엔진

* 미 남서부의 건조한 골짜기.

하프 브로크

을 끈다.

"최대한 빨리 꺼내야 돼요. 나는 저 둘이 딛기에 충분히 단단한 바닥이 나올 때까지 파들어갈 테니, 여러분은 내가 파낸 자리에서 오물을 계속 퍼내세요." 내가 모두를 향해 말한다.

만날 보던 내 팀이 아닌 것 같다. 다들 이 작업을 위해 찢어진 청바지며 땀자국 나고 때 낀 야구모자 등 제일 거지같은 옷만 골라 입고 나왔다. 여자들은 올려묶은 머리에 털모자를 뒤집어썼고, 몇 사이즈 큰 헐렁한 스웨트셔츠를 입었다. 다들 창백하고, 표정이 없고, 생각이 다른 데 가 있는 얼굴들이다. 아무도 신나서 수렁에 걸어들어가려 하지는 않는다. 그리고 어쩐 일인지 다들 입을 꾹 다물고 있다. 부부가 서로 잡아먹을 듯 말싸움을 하다가 지쳤을 때쯤 내가 들이닥친 기분이다. 눈을 맞추는 사람이 별로 없다. 렉스와 랜디, 오마는 한데 뭉쳐 서 있는 플로르와 일라이자, 폴과 5미터는 떨어져 있다. 오늘 이들이 당면한 문제가 윌리를 구출하는 일만은 아닌 것 같다. 하지만 그 일을 최우선 과제로 만드는 게 내가 할 일이다. 제각기 까칠한 성격들을 한 울타리에 몰아넣어 제대로 작동하는 팀을 만드는 게 이 목장의 최우선 목표다. 플로르마저 내가 모르는 소동의 여파에 속이 시끄러워 보인다. 평소 냉철했던 플로르의 자신감이 희미해져버렸다. 오늘은 그녀 곁에 우글우글 모여 있는 회복중인 약쟁이들, 중범죄자들과 분간이 안 간다. 회복이란 얼마나 한순간에 물거품이 되는지.

"우리가 진저 앞에 있을까요, 아니면 뒤로 갈까요?" 오마가 묻는다.

"둘 다요. 여러분한테 똥물 안 퍼붓게 조심할게요." 내가 대꾸한다. "버킷에 떠낸 이 오수를 어딘가에 쏟아 버려야 할 텐데. 어디에 버리는 게 좋을까요?" 랜디와 렉스가 오물을 쌓을 수 있을 만큼 바닥이 단단한 차도를 가리킨다.

나는 트랙터 시동을 걸고 차체를 오른쪽으로 160도 돌린다. 팀원들에게 가볍게 턱짓으로 신호한 다음 사륜구동으로 전환하고 엔진을 가동한다. 그리고 버킷을 내려 물컹한 풀밭 밑으로 쿡 처박아 첫 오물 무더기를 파낸다. 오물이 걸쭉한 죽처럼 들려 올린다. 버킷을 올려서 옆으로 이동시키는데 트랙터 타이어가 왜앵 회전하면서 오물 덩어리를 사방에 튀긴다. 트랙터 후드에도, 내 야구모자에도, 또 내가 만든 구멍을 진창이 도로 채우지 않게 재빨리 삽을 놀리고 있는 주위의 재소자들에게도 철퍽 튄다. 나는 트랙터를 후진시켜 오물을 쏟아내고, 다시 전진해 또 한번 버킷을 정화조에 푹 박는다.

내가 떠놓은 썩은 똥물에서 악취가 진동한다. 가축반 일원들은 당장이라도 토할 것 같은 얼굴이다. 다들 스웨트셔츠를 접어올려 코를 가렸다. 간간이 랜디가 몸을 접고 헛구역질을 한다. 하지만 금세 삽을 집어들고 작업을 이어간다. 원래 주황색인 트랙터는 표면에 진한 갈색 덩어리가 점점이 묻어 멍들고 무력해 보인다. 1미터 남짓 파 들어갔을 때 뭔가 단단한 게 버킷 끝에 걸린다. 딱. 딱. 딱. 둥그스름

한 강돌들이 쇠버킷에 딱딱 부딪힌다. 댐을 짓기 전, 강물이 지금의 강림, 즉 강을 끼고 양옆으로 만들어진 숲을 넓게 관통하며 흘렀던 시절의 강바닥이 나왔다. 이 정도의 단단함이면 트랙터를 지탱해줄 법해서, 나는 트랙터를 전진시켜 새 표면으로 옮겨가 다시 파내기 시작한다. 꽤 진전이 있다.

토니와 윌리가 어찌하고 있나 살펴보니, 윌리는 주변의 소동이 전혀 신경 쓰이지 않는 모양이다. 노인네 치아로 알팔파를 질겅질겅 씹느라 바쁘다. 토니는 이렇게 조용한 모습은 처음이다. 왼손에 윌리의 리드줄을 쥔 채 오른손을 윌리의 갈기에 얹고서 정수리 부분을 하염없이 쓰다듬어주고 있다.

토니는 거의 항상 부산스러운 사람이다. 말도 빠르고, 걸음도 빠르고, 수갑굴레도 후딱 채운다. 한자리에 서 있을 때조차 몸의 어느 한 부분은 좀처럼 가만있지 못한다. 손가락을 꼼지락거린다든가, 하나 남은 윗니로 아랫입술을 꽉 깨물어 그 틈으로 휘파람 같은 숨소리가 삐익삐익 새어나오곤 한다. 영리하고 체력적으로도 강하며 대학 교육까지 받은 토니는 이십오 년간 메스암페타민 중독자였다. 항공업계에서 스트레스 레벨 높은 일을 꾸준히 하면서도 약물을 줄곧 복용해왔다. 그러다 어느 날 밤 마주 오던 차를 들이받아 상대 차량을 완파하고 탑승자 전원에게 부상을 입히고 말았다. 그 일로 징역 십 년형을 받았다. 그중 육 년을 교도소에서 산 뒤 면접을 통과해 이 목장에서 나머지 형기를 채우게 되었다. 나와 만났을 때 그는 목장에 온 지 겨우 육 개월째였다.

나는 다시 버킷을 푹 찔러넣는다. 폭 1.5미터, 깊이 1.2미터, 길이 4.5미터의 길. 우리가 만들어낸 길은 잘 버텨주고 있다. 두 시간이 지났고 앞으로 4.5미터 정도 더 파야 한다. 우리 모두 오물을 뒤집어썼다. 더 파낼수록 악취도 심해진다. 악취에 익숙해지지도 않는다. 뜨거운 햇볕에 오수가 우리 바지에, 우리 팔뚝에, 손톱 밑에 들러붙은 채 굳어버렸다. 유일하게 남은 깨끗한 표면에 오물을 문댈까봐 얼굴의 땀을 훔칠 수도 없다. 재소자들은 침묵을 지킨다. 다들 진지하다. 오마와 렉스, 랜디, 셋이서 솔선수범해서 내가 후진해 오물을 파는 족족 삽으로 퍼낸다. 나머지 사람들은 정화조로 재진입하는 내 뒤로 따라들어와 트랙터 뒤에 다시 스며드는 찌끼를 삽으로 떠낸다. 문득 새라가 안 보인다는 것을 깨닫는다. 없는 걸 눈치채지도 못하고 몇 시간을 일했다. 나는 엔진을 끄고 플로르에게 큰 소리로 묻는다.

"새라는 어딨어요?"

그러자 다들 한목소리로 나에게 외친다. "벤치에 있어요."

"괜찮은 거예요?" 내가 묻는다.

"몰라요. 그 얘기 하면 안 돼요." 플로르가 황급히 대답한다. 삽에서 고개를 들지도 않는다. 이거구나, 나는 속으로 중얼거린다. 오늘 내내 감지됐던, 이 출렁대는 오물 덩어리 밑에 묻혀 있던 문젯거리가 바로 이거였구나.

젠장. 새라를 잃을 순 없어. 교도소로 돌아가면 새라는 버티지 못

할 거야.

나는 엔진 바늘이 2500rpm까지 오르도록 액셀을 밟으며 버킷을 다시 땅에 박는다.

이제 1.5미터 남았다. 윌리와 토니는 바닥만 보고 있다. 그 무엇도 둘의 집중을 흐트러뜨리지 못한다. 내가 파낼 때마다 사방에 오물을 튕겨내는 이 연기 나는 고약한 트랙터마저도. 나는 몇 번 더 버킷으로 오물을 파낸 뒤 버킷을 내리고 트랙터 엔진을 끈다. 윌리와 토니를 겨우 1미터 앞에 두고 있다. 오마와 렉스가 배턴을 이어받는다. 삽으로 푸고 던지고, 푸고 던지고. 꼭 땅다람쥐를 쫓는 랫테리어 같다. 나머지 사람들은 전부 삽자루에 기댄다. 여전히 다들 말이 없다. 농담도 안 던진다. 고된 하루에 지쳐버린 것이다.

토니가 몇 시간이고 꼼짝없이 서 있던 자리에서 드디어 한쪽 다리를 빼내기 시작한다.

"빌어먹을, 부츠 한 짝이 빠졌네." 그는 이렇게 투덜대면서 흠뻑 젖은 양말 신은 발을 자기 앞에 생겨난 길에 디딘다. 그러고는 윌리의 목을 접어 움직일 방향을 일러준다. 슈우우웁. 윌리의 발굽이 빠져나오는 소리가 울려퍼진다. 윌리는 휘청대다가 우리가 만들어놓은 길로 고꾸라진다. 딸까닥. 딸까닥. 딸까닥. 딸까닥. 녀석의 발굽이 돌길에 요란하게 부딪힌다. 나는 트랙터 시동을 걸고 목장 진입로로 후진한다. 다들 따라서 물러난다. 우리는 다같이 서서 윌리와 토니가 어서 빠져나오기를 기다린다. 둘은 미끈미끈한 강돌 바닥을 딛고 미끄러져가면서 우리 쪽으로 나온다. 윌리는 코가 땅에 닿을락 말락 할 정도로 고개를 푹 숙이고 있다. 천둥에 겁먹은 개처럼 무릎을 접고 기어나온다. 토니가 리드줄을 고리로 말아 느슨하게 쥐어 윌리가 스스로 균형을 잡게 한다. 그의 신발 벗겨진 발이 마찰력을 얻느라 두 배로 힘겹게 움직인다.

우리는 땟국물 흐르는 철도 갱단의 몰골로 부지 내 도로를 따라 가다가 북쪽으로 꺾어 축사로 향한다. 토니와 윌리는 도로 바로 왼쪽에 펼쳐진 방목장의 가장자리를 따라 천천히 걷는다. 토니의 양말이 새카맣다. 딱딱한 땅바닥과 꺼슬꺼슬한 풀 때문에 토니는 짧은 보폭으로 걷는다.

축사에 다다른 우리는 호스를 꺼내 스프레이 노즐을 끼운 뒤 분사로 튼다. 가늘고 세찬 물줄기가 뿌려져 우리 옷과 피부에 붙은 오물 덩어리를 떼어낸다. 토니는 참을성 있게 가만히 서 있다. 조금 전 헛간으로 돌아가는 길에도 몇 마디 하지 않았다. 마치 누가 플로팅 테라피용 욕조에 넣어놔서 물에 둥둥 떠 있는 것 같다. 이제까지와 전혀 다른 사람 같다. 호흡을 깊게 하면서 평소 어깨를 잔뜩 뭉치게 했던 경직이 풀렸다. 이제는 어깨가 귀와 멀어져 축 처지면서 약간 앞으로 굽었다. 다리는 몸에 힘을 빼도 될 정도로만 넓게 벌린 채 등을 살짝 뒤로 빼고 서 있다. 두 팔은 툭 튀어나온 아랫배에 얹었다. 엄지에서는 윌리의 리드줄이 달랑거린다.

하프 브로크

"좀 어때요, 토니?" 내가 묻는다.

"좋아요. 좋아요." 이렇게 대꾸하는데 그의 고개와 몸이 살짝 솟구쳤다 내려간다.

"월리한테 직접 물 뿌려줄래요?"

"네. 그럼요."

토니는 마지막 재소자가 몸을 다 씻어낼 때까지 참을성 있게 기다리다가 호스를 집어들었다. 노즐을 분무로 돌리고 월리의 등과 허리에 물을 뿌리면서 손바닥으로 월리의 털을 깊숙이 쓸어주었다. 월리가 봄철에 입는 새카맣고 반들반들한 털이 다시 드러나기 시작한다. 토니는 리드줄을 툭 떨어뜨리고 물줄기를 월리의 몸 다른 쪽에 뿌리면서, 그쪽으로 돌아가 똑같이 오물을 닦아내준다. 다 씻긴 뒤자기 몸도 씻고, 잠시 월리를 내버려두고 호스를 릴에 도로 감는다.

"자아아알했어." 토니가 자기 손날로 월리의 등에서 물을 밀어짜낸 다음 나를 바라본다. "오늘 와주셔서 고마워요." 그가 말한다. "안 오셔도 되는 거였잖아요. 제 말은, 보수를 받는 것도 아니잖아요. 대니얼하고 제임스한테서 들었어요." 토니는 말을 잠시 멈추고 월리의 가슴팍에서 물을 더 짜낸다. "무한테 못되게 굴어서 죄송해요." 그는 월리에게서 눈을 떼 나를 똑바로 바라본다. "진짜 재수 없게 굴었죠. 언젠가 저를 용서해주시면 좋겠네요."

나에게 이렇게까지 숨김없고 솔직하게 사과한 사람은 여태 없었다. 내가 기억하는 한 자신이 저지른 못된 짓에 전적으로 책임을 시인한 사람은 한 명도 없었다. 그리고 내 기억엔 내가 그런 적도 없다. 이래선 안 되지만 이 정도의 명료함, 이 정도의 진솔함을 마주하자 마음이 불편해진다. 꼭 거울을 들여다보는 것 같은데 거울에 비친 상이 마음에 들지 않아서다.

"나도 미안해요, 토니. 화내서요. 그리고 더 나은 소통법을 찾지 못해서요."

이번에도 그는 나를 똑바로 바라보지만 나는 차마 시선을 맞추지 못한다. 내 젖은 부츠를 땅에 대고 이리저리 문대자 흙먼지가 묻어 부츠가 진한 갈색이 된다.

"여기 왜 오시는 거예요? 왜 계속 오세요? 루나 때문에요?"

"루나 때문만은 아니에요." 내가 고백한다. "와야 하니까, 오고 싶어서 오는 거예요. 나한테도 도움이 되니까."

토니가 한쪽 팔로 내 어깨를 감싸 엉거주춤 나를 안는다. "뭐, 그것도 좋죠." 이렇게 말하면서 내가 그에게서 처음 보는 진실한 미소를 짓는다.

시인하는 것만으로 마음이 가벼워진다. 와야 하기 때문에 오는 것이다. 내게도 도움이 되니까. 오고 싶어서. 내 집처럼 느껴져서.

"오늘 작업은 끝난 건가요, 진저?" 플로르가 뒤에서 다가온다. 병병한 옷에 푸르죽죽한 오물이 잔뜩 묻어 있다. 플로르는 여전히 나와 눈을 못 마주친다.

"괜찮아요, 플로르?" 내가 묻는다.

"네." 짧게 대꾸하고는 한동안 말이 없다. 그러다가 이렇게 덧붙인다. "그냥 피곤해서 그래요." 플로르가 자신에 대해 처음 털어놨던 것 중 하나가 생각난다. 자신이 병적인 거짓말쟁이라는 것이다. 플로르와 같이 있을 때면 그 생각을 자주 한다. 겉모습만 보면 플로르는 일등 롤모델이다. 옷이며 머리 스타일, 말하는 법까지 — 겉으로 드러나는 면만 보면 순조롭게 회복중인 사람처럼 보인다. 하지만 속으로는 어떤 기분을 느끼고 있을까 궁금해진다. 그걸 말로 표현할 수는 있을까?

모두들 곧 기절할 듯 피곤하고 배고파 보인다. 벌써 저녁 먹을 시간이다.

"다들 숙소로 가서 씻고 옷 갈아입으세요. 식당에서 뵐게요." 내가 재소자들에게 이른다.

고개를 들어 식당으로 이어진 길을 보는데 마커스가 축사 쪽으로 걸어가는 모습이 보인다. 그가 워크아웃을 시작한 뒤 처음 보는 것이다. 마커스는 지난 몇 달을 통틀어 제일 행복한 표정으로 손을 흔들어 보이더니 달려와 나를 껴안는다.

"오늘 전일 근무직에 취직했어요." 마커스는 나를 한참을 안고 있다가 이렇게 말한다. "트럭 운송 회사에서 일할 거예요. 시간당 17달러 받기로 했어요."

"오, 마커스. 정말 잘됐네요. 앞으로도 연락하면서 어떻게 지내는지 알려줘요."

"알았어요, 미스 진저. 그럴게요." 그러더니 그는 다른 재소자들에게도 좋은 소식을 알리러 성큼성큼 가버린다.

나는 토니와 윌리 곁에 남는다. 토니는 느긋하게 윌리의 갈기와 꼬리를 빗기고 있다. 다른 데로 갈 생각이 없어 보인다.

"토니, 이제 윌리는 축사에 데려다주고 저녁 먹으러 갈래요?" 내가 묻는다.

"있잖아요, 진저, 이런 기분은 정말 오랜만이에요. 마흔다섯 살인데 이제야 나 말고 다른 일에 마음 쓰는 법을 배우네요. 남을 보살피는 법 말이에요. 윌리 덕분에 배우는 셈이죠. 나를 믿어줬거든요. 있죠, 이 녀석이 나를 믿어주니까 기분이 좋더라고요. 아무도 나를 안 믿어주는데. 단 한 번도 그런 적이 없었어요. 그럴 자격을 얻지 못했으니까 그랬겠지요. 지금 생각해보니 그렇네요." 토니는 이야기하면서 내 뒤의 먼 곳을 응시한다.

그가 리드줄을 느슨히 잡아당겨 윌리에게 걸으라고 신호한다. 윌리의 나이든 눈이 반으로 자른 달걀 모양으로 감긴다. 녀석은 눈알을 뒤로 굴리면서 쩍 하품을 한다.

"가자, 윌리. 가서 쉬어야지."

토니는 나와 함께 숙소까지 가서, 샤워하고 깨끗한 옷으로 갈아입으러 안으로 들어가버린다. 내 옷은 축축하고 여전히 고약한 냄새가 나지만, 나는 그대로 식당에 들어간다. 재소자들이 식사하려고 막

하프 브로크

착석하는데 그러고 들어가니 꼭 내가 막간에 분위기 전환용으로 선보이는 기괴한 괴물처럼 느껴진다. 나는 식당 문으로 들어가 곧바로 오른쪽으로 꺾어 체크인 데스크로 향한다. 거기서 한번 더 오른쪽으로 꺾어 새라가 앉아 있는 벤치 앞에서 걸음을 멈춘다. 새라는 고개를 한쪽으로 살짝 꺾고 있다. 아랫입술이 축 처져서 아랫니에 갖다댄 혀가 들여다보인다. 새라는 날숨을 쉴 때마다 한숨을 섞어 내뱉고 있다. 나를 흘끔 보고는 어리둥절한 표정이다. 마치 내가 누군지 기억 못 하는 것처럼.

규칙을 따라야 한다는 걸 안다. 벤치에 앉아 있는 사람에게 말을 걸어서는 안 된다는 규칙 말이다. 나는 무릎을 접고 새라 옆에 앉는다. 트랙터의 진동을 고스란히 받으며 일했더니 등이 뻣뻣하고 목이 욱신거린다. 상체를 기울여 새라의 옆구리에 붙이고, 새라의 한 손을 집어든다. 차갑고, 버석하고, 떨리고 있다. 오늘은 눈 주위의 주름이 아래를 향하고 있다. 활기차고 긍정적이던 태도는 찾아볼 수 없다. 이게 새라가 교도소에서 짓는 표정, 살아남기 위해 지어야 했던 표정이구나, 하고 짐작한다. 새라가 교도소로 돌려보내지면 어떻게 될까, 생각하다가 애써 멈춘다. 대신 첫날 목장에 온 나를 환영해주던 새라의 장밋빛 뺨과 입술을 떠올린다.

새라의 얼굴에서 눈길을 거두고, 걱정으로 이리저리 흔들리는 우리 둘의 무릎을 내려다본다.

켄타우로스

2013년 9월

폴과 렉스가 오래된 미루나무 두 그루 사이에 맞춘 듯 쏙 들어가 있는, 동서로 9미터 길이의 축사 파이프 레일 옆에서 말들에게 수장굴레를 씌우고 있다. 축사의 동측 레일과 나란히, 오래된 미루나무들 바로 앞에 쇠등대처럼 반들거리는 커다란 수조 하나가 놓여 있다. 온종일 말들이 이리로 와서 넉넉한 그늘 아래 쉬거나 물을 마시고 간다. 녀석들은 가슴팍이나 귀, 주둥이에 들러붙어 물어대는 각다귀와 쉬파리, 모기를 쫓으려고 한데 모여 있다. 축사의 남쪽 레일 쪽에는 5만 제곱미터 가까이 되는 새파란 목초지가 펼쳐져 있는데, 말들이 거기서 머리를 푹 숙인 채 이빨을 좌우로 맷돌질하고 귀는 앞뒤로 쫑긋거리며 하루의 대부분을 보낸다.

오늘 말들은 지름 7.5센티미터의 쇠파이프에 리드줄로 느슨하게 매인 채 레일과 직각으로 모여서 있다. 가축전담반 일원들은 전부

한 손에 브러시를, 다른 손에는 말빗을 들고 있다. 말의 목과 척추를 따라 브러시로 사악사악 빗어내리는 소리가 공기 중에 퍼진다.

　　토니는 무리에서 조금 떨어져 다리를 쩍 벌리고 허리에 손을 짚고 서 있다. 무엇에 마음이 동요했는지, 감정을 가라앉히려고 상체를 옆으로 흔들흔들한다. 내가 묻는다. "무슨 일이에요?"

　　"아, 빤하죠 뭐. 일라이자하고 랜디가 스카우트를 두고 또 싸움 붙었어요. 둘 다 애 같아서는. 조심하지 않으면 저 둘 때문에 우리 모두 곤란해지게 생겼어요. 두고보세요."

　　나는 토니의 등뒤, 레일 끄트머리 쪽을 본다. 랜디가 스카우트의 오른편에 서서 갈기를 빗겨주고 있다. 일라이자는 스카우트의 왼편에서 녀석의 꼬리를 빗겨주고 있다. 둘 다 비죽 내민 입의 꼬리가 심술맞게 늘어져 있다. 두 사람 다 어깨를 축 늘어뜨리고 안으로 마는 바람에 등이 거북이 등딱지처럼 둥글게 굽었다. 무슨 이유에선지 둘다 열네 살 먹은 갈색과 흰색 섞인 점박이 테네시 워킹호스종 거세마 스카우트에게 집착하고 있다. 스카우트도 신경질적이고 강박적인 문제행동으로 골치를 썩이는 판인데 말이다.

　　"둘이 만날 스카우트를 두고 싸워요. 다들 지긋지긋해해요. 나잇값 좀 하지." 토니가 투덜댄다.

　　플로르가 다가와 묻는다. "무슨 일인데 그래요?"

　　"내가 해결해볼게요, 플로르." 내가 대꾸한다. "토니, 이 문제에 지나치게 신경 쓰는 것 같은데요. 루나한테 집중해요. 토니의 관심이 필요하잖아요. 루나 얼굴은 좀 나았어요?"

"루나는 지금 상태 좋아요."

루나가 토니의 골반께로 머리를 낮춘다. 나는 루나의 얼굴에 난 흉터를 살핀다. 거의 안 보일 정도로 희미해졌다. 시멘트 바닥의 갈라진 틈에서 자라나는 잡초처럼, 회색과 갈색의 죽은 피부조직 안에서 털이 듬성듬성 자라나고 있다.

"아주 잘 돌봐줬네요, 토니."

"감사합니다." 토니는 루나에게만 신경을 집중하면서 흥분을 차차 가라앉힌다.

재소자들은 어떤 날은 소름끼치도록 조용하고, 또 어떤 날은 시끄럽고 정신 사납다. 누군가 규칙을 어기거나, 싸움을 벌이거나, 성질을 부리거나, 그 밖에 다른 반칙을 저지르지 않고 지나가는 날이 거의 없다. 그 한 사람 때문에 재소자 전체가 기운 빠진다. 그런 먹구름 낀 날은 재소자들이 입을 꾹 다문다. 아무도 대화하려 들지 않는다. 다들 혼자 있으려 하고, 말들 곁에서도 천천히 움직이면서 한 마리 한 마리 세세한 부분에까지 신경 써가며 정성껏 그루밍한다. 먼저 얼굴을, 그다음엔 목을, 이어서 앞다리를 빗겨주고 다시 가슴팍을 빗질한다. 브러시를 짧게, 반복해서 놀린다. 멍하니 거울을 들여다보듯, 말의 몸에서 작은 한 부위만 하염없이 빗는다.

토니와 다른 재소자들이 그루밍을 끝내자 나는 그들에게 오후

하프 브로크

에 할 일을 지시한다. 어느 말을 데리고 훈련할지 배정하고, 각각 어떤 그라운드 훈련을 수행하고 어떤 승마기술을 연습할지 알려준다. 모두가 집중해서 듣는다. 다 들은 뒤 질문을 던지고, 각자 훈련하러 말을 데리고 방목장으로 나간다. 폴은 윌리와 짝이 됐다. 녀석의 등에 올라타기 위해, 잠시 가만히 서 있게 하려고 낑낑댄다. 비쩍 마르고 쉴새없이 움찔대는 윌리 옆에 있으니 폴의 거대하고 정적인 몸이 마치 접지막대처럼 보인다. 일라이자는 스카우트의 목을 오른쪽으로, 다시 왼쪽으로 접는다. 녀석이 더 쉽게 방향을 바꾸고 걸음을 멈추게 하려면 목이 더 유연해져야 한다. 렉스는 벌써 호크에 올라타서 본관 건물을 향해 걸어가고 있다. 옆에 다른 말을 대동하지 않고 호크를 타는 건 쉽지 않은 과제였다. 때때로 호크는 자기가 여전히 무리의 왕인 줄 알고 다른 말들과 떨어지지 않으려고 한다. 렉스가 긴 다리로 호크의 옆구리를 지그시 눌러가며 그런 생각을 고쳐주고 있다. 오마와 플로르는 방목장 한가운데에서 에스트렐라를 조련하고 있다. 이미 안장을 얹은 에스트렐라에게 긴 밧줄을 연결해 두 사람이 그 끝을 잡고 녀석을 지름 6미터의 원을 그리며 속보로 걷게 하는 조마삭 훈련을 하고 있다. 둘이 번갈아 원의 축에 서서 에스트렐라를 계속 속보로 걷게 한다. 사람을 태울 정도로 차분해질 때까지 그런 식으로 워밍업을 시키는 것이다. 플로르와 오마는 자기들이 가축바에서 첫번째 주자로 에스트렐라를 타게 된 것을 무척 자랑스러워한다.

토니는 목장의 서쪽 경계를 이루는 3.5미터 높이의 흙벽돌담을 따라 루나를 걷게 한다. 걷다가 서게 하고, 뒤로 돌기와 뒷걸음질을 하게 한다. 토니는 서두르지 않고 이 훈련을 반복 수행한다. 토니의 지시를 잘 들으려고 루나의 귀가 쫑긋거린다. 토니가 너무 빠르게 말하면 루나는 리드줄을 팽팽히 당기면서 가버리려고 할 것이다.

새라는 오늘 여기에 없다. 아직 목장에 머무르고 있긴 하지만, 말들과 훈련하는 특혜는 잃었다. 대니얼과 제임스가 언제 새라가 가축반에 돌아오도록 허락해줄지, 과연 허락해주기는 할지, 우리는 모른다. 나는 벌써 몇 달째 새라와 한마디도 못 나눴다. 새라는 지금 우리 중 누구와도 대화할 수 없다.

다들 5만 제곱미터 방목장에 띄엄띄엄 퍼지고, 그걸로도 모자라 도로까지, 나아가 목장 부지의 남단까지 차지한다. 이곳에서는 극히 희소한 프라이버시를 조금이라도 더 확보하려는 것이다.

나는 그들에게 공간이 필요한 건 안다. 하지만 단독으로 말을 다룰 준비가 된 사람이 없다는 것도 안다. 만약 재소자들이 단 일 초라도 집중을 잃으면, 말들은 그 틈을 놓치지 않고 제멋대로 굴려 들 것이다. 목장 말들은 여전히 사람을 극도로 경계한다. 우리는 이 녀석들을 완전히 야생적이고 맹수 같은 상태에서 겨우 이만큼 안정시켰다. 이 말들은 거의 길들여진 상태지만, 그 상태는 언제고 무너질 수 있다. 아주 잠깐만, 찰나만 소통이 삐끗해도 녀석들은 제 우위를 확인하거나 스스로를 방어하려고 달려들 것이다.

이런 것을 자기보존 본능이라 한다. 자기보존 본능은 모든 말이 가지고 있지만, 이 목장 말들은 유독 그게 강하다. 루나는 자기보존 본능의 전형적 예로 들어도 좋을 정도다. 아직도 루나는 어떤 날엔 쉽게 붙잡혀주지 않는다. 토니와 폴이 그루밍해주거나 원형 마장 안에서 속보를 시키거나 목장 부지를 산책시키는 정도는 허락해준다. 하지만 사람이 손을 대면 여전히 근육이 경련한다. 사람이 너무 빠르게 접근해도 눈을 가늘게 뜬다. 항시 도망에 대비하는 상태여서, 늘 탈출로를 찾아 두리번거린다. 나도 글렌다를 만나기 전 나만의 첫 말을 갖기 전에는 그랬다.

목장 말들 중 몇몇은 신뢰하는 법, 인간의 손에 자신을 완전히 내맡기는 법을 끝끝내 배우지 못할 것이다. 우리는 신뢰받을 자격이 있다는 걸 녀석들에게 증명해 보여야 한다. 그것도 매 순간. 그게 우리가 할 수 있는 최선이다. 말들이 우리의 스승이다. 그 녀석들은 우리가 지금 여기를 살게 하고, 감각을 날카롭게 벼리고 집중하게 한다.

오늘은 스카우트를 일라이자에게 맡기기로 한다. 내 결정이 랜디의 성질을 건드리지만, 그는 가까스로 화를 참고 수조 옆에 서서 땅만 노려본다. 랜디도 다른 모든 재소자들처럼 자기만의 어둠을 가지고 있다. 금방이라도 터질 듯한 분노의 폭탄이 그의 안에서 째깍거리고 있다. 그 폭탄이 터질 것 같을 때면 그는 조용히 무리에서 떨어져나온다. 윌리의 마방으로 저벅저벅 걸어가서는 두 팔을 쭉 뻗어 게이트를 붙잡고 몸을 앞뒤로 마구 흔든다. 그가 한숨 섞어 길게 숨을 뱉으면 나는 심장이 쿵 떨어진다.

"랜디."

"왜요, 미스 진저."

"오늘은 무하고 훈련해요. 내 트레일러에서 데리고 나와서 원형 마장에 넣을 수 있겠어요?"

나는 목장에 올 때마다 무를 데려온다. 무는 나의 닻이자, 누구든 힘들어하는 사람에게 믿고 짝지어주는 녀석이다. 무는 사람 못지않게 듬직한 문화 시민이다. 누구도 해치지 않을 녀석이고, 재소자들이 자신감을 기르도록 도와주기도 한다.

"그럴게요, 미스 진저. 있죠, 미스 진저, 그거 아세요? 제가 오늘 말들 다 준비시켰어요. 혼자서요. 다른 사람들이 오기 전에 제가 다 그루밍해줬다고요."

무슨 이유에선지 랜디는 지어내서 말한다.

나는 그의 말을 못 들은 척한다. 랜디가 말을 잇는다. "무는 어디 있어요? 그 녀석 안장 가져오셨어요? 오늘 타도 돼요? 일요일에는 윌리랑 훈련했거든요. 그라운드 훈련도 제가 다 시켰고요. 토니가 도와줬지만. 저 준비된 것 같아요. 확실히 준비됐어요. 오늘 라이딩해도 될 것 같지 않아요? 무 어딨어요?"

나는 내 트레일러차를 가리킨다.

랜디가 쏟아놓는 말은 우리 모두가 이미 익숙해진 배경 소음이다. 대부분 말도 안 되는 소리의 반복이다. 나는 방목장에서 기술을 연습하는 재소자들과 말들을 살피느라 줄곧 그리로 시선을 보내고, 그러는 내내 랜디는 땅에서 시선을 들지도 발을 떼지도 않고 질문과 의견만 좔좔 쏟아낸다. 말로 하는 이 몸풀기 체조가 랜디에게는 일종의 신체활동인 것 같다. 쉴새없이 퍼붓는 질문공세에 잽싸게 틈을 타 몇 번 대답을 해도 달라지는 건 없다. 랜디가 영 듣지 않기 때문이다.

"오늘 랜디가 라이딩을 해도 좋을지 모르겠어요. 아직 그라운드 훈련도 마스터하지 못했고, 일단 그 기술 먼저 익혀야……."

"아뇨, 아니에요. 다 알아요, 다 배웠어요, 미스 진저. 이따 제가 하는 걸 보시면 알아요. 제가 제일 잘한다니까요. 라이딩할 수 있어요. 준비됐어요. 난 저 녀석들 안 무서워요."

랜디의 세계. 우리는 그렇게 부른다. 다른 재소자들은 말 다루는 데 점점 능숙해지는데 랜디만 뒤처지고 있다. 내가 뭘 가르쳐도 랜디는 전부 자기 멋대로 재해석한다. 랜디는 자기만의 틀 안에 갇혀 유영하면서 주변 사람들은 최소한으로만 의식하는 사람이다. 그는 말들 곁에 있을 때 느끼는 두려움을 고집스럽게, 강하게 부인한다. 그는 말을 극도로 무서워한다. 그의 오만과 허세에 가축전담반 멤버들 모두가 혀를 내두른다. 아무도 그를 믿지 않는다.

랜디는 몸집은 크나 강하지 않다. 일은 열심히 하지만 모든 일에 서툴다. 자신감을 위장하고, 이기적으로 굴고, 성질을 부리고, 문제를 일으키고, 근본적으로 단단히 망가져 있다. 게다가 목소리가 크고, 과체중에, 모든 행동이 어설프다. 그는 어깨가 떡 벌어진 역삼각형 체형이다. 그래서 그런지 걸을 때 뒤뚱거린다. 길거리 불량배 스타일로 껄렁대며 말하고, 한자리에 서 있을 때도 발가락으로 땅을 밀며 반동으로 솟구쳤다 내려왔다 하면서 팔은 그 반대 방향으로 허공을 내리친다.

한마디로 시한폭탄 같은 사람이다. 그런데 랜디는 말들을 너무너무 좋아한다. 두 달 전 랜디는 채식주의자가 됐음을 선언하며 다이어트에 돌입했다. 과체중인 몸이 걸림돌이 된다는 것을, 휘청거리고 주체가 안 되는 거대한 몸뚱이로는 말을 탈 수 없다는 것을 안 것이다.

내가 믿고 랜디에게 맡길 의향이 있는 유일한 말은 무다. 무라면 랜디에게 죽자고 달려들지 않을 거라는 것을 나는 안다. 그건 랜디가 목장 말들과 훈련할 때마다 내가 느끼는 조마조마한 두려움이다.

"가자, 무." 랜디가 리드줄을 자기 팔에 대충 둘둘 감는다.

"천천히 해요, 랜디. 밧줄을 좀 풀어요. 조심……." 랜디는 듣지 않고 있다.

"보세요. 제가 다 알아서 할 수 있어요."

"랜디, 조심해요. 트레일러에 너무 바짝 다가갔잖아요. 랜디!"

"됐어요. 알아서 할게요." 그는 한자리에서 정신 사납게 몸을 들썩거린다.

"랜디, 내 말 들어봐요. 그렇게 하라는 게 아니에요."

하프 브로크

"아뇨, 아뇨, 아녜요. 잠깐, 잠깐만, 잠깐만요." 그는 내 말을 무시하고 무한테 속사포처럼 말을 쏟아낸다.

"야, 잘 들어. 이리 나와봐. 날 믿어. 나만 믿어! 좋았어. 봤죠? 방금 봤어요? 아무도 못 봤어?"

랜디는 거의 소리지르다시피 한다. 얼굴이 붉게 상기돼 있다. 입은 어린애가 악을 쓸 때처럼 동그랗게 벌어져 있다.

아무도 이쪽을 보지 않는다. 무만 빼고. 무는 랜디가 몹시 신기한가보다. 녀석이 이렇게까지 뭔가에 홀린 걸 본 적이 없다. 무는, 물론 장점도 수두룩하지만, 자기만의 세계에 빠져 있기를 좋아한다. 그래서 나는 이 녀석을 나의 몽상가 선생이라고 부른다. 지금 여기 있는 것보다 어디 딴 세상에 가 있기를 더 좋아하는 녀석이다. 현실에 있기에는 너무 대단하신 분이다. 심지어 제 영역의 목초지에 코요테와 스라소니가 침범해 어슬렁거려도, 시속 60킬로미터의 강풍이 제 갈기와 꼬리를 세차게 날려대도, 눈보라에 시야가 새하얗게 덮여도 무는 미동도 없이 묵묵히 서서 다른 세계로의 포털을 물끄러미 응시한다. 그런데 랜디를 상대할 때만큼은 귀가 쫑긋거리고 눈에 생기가 돌며, 발굽도 쉬지 않고 꼼지락거리는 랜디의 움직임에 맞추느라 덩달아 움찔거린다. 랜디는 자연이 뱉어낸 기현상이고, 무는 그런 그를 신기하게 여긴다.

"미스 진저, 미스 진저, 미스 진저. 오늘 라이딩하는 거 어때요? 오늘은 라이딩해야겠어요. 느낌이 와요."

말이 죽도록 무서운 사람이 곧 죽어도 말을 타겠다고 우기는 이 현상에 나는 줄곧 흥미를 느껴왔다. 두려움과 깊은 열망, 그러니까 짐승의 파워에 대한 공포와 그것에 가까이 있고 싶어하는 심오한 욕구가 결합된 결과다. 이 조합은 사람을 망칠 수 있다. 두려움을 극복하는 이들도 있지만, 채워지지 않는 갈망에 시달리며 이러지도 저러지도 못하는 이들이 훨씬 더 많다.

랜디가 느끼는 두려움은 철저하고도 생각 없는 현실 부정에 기인한다. 그는 기본적인 기술도 겨우 구사하는 주제에 라이딩을 허락해달라고 나를 조른다. 저어할 이유가 충분하지만, 그럼에도 나는 무를 믿고 허락하기로 한다.

"좋아요, 랜디. 원형 마장에서 조교술을 먼저 시범 보이면요. 무를 데리고 종류별 회전을 성공시키고, 부조에 맞춰 정지하기, 뒤로 가기까지 다 해내면 라이딩 허락하는 걸 고려해볼게요. 하지만 먼저 랜디가 기술을 다 익혔다는 걸 보여줘야 해요."

"알았어요. 접수했어요! 미스 진저가 나를 믿게 만들 거예요. 입에 침이 마르게 나를 칭찬하게 만들겠어요. 지켜봐요."

그와 함께 원형 마장으로 이동하면서, 나는 다른 가축반 멤버들이 말과 훈련하는 모습을 살핀다. 아직까지는 다들 그럭저럭 집중하고 있다. 내가 서 있는 위치라면 랜디와 작업하면서 다른 멤버들도 곁눈으로 지켜볼 수 있다. 오랫동안 말과 함께 일하다보니 사방을 살피고 문젯거리를 재빨리 캐치하는 능력이 예리하게 벼려졌다.

랜디는 원형 마장 조교술을 괴상하지만 올바른 순서에 따라 수행한다. 먼저 무를 원형 마장 안에 넣고 자신도 한복판에 말뚝처럼 가만히 선다. 그런 다음 한쪽 팔을 화살처럼 곧게 펴서 측면으로 착 올리고는 쩌렁쩌렁하고 권위적인 어조로 "속보로 가, 무" 하고 명령한다. 무는 랜디가 뭐라고 하는지 전혀 못 알아듣지만, 랜디의 보디랭귀지는 형광색으로 번쩍이는 교통신호판처럼 분명하게 읽어낸다. 무는 랜디의 화살이 가리키는 쪽을 향해 속보로 걷기 시작한다. 랜디는 광대처럼 뻣뻣하게 팔을 뻗고 석고상처럼 가만히 서 있다가, 느닷없이 팔을 잽싸게 내려 자기 몸 측면을 찰싹 때리면서 교통경찰 못지않은 정확도로 다른 쪽 팔을 착 쳐든다. "돌아, 무." 무는 그 자리에서 뒤로 돌아 반대방향으로 속보한다. 그렇게 랜디의 기다란 두 화살이 오르락내리락하고, 그에 따라 무가 이쪽저쪽으로 속보한다. 그러다가 어느 순간 랜디가 양팔을 어깨높이로 올렸다가 군인 스타일로 자기 허리에 빠르게 척 내린다. 그는 턱을 가슴 가까이로 당기고 수컷 칠면조처럼 목을 부풀리고는 자신 있게 외친다. "제자리에 서, 무." 그러자 무가 갑자기 걸음을 멈춘다. 거대한 두 수컷의 몸이 서로의 뜻을 완벽히 일치시킨다.

사실 무는 원형 마장 루틴을 눈 감고도 수행할 수 있다. 수년에 걸쳐 그 필수 기술을 익혔으니 당연하다. 하지만 랜디의 생동감 때문에 무가 그의 부조를 더 따르게 되는 것이다. 랜디의 몸짓이 무를 몽롱한 잠에서 깨어나게 한다. 무는 잠들어 있거나 다른 세계에 가 있지 않을 때는 명확하고 절도 있는 언어로 소통하는 것을 선호한다. 랜디는 정신적으로는 불확실성의 전형이지지만, 육체적으로는 바위처럼 존재감이 뚜렷하다. 의식의 필터를 거치지 않은 랜디의 요란스러운 말 쏟아내기는, 그의 신체 부조만 명확하다면 무의 신경을 전혀 거스르지 않는 것 같다.

이어서 랜디는 리드줄 끝에 연결된 무를 뒷걸음질시킨다. 다음에는 무의 어깨를 오른쪽으로, 엉덩이는 왼쪽으로 회전시킨다. 모든 회전을 완벽히 수행해낸다. 그러는 내내 전혀 말이 되지 않는 일방적인 대화를 끊임없이 쏟아낸다.

"바짝 해야 돼, 무. 바짝 해. 끝까지 힘줘서. 스케이트 탄 것처럼. 말아봐. 돌려. 내가 최고지. 네가 최고다. 이제 본론으로 들어가자." 지금 랜디는 자신이 자랑스럽다. 그는 어색한 제자리춤 동작 같은 걸 선보인다. 4분의 1보 내디뎠다가 다시 4분의 1보 들어온다. 어떻게 노는지 생전 배운 적 없는 아이 같다.

맙소사, 미치겠네, 내가 돌았나? 이 사람은 말에 태워서는 안 될 양반인데.

하지만 랜디의 커다란 몸짓과 무의 절도 있는 기술 수행이 내 계획을 수포로 만들어버렸다. 별로 내키지 않지만, 뱉은 말에는 책임을 져야 한다. 랜디가 라이딩을 해볼 때가 왔다.

이날을 위해 랜디는 목공실에서 열심히 준비를 해왔다. 가로 5센티미터 세로 30센티미터짜리 송판을 가지고 가로세로 90센티미터에 높이 60센티미터의 기승대를 직접 제작한 것이다. 랜디가 딛고 올라설 수 있을 정도로 튼튼한 플랫폼이다. 채식 다이어트에 돌입한 이후로 랜디는 고기와 지방 섭취를 일절 끊었다. 광신도처럼 식단조절에 매달린 끝에 삼 개월 만에 체중을 11킬로그램이나 감량했다. 벨트 구멍을 하나 당길 때마다 말을 타는 꿈에 한 발짝씩 다가갔다.

내 트레일러차의 마구 보관실에는 내가 보유한 것 중 제일 큰 안장이 들어 있다. 나는 그것을 매일같이 실어 나르고, 오늘도 어김없이 가져왔다. 언젠가 랜디가 그 안장에 대해 물어볼 것을, 언젠가는 그에게 라이딩을 허락해야 할 것을 알기 때문이다. 랜디의 뱃살이 안장머리와 안장꼬리 위로 튀어나오고, 양옆의 안장자락에 닿아 철퍽거리고, 안장을 완전히 가려버릴 것을 안다. 하지만 그것이 내가 가진 제일 큰 안장이다.

나는 장안하는 법을 랜디에게 한 단계 한 단계 천천히 설명해준다. 먼저 안장깔개를 얹고 무의 기갑까지 닿게 추어올려요. 무의 등에 안장을 살며시 얹어요. 이어서 복대가 무의 갈빗대에 딱 닿도록 압다리굽이 뒤부터 몇 뼘 되는 위치에 매야 하는지 가르쳐준다.

"오케이. 뱃대끈 됐고, 안장머리뿔은 여기 있고, 안장 시트는 여기에 오고. 내 산만 한 엉덩이를 얹기에는 좀 작아 보이네! 이제 라이딩한다, 이제 라이딩한다, 이제……"

"그만해요, 랜디, 정신 똑바로 차려요. 진지하게 임해야 돼요. 어린애 장난이 아니라고요. 집중해요!" 나는 터지기 일보직전의 물집 같은 기분이다.

안장 복대를 꽉 조이는데 내 몸이 잔뜩 경직되고 신경이 곤두선다. 기도 깊숙한 데서부터 목구멍이 타오르는 것 같다. 정신을 차려보니 내가 숨을 참고 있다. 랜디의 멈출 줄 모르는 수다, 남의 말을 도통 듣지 않는 태도에 휩쓸려 나도 모르게 칼 휘두르듯 내 목소리를 끄집어내게 된다. 여기서 한마디만 더 뱉으면 랜디를 모진 말로 난도질할 게 빤하다. 나는 턱을 꽉 다물고 아랫입술을 깨문다. 무가 리드줄을 당기며 우리에게서 슬금슬금 뒤로 물러나기 시작한다.

토니가 루나를 나란히 끌며 방목장에서 돌아온다. 둘은 원형 마장으로 다가와 펜스 레일 제일 윗칸에 기댄다.

"잘돼가요?" 그가 묻는다. "어이, 랜디, 그 상자는 뭐야?"

"뭐겠냐? 내 덩치가 하도 커서 만들었다." 이렇게 말하면서 랜디는 또 발끝에 체중을 싣고 몸을 들썩거린다. "올라가는 데 필요할 것 같아서, 안 그러냐?"

"잘했어, 인마. 그래, 그거 딛고 올라가면 되겠네. 올라탈 준비 됐어?"

"아직요." 내가 끼어든다. "무한테 굴레부터 씌우고요."

문득 토니 뒤를 건너다본다. 새라가 다른 여자 둘과 함께 어디론가 걸어가고 있다. 랜디와 토니와 내가 몸을 돌려 인사한다. 다른 두 여자는 마주 인사해주지만 새라는 고개도 들지 않는다. 오마가 에스트렐라를 타고 속보로 그리로 간다.

"봐요, 새라, 우리 이제 에스트렐라도 타요." 새라는 에스트렐라의 얼굴을 물끄러미 들여다보지만 오마는 못 본 척한다. 도로 고개를 떨어뜨리고 발길을 재촉하는 새라를 매서운 찬바람이 휘감는 것 같다. 했는지 기억도 안 나는 말싸움 때문에 좋은 친구를 잃었을 때의 기분이다.

"새라를 가축반에 돌려보내줬으면 좋겠어요." 내가 랜디와 토니에게 말한다. "다시 우리하고 같이 일하지 못할 이유가 없잖아요."

나는 돌아서서 굴레를 집어들고 무에게 다가간다. 세 번 심호흡한 뒤 손가락으로 재갈을 벌리고 녀석의 벌어진 이빨 틈으로 밀어올린 다음 굴레의 정수리 부분을 무의 머리에 뒤집어씌운다. 고삐는 녀석의 목에 늘어뜨린다.

좀 봐줘, 무. 내가 너한테 뭘 시키려는 거지?

랜디가 직접 만든 상자를 딛고 올라서자 추가된 무게로 인해 상자의 네 면을 감싸고 있던 흙이 10센티미터쯤 푹 꺼진다. 고삐를 손바닥에 딱 맞게 쥐고 안장 앞에 늘어진 무의 갈기를 왼손으로 한 움큼 쥔 랜디는 자기 왼발이 그 조그만 사각형 칸에 쉽게 들어가 그걸 딛고 반동으로 무의 등에 훌쩍 올라탈 수 있도록, 오른손으로 등자를 살짝 비튼다.

랜디가 이 순간을 위해 얼마나 열심히 준비했는지 우리는 짐작만 할 뿐이다. 그는 큼지막한 갈색 부츠를 등자 높이로 올려, 잠자코 기다리는 무의 흉곽 측면에 닿도록 부츠 끝을 등자 고리에 쏙 끼워

넣는다. 랜디의 벨트가 내 눈높이에 온다. 지난 몇 달간 그가 정복한 벨트 구멍들이 보이지만, 그렇게까지 했는데도 털 부숭부숭한 그의 아랫배는 벨트 버클 위로 쏟아져내린다. 그 벨트의 구멍들이 랜디를 향한 내 짜증을 바늘처럼 찔러 일시에 바람을 빼버리고, 그러자 오늘 처음으로 그의 다정함이 느껴진다. 랜디는 체중 일부를 등자에 싣고 솟구칠 준비를 한다. 나는 무의 앞에 서서 녀석이 한 발짝도 떼지 못하도록 리드줄을 손바닥으로 꽉 쥐고 있다.

흙바닥에서 기승대가 부들부들 흔들린다. 랜디의 다리도 후들후들 떨린다. 갑자기 토니가 레일 제일 윗칸에 올라가 걱정 가득한 얼굴로 랜디를 향해 팔을 뻗는다. 랜디의 입에서 구슬픈 음이 길게 뽑혀나오고, 나는 고개를 들고 그와 시선을 맞춘다. 그 순간 랜디는 무너져내린다. 물이 뚝뚝 흐른다. 랜디의 상체가 반으로 푹 접힌다. 등자에서 발이 쑥 빠지면서, 랜디는 몸을 접고 기승대에서 땅바닥으로 곤두박질친다. 그에게서 나오는 소리는 마치 지하 깊은 곳에서 울려오는 소리 같다. 해변에 떠밀려온 고래의 울부짖음처럼, 한 방 또 한 방, 깊고 외로운 음이 터져나온다. 랜디의 한쪽 다리는 기승대에 가로로 걸쳐 있고, 다른 쪽 다리는 접힌 채 몸 아래 깔려 있다. 그는 두 손으로 얼굴을 감싸고 머리를 바닥에 박은 채 웅크리고서 흐느낀다. 그가 내지르는 통곡이 방목장에 퍼져나가고, 그 소리에 이쪽을 쳐다본 재소자들이 각자 말을 끌고 원형 마장으로 달려온다. 그들은 말을 파이프 펜스에 묶어놓고 부랴부랴 달려와 바닥에 구겨져 있는 랜디의 몸을 내려다본다. 우리는 너나 할 것 없이 쭈그려앉아 그를 위로한다. 아기를 토닥이듯 커다랗고 울퉁불퉁한 그의 몸을 토닥인다. 우리의 무릎들이 맞닿는다. 팔들도 서로 들러붙는다. 랜디의 흐느낌은 굵고 축축하고, 좀처럼 달랠 길이 없다. 우리의 몸이 캡슐처럼 랜디의 몸을 감싼다. 우리가 그를 지탱하는 피와 뼈다. 일라이자가 그의 뒤에 무릎 꿇고 앉아 몸을 받쳐준다. 한 손으로는 자기 얼굴에 드러난 놀라움을 감추고, 다른 손은 랜디의 어깨에 얹는다. 무슨 말이든 했다간 덩달아 흐느껴울 기세다. 우리는 충격으로 말문이 막힌 채 랜디의 몸이 크게 들썩이는 것을 망연자실 바라본다. 그러다 어느 순간 플로르가 감정을 터뜨린다. 얼굴 근육에 힘이 빠져 축 늘어진다. 눈에 눈물이 고이더니 이내 볼을 타고 흘러내린다. 토니는 눈에 띄게 불편해한다. 그는 벌떡 일어서더니 두루마리 화장지를 가져오겠다며 저벅저벅 가버린다. 토니가 돌아오자 랜디는 고마워한다. 그는 코를 푸는 틈틈이 호흡을 되돌리려 한다.

랜디의 슬픔에 숨어 있는 진짜 사정을 우리 모두가 안다. 알코올중독자 아버지의 폭력. 어머니의 약물남용. 그의 과거에 대해 어떤 질문도 던져선 안 된다는 것, 과거 이야기를 털어놓게끔 종용해선 안 된다는 것도 안다. 목장의 규칙은 분명하다. 지난날의 나를 붙들고 있지 말 것. 앞으로 달라질 나처럼 행동할 것.

랜디는 숨을 들이마시려고 헐떡거린다. 반쯤 녹아버리고 부들부들 떠는 그는 조금 전의 자신에게서 떨어져나온 조각 같다. 우리는 기승대를 가운데 두고 한데 뭉쳐 타이트한 원을 만든 채 그대로 머문다. 무는 차분하게 기다린다. 1센티미터도 움직이지 않는다. 불뚝한 우리의 몸뚱이 위로 낮게 드리운 무의 머리는 랜디의 얼굴에서 채 1미터도 안 떨어져 있다. 눈은 반쯤 감겼고, 귀는 어떤 소리든 들으려고 머리 측면으로 쫑긋 서 있다. 랜디가 이다음에 어떻게 할지 기다리고 있는 것이다.

나는 랜디의 얼굴을, 아니, 누구의 얼굴도 똑바로 볼 수가 없다. 내 피부가죽이 다 벗겨져 몸 안의 신경이 훤히 드러난 기분이다. 나는 무리에서 떨어져나온다. 우리가 만든 동그라미 안에 주저앉은 나, 그리고 무리의 위에서 문젯거리로 가득한 우리의 좁은 세계를 내려다보는 나가 동시에 보인다.

"있죠, 랜디." 일라이자의 목소리가 침묵을 뚫는다. "다음번엔 스카우트 타게 해줄게요. 약속해요."

마음의 준비가 된 랜디는 일어서서 바지에 묻은 흙을 털어낸다. 우리도 같이 바닥에서 일어난다. 랜디는 천둥처럼 부르르 떤다. 누군가 그에게 물 한 잔을 갖다준다. 랜디는 목을 큼큼 가다듬고 코를 흥 푼다.

"고마워요, 다들. 정말 고마워요. 당황하게 해서 미안해요. 그냥, 그런 거 있잖아요. 무서워서 그랬나봐요. 알잖아요. 저 녀석 덩치가 산만 해서. 착한 앤데. 내가 이 녀석을 얼마나 사랑하는데요." 그는 무를 가리킨다.

"아니야, 랜디. 괜찮아. 다 이해해. 우리도 이 녀석들 때문에 시팔 무서워 죽겠는걸. 시팔, 넌 잘할 수 있어. 우리가 있잖아." 토니가 재빨리 맞장구친다. 그는 한바탕 펼쳐진 눈물 쇼에 아직도 불편한 눈치다.

플로르가 랜디에게 다가간다. 랜디 옆에 서니 조그마한 인형처럼 보인다. 최대한 팔을 뻗어 랜디의 허리에 두르고 그를 꼭 끌어안는다. 플로르의 머리가 출렁이는 랜디의 아랫배 바로 위에 놓인다. 우리도 두 사람을 향해 모여든다. 플로르와 랜디를 가운데에 두고 우리는 팔을 한껏 벌려 커다랗게 그룹 허그를 한다. 이렇게 남녀가 서로 만지는 건 이 목장이 불허하는 일이다. 그런데도 우리 모두가 불편할 정도로 오래도록 꼭 안고 있다.

랜디가 팔다리에 다시 피가 돌게 하느라 원형 마장 안에서 작은 원을 그리며 왔다갔다한다. 무는 고삐줄을 안장머리뿔에 얹은 채 기승대 옆에 얌전히 서서 기다린다. 랜디가 기승대로 다가가 상자가 안정적으로 서 있도록 흙바닥에서 툭툭 건드려 위치를 조정한 뒤, 다시 딛고 올라선다.

나는 이쯤에서 오늘은 할 만큼 했다며 말려야 하는 것 아닐까 고민한다. 그러다가 무를 흘끔 본다. 녀석은 몸을 꼿꼿이 펴고 대기하고 있다. 오늘의 임무를 끝까지 해낼 태세다. 녀석은 랜디를 태우고 균형을 잡으려고 발굽을 이리저리 움직여 갈색의 커다란 제 몸뚱이를 네 다리로 단단히 지탱하고 선다. 랜디가 고삐와 무의 갈기를 꽉 움켜쥔다. 그의 왼발이 순조롭게 등자에 들어간다. 그는 기승대를 밀어내면서 오른다리를 위로 차올려 무의 엉덩이 너머로 넘기려고 한다. 하지만 헛발질로 끝난다. 무의 왼쪽 엉덩이만 세게 차고 만다. 몸집과 유연성 부족이 여전히 걸림돌이 된 것이다. 무는 군마처럼, 어떤 소란도 집중을 흩뜨리는 걸 거부한 채 작은 소리조차 내지 않고 서 있다. 그러다 드디어 랜디의 오른다리가 깔끔하게 무의 궁둥이 저편으로 넘어가고 그의 몸이 안장에 무겁게 안착한다. 랜디는 오른쪽으로 몸을 쭉 펴 반대쪽 부츠도 등자에 끼운다.

"그렇지." 토니가 랜디를 향해 외친다.

랜디가 우리를 내려다본다. 정연하고 결연한 얼굴이다. 오직 눈만이 뒤따른 놀라움을 내비칠 뿐이다. 그의 몸이 두려움을 삼킨다. 흘러내린 깨알 같은 눈물이 아직 두 뺨에 남아 있다. 다들 아무 말도 하지 못한다. 일라이자와 플로르가 기승대를 원형 마장 밖으로 빼낸다. 나는 울타리 한복판에 서서 랜디의 손을 빤히 보다가 이렇게 말한다.

"고삐 잡아요, 랜디. 무가 기다리고 있잖아요."

아직 준비 안 됐다고

1998년 3월 수망아지 길들이기

"얘는 아직 준비가 안 됐다고요." 유명한 조교사와 원형 마장을 둘러싼 카우보이모자 쓴 남자 여섯에게 내가 고함친다.

"뭐라고?" 유명 조교사가 내게 맞고함친다. 내 목소리가 바람을 타고 사방에 흩어진다. 나는 그에게, 다시 한번, 손짓과 몸짓 신호를 총동원해 이 녀석은 준비가 안 됐음을 전달한다. 조교사는 그러건 말건 녀석을 타라고 나를 계속 밀어붙이던 참이다.

나는 꼴찌로 라이딩을 마치고 들어온 기승자이자, 지난 삼 주간 유명 조교사에게 가르침을 받으려고 이 서부 목장에 들어온 조교사들 가운데 유일한 여자다. 바람이 시속 80킬로미터로 불고 있지만 해는 뜨겁게 내리쬔다. 좋은 날씨다. 우리가 여기 온 이후로 거의 매일 불어닥친 눈보라보다 백배 나은 기상조건이다.

실습 첫날 한 브리더가 와서는, 꽤 큰 축사에 어린 말들을 잔뜩 놓고 갔다. 길이가 20미터쯤 되는 달걀형 우리였다. 서른 마리 남짓의 망아지들이 단단한 벽을 둘러친 수조 같은 공간에서 한데 날뛰자 흙먼지가 연기처럼 피어올라 망아지들의 털가죽에 내려앉았다. 우리가 송판으로 된 펜스 너머로 몸을 들이밀고 살펴보자 망아지들의 동공 주위로 흰자가 점점 더 커졌다. 목표는 각각 네 마리씩 길들이기 시작하는 거였다. 유명 조교사가 망아지들을 살펴보고 각자에게 제일 잘 맞는 녀석들을 골라 배정했다. 이 녀석이 나에게 마지막으로 배정된 녀석이다. 이제 겨우 두 살이 된, 몸집 작은 아라비아 순종 암말이다. 아직 이름은 없다. 나는 고향에서 인연을 맺은 성질 불같은 고객의 이름을 따 녀석에게 테리라는 애칭을 붙여주었다. 나머지 남자 팀원들은 오늘의 라이딩을 마쳤다. 그들이 맡은 망아지들은 다 안장을 순순히 받아들이고 장안한 채 최소 열 바퀴는 돌았다. 이제 나머지 팀원들은 마음껏 구경하고 놀아도 된다. 맥주는 진즉에 땄다.

말쑥한 카우보이들이다. 콧수염 한 올 흐트러진 데가 없다. 몇몇은 내가 광고에서나 본, 끝이 꼬부라져 올라간 모양으로 콧수염을 다듬었다. 그들이 내뱉는 말들이 비탈길을 굴러내려가는 공처럼 서로에게 부딪혀 튄다. 지난 삼 주간 나는 그들 무리와 겨우 몇 마디 주고받았다.

"그놈 얼마나 왔어?" 유명 조교사가 오늘 아침식사 자리에서 나에게 물었다.

"아직 많이 어려요. 아직 다 안 왔어요." 나는 이렇게 대답했다.

하프 브로크

여기서 쓰는 표현이다. 말이 아직 나를 신뢰하지 않는다는 뜻의 업계 용어다. 유명 조교사 밑에서 일하려면 내가 사용하는 언어를 집단의 어휘에 일치시켜야 한다. '말랑말랑하다'는 말이 몸에 가하는 압력을 순순히 받아들인다는 뜻이다. '후하다'는 학습이 빨라 조교하기 쉽다는 뜻이다. '별로 후하지 않다'는 유명 조교사가 그 말을 싫어하고 팀원들도 덩달아 싫어해야 한다는 뜻이다. 나한테 온 이 암망아지 녀석은 벌써 '후하지 않은' 말로 분류됐다. 내가 볼 때 녀석은 그냥 준비가 안 됐다. 인간이 짓누르는 압력을 감당할 만큼 성숙하지 않았다. 이쪽 용어로 '해보기'는 한다. 내가 하는 말을 잘 듣고, 시키는 기술은 전부 수행했다. 배우는 중이다. 하지만 매일같이 내가 처음부터 다시 가르쳐줘야 한다. 배운 걸 상기시켜야 한다. 자신감을 처음부터 다시 북돋워줘야 한다. 오고 있지만, 아직 다 오지는 않았다.

"그냥 밀어붙여서 라이딩하는 수밖에 없어. 그런 놈들이 있어." 유명 조교사는 아침을 먹으면서 이렇게 말했다. 그는 망아지를 처음 길들이는 데 공을 들이는 조교사로 전국에, 심지어 해외에까지 알려진 자다. "더 공들일 여유가 없어." 그가 통밀 토스트를 베어물며 말을 잇는다. "우리가 말 조교사지 말 상담사인 줄 아나. 어떤 말들은 무작정 라이딩해서 문제행동을 고쳐봐야 해. 그놈이 아직 다 안 왔어도 그냥 타야 된다고." 그가 베이컨을 또 한 조각 물고 우적우적 씹는 동안, 나는 거칠게 간 옥수수와 달걀을 넣고 끓여 칠리소스를 뿌린 수프로 몸을 덥힌다. 나는 그냥 고개를 끄덕인다. 유명 조교사에게 반기를 드는 건 현명한 행동이 아니니까. 그는 자존심이 비대하고, 표면 아래 자칫하면 분출할 분노가 용암처럼 흐르는 사람이다. 훌륭한 조교사이긴 하다. 그를 세계 최고로 꼽는 이들도 있다. 나는 그간 배우면서 이런 부류를 충분히 겪어봐서 입 다물고 "알겠습니다" 할 줄 안다.

테리는 해맑은 강아지같이 마장 안에서 나를 졸졸 따라다닌다. 말랑말랑한 녀석이다. 놀이용 찰흙처럼 몸을 휘어 나를 감싼다. 등허리가 짧고 유연한 테리는 진흙에 찰흙을 섞어놓은 것 같은 털빛에, 똑바로 서도 키가 내 어깨까지밖에 안 온다. 날뛰는 버릇을 고치는 데 엿새가 걸렸다. 장안할 때마다 몸통을 한껏 부풀리고 등을 둥글려 공처럼 몸을 말고 마장 안을 뛰어다녔다. 하루하루 날뜀이 점점 심해지다가 마침내 진이 쏙 빠졌다. 마지막 날인 엿새째에 테리는 유명 조교사의 지시에 따라 열두 시간 동안 안장을 차고 다녔다. 아침 여덟시에 녀석에게 장안한 뒤 저녁식사 때까지 놔뒀다. 내가 길들이기 시작한 다른 수망아지 세 마리를 봐주는 틈틈이 테리를 들여다보고 복대가 느슨해지지는 않았는지 확인했다. 점심때에는 아레나에서 녀석을 달리게 했다. 더 나이든 거세마를 타고 달리면서 녀석의 옆구리에 밝은 주황색 깃발을 흔들어댔다. 유명 조교사는 그렇게 하면 녀석이 '잠잠해'질 거라고 했다. 그 훈련을 마쳤을 때쯤 녀석의 안장깔개 밑으로 거품이 하얗게 배어나고 있었지만 녀석의 눈빛은 그대로였다―제 등에 채운 그 망할 물건을 여전히 죽도록 무서워하는 눈빛이었다. 하지만 그 방법이 어느 정도는 통한 것 같았다. 이튿날 내가 장안하는 동안 녀석이 얌전히 서 있었던 걸 보면 말이다. 날뛰지도 않고. 움찔하지도 않고. 텅 빈 눈빛이었다. 눈에 공포조차 어려 있지 않았다. 아무 감정도 읽을 수 없었다. 기진맥진한 게지, 나는 속으로 생각했다. 어쩌면 트라우마가 생겼는지도 모른다. 이 사람들이 "다 왔다"고 하는 게 이런 상태를 말하는 걸까? 테리는 고속도로변에서 쓰레기봉투를 질질 끄는 죄수처럼 그 안장을 지고 다녔다.

다시 마장에 들어간 나는 유명 조교사에게 가 시선을 땅에 고정한 채 오늘은 이러저러한 걸 하라는 지시를 잠자코 듣는다. 녀석의 목을 접고 등자에 내 발을 끼운 다음 땅을 몇 번 차고 올라갔다 내려왔다 하면서 녀석이 내 무게를 순순히 받아들일지 본다. 지난 열흘간 똑같이 반복해온 루틴이다. 테리는 일단 내가 자기 위쪽으로 올라갔다 하면 미쳐 날뛴다. 내가 한쪽 발을 등자에 꿰고 땅을 박차고 솟구칠 때마다 고개를 뻣뻣하게 쳐들고 등을 기갑 아래로 훅 낮추면서 뒷다리를 아랫배 밑으로 접어넣는다. 나를 제 등을 덮친 사자로 여긴다. 내가 등자에 발을 끼우고 올라설 때마다 녀석은 당장 등을 둥글리거나 앞으로 튀어나가려 한다. 아니면 둘 다 하려고 든다. 녀석은 '변화를 보이'지 않고 있다. 땅에 서 있는 내가 제 등에 올라탄 나와 같은 사람이라는 걸 영 이해하지 못한다. 내가 안장 너머로 다리를 넘겨 앉으면 테리는 폭발할 것이다. 그럴 것을 알지만, 같은 훈련을 반복하라는 유명 조교사에게 그저 고개를 끄덕인다.

나는 테리에게 다시 다가간다. 녀석은 불어오는 바람에 꼬리털이 직각으로 들려 올라가 기다랗고 곧은 빗자루처럼 보이는데도 얌전히 서 있다. 나는 녀석의 왼편으로 가 리드줄과 수장굴레를 당겨 녀석의 목을 접는다. 녀석의 몸에 거의 손도 대지 않는다. 녀석의 목이 검비*처럼 부드럽게 휘어 나를 감싼다. 녀석은 힘 안 주고 그대로 서서 축축한 콧구멍을 내 외투에 비비더니, 내 진바지의 옆주머니를 잘근잘근 씹는다. 잠시 후 내가 등자로 손을 뻗는다. 그러자 내 다음 행동에 대비해 녀석의 머리와 목이 홱 앞을 향한다. 내가 녀석의 목을 다시 접는다. 이번에는 리드줄을 좀더 세게 당겨 목을 접힌 상태로 유지한다. 이어서 등자를 잡아 살짝 비트는데, 그 등자에 내 발이 쏙 들어가자 녀석이 나를 축으로 아주 작은 원을 그리며 팽팽 돌기 시작한다. 나도 같이 돌면서 총총 뛰고 돌고 뛰고 하다가, 마침내 녀석이 멈춘다. 나는 보상으로 녀석의 목을 펴게 해주고, 목과 귀 뒤와 얼굴 측면을 긁어준다. 녀석은 언제든 튀어나가려고 다리를 넓게 딛고 몸에 힘을 주고 서 있다. 나는 방금 했던 훈련을 반복한다. 녀석이 빙글빙글 돌기를 멈추고 내가 등자에 발을 끼운 채 솟구쳐 자기 등 위에 앉을락 말락 하는 걸 허락해줄 때까지 한 열 번쯤 반복한다. 목을 하도 타이트하게 접어서, 녀석이 한 발만 내디뎌도 고꾸라질 것 같다. 접은 목을 놔주고 내가 등자를 딛고 올라간 상태에서 녀석이

* 미국의 클레이 애니메이션 〈검비 스토리〉(1995)에 나오는 캐릭터.

하프 브로크

알아서 서 있게 하고 싶지만, 놔주는 순간 녀석이 달려나갈 게 빤하다. 대신 나는 유명 조교사가 지시한 대로 등자를 딛고 솟구쳤다 내려왔다 하면서 녀석의 몸을 반쯤 길들여 힘을 완전히 앗아간다.

머릿속에 이런 음성이 크게 울린다. 얘는 아직 준비가 안 됐어. 아직 안 왔어. 후하지 않아. 변화를 안 보여. 다른 조교사들이 마장 펜스에서 몸을 떼고 각자의 트럭으로 돌아간다. 그들의 랭글러 진 뒷주머니에 들어 있는 동그란 씹는담배 통 윤곽이 고스란히 보인다. 다들 하나같이 고급 실크 재질의 카우보이 넥스카프를 두르고 멋부린 리본 모양으로 매듭지어 칼하트 재킷의 깃 안쪽에 깔끔하게 집어넣었다. 아직 점심시간도 안 됐는데 벌써 맥주를 세 캔째 땄다.

"딱 연장통에 투자한 만큼 실력이 느는 거야." 옛 은사가 한번은 이렇게 말씀하셨다. 그때 나는 서른한 살이었는데, 내 연장통이 형편없이 작게 느껴졌더랬다. 더 큰 연장통을 얻으려고 여기 온 건데, 이제는 도리어 내 연장통보다 작은 통에 나를 욱여넣은 기분이었다.

유명 조교사가 계속 고개를 주억거리며 나에게 안장에 올라타라고 신호를 보낸다. 나는 시키는 대로 한다. 단번에 테리의 등에 올라탄다. 테리가 빙빙 돈다. 녀석의 접힌 목을 풀어줄 엄두가 안 난다. 테리는 점점 더 빠르게 돈다. 돌면서 그리는 원도 점점 작아진다. 나는 왼손으로 녀석의 머리를 내 무릎 쪽으로 바짝 당기고 있어서, 오른손을 뒤로 뻗어 안장 후미를 꽉 붙든다. 트럭으로 가던 남자들이 맥주를 손에 든 채 우르르 달려온다. 로데오를 관람하는 카우보이떼처럼 고음의 환호를 내뱉고 함성을 지른다.

　테리는 아예 제 몸으로 구멍을 만들 기세로 뱅글뱅글 돈다. 나는 오른발을 바깥쪽 등자에 끼우려고 안간힘을 쓴다. 순간 테리가 헛발질을 하면서 한쪽 무릎이 꺾여 반쯤 주저앉고, 나는 몸이 앞으로 쏠리면서 그만 리드줄을 놓치고 만다. 테리가 놓여났다. 목을 뻣뻣이 펴고 원형 마장 안에서 미친듯이 날뛴다. 무작정 라이딩해서 문제행동을 고치는 거야. 라이딩해서 문제행동을 고치는 거야. 녀석이 길이 20미터의 마장 안에서 점점 빨리 질주하는 동안 나는 머릿속에서 이 말만 되풀이한다. 남자들과 유명 조교사 모두 흐릿한 형체로 보인다. 그들이 보이지 않고, 들리지도 않는다. 나와 테리만 있다. 제 등에 올라탄 것 때문에 심하게 트라우마가 생겨버린 테리, 그리고 그 등에 올라탄 나.

　녀석이 왼쪽으로 달리는데, 여태 등자에 꿰지 못한 내 오른발이 어쩌다보니 원형 마장의 펜스 레일에 걸친다. 그쪽 다리가 뒤로 젖혀진 채 질질 끌려가면서 무릎이 뒤틀린다. 테리는 내가 레일에 걸려서 나는 소리와 느낌에 겁을 먹고 더 빠르게 달린다. 습보로 달리던 테리가 또 한번 발을 헛디디고, 이번에는 두 무릎이 다 꺾인다. 그 반동으로 내 몸이 앞으로 휙 쏠린다. 그러면서 잡고 있던 안장꼬리를 놓치고 만다. 녀석이 펄쩍 뛰어오른다. 나는 아직 녀석의 등에 타고 있지만, 이제는 펄쩍대면서 뱅글뱅글 도는 커다란 공 위에 앉아 있는 꼴이다. 펄쩍 뛰고 팽팽 돌고. 나도 같이 돌다가 바깥으로 튕겨나간

　　　　　　　　　　　　　　　　하프 브로크

다. 그리고 곧장 원형 마장의 펜스에 날아가 꽂힌다. 나는 쇠파이프 레일에 머리를 부딪치지 않으려고 두 팔을 바깥으로 뻗는다. 다음 순간 내가 흙 두께 10센티미터의 마장 바닥에 널브러져 있다. 테리는 마장 저편에서 나를 보며 가만히 서 있다.

다른 조교사들이 허겁지겁 레일을 넘어와 나를 일으켜 앉힌다. 오른쪽 무릎에 순식간에 피가 차오르고, 왼손바닥이 깊게 찢어졌다. 손바닥에 고인 피에 거름과 흙먼지가 점점이 박혀 있다. 나는 일어나 앉아 입에서 흙을 퉤 뱉고 말한다. "뭐, 이만한 게 다행이네요." 그런데 테리가 저리로 걸어가는 게 보인다. 그 순간 다행으로 끝난 게 아님을 깨닫는다. 테리가 절룩거리고 있다. 오른쪽 앞다리에 체중을 거의 싣지 못한다. 나는 일어서서 비척대며 테리 쪽으로 가면서 흙바닥에서 리드줄을 주워든다. 구토가 올라와 식도에 걸리지만, 애써 눌러 삼킨다. 테리를 마장 한가운데로 데려가 전신을 살펴본다. 아직 붓지는 않았다. 아마 힘줄이 삐었거나 아니면 찢어졌을 것이다. 뼈가 부러졌다면 그 다리에 전혀 힘을 싣지 못할 것이다. 화가 치민다. 나한테 화가 난다. 바람한테도 화가 난다. 카우보이모자를 쓴 남자들 모두에게 화가 난다.

"그놈한테 올라타는 게 좋을 거야, 잠깐이라도." 유명 조교사가 원형 마장 안 내 바로 옆에 서 있다.

"잠깐이에요." 내가 대꾸한다.

그렇게 하는 게 왜 중요한지 나도 안다. 겁에 질려 떨던 마지막

순간으로 나를 기억하게 하고 싶지 않다. 나는 테리의 목을 접는다. 유명 조교사가 마장에서 나간다. 나는 왼발을 등자에 끼운 뒤 욱신거리고 퉁퉁 부은 오른다리로 땅을 딛고 솟구쳐 올라갔다 내려왔다 한다. 테리는 한 발짝도 떼지 않는다. 나는 녀석의 목을 바짝 접은 채 한 번의 동작으로 오른다리를 안장 위로 넘겨 묵직하게 앉았다가 내려온다. "됐어요. 오늘은 이만하죠." 조교사에게 말한다. 그런 다음 테리의 리드줄을 잡고 힘겹게 마장 게이트로 걸어간다.

2013년 11월

일라이자가 빌리의 등에 올라타고 녀석이 장애물 코스를 통과하게 하려고 애쓴다. 우리는 5만 제곱미터의 방목장 곳곳에 타이어며 배럴통, 통나무, 원뿔형 콘, 소형 가로대 따위를 설치해놓았다. 빌리는 코스를 도는 다른 말들을 쳐다보느라 정신없고, 제 등에 태운 사람은 전혀 신경 쓰지 않는다. 빌리는 여태껏 한 가지에 오래 집중한 적이 없는데, 오늘 짝을 아주 제대로 만났다. 일라이자를 비롯한 이곳 재소자들은 다들 트라우마와 약물중독이 남긴 주의력 결핍 장애가 있다.

빌리는 속보로 5미터쯤 가다가 멈추고, 머리와 목을 오른쪽으로 돌려 타이어 코스를 지나는 토니와 호크를 쳐다본다. 호크는 고

192 하프 브로크

개를 푹 숙인 채, 눕혀놓은 타이어에 발을 하나씩 집어넣으며 나아간다. 거구의 라인맨 수비수가 유연성 테스트를 받는 것 같다. 일라이자가 빌리의 옆구리를 툭 차고, 고삐의 늘어진 부분으로 녀석의 궁둥이를 찰싹 때린다. 빌리의 나긋나긋한 갈색 몸이 펄쩍 뛰어오르더니 다시 속보로 걷기 시작한다. 둘은 가운데 꽂아둔 색색의 깃발이 바람에 나부끼고 있는 배럴통들을 향해 간다. 하지만 빌리는 깃발을 보자마자 걸음을 멈추고 뒤로 돌아 헛간으로 돌아간다. 일라이자가 빌리의 목을 접어 녀석의 몸을 다시 깃발 쪽으로 향하게 한다. 거세게 나부끼는 위협에 긴장해 빌리의 귀가 납작하게 눕는다. 녀석은 또 한번 걸음을 멈추고 크로우홉*을 하더니, 뒷다리로 버티고 앞다리를 들어올린다. 녀석이 도로 내려와 네 다리로 땅을 딛자 일라이자가 녀석의 목을 접어 짧게 원을 그리며 돌게 한다.

"콘부터 통과시키세요." 내가 일라이자에게 소리친다.

일라이자가 내 지시를 들으려고 몸을 돌리더니 이내 속보로 다가온다. "이 녀석은 머릿속이 체로 된 것 같아요. 뭐라고 하든 숭숭 다 빠져나가요. 잘할 수 있는 녀석인데. 젠장, 보통 고집이 아니네요."

일라이자는 목소리와 몸을 되찾았다. 말을 훈련하면서 본인도 변했다. 더 이상 눈썹을 뽑지 않고, 머리카락을 엉킬 때까지 배배 꼬지도 않는다. 피부, 눈, 입매—모든 것의 결이 달라졌다. 성형수술을

---

* crow hop, 등을 휜 채 네 발이 다 땅에서 떨어지게 낮게 도약하는 것.

받은 줄 오인할 정도다. 일라이자는 되살아났다. 말들이 그를 깨어나게 했다. 루나를 제외하고 가장 다루기 힘든 말이 빌리다. 나는 몇 달 전 빌리를 목장에 기증하기로 결정했다. 운동능력이 뛰어난 녀석이다. 제 고집만 부릴 때도 있다. 하여간 뭐든 쉽게 해주는 법이 없는 녀석이다.

"왜 개한테 말려들어요." 내가 일라이자에게 말한다. "그 녀석하고 똑같이 생각하면 주도권을 잡을 수 없어요." 나는 조금 웃고는 둘을 콘 코스로 보낸다. 콘 사이로 8자와 원, 나선형을 그리며 몇 번 왔다갔다하고 나면 깃발을 침착하게 마주할 정도로 차분해져 있을 것이다.

토니와 호크는 이제 모든 코스를 다 돌았다. 우리는 재소자들의 기술을 테스트하고 말들에게 주의를 쏟을 대상을 마련해주기 위해, 한 달째 방목장 전체에 장애물을 설치해두고 있다. 토니가 호크에게서 훌쩍 내려와 랜디에게 고삐를 넘긴다. 랜디는 무를 타고 코스를 몇 바퀴 돈 뒤 방금 녀석을 내 트레일러에 도로 묶어놓은 참이다. 그는 호크를 타기 시작한 지 얼마 안 됐다. 아직도 다이어트중이다. 그새 9킬로그램을 더 뺐다. 자기가 만든 기승대를 딛고 호크의 등 너머로 다리를 훌쩍 넘겨 안장에 가볍게 앉을 수 있게 되었다. 이제는 호크가 목장 말들 중 제일 좋단다.

렉스와 폴은 푸른색 방수포를 에스트렐라의 몸 여기저기에 문지르는 훈련을 하고 있다. 에스트렐라는 비닐 부스럭대는 소리를 들으면 흠칫 놀라 펄쩍 뛴다. 지난주에 렉스가 에스트렐라의 등에 탄 채 사탕 껍질을 벗겼는데 에스트렐라가 갑자기 습보로 달려 자기 마방으로 들어가버렸다. 달리는 와중에 안장이 한쪽으로 미끄러졌지만 렉스가 간신히 붙잡고 버텨냈다. 오늘 렉스와 폴은 에스트렐라에게 터지거나 바스락대는 물건에 둔감화하는 훈련을 하기로 했다. 일종의 자신감 강화 훈련이다. 에스트렐라는 호기심이 동한 눈치다. 방수포가 바스락대고 펄럭거리는 소리에 귀가 번갈아 쫑긋 섰다 납작하게 젖혀졌다 한다. 어린 말에게 자신감을 키워주는 것은 하루아침에 되는 일이 아니다. 렉스와 폴은 에스트렐라가 겁먹은 상황에서도 사람을 믿는 법을 가르치고 있다. 안장은 저 뒤, 원형 마장 레일의 제일 윗단에 걸쳐두었다. 에스트렐라가 진정하고 방수포에 움찔하지 않게 됐을 때 장안하고 목장 부지를 달릴 요량이다.

그들 뒤로 원형 마장 안에서 훈련중인 새라와 스카우트가 보인다. 스카우트는 안장과 굴레를 찼고, 새라는 탈까 말까 망설이는 것 같다. 내가 마장으로 다가간다. 새라는 고개도 들지 않는다. 거의 석달 만에 처음으로 말과 훈련하는 건데, 아직 다른 사람과 한마디도 주고받지 않았다. 나는 눈치껏 새라를 내버려두고 있지만, 속으로는 가서 꼭 안아주고 얼마나 보고 싶었는지 말하고 싶다.

새라는 건초 보관용 헛간에서 남자 재소자와 놀아나다가 들켜서 목장에서 쫓겨날 뻔했다. 누군가 현장을 목격하고 운영진에 알렸다. 새라는 나흘간 벤치에 앉아 있는 벌을 받았고, 그후로도 육 주간 단독 작업을 수행해야 했다. 이 목장에서 단독 작업은 독방 감금을 뜻하지 않는다. 월요일부터 금요일까지 하루 열여섯 시간씩 화장실을 청소하고, 건물 바닥을 문질러 닦고, 아침 점심 저녁으로 식사 후 접시를 닦는 노역을 뜻한다. 새라처럼 단독 작업을 장기간 맡게 된 재소자에게는 항상 동기 한 명이 하루종일 따라붙는다. 이 동기 외에 다른 누구에게도 말을 붙여서는 안 되며, 동기에게도 질문만 할 수 있다. 장기 단독 작업은 엄한 징벌 효과를 노린 장치다. 목장에서 쫓겨나는 건 가석방 규정 위반과 마찬가지임을 모두가 안다. 가석방 규정을 위반하면 곧 교도소로 돌려보내진다.

새라가 손을 뻗어 스카우트의 발굽에 돌멩이가 끼었는지 네 발을 일일이 확인한다. 입술을 달싹거리며 녀석에게 뭐라고 속삭이고 있다. 녀석의 귀가 쫑긋거리며 뒤로 향한다. 새라의 입에서 나오는 소리를 캐치하려는 것이다. 새라는 뭔지 모를 노래를 콧소리로 흥얼거리고 있다. 희미하고, 고음이다. 혼자 자기 방에서 동물인형에게 노래를 불러주는 어린 소녀 같다. 스카우트가 혀를 굴리고 하품을 한다.

"새라, 좀 어때요? 라이딩할 준비 중이에요?" 내가 묻는다. 새라는 고개를 끄덕이지만 나를 쳐다보지는 않는다. "원형 마장 안에서 회전이랑 멈춤, 구보만 조금 연습해요. 알았죠?" 알았어요, 라고 또 고개만 끄덕인다. 단독 작업을 수행하기 전 새라가 가장 즐겨 타던 말이 스카우트였다. 새라는 타고난 기수다. 타는 자세도 훌륭하다.

스카우트는 새라가 열네 살 때 자기네 가족 목장을 떠난 이후 처음으로 탄 말이다. 그런데도 새라는 나이 먹도록 평생 말을 타온 사람처럼 스카우트를 타고 달린다.

나는 방목장으로 돌아가 장애물 코스로 가본다. 일라이자가 빌리를 타고 천천히 달리면서 2단 가로대를 거뜬히 뛰어넘는다.

"높일까요?" 내가 묻는다.

"어디 가려고 저러는 거예요?" 일라이자가 내 등뒤의 목장길을 보며 말한다.

새라가 원형 마장에서 나와 본관 건물로 이어진 길을 습보로 달리고 있다. 길게 늘어진 고삐가 스카우트의 목 아래에서 달랑거린다. 새라는 막 잇지와 에스트렐라에 올라탄 렉스와 폴 곁을 휙 지나쳐간다. 새라가 뒤에서부터 쌩하니 달려와 지나가자 에스트렐라가 펄쩍 뛴다. 폴은 입을 꾹 다문 채 안장 위에서 에스트렐라를 진정시키려고 녀석을 옆으로 당겨 작은 원을 그리며 돌게 한다.

"뭐 하는 짓이에요? 목을 접어서 방향 돌려요, 새라. 젠장, 새라, 돌리라구요." 렉스가 쌩하니 지나가는 새라를 향해 소리친다.

"이런 젠장, 새라." 나는 낮게 내뱉고는 방목장을 가로질러 내 트레일러에 매여 있는 무에게 달려간다. 마구실 안에서 올가미 밧줄을 꺼내 그걸 무의 안장머리뿔에 휙 걸치면서 기승한다. 새라와 스카우트가 방목장 서쪽 끝 미루나무들을 지나쳐 가는 게 보인다. 나는 무를 타고 비스듬한 각도로 방목장을 가로지르면서 어떻게 새라를 막아 세울지 계산한다. 이웃 목장 방목지에서 캐나다두루미들이 서로를 부르는 소리가 들려온다. 아득한 그 울음소리가 프렌치호른의 경고음처럼 들린다.

토니가 목청껏 외치면서 목장길을 따라 곧장 새라를 향해 달려가는 것이 곁눈으로 보인다. "돌려요. 돌리라고요. 대체 뭐 하는 짓이에요, 새라? 그 녀석을 이리로 돌려요."

새라는 고삐를 쥐는 둥 마는 둥 하고 있다. 둘은 상업지구 쪽으로 가고 있다. 도로 한가운데에 판재가 잔뜩 쌓여 있는데도 비켜갈 생각이 없는 것 같다. 멀리서도 새라의 뺨이 새빨갛게 달아오른 게 보인다. 조그맣고 동그란 빨간 불이 깜빡이는 것 같다. 얼굴의 나머지 부분은 창백하고 허옇다. 내가 무의 목으로 몸을 더 기울이고, 우리는 통나무 더미를 향해 질주한다. 새라보다 먼저 저기에 닿으면 동네 제재소에서 거칠게 잘라낸 판재 더미를 벽 삼아 둘의 속도를 늦출 수 있을 것 같다. 스카우트는 목을 길게 뽑아 기갑에서부터 팽팽하게 편 채 달린다. 적당히 빠르게 달리고 있다. 낼 수 있는 최고속도는 아니지만, 다그닥 다그닥 하는 일정한 세 박자 발구름이 단단한 땅에 부딪혀 크게 울린다. 가까이 접근해서 보니, 눈을 반쯤 감은 것이 패닉 상태는 아닌 것 같다. 나는 도로를 침범해 쌓아둔 판재 더미로 무를 곧장 몰고 간다. 우리가 달려가는 각도 때문에 판재 벽과 무의 몸통이 좁은 각을 이룬다. 스카우트가 곧장 우리를 향해 달려온다. 머리와 목이 기갑 위로 들린다. 눈이 점점 일자로 가늘어진다. 녀

　　　　　　　　　　　　하프 브로크

석이 우리가 만든 좁은 틈으로 달려들면서 마치 접안하는 배처럼 후구가 잔뜩 긴장함과 동시에 전구가 살짝 들려 올라간다. 급작스러운 감속에 새라의 몸이 스카우트의 목으로 휙 쏠린다. 스카우트는 멈춰서서 히히힝 울더니, 앞으로 몇 보 나가 무의 목에 제 머리를 얹는다. 새라가 고개를 들고 이를 드러낸다.

"나를 미워해요. 다들 미워한다고요. 내가 뭘 하든 마음에 안 들어해요." 새라가 말하는 동안 나는 올가미 고리를 벌려 스카우트의 목에 씌운다. "난 저치들 아무도 믿지 않아요. 내가 믿는 건 이 말뿐이에요."

새라의 몰골이 형편없다. 머리카락은 힘없이 늘어지고 떡져 있다. 치아는 창백한 피부와 대조되어 짙은 색으로 보이는데다 하나가 빠져 있다. 여태 몰랐는데 오른쪽 윗니와 첫번째 어금니 사이가 비어 있다.

나는 무의 목에 연결된 고삐로 녀석을 회전시켜 다시 목장길로 돌아간다. 우리를 나란히 따라오는 스카우트의 목에 생가죽으로 된 올가미 밧줄이 느슨히 걸려 있다. 새라가 고삐를 놓고 스카우트의 등에 원숭이처럼 힘없이 늘어진다. 두 팔이 끝에 주먹을 하나씩 단 채 옆구리에서 달랑거린다.

"그동안 걱정 많이 했어요, 새라." 빨랫줄에 걸린 옷이 박자 맞춰 흔들리듯 나란히 터덜터덜 걸으면서 내가 말을 붙인다. 새라가 고개를 들어 정면을 응시한다. 눈썹이 잔뜩 일그러지고 눈은 한곳에 고정되어 있다. 가슴팍이 빠르게 들썩인다. 당장이라도 비명을 지를 것 같은 모습이다. 미루나무 옆을 지난 우리는 목장 순환로를 따라 방향을 튼다. 스카우트가 커브를 따라 몸을 틀자 똑바로 있던 새라의 머리가 옆으로 툭 꺾인다. 몸에서도 힘이 빠져 꼭 술 취한 선원이 스카우트의 오르락내리락하는 척추의 파도를 타고 출렁이는 것 같다. 곧 굴러떨어질 것 같은 모양새다.

"왜 그랬어요, 새라?" 새라는 내게로 눈길을 돌리지만 고개는 절대 돌리지 않는다. 내가 건초 헛간에서 있었던 일에 대해 묻고 있다는 걸 안다.

"평생 해본 일이라곤 남자 앞에서 옷 벗는 것밖에 없어요." 새라가 고개도 들지 않은 채 웅얼거린다.

새라가 친척이 운영하는 스트립 클럽에서 일하기 시작한 건 열세 살 때였다. 머리를 염색하고, 두껍게 화장하고, 그 나이대 여자애 특유의 깡마른 다리로 봉을 감싸며 폴댄스 추는 법을 배웠다.

모두들 헛간 앞에서 우리와 합류한다.

"무슨 정신으로 그런 거예요, 새라? 원칙 알잖아요." 아직 잇지 등에 탄 채 폴과 나란히 다가온 렉스가 새라의 눈높이에서 얼굴에 대고 고함친다. 새라는 눈도 깜빡이지 않고 앞만 쳐다본다. 우리가 처음 라이딩을 시작했을 때 스카우트와 호크, 윌리 모두 툭하면 달려나가는 나쁜 버릇이 있었다. 그러면 기승자는 온힘을 다해 매달리는 수밖에 없었다. 만약 자기가 탄 말이 갑자기 튀어나갈 경우 그 녀

하프 브로크

석이 달리는 것을 멈출 때까지 말의 목을 접어 방향을 돌리는 것이 원칙이다. 렉스는 들릴락 말락 하게 욕설을 뱉으며 잇지의 방향을 튼다.

"새라, 뭣 땜에 그래요?" 폴이 묻는다. "스카우트를 그것보다는 훨씬 잘 탈 수 있잖아요?" 랜디는 새라의 얼굴을 들여다보더니 고개를 돌린다. 토니도 똑같이 한다. 둘은 돌아서서 고개를 푹 숙인 채 부츠 발로 땅을 차면서 저리로 가버린다. 나는 무릎 오른쪽으로 돌려 장애물 코스를 향해 방목장을 가로질러 가고, 새라와 스카우트도 계속 나란히 따라온다. 일라이자와 빌리가 우리에게 다가온다.

"같이 라이딩할래요, 새라?" 일라이자가 묻는다.

"아직요." 내가 대신 대꾸한다. "잠깐 우리 둘이 얘기 좀 할게요."

1998년 수망아지 길들이기

"호르헤가 그 녀석 봐주러 오고 있어, 진저." 테리와 내가 절룩거리며 마장에서 나가는데 유명 조교사가 나에게 이른다.

"제가 봐줄게요. 헛간으로 데려갈게요." 나는 그에게 대꾸한다.

내가 마장 게이트를 열자 테리가 순순히 나를 따라 나온다. 우리는 군데군데 언 땅에 미끄러지고 애써 다시 균형 잡아가며 바람에 엉망이 된 진흙 바닥을 걸어간다. 노부부처럼 서로에게 의지해 절뚝거리며 나아간다. 이렇게 심하게 힘들어하기엔 우리 둘 다 너무 젊다. 나는 걸으면서 얼음 걱정을 한다. 어디서 구해올지, 내 무릎하고 테리의 인대에 어떻게 고정할지. 내 트레일러 안에 쓸 만한 긴 양말이 한 켤레 있다. 발가락 부분을 잘라내고 테리의 다리에 신기면 되겠다. 위에서부터 반을 접어내려 튜브로 만들고 거기에 얼음을 채워야지. 앞으로 몇 시간 동안 간간이 십오 분씩 얼음찜질을 해야겠어. 내 구급상자에 우리 둘 다 먹을 만한 진통제하고 밤에 우리 다리에 감아둘 동물용 끈끈이붕대랑 밴드도 있으니까 됐다.

헛간에 들어가니 호르헤가 온화하게 미소 지으며 리드줄을 달라고 손을 내민다. 나는 테리를 호르헤에게 넘기면서 말한다. "금방 돌아올게요." 그러고는 필요한 걸 가지러 나간다. 트레일러에 들어가 이부프로펜을 세 알 삼키고, 진바지 무릎 위로 에이스밴드*를 감는다. 그런 다음 양말과 구급상자를 주섬주섬 집어들고 얼음을 가지러 합숙소로 간다. 거기 들렀다가 헛간으로 돌아가는 길에 다른 조교사들 몇 명을 마주친다.

"샌드위치나 다른 먹을 것 좀 만들어줄까요?" 조교사들이 묻는다. 우리가 여기서 보내는 마지막 날의 점심시간이다. 다들 내일 아침 일찍 떠나야 해서 오늘 오후에는 말 운반용 트레일러와 마구실에 짐을 실을 것이다.

* 염좌탈구 응급처치에 사용하는 신축성 있는 붕대의 상표명.

"고맙지만 괜찮아요. 배 안 고파요." 내가 대꾸한다. 조교사들은 모자를 이마까지 푹 눌러쓰고 있어서 눈이 안 보인다. 그들은 어깨를 구부정하게 말고 레드윙스나 아리아츠 카우보이부츠를 질질 끌며 밭장다리로 걸어간다.

테리는 헛간 문 바로 안쪽에 매여 있고, 호르헤가 테리가 밤에 편히 쉴 폭신한 침대를 만들어주려고 대팻밥을 삽으로 마방에 퍼 나르고 있다. 나는 헛간의 쌍여닫이문으로 들어간다. 테리가 나를 향해 고개를 돌리고 히히힝 운다. 오른쪽 앞다리에 체중을 약간은 싣고 있다. 나는 구급상자에서 소염연고를 꺼내 몇 그램 짜서 녀석의 입술과 혀에 묻혀준다. 녀석은 그걸 핥고, 쩝쩝 씹고, 몇 차례 삼킨다.

녀석은 한쪽 뒷다리를 접고 서 있다가, 내가 한쪽 발을 들어 양말을 신길 수 있게 네 다리에 체중을 나눠 싣고 선다. 나는 무릎에서부터 양말을 접어내려 튜브를 만든 다음 거기에 얼음을 채운다. 그리고 동물용 붕대로 인대 부위를 둘둘 감싸 아이스팩이 흘러내리지 않게 고정한다. 그다음엔 나도 옆에 널린 건초 더미들 중 하나에 풀썩 앉아 남은 얼음주머니를 무릎에 댄다. 왼손이 욱신거리고 소독도 필요하지만, 상처가 심한 것 같지는 않다. 그냥 찢어진 것뿐. 꿰맬 필요도 없겠네, 속으로 중얼거린다.

"괜찮아?" 문간에 환한 태양을 등지고 선 유명 조교사의 실루엣이 나타난다. 내가 아는 여자들은 전부 그에게 홀딱 반했지만, 나는 사랑놀음 하려고 여기 온 게 아니다. 다른 조교사들, 고향에서 알고 지내는 남자들이 나더러 그의 옆에서 보고 배우라고 해서 온 것이다.

　이쯤 되자 그가 내 라이딩을, 내가 테리의 등에서 떨어진 것을 어떻게 생각할지 궁금해진다. 하지만 묻지 않는다. 솔직히 별로 신경 안 쓰인다. 그라면 테리 위에서 버틸 수 있었을 것이다. 그는 어떤 말이든 탈 수 있고, 세상에서 제일 어려운 라이딩도 쉬워 보이게 할 수 있다. 그러니 테리의 등에서 튕겨나가는 내가 누더기 헌옷처럼 보였을 것이다.

　"네, 괜찮아요." 내가 대꾸한다.

　"오늘 뭘 배웠어?" 그가 묻는다.

　"더 잘 들어야 한다는 거요. 이 조그만 녀석한테 배울 게 많다는 거요."

　그는 손목시계를 흘끔 보더니 호르헤에게 스페인어로 자기 트럭에서 건초 내리는 것 좀 도와달라고 이르고는, 나하고는 눈도 안 마주치고 홱 돌아서 가버린다.

2013년 11월

　"좀 먹을래요?" 내가 안장꼬리에 고정해둔 작은 안장주머니에서 엘크 육포를 한 줄 꺼내며 새라에게 묻는다. 새라가 몸을 틀어 내 안장 뒤쪽을 흘끔 본다. 그러더니 안장주머니 뒤, 안장자락에 매달아놓은 기다랗게 땋은 가닥을 가리키며 묻는다.

"저게 뭐예요?"

새라가 알아챈 것 자체가 놀랍다. 오후 내내 나에게 질문 하나 던지지 않았고 무엇에도, 아무에게도 관심을 보이지 않았기 때문이다.

"이거는," 나는 몸을 비틀어 그 가닥을 집어들고 쓰다듬으며 말한다. "흠, 이건 도메크예요."

"도메크가 누군데요?"

나는 가닥을 도로 안장에 툭 떨어뜨린다. 부드럽게 오르내리는 무의 걸음에 맞춰 땋은 금발 가닥도 녀석의 황금빛 도는 갈색 옆구리에 부딪혀 찰랑거린다.

"도메크는 지난 십 년간 내가 돌본 종마였어요. 몇 달 전 안락사 시켰죠. 이건 그 녀석의 갈기예요. 갈기의 일부."

안락사 당시 도메크는 서른 살이 넘었었다. 그 녀석을 주로 돌본 사람이 나였다. 지난여름 내내 나는 도메크가 점점 쇠약해져 뼈와 거죽만 남아가는 모습을 지켜봤다. 내가 녀석을 위해 더 해줄 수 있는 일이 없었다. 보내주기로 힘든 결정을 내리는 것 말고는. 녀석을 재울 곳으로 고른 장소인 방목장으로 도메크를 데려가는 길에 마지막으로 한번 더 암말들 곁을 지나가게 해주었다. 우리가 암말들 옆을 지나칠 때 도메크는 어엿한 수컷처럼 가슴을 한껏 부풀렸다. 아르르 러프, 러프, 러프. 그르렁거리며 불러대자 암말들도 고음으로 이히히히힝 화답하며 축사 안에서 이리저리 날뛰었다.

도메크는 장거리경주 우승마였다. 한창 경주마로 뛰던 시절의 대부분을 녀석은 시에라네바다와 콜로라도주 로키산맥, 그리고 뉴멕시코주 북부의 상그레데크리스토산맥 최고봉들을 누비며 보냈다. 나는 도메크가 경주마로서 말년을 맞아 내가 일하던 목장 중 한 곳의 상주 종마로 왔을 때 녀석을 맡아 돌봐주게 되었다.

새라는 도메크의 엷은 금발 갈기 가닥에서 눈을 떼지 못한다. 눈이 호기심으로 휘둥그레졌고, 내가 그동안 알게 모르게 의지하게 된 함박웃음을 오늘 처음으로 지어 보인다.

"도메크의 일부를 간직한 거예요?"

"네, 그렇게 됐네요. 그 녀석과 헤어져서 살아갈 일이 막막했나 봐요. 그래서 지금은 이렇게 데리고 다녀요. 그 녀석이 여전히 나랑 같이 있는 기분이 들거든요. 내가 더 강한 사람이 되는 것 같아요. 나도 가끔은 너무 힘들고 엉망진창인 날이 있거든요, 새라. 어떤 땐 도움이 필요하고요. 우리 모두 그렇죠."

새라가 안장 위에서 몸을 돌려 앞을 본다. 헛간 옆에 우리가 어서 돌아오기를 기다리고 있는 일라이자와 빌리가 보인다.

"도메크의 사진을 가져오실 수 있어요? 보고 싶어서 그래요. 얘기를 들어보니 도메크는 참……." 새라가 다시 몸을 돌려 나를 보면서 말끝을 흐린다.

"지난 십 년간 그 녀석을 볼 생각에 일하러 가는 게 행복했어요."

나는 이렇게 말하며 소매 겉자락으로 눈가를 훔친다.

"유감이에요, 진저. 괜찮아질 거예요." 새라가 나를 달랜다. 그러더니 오늘 처음으로 안장에서 몸을 꼿꼿이 세우고 앉아 스카우트의 고삐를 든다.

1998년 수망아지 길들이기

내 포드 디젤차가 공회전하는 동안, 나는 내가 데려온 거세마를 트레일러에 태운다. 공기가 건조하고 쌩하다. 삼 주 만에 처음으로 바람이 잠잠하다. 하늘이 청록색이다. 구름 한 점도 안 보인다. 봄이 마침내 이 동네에 고개를 들이밀기 시작한 모양인데 나는 집으로 돌아간다. 사흘간 미국 서부에서 가장 아름다운 지역들을 배경으로 남쪽으로 달려, 나와 내 말을 끌고 뉴멕시코로 돌아가야 한다.

나는 트럭 운전석 문을 탁 닫고 히터를 최고 단계로 튼다. 아침 여덟시인데 영하 12도다. 슬슬 차를 몰고 헛간과 축사, 원형 마장 들을 지나친다. 저만치 앞에 브리더가 끌고 온 운반용 트레일러가 보인다. 아까부터 트레일러 오른쪽 측면을 활짝 열어젖혀놓고, '길들여진' 말들을 쇳소리 요란한 컨테이너에 싣고 있었다. 못해도 스무 마리는 넘게 들어간 것 같다.

트레일러 뒤편에서 유명 조교사가 녀석을 훈련하고 있다. 방향을 바꿔가며 아주 작은 원을 그리며 돌게 한다. 녀석은 마지막에 실을 모양이다. 아직도 오른쪽 다리에 동물용 처치붕대를 두르고 있다. 밤새 푹 쉬고, 약 먹고, 얼음찜질 하고―이 모든 처치가 도움이 됐나 보다. 어제만큼 절룩거리지 않는다. 하지만 운반차에 타고 싶어하지도 않는다. 그러잖아도 비좁은 공간에 마지막으로 끼여 타야 해서 다시금 반항기가 치솟았다.

나는 그리로 차를 천천히 몰아가 그들 바로 뒤 15미터쯤 떨어진 곳에 세운다. 히터를 줄이고 그가 테리를 다루는 걸 지켜본다. 테리는 땀을 뻘뻘 흘리고 있다. 등에서 김이 피어오른다. 테리의 주인, 그러니까 삼 주 전 말들을 목장에 데려다놓고 간 여자는 혹여나 말발굽에 짓밟힐까봐 한쪽에 멀찍이 떨어져 서 있다. 햇빛에 오래 노출돼 피부가 거칠다. 여자는 등을 꼿꼿이 펴고 팔은 가슴팍 앞에 단단히 팔짱 끼고 있다. 자존심 세고 특권의식 강한 인간의 전형 같군, 나는 속으로 생각한다. 자존심은 세지만 이 암말, 별로 후하지 않은 이 녀석을 자기 트레일러에 싣는 것은 저 유명 조교사에게 의지해야 하는 인간.

나는 조수석 창을 내리고 그쪽에 서 있는 마주를 바라본다. 여자는 나를 보지 않는다. 오로지 유명 조교사에게만 시선을 고정하고 있다. 마주가 원하는 건 그의 지시뿐이다. 나는 댁의 암말은 사람을 태울 준비가 안 됐다고 마주에게 말해주고 싶다. 그 녀석이 그걸 내게 말해주려고 했지만 나는 녀석을 타고 말았다고. 녀석의 말을 듣지 않

하프 브로크

았다고.

나는 창을 도로 올리고 기어를 1단으로 바꾼 뒤, 여전히 트레일러에 발굽 하나 올리기조차 거부하는 테리의 옆을 지나쳐 갔다. 나도 테리 같았으면 좋겠다. 저렇게 명확했으면. 저렇게 확신에 차 있었으면. 나도 테리처럼 자신의 본능을 믿을 수 있다면. 내가 아는 것을 더 강하게 밀고 나갔다면 좋았을걸. 진저, 나는 나 자신을 타이른다. 다음 번엔 너도 그럴 거야.

2013년 11월

"얘기 들었어요?" 토니가 대뜸 묻는다.

"무슨 얘기요?" 내가 되묻는다.

토니와 랜디는 새라가 이 목장에 들어올 때부터 새라와 알고 지냈다. 비슷한 시기에 목장에 입소한 이들을 동기라고 부른다. 재소자들은 목장에서 지낸 지 십팔 개월이 되면 각자 지나온 이야기를 아주 세세히 털어놓게 되어 있다. 이를 소산消散이라고 한다. 동기들은 멘토들, 원로들과 한방에 모여 장장 사흘간 이 과정을 밟는다. 아침 일찍부터 밤늦게까지, 한 명씩 돌아가며 이야기한다. 태어나서 저질러온 모든 끔찍한 짓의 괴롭고 수치스러운 디테일을 전부 다, 시간이 얼마가 걸리든 털어놓아야 한다. 그래서 토니와 랜디, 새라는 서로를 속속들이 안다.

"이 얘기를 해도 될지 모르겠는데요." 토니가 말을 잇는다.

"미스 진저도 아셔야 해." 랜디가 끼어든다.

"뭘 알아야 되는데요? 그냥 말해요. 그러잖아도 힘든 하루인데." 나는 이렇게 대꾸하며 원형 마장 레일에 기댄 채 일라이자와 새라가 각각 빌리와 스카우트를 타고 목장길로 들어서서 저 멀리 멀어지는 모습을 바라본다.

"새라가 교도소에 있었을 때요." 토니가 이야기한다. "심하게 구타당했어요. 그러니까, 같은 구역에 있던 여자들한테요. 실컷 패고 죽으라고 냅뒀대요."

"그래서 상태가 저런 거예요. 한쪽 다리가 저렇게 휜 것도요. 간수들이 발견했대요." 랜디가 이야기를 이어간다. "제가 보기엔 요 몇 달간 새라가 그 구렁텅이에 도로 들어간 느낌이 들었나봐요. 어쨌든 제가 보기에는 그랬어요. 아, 돌아가는 건 너무 괴로워요, 미스 진저. 우리가 있었던 곳들 중 몇 군데는 정말로 지옥 같은 곳이거든요."

나는 랜디와 토니를 그 자리에 두고 서둘러 무에게 돌아가 다시 올라탄다.

"금방 올게요." 두 사람에게 말하고 새라와 일라이자를 향해 목장길을 천천히 달려간다. 두 사람은 말발굽 소리를 듣고 각자 탄 말을 돌려 이쪽을 본다. "잠깐만요." 나는 이렇게 말하면서 무에게서 휙 내린다. 그러고는 무의 후구 쪽으로 돌아가 도메크의 땋은 갈기를 안장자락에서 풀어낸다. 무는 고삐를 목에 느슨하게 늘어뜨리고 조용히 서 있다. 나는 스카우트의 후구를 빙 돌아 안장꼬리 뒤에 달린 끈 하나를 집어든다. 그 가느다란 가죽끈을 도메크의 갈기에 감고 터럭의 뿌리 쪽 끝에서 매듭짓는다. 새라가 안장 위에서 가만히 내려다본다.

새라는 그새 안색이 조금 돌아왔다. 손을 뒤로 뻗어 도메크의 갈기를 손에 쥐어본다. 도메크의 윤기 흐르는 금발 갈기가 새라의 손바닥에서 달랑거린다.

"고마워요, 진저. 그냥 다 고마워요." 깊은 생각에 빠진, 진지한 표정이다.

"있잖아요, 진저, 저는 하프 브로크*예요. 저한텐 이 벽들이 필요해요. 이 울타리요." 새라의 팔이 목장 부지 전체를 가리키며 크게 원을 그린다.

새라의 말이 맞는다는 걸 나도 안다. 새라는 혼자 살아갈 준비가 되지 않았다. 준비될 날이 과연 올지 잘 모르겠다.

---

* 하프 브로크, 반만 길들여진 말을 뜻하는 승마용어.

구불구불 휜 길

2014년 2월

알팔파 냄새가 디젤유 매연과 섞여 차가운 아침 공기를 매캐하게 물들인다. 나는 리처드 산체스가 자기의 포드 킹캡 트럭*의 앞좌석에 앉아 찢어진 서류와 계산기를 들고 씨름하는 걸 지켜본다. 건초 200덩이 곱하기 8달러, 거기에 운송비 추가. 리처드는 온몸이 옅은 녹색 먼지로 뒤덮여 있다. 먼지는 흘러내린 안경 밑 양 콧방울에도 들러붙었다. 땀얼룩진 야구모자 밑으로 삐져나온 그의 새카만 곱슬머리가 새집처럼 헝클어져 있다.

"어이구야. 모르겠어요. 건초값을 좀 올려야 할지도 몰라요. 기름값 땜에 죽겠어요." 그가 굵은 갈색 안경테 위로 나를 흘끔 올려다본다. "거기다 트랙터 수리비도 들었지, 트럭이랑 트레일러 타이어

---

* 운전석과 조수석 열 뒤에 작은 2인용 좌석이 한 열 더 있는 트럭.

하프 브로크

값도 있지, 어이쿠. 남는 게 없어요." 늘 하는 불평이다.

토니와 랜디는 건초 헛간을 치우느라 바쁘다. 두 사람은 리처드가 배달해 온 새 건초를 들여놓을 자리를 만드느라 지난 9월에 들여온 건초 중 잔여분을 전부 들어냈다. 랜디가 회색으로 바래가는 얇은 송판을 깐 나무바닥 전체를 비로 쓸고 있다. 시커멓고 퀴퀴한, 오래된 알팔파 가루가 문밖으로 풀풀 날아온다.

"1,750달러입니다." 리처드가 불쑥 말한다. "운송비는 반만 받는 거예요." 나는 웃으며 고맙다고 한다. 리처드의 농장은 이 목장에서 북쪽으로 3킬로미터만 가면 나온다. 그는 한 시간 거리의 산타페까지 운송할 때와 똑같은 비용을 우리에게 청구한다. 하지만 건초 공급업자의 비위를 맞추려면 가격 가지고 이러쿵저러쿵하는 건 금물이다.

"고마워요, 리처드." 나는 장갑을 벗고 그와 악수한다. "토니, 이 청구서 본부에 갖다주고 리처드한테 지불할 수표 가져와줄래요?"

토니는 고개를 한 번 끄덕이고는 진바지 앞면에 손을 슥 닦고 발을 탕탕 굴러 부츠에 들러붙은 미세한 녹색 가루를 털어낸다.

"사무실까지 태워주실래요?" 토니가 리처드에게 묻는다.

"어여 타." 리처드는 이렇게 대꾸하고는 기름때 묻은 칼하트 재킷과 오래된 신문 더미, 워셔액과 못, 빈 스티로폼 커피컵 따위로 가득한 찢어진 마분지 상자를 트럭 바닥 한구석으로 밀어 치운다. 토니가 올라타자 트럭은 머플러에서 노킹음을 내며 배기가스를 뿜어낸다.

"초록색이 싱싱하고 좋네." 랜디가 신선한 건초 더미로 다가가 폐 깊숙이 냄새를 들이마신다. 그러더니 허리를 굽히고 알팔파 한 덩이를 끌어당긴다. "리처드 아저씨네 건초가 좋긴 좋죠?"

"어서 이것들 다 헛간에 집어넣자고요. 청소는 다 됐어요?" 내가 묻는다.

"그럼요. 오리들 줄 찌끄레기도 싹싹 긁어다 놨죠." 그러면서 그는 미루나무 앞에 대강 쌓아놓은 건초 더미를 가리킨다. "이 건초들 꽤 무거운데요. 렉스나 폴한테 도와달라고 하면 안 돼요?"

나는 어깨를 으쓱 올리며 고개를 젓는다. 건초 200덩이는 두 사람이 쌓기에 그리 많은 양이 아니다. 랜디는 늘 더 편한 길을 찾는다.

"랜디가 안으로 날라요. 내가 쌓을 테니." 내가 지시한다. 랜디는 가서 장갑을 도로 끼고 제일 먼저 손에 잡히는 새 건초 덩이를 번쩍 든다. 헛간 문으로 들어온 그가 송판 바닥을 묵직하게 몇 걸음 딛는가 했는데 갑자기 송판 하나가 튀어나와 그의 무릎뼈 바로 위를 퍽 친다.

"아아악! 씨발." 랜디는 무릎을 꿇으며 쿵 주저앉더니 건초 덩이를 배 밑에 깔면서 풀썩 엎어진다. "씨발, 아파 죽겠네." 그는 무릎을 부여잡고 몸을 돌려 건초 위에 앉는다.

오늘 일하긴 글렀네, 나는 속으로 중얼거린다. 랜디는 뭔가에 놀라거나 다치면 얼른 회복하지 못한다. 몸집은 산만 한데 마음은 한없이 연약하다. 그가 무릎을 실컷 문질러 통증을 가라앉힐 때까지 그의 우는소리를 들으며 기다리는 수밖에 없다. 토니가 뛰다시피 헛간으로 들어온다. 토니는 랜디와 정반대다. 언제든 팔 걷어붙이고 일할 준비가, 새로운 도전을 받아들일 준비가 되어 있다. 벌써 새 건초 덩이 하나를 끌고 들어오던 그가 바닥에 생긴 구멍 앞에 멈칫 선다.

"어떻게 된 거예요?" 그가 몸을 굽혀 송판을 집어든다.

"망할 놈의 판자가 빨딱 일어나서 날 물었어." 랜디가 고자질한다.

토니가 마구실로 가 망치를 가져온다. 그는 오래된 못들을 뽑아낸 뒤 무릎 꿇고 앉아 송판을 원래 자리에 도로 끼워넣는다.

"어. 이건 또 뭐야?" 토니는 망치를 뒤집어 반대편 끝으로 아까 빠진 송판 옆의 판때기를 바닥에서 빼낸다. 이어서 그 옆의 송판도 떼어낸다.

"뭐 하는 거예요?" 내가 토니에게 묻는다.

"밑에 뭐가 있는 것 같아요. 핸드폰 비춰주실 수 있어요? 플래시 불빛이 필요해요."

랜디가 건초 덩이에서 기어와 바닥에 생긴 구멍 안을 들여다본다. 그러느라 머리를 구멍에 바짝 댄다. "상자네."

나는 내 핸드폰의 플래시 앱을 켜고 컴컴한 구멍에 그 빛을 비춘다. 나무 널빤지 밑 30센티미터쯤 깊이에 웬 검은색 상자 하나가 먼지를 뒤집어쓴 채 놓여 있다.

"이 판때기들 너무 쉽게 들리는데요." 토니가 말한다. "이 상자, 누군가 상당히 최근에 넣은 거예요." 그는 상자를 꺼낼 공간이 생길 때까지 계속 송판을 들어낸다. 랜디가 손을 뻗어 상자를 들어내 새 건초 덩이 위에 놓는다. 얇게 먼지가 덮여 있고, 뚜껑은 페이퍼클립을 비틀어 고정해놓았다. 나는 상자 윗면을 슥 문질러 닦는다.

건초 보관용 헛간은 공구 창고와 마찬가지로 매일 잠근다. 헛간 열쇠에는 오직 가축전담반 멤버들만 접근할 수 있으며, 목장의 다른 중요한 열쇠들과 함께 프런트 데스크에 맡겨지고 철저히 감독받는다. 토니와 랜디가 나를 쳐다본다. 여기서 상자를 열어볼 사람은 당연히 나인가보다. 두 사람은 거리를 두려고 1미터쯤 물러나면서도 뭐가 들어 있나 궁금해서 상자 쪽으로 몸을 기울인다. 둘 다 걱정으로 얼굴이 팽팽히 굳었다. 토니는 초조하게 손가락으로 자기 허벅지를 두드린다.

나는 뚜껑을 들어올린다. 상자 안에 뿌연 액체가 든 6cc 주사기 세 개가 들어 있다. 바늘 애플리케이터도 전부 주사기에 꽂힌 상태다. 주사기들 옆에는 뚜껑을 이미 딴 콘돔 상자도 하나 놓여 있다. 회백색 가루가 반쯤 차 있는 금속 병이 담배 몇 갑 위에 얹혀 있다. 돌돌 만 마리화나 세 대도 상자 바닥에 굴러다닌다. 상자 안을 헤집는 내 손이 덜덜 떨리기 시작한다.

"우린 망했어." 토니가 확신에 찬 투로 내뱉는다.

"시팔, 지금 그걸 말이라고." 랜디가 신경질적으로 대꾸한다.

나는 뚜껑을 닫고 클럽을 다시 비틀어 고정한 뒤 상자를 건초 덩이에 올려놓는다. 그러고는 오른손으로 윗입술을 잡고 세게 꼬집는다.

"어떻게 하죠?" 랜디가 묻는다. 토니는 이제 주먹으로 자기 허벅지를 때리고 있다.

나는 대답하지 않는다. 상자를 보고 있으니 관자놀이가 지끈지끈 아파온다. "일단 이 건초나 들여서 쌓아놓죠." 두 사람에게 이렇게 대꾸하며 벌떡 일어선다. 그리고 상자를 들고 헛간 밖으로 나가 내 트럭 조수석에 놓는다.

"씨팔, 이런 일이 생기다니." 토니는 이 상자가 모든 것을 바꿔놓을 것을 안다. 상자가 발견된 이상 목장에 공권력을 개입시켜야 한다. 이건 누군가가 섹스와 마약을 즐기려고 꿍쳐놓은 은닉품이며, 이런 물건은 거의 모든 교도소에서 발견된다. 랜디와 토니는 교도소에서 오랫동안 지냈다. 둘은 이 상자가 무엇을 뜻하는지 나보다 훨씬 잘 알고 즉각 이해했다.

두 사람은 건초를 나르기 시작한다. 우리는 창고 안쪽 구석에 쌓여 있던 건초 덩이들을 옮겨와 문 가까이에 쌓고, 바닥의 구멍은 훤히 드러난 채로 놔둔다. 턱과 코에서 땀을 뚝뚝 흘려가며 평소보다 재게 움직인다. 건초 덩이는 개당 최소 25킬로그램은 나간다. 우리 모두 묵묵히 일한다. 나는 이다음에 어떻게 할지 고민하느라 머리를 굴린다. 작업을 다 마치고 랜디와 토니는 마지막으로 나른 건초 덩이

두 개에 잠시 걸터앉아 쉰다. 가슴팍이 심하게 오르락내리락하고, 셔츠 깃 위의 목에 핏대가 섰다. 나는 두 사람을 마주보고 선다. 내 팔에 흘러내리는 땀에 초록색 먼지가 들러붙는다.

"제임스와 대니얼을 만나보려고요." 나는 얼굴에 들러붙어 굳은 알팔파 가루를 닦아낸다. "두 사람은 가서 일하도록 해요. 당장은 아무한테도 얘기 안 하는 게 좋겠어요. 입 다물고 있어요." 하지만 나는 두 사람이 소문을 퍼뜨릴 것을 안다. 이 목장에서는 비밀이 채 일 분도 비밀로 남아 있지 않는다.

나는 대니얼을 만나러 본부 사무실로 차를 몰고 간다. 그가 재소자들이 목장 규율을 어겨 단독 작업이나 잘못에 합당한 벌을 선고받기를 기다리는 방인 '바티칸실'에서 업무를 보고 있다고 누군가 얘기해준다. 다시 트럭을 타고 목장 부지를 가로지른다. 재소자들이 각자의 작업장에서 나에게 손을 흔든다. 평소와 다르게 말들과 떨어져 움직이는 나를 보고 호기심이 동했나보다. 나는 식당 건물 가까이에 차를 댄 뒤 땀에 젖은 데님셔츠 자락으로 상자를 가린다. 식당이 텅 비어서 두터운 흙벽돌담에 내 발소리가 고스란히 부딪혀 울린다. 체크인 데스크를 지나 방향을 꺾어, 세 개의 문이 늘어선 길고 비좁은 복도가 나올 때까지 걷는다. 두번째 문 옆에 의자 하나가 바깥을 향해 놓여 있고, 안에서 제임스와 대니얼의 목소리가 희미하게 들려온다. 나는 그 의자에 앉아 상자를 보이지 않게 의자 밑으로 밀어넣는다.

안에서 제임스와 대니얼이 천천히 이야기하고 있다. 둘이 제삼의 남자에게 질문을 하는데, 목소리를 들어보니 내가 모르는 사람이다. 드문드문 긴 정적과 망설임 혹은 머뭇거림 같은 것이 이어지고, 그러다가 어린아이로 오인할 정도로 아주 작은 목소리가 제임스와 대니얼에게 부드럽고 나지막하게 대답한다. 저 사람이 그랬을까? 나는 속으로 생각한다. 다음 순간 상자를 의자 밑으로 더 깊숙이 밀어 넣는다. 의자 세 개가 뒤로 끼익 밀리는 소리가 나면서 회의가 끝났음을 알린다. 발 움직이는 소리가 뒤따르고, 이윽고 문고리가 돌아간다. 빨간 머리칼을 두피가 보이도록 바짝 깎은, 눈썹 숱이 무성한 젊은 남자가 제일 먼저 방에서 나와 내 쪽으로 돌아선다. 그는 지나가면서 나에게 고개를 숙이지만 인사를 건네지는 않는다. 대니얼과 제임스가 뒤따라 나오다가 내가 앉아 있는 걸 보고 멈칫한다. 나는 일어나서 빨강 머리 청년이 복도 저만치 멀어질 때까지 잠시 두 사람을 보며 서 있다.

"두 분께 드릴 말씀이 있어요." 나는 허리를 숙이고 의자 밑에서 상자를 끌어당긴다. "보여드릴 게 있어요."

"들어오세요." 대니얼이 내게 손짓하고는 열려 있는 문으로 도로 들어간다. 제임스도 내 뒤에서 돌아서고, 우리는 문간에서 고개를 살짝 숙이며 방으로 들어간다.

창이 없는 방이다. 달걀형 공간에 알코올중독자 모임 아니면 약물중독자 모임이 연상되게 벽을 따라 의자를 주르륵 늘어놓았다. 어디에 앉든 다른 참가자들과 빠짐없이 눈을 마주칠 수 있는 각도로 모든 의자를 배치해놓았다. 나는 제임스 옆 첫번째로 비어 있는 의자에 앉는다. 제임스가 의자를 몇 센티미터 뒤로 밀고 나를 향해 약간 튼다. 나는 상자를 무릎에 올려놓고 뚜껑 위에 두 손바닥을 포갠다. 그러고는 손톱으로 뚜껑 표면을 초조하게 두드리기 시작한다. 열지만 않으면 이건 보석 상자일 수 있다. 양초가 든 상자거나. 복잡하게 세공한 유리 비즈가 가득 든 상자거나. 하여간 누군가가 소중히 아끼는 물건일 수 있다.

"거기 가져오신 게 뭐예요, 진저?" 제임스가 묻는다.

대니얼은 몸을 앞으로 기울여 무릎에 팔꿈치를 괸다. 두 사람 다 얼굴에 스트레스 받은 기색이 없다. 방금 나간 빨강 머리 청년하고 이 방에서 있었던 일이 무엇이든 속이 후련해지는 일이었나보다. 나도 그렇게 해줄 수 있다면 좋으련만.

"안타깝지만 이런 게 나왔어요. 건초 헛간에서요. 방금요. 바닥 널빤지 밑에서. 그러니까, 건초 쌓아두는 곳 밑에서요."

내 손가락이 뚜껑을 고정한 클립을 딱딱 건드린다. 조그만 심벌즈 같은 소리가 울린다.

"토니랑 랜디랑 같이 새로 들어온 건초를 헛간에 들여놓다가 발견했어요." 나는 클립을 비틀어 뚜껑을 연다. 그리고 의자에서 일어나 제임스에게 가 상자를 그의 무릎에 내려놓는다. 그는 무릎을 오므려 받침대를 만들고, 나와 눈을 마주친다. 나는 입술을 꾹 다물고 고개를 저으며 뒷걸음친다.

하프 브로크

"이렇게 돼서 정말, 정말 유감이에요. 누가, 언제, 어떻게 거기다 숨겨놓았는지 모르겠어요."

대니얼과 제임스가 상자 위로 몸을 숙인다. 두 사람은 손가락으로 상자 안 내용물을 이리저리 헤집고, 검지를 구부려 주사기와 마리화나를 툭툭 친다. 대니얼이 벌떡 일어서더니 이 방을 밝히는 유일한 램프가 놓인 조그만 테이블 상판을 손으로 쾅 내리친다. 그러자 발밑에서 땅이 흔들리는 것처럼 불빛이 흔들리고 깜빡인다. 대니얼의 콧구멍이 옆으로 벌어진다. 그는 날숨에 섞어 나지막이 내뱉는다. "무슨 이런 빌어먹을 일이."

"어이가 없구만." 제임스는 두 손으로 상자를 들었다가 떨어뜨리고, 손으로 머리를 감싼다. 상자 속 물건들이 바닥에 아무렇게나 겹쳐 굴러다닌다. 물건마다 굴곡지고 부피가 있어서, 전체 약물의 양이 내가 처음 생각했던 것보다 훨씬 많아 보인다.

두 사람은 나를 쳐다보더니 무섭게 질문을 쏟아붙인다. "언제, 어디서, 누가 봤어요?"

"랜디하고 토니예요. 나하고 같이 건초를 쌓다가 느슨해진 바닥 송판 밑에서 발견했어요."

대니얼이 셔츠 깃 끝을 당겨 윗입술을 훔친다. 제임스는 부츠 끝으로 바닥에 나뒹구는 마리화나와 주사기를 툭툭 건드린다.

"그렇군요…… 흠, 그래요, 진저. 이게 우리예요. 우린 이런 사람들이에요. 알고 계셨죠, 망가질 대로 망가진 놈들만 여기 모인 거요.

살면서 만날 수 있는 최악의 인간들인 거요." 대니얼은 어깨를 말고 명치에서부터 몸을 안으로 접는다. "빨리 움직여야겠어요. 랜디하고 토니만 안다고 하셨죠?" 그는 등을 펴며 꼿꼿하게 앉는다.

그 말에 제임스도 상체를 숙여 쏟아진 물품들을 도로 상자에 담고 뚜껑을 닫는다. 그러더니 페이퍼클립을 있는 대로 비틀어 부러뜨려 바닥에 버린다. 그는 상자를 옆구리에 끼고 문으로 향한다.

"금방 돌아올게요." 제임스가 이렇게 말하며 대니얼에게 따라오라고 손짓한다. 복도의 두꺼운 흙벽돌담에 막혀 두 사람의 목소리가 마치 멀리서 사냥개가 울부짖는 소리처럼 들린다. 낮은 음조가 멈췄다가 이어졌다 하면서 두 사람이 느끼는 혼란과 고통, 결단을 내릴 필요성을 고스란히 전달한다.

내가 이곳에 속하지 않은 사람이란 건 줄곧 알고 있었다. 정맥에 주삿바늘을 찔러본 적도 없고, 그런 충동을 느낀 적도 없다. 내 앞에서 부모나 형제 중 누군가가 약물을 과다 투여한 적도 없다. 아는 사람 중에 알코올중독이나 약물중독으로 차를 어딘가에 박거나 박살 낸 사람, 혹은 자기를 빤히 쳐다본다고 남의 머리를 깨서 교도소에 다녀온 사람도 하나 없다. 마약 한 방이 절실해서 길모퉁이에서 푼돈을 구걸하거나 남의 자동차 혹은 집에 침입한 적도 없다. 어떤 이유에서든 남의 것을 훔칠 생각은 해본 적이 없다. 내 사고체계는 저들과 다르게 돌아간다. 나는 저들의 뇌가, 저들의 신체가 어떻게 작동하는지 전혀 모른다. 저들은 사뭇 다른 본능에 지배받는다.

하프 브로크

문이 벌컥 열리더니, 제임스가 문설주 옆으로 고개를 들이민다. "진저, 우리는 본부로 가서 나머지 운영위 멤버들을 만나봐야겠어요. 무슨 일이 생겼는지 알려야죠. 제 생각엔, 아니, 대니얼하고 제 생각엔 진저는 오늘 그냥 집에 돌아가시는 게 좋을 것 같아요. 여기서부터는 우리가 알아서 할게요. 그래도 우리에게 바로 와주셔서 고마워요. 이런 일에 말려들게 해서 죄송해요."

제임스가 반쯤 문밖으로 나갔을 때에야 나는 간신히 물어본다. "가축전담반이 그런 거죠?" 그는 고개를 한 번 끄덕이더니 금세 사라진다.

차를 몰고 우리 집 대문으로 들어서자 개들이 반겨준다. 내 잘못일까? 내가 뭘 못 알아챘지? 주의를 충분히 기울이지 않았나? 그러려니 하고 넘겼나? 내가 이 계곡에 터를 잡고 산 지도 이십 년이 넘었다. 그동안 강도를 네 번 당했다. 안장이며 굴레, 관개용 펌프, 텔레비전, 컴퓨터 죄다 도둑맞아봤다. 내가 사는 곳이 좋은 곳이고 이 지역 주민들이 선량한 사람들이라고 마냥 순진하게 생각한 적은 없다. 산타페 북쪽으로 고작 사십 분 거리인 이 하곡은 미국의 다른 주들보다 훨씬 오래도록 빈곤과 약물중독이라는 병폐에 시달려왔다. 서너 세대 내리 마약을 거래하며 생계를 유지해온 주민이 태반이다. 마지막으로 집에 강도가 들었을 때 나는 총을 장만했다. 그러고는 순간적으로 분노에 휩싸여, 집 뒷마당에 나가 오래된 맥주캔을 줄지어 세워놓고 한 시간 동안 총질로 구멍을 냈다. 총성과 총탄 튀는 소리를 모두가 똑똑히 들었으면 했다.

우리 집 목축견이 내 바짓단에 대고 입질을 한다. 뭔가 해주고 싶어서 그러는 거겠지만, 나는 녀석에게 거기 있으라고 하고 말 축사로 가 회색 거세마 잇지에게 수장굴레를 씌운다. 해가 정수리 위에 떠 있다. 오후 세시밖에 안 됐는데, 뭘 하면 좋을지 모르겠다. 집에 오는 길에 글렌다에게 전화해 다 털어놓았다. 글렌다는 이 목장 사람들이 내게 얼마나 소중한지 아는 유일한 사람이다. 글렌다는 우리 관계를 회복시킨 건 말들이라고 입버릇처럼 말했다. 말들이 존재 자체만으로 인간의 삶을 바꿔놓을 수 있다는 걸 글렌다는 안다.

나는 잇지의 발굽에 박힌 돌멩이들을 빼낸다. 오늘은 잇지가 필요하다. 녀석의 등과 다리, 그리고 어떤 상황에서든 현재를 사는 능력이 절실하다. 그래서 잇지를 타고 나가기로 한다.

안장머리뿔에 작은 주머니를 걸고 거기에 핸드폰과 물병을 던져넣는다. 개들에게는 엎드려 기다리라고 손짓한다. 녀석들은 내가 살짝만 신호를 보내면 다같이 총알처럼 튀어나갈 태세로 농장 마당의 뜨끈한 흙바닥에 배를 찰싹 대고 나에게 의문을 제기한다. "몇 시간 있다가 돌아올게." 내가 말한다. 보통은 개들을 데리고 가지만, 오늘은 빨리 이동하고 싶다. 녀석들이 잇지의 속도에 맞춰 달리려면 중간중간 물과 휴식이 필요할 것이다. 잇지의 속도에 맞추는 게 녀석들에겐 무리일 것이다. 나는 두 손을 들어 여지없이 강한 신호를 보낸다. 그러자 우리 사이에 벽이 선다. 개 세 마리는 축사 바닥에 엎드려 제 앞발에 머리를 얹고, 나는 잇지를 타고 뒷문으로 나간다.

탁 트인 광활한 공간에 나가면 자신을 쉽게 잊을 수 있다. 태양은 참새귀리에도, 유카 잎에도, 내 이마에도, 산쑥에도 공평하게 뜨거운 열기를 내려준다. 드넓게 펼쳐진 서부 하늘이라는 가차없는 차양 아래 우리는 모두 똑같이 세포조직으로 이루어진 존재다. 고삐줄이 내 엄지와 집게손가락 사이의 주름에 쏙 들어온다. 손의 접힌 피부가 노간주나무의 갈라진 나무껍질과 닮았다. 잇지의 등은 동쪽 산맥을 향해 펼쳐진 이 언덕들처럼 둥그스름하고 안정적이다. 나는 생각에 매몰될 때, 생각의 타래를 도무지 풀 수 없을 때 거의 항상 말에 올라탄다. 말을 타면 몸이 질서 잡힌 상태가 된다는 것을 오래전에 벨이 가르쳐줬다. 나를 둘러싼 온 세계가 무너져내리는 것 같은 와중에도 몸의 모든 분자가 제자리로 돌아온다.

어떻게 이런 일이 있을 수가 있지? 새라가 힘들어하는 건 알았지만, 렉스도? 오마도? 폴도? 눈빛이 초롱초롱하고 맑고 날카로운 폴마저 그러다니. 나와 처음 만난 날 자신이 가족 중 교도소를 드나드는 순환고리를 끊는 첫 주자가 될 거라고 장담했던 그가. 게다가 플로르는 어떻고? 플로르는 가축전담반의 신망 두터운 리더가 아닌가. 힘들어하는 사람이 있으면 늘 고민 상담을 해주던 사람인데. 오늘 하루 동안 쌓인 긴장이 가슴께에 묵직하게 자리하는 것이 느껴진다. 나는 잇지를 습보로 몰고, 우리는 시속 30킬로미터로 아로요에 오른다.

잇지의 금발 갈기가 녀석의 목에 세차게 부딪히고, 더럽고 낡을 대로 낡은 내 칼하트 재킷의 숭숭 뚫린 구멍으로 바람이 파고든다.

우리는 먼저 북쪽으로, 이어서 동쪽으로 두 번 방향을 틀어 위장복 입은 남자들이 망가진 텔레비전 수상기에 대고 총질을 해대는 자유사격장으로 향한다. 잇지가 총성을 듣더니 한 번 탕 울릴 때마다 발이 옆으로 미끄러진다. 내 왼쪽 오금이 경련하면서 무릎 뒤 가운데 부분이 조인다. 기좌 밑에서 잇지가 뜨거운 열기를 내뿜는다. 벌써 안장에 맺힌 땀이 녀석의 등에 들러붙는 게 느껴진다. 내 진바지도 흠뻑 젖어서 가랑이에 딱 들러붙었다.

총성을 피해 동쪽으로 향한다. 그러면 트루차스 봉우리 서쪽 리오그란데강을 향해 펼쳐진 광활하고 마른 아로요 리오 데 안차와 합류할 것이다. 우리는 제일 먼저 마주친 구릉을 올라가고, 잇지는 후구에 체중을 실어 땅을 딛는다. 흙비탈에 발이 푹푹 빠지는데도 어떻게든 우리 둘을 위로 올려보내느라 녀석의 앞다리와 뒷다리가 합심해 일하면서, 힘겨운 밀고 당기기가 이어진다. 나는 녀석이 균형을 잃지 않도록 딱 적당한 지점에 내 무게를 실으려고 녀석의 목으로 몸을 기울인다. 사두근에 힘을 주어 평소보다 더 세게 녀석의 흉통을 조인다. 녀석의 몸이 나를 지탱해주지 못하면 큰일이다. 난생처음 겪는 듯한 나약함으로 내 다리가 후들후들 떨린다. 나는 등반가가 암벽에 매달리듯 녀석을 꼭 붙잡는다.

건초 헛간에서 섹스하다 걸려서 육 주간 단독 작업을 떠안았던 새라가 떠오른다. 이렇게 된 이상, 자못 궁금해진다. 누가 새라를 일러바쳤을까? 이런 일이 얼마나 오래 계속돼온 걸까? 가축반에 복귀했을 때 새라가 얼마나 화가 나 있었는지 생각난다. 그때 새라는 아무도 믿지 못했었지. 어째서 새라는 그치들을 고발하지 않은 걸까? 왜 침묵을 깨고 전부 실토하고 대니얼과 제임스에게 무슨 일이 벌어지고 있는지 알리지 않은 걸까? 이제는 그렇게 할지도 모르겠다. 어쩌면 전부 다 털어놓고 목장에서 자기 위치를 공고히 할지도 모른다.

산등성이에 오른 잇지가 킁킁대고 헉헉거리면서 숨을 고르고, 황량한 풍경에서 생명을 찾아 두리번거린다. 여기저기에 흔적이 보인다. 멧토끼, 사슴, 암소, 송아지, 엘크. 가시철망 없는 이곳에서 그 녀석들은 자유롭게 뛰어다닌다. 나는 혹시 누구라도 마주칠까 궁금해서 아래를 내려다본다. 우리 존재를 누가 알아챌까? 우리가 여기 있는 걸 누가 알까?

고개를 든 순간 주황색과 회색의 무언가가 스치듯 지나간다. 초야*와 피뇽 소나무 사이로 미끄러지듯 지나간다. 곧 비탈에서 코요테가 모습을 드러낸다. 2절 속보로 움직인다. 서두름 없는 페이스다. 코요테는 주변 풍경과 섞여든 산쑥 덤불 안에서 꿈지럭거린다. 녀석의 빗자루 같은 꼬리가 나직하게 자라난 회색빛 띤 푸른색 산쑥 위에서 이리저리 움직인다. 코요테를 쫓으려고 앞으로 튀어나간 잇지가 등

* cholla, 북미산 선인장의 일종.

을 뻣뻣하게 편 채 경사면을 달려 올라간다. 정면을 향한 잇지의 코가 선인장들 사이를 노린다. 모든 것이 우리를 지켜보는 기분이다.

추격은 수확 없이 끝난다. 우리는 비탈을 구르듯 내려가 아로요의 북쪽 지선을 밟고, 잠시 가볍게 걷다가 다시 천천히 달려 완만한 언덕배기를 오른다. 갈까마귀와 까마귀 들의 족적이, 지난해에 범람한 강물이 아파치 플룸* 한 줌을 잡아채 사막쥐와 사막토끼 들을 위해 침대를 만들어놓은 근처에 쓰러진 노간주나무 주위를 폴짝폴짝 뛰어다닌다. 우리가 그 옆을 달리는데, 땅바닥을 톡톡 두드린 그 조그만 삼지창 발가락들이 마치 속눈썹처럼 일정한 시퀀스를 만든다. 보드라운 모래 위에서 다리를 힘차게 놀리는 잇지는 꼭 경주마 같다. 아로요가 왼쪽으로 급격히 굽어 있어서, 잇지가 균형을 잡으려고 플라잉체인지**를 한다. 잇지의 후구가 절대 발을 헛딛는 법이 없는 엘크처럼 단단히 몸을 지탱해준다. 내 엉덩이가 녀석의 등에서 원을 그리며 움직인다. 올라갔다. 내려갔다. 한 바퀴 돌고 다시 제자리로.

나는 어딘가에 속한 기분을 느낀 적이 거의 없다. 사람이 쉽게 느껴진 적이 없다. 겉에서 읽히는 것─제스처, 걷는 모양, 고개를 든 각도 등─이 입에서 나오는 말과 일치하지 않아서다. 나는 파티에서

---

* apache plum, 미국 남서부와 멕시코 북부에 자라는 꽃식물. 다 자라도 키가 2미터 이내이며, 흰색의 꽃잎이 떨어진 뒤 분홍색 깃털 같은 암술대가 남는다.

** flying change, 공중에 뜬 상태에서 앞쪽에 딛는 발을 바꾸는 것.

하프 브로크

구석에 처박혀 꼼짝도 안 하는 여학생이 아니다. 아예 파티에 가지 않는 여학생이다. 그런데 플로르와 새라, 렉스와 폴, 심지어 랜디와 같이 있을 때면 내가 그들에게 속해 있음을 안다. 우리는 우리가 안고 있는 문제들, 우리의 부적당한 부분들을 모두가 볼 수 있게 드러내고 다닌다. 목장에 완벽하고 아름다운 사람은 없다. 우리는 못난이들, 대하기 힘든 이들, 비가시적인 이들, 망가진 사람들이다. 감춰진 부분이 하나도 없다. 내게 말들이 늘 쉬운 상대였던 이유도 이것이다. 말들은 솔직하다. 자기 기분이 어떤지 그대로 보여준다. 그런데 어떻게 가축전담반이 이런 짓을 할 수 있지? 거짓말하고, 뒷공작하고, 감추고. 내가 너무나 진짜배기라고 여겼던 것을 가지고 어떻게 이렇게 거짓말을 할 수 있지? 어떻게 그걸 갈기갈기 찢어발길 수 있지?

나는 잇지를 왼쪽으로 급커브 돌게 하고, 우리는 협곡 등성이로 주춤주춤 올라간다. 저 위에서 고음의 울음소리가 들려온다. 붉은꼬리말똥가리 두 마리가 까치 여러 마리에게 쫓겨 공중을 선회하고 있다. 붉은꼬리말똥가리들은 까치떼를 떼어버리려고 비명을 지르며 날개를 퍼덕인다. 등성이길은 좁디좁고, 양옆은 깎아지른 절벽이다. 나도 모르게 엉덩이가 가운데로 조여든다. 어떻게든 내 몸을 가늘게 만들려는 본능이다. 잇지의 발굽에 차인 돌멩이와 모래가 저 아래 강둑으로 흘러내리는 소리가 들린다.

틀림없이 계획을 세우고 저질렀을 것이다. 두 달 전 오마가 마구실과 건초 헛간 열쇠가 없어졌다고 나에게 말한 적이 있다. 그날 우리는 라이딩을 하지 못했다. 재소자들은 대니얼과 함께 시내로 나가 열쇠 복제본을 만들었다. 그것도 거짓말이었을까? 열쇠를 훔친 걸까? 그렇게 해서 마음대로 건초 헛간에 상자를 들여오고 꺼내갈 수 있었을까? 폴과 제임스도 열쇠가 분실됐을 즈음에 폴의 형 장례식에 참석차 뉴멕시코 남부에 다녀온 적이 있다. 폴의 가족은 전부 마약상이다. 가족 전체가 교도소를 들락거렸고, 폴의 조카들마저 소년원에 있다고 했다. 그게 가문의 전통이라고 어느 일요일 아침식사 후 폴이 나에게 말해줬다.

"이런 식이에요." 그는 식당 테이블로 자기 의자를 지익 끌어당기고 내 쪽으로 몸을 기울이며 말했다. "제가 일 년 살고 가석방을 나와요. 제가 나오면 보통은 우리 형이나 누나가 들어가요. 누구든 밖에 나와 있는 사람이 사업을 이어가는 거죠." 폴의 부모는 그가 열다섯 살 때 약물 과다 투여로 사망했다. 폴은 고등학교도 못 갔다. 컨테이너 두 대를 연결한 이동식 주택에서 밤낮을 가리지 않고 일주일 내내 운영하는 그 가업을 남은 자식들이 이어받았다.

폴은 교도소에 있을 때 글 읽는 법을 독학했다. 독해력이 늘자 점심시간이나 쉬는 시간에 남들에게 읽기를 가르쳤다. 그러자 간수들이 그 비밀스러운 모임을 의심하기 시작했다. 싸움이 터졌고, 폴은 독방에 갇혔다. 폴은 가로세로 2.5미터의 시멘트벽 방에서 벽에 하루하루 날짜를 긁어 기록하면서 매일 오후 딱 십오 분 동안 케이지로 나갈 시간만 기다리며 지냈다. 케이지는 독방보다도 작았다. 가로세로 1.2미터의 철조 울타리 상자로, 사방이 철저히 차단되어 있었다. 케이지 안에는 아무것도 없었다. 벤치 하나 없었다. 근처에 말을 걸 사람도 없었다. 유일하게 좋은 점은 햇빛이었다. 폴은 하늘을 올려다보면서 날아가는 새들에게, 구름에게, 해에게 말을 걸었다. 케이지에서 보내는 그 십오 분, 세상과 교감한 십오 분이 교도소와 마약이라는 악순환을 끊을 결심을 하는 동기가 됐다. 그는 절박하게 다시 세상에 나가고 싶어졌다. 그럴 수 있다고 스스로에게 다짐했다. 그는 목장에 면접을 요청하는 편지를 보냈다. 면접이 잡히기까지 일 년이 걸렸다. 판사의 추천장을 받기까지 또 육 개월을 기다렸다. 폴은 거의 이 년이 지나서야 이곳으로 옮겨올 수 있었다. 혹시 형 장례식에 갔다가 여행가방을 마약으로 꽉꽉 채워 온 걸까? 폴이 목장에 마약을 밀반입한 장본인일까?

내 마음에 박힌 기억의 파편들로 뇌가 온갖 시나리오를 잣는 동안 내 몸은 잇지의 등 위에서 이리저리 흔들리며 상그레데크리스토산을 향해 동쪽으로 오르막길을 달린다. 트루차스 봉우리는 이제 우리 바로 앞에 있다. 서쪽 비탈면들 그리고 그 사이에 움푹 꺼진 분지에는 눈이 수북이 쌓여 있다. 우리 집은 이 산맥의 기슭에 자리하고 있다. 매일 아침 우리 집 포치의 창으로 로키스* 남쪽 끄트머리에 솟은 이 두 봉우리를 올려다보고 있으면 내가 누구이고 어디에 있는지

* 로키 산맥의 별칭.

새삼 깨닫게 된다. 노간주나무 열매, 피뇽, 그리고 다른 몇몇 소나무 종의 향이 공기를 적신다. 동쪽 평원에서부터 산등성이를 넘어온 구름이 이제 이리로 몰려오고 있다. 하늘이 열리고 아로요가 빗물로 넘치기 전에 얼른 돌아가야 한다.

잇지의 어깨를 덮은 안장깔개 밑에서 하얀 거품이 배어나온다. 습보로 달리던 잇지는 어느새 보속을 늦춰 느긋하게 달리고 있다. 한쪽 귀는 나를 향했고 다른 쪽 귀는 주변에 고정되어 있다. 아로요의 통로가 바짝 좁아지고 절벽도 점점 더 가팔라져서, 어느 순간 우리가 웬 포털을 총알처럼 관통하고 있는 느낌이다. 시야가 뿌옇고 햇빛도 더 이상 우리 정수리를 쪼지 않는다. 나는 눈을 가늘게 떠 세상을 전방의 바늘구멍으로 좁힌다. 달려서 그 밝은 흰 점을 관통해 구멍 반대편으로 튀어나가는 상상을 한다. 우리 둘이 중력에서 벗어나 그 극히 작은 빛의 점으로 자유롭게 달려갈 수 있을 것만 같다.

고삐줄이 잇지의 목에서 달랑거린다. 나는 천천히 눈을 감는다. 그런데 잇지가 갑자기 멈춰 서는 바람에 내 몸이 녀석의 목에 부딪힌다. 어린 수사슴 세 마리가 바로 앞 높다랗게 자란 수풀에 한데 섞여 간밤에 내려 고인 빗물을 마시고 있다. 잇지는 고개를 꼿꼿이 들고 그 짐승들을 조심스레 살핀다. 제일 앞쪽의 수사슴은 비교적 나이든 놈이다. 양쪽 뿔에 각각 뿔가지가 세 개씩 나 있다. 나머지 둘은 귀 뒤에 솜털 부숭부숭한 뿔이 뭉툭하게 자라 있다. 가운데 있는 놈이 고개를 들고 주둥이 털에서 뚝뚝 떨어지는 물을 혀로 핥는다. 그놈은 사슴이나 말이나 뭐가 다르냐는 듯, 제 형제 보듯 잇지를 빤히 쳐다본다. 나는 쳐다보거나 냄새 맡지도 않고, 신경 쓰지도 않는다. 그놈이 도로 고개를 숙이고 물을 더 마신다. 혀로 물을 빨아들이는 소리가 꼭 어린애들이 식수대에서 물 마시는 소리 같다.

어쩌면 내가 놓친 뭔가가, 알아차렸어야 하는 단서가 있었던 게 아닐까. 어쩌면 모든 것을 똑똑히 봤을 수도 있다. 나는 내 학생들을 그들의 과거 모습이 아닌 지금 그대로의 모습으로 봤다. 그들의 희망을, 그들의 피땀 어린 노력을, 그들의 애환을 똑똑히 봤다. 지난 일 년간 그들은 자신들의 과거를 조금씩 깎아내고 일부를 복원했는데, 하필 그 결과물이 모든 문제가 시작되기 전 자신의 모습이 되어버렸는지도 모른다. 어쩌면 나는 저 어린 수사슴이 잇지를 보듯 그들을 봤는지도 모른다. 이 세계에 속한 듯 보이는 존재로 말이다. 폴이 새들에게 말을 걸기 시작했을 때의 기분으로.

몸집 큰 수사슴이 돌아서더니 동쪽으로 아로요를 올라가기 시작한다. 작은 두 놈이 바짝 뒤따른다. 잇지는 떠나는 그 녀석들을 날카로운 호기심으로 지켜본다. 그러더니 고개를 떨구고 입술을 핥는다. 나는 잇지에게서 훌쩍 내려 녀석을 물웅덩이로 이끈다. 잇지의 발굽이 사슴들이 남긴 자국에 푹푹 빠진다. 나는 사슴 발자국 옆에 생긴 내 부츠 자국을 내려다보다가 안장주머니에서 물병을 꺼내 물을 한참 동안 들이켠다.

이틀 후, 나는 식당 프런트 데스크에서 체크인을 생략한다. 평소처럼 오늘은 누가 헛간 일에 배정됐는지 확인하지도 않는다. 상자를 발견한 지 사십팔 시간 넘게 지났다. 그동안 잠을 통 못 잤다. 반쯤 깨서 침대에서 이리 뒤척 저리 뒤척 하다보면 어느새 새벽 세시였다. 아침 일곱시에 전화벨이 울렸다. 내가 늘 고용하는 장제사 재닛이 잇지의 발굽에 편자를 언제 박을 거냐고 묻는 전화였다. 재닛은 십삼 년째 약에 손을 안 대고 있는, 회복중인 약물중독자다. 재닛은 중독자들이 어떤 족속인지, 회복에 실패할 확률이 얼마나 높은지 진즉에 나에게 경고했다. 나는 상자를 발견한 일을 재닛에게 털어놓고, 목장에 가긴 하겠지만 가축반 중에 누가 남아 있을지 모르겠다고 했다.

"우리가 다 성공하는 건 아니에요, 진저. 알고 있죠?" 재닛은 이렇게 말하며 전에 얘기해준 가혹한 진실을 재확인시켰다.

당연히 안다. 회복으로 가는 길이 온통 구불구불 휘어 있다는 것을. 넘어지는 법과 다시 일어서는 법은 이 목장이 모든 재소자에게 단단히 각인시키고자 하는 기술이다. 여기서 내가 저지른 실수, 나의 궁극의 헛디딤은 내가 가축전담반과 함께 쌓아올린 것이 영구적일 거라 믿은 일이었다. 그 무엇도 그것을 건드리지 못할 거라 믿은 일이었다. 그렇지 않다는 걸 알아야 했는데.

"오늘 가면 친구가 평소보다 적겠어요, 진저." 재닛은 이렇게 말했다. 재닛이 앞으로도 냉혹한 태도를 고수하리란 걸 안다. 자신도 또다시 약물에 손댔다간 다시는 살아서 맨정신으로 돌아오지 못할 거라고 나한테도 여러 번 얘기했었다. 재닛은 내가 모르는 것을 안다. 나는 죽었다 깨도 모를 현실을.

"재닛이 시간이 된다면 저는 다음주 화요일이 괜찮아요." 나는 화제를 슬쩍 바꿨고, 우리는 스케줄을 정했다.

"진저가 가줘서 재소자들은 엄청 복받은 거예요. 그 사람들도 그걸 알면 좋겠네요." 전화를 끊기 전 재닛이 한마디했다.

차를 몰고 철제 게이트를 통과하면서 낯익은 얼굴을 찾아 목장 부지를 두리번거린다. 아까 트럭을 세워놓고 펑펑 울다가 와서, 눈과 눈두덩이 퉁퉁 부어 있다. 폴과 렉스가 있어야 할 목공소에서 작업중인 재소자들을 향해 손을 흔들어 보인다. 오마와 토니, 랜디가 작업하던 자동차 정비소에서 일하는 남자들에게도 손을 흔든다. 도자기 공방 옆을 지나간다. 도자기 공방은 새라가 운영하는데, 공방 안에 아무도 없다. 문이 활짝 열려 있어서 작업대를 빙 둘러 늘어놓은 텅 빈 의자들이 다 보인다. 뱃속에 근심의 돌덩이가 더 무겁게 내려앉는다.

북쪽으로 방향을 틀어 축사로 가는데, 한데 모여 파이프 레일에 매여 있는 말들이 눈에 들어온다. 하지만 재소자들은 그림자도 보이지 않는다. 축사 가까이 가자 토니와 랜디가 인사하려고 마구실에서 나와 기다린다. 랜디는 기름때 묻은 정비공 모자를 쓰고 솥뚜껑 같은 손은 배기바지 주머니에 푹 찔러넣고 서 있다. 토니는 자제력의 화신

같은 모습이다. 꼿꼿하게, 정신 바짝 차리고 서서 슬로모션으로 진입로로 들어오는 나를 지켜본다. 내가 시동을 끄는데 토니가 트럭 운전석 문을 연다. 운전석에서 내린 나를 긴 포옹이 맞아준다. 정확히 말하면 포옹이라고 할 수도 없다. 토니가 나를 지탱해주려고 붙드는 것에 가깝다. 조금 떨어져 선 랜디는 우리를 쳐다보지도 못한다.

"이게 다예요? 남은 사람이 이게 다예요?" 내가 따져묻는다.

"일라이자는 아직 있어요. 진저가 오시기를 기다리고 있어요. 일라이자 혼자서는 여기 나오지 못하게 해서요." 랜디가 내게 알려준다.

일라이자가 여자 숙소 건물 귀퉁이를 돌아 모습을 드러낸다. 플로르는 없다. 새라도 없다. 다 가버렸다. 폴도, 렉스도, 오마도.

나는 일라이자를 향해 돌아서다가 허리를 접고 눈물 젖은 얼굴을 두 손에 파묻는다. 일라이자가 나를 붙잡고 번쩍 들어올린다. 그러고는 그 강인한 몸의 중심부에 나를 꼭 붙이고 하도 오랫동안 안고 있어서 내가 그 근육 속에 녹아들 것만 같다.

"어디로 갔어요?" 내가 일라이자의 귀에 대고 속삭여 묻는다.

일라이자는 고개를 젓는다. 안 돼요.

"말 못 해요." 일라이자가 대꾸한다. "그 얘기 하면 안 된대요."

어느 재소자든 퇴거 명령을 받을 경우 아무도 그 얘기를 하지 않는 것이 목장의 규칙이다.

"갑시다." 토니가 내 어깨에 팔을 두른다. "가서 저 녀석들 장안합시다. 라이딩해야죠."

하프 브로크

나를 내보내줘

2014년 2월

집으로 돌아가는 길에 아로요가 급격히 범람한다. 고속도로 밑
배수로를 따라 콸콸 쏟아진 물은 서쪽 리오그란데강을 향해 흘러간
다. 노간주나무 가지, 아기 기저귀, 소파에서 떨어져나온 쿠션 따위
가 물에 둥둥 떠내려가는 가운데, 나는 점점 어두워지는 하늘을 향해
북쪽으로 내달린다. 한 해에 두세 번은 꼭 이런 폭우가 내린다. 핸드
폰에 호우경보가 쉴새없이 울린다. 집을 나서기 전 개들을 실내에 들
여보내놓은 게 새삼 다행스럽다.

우리 집 대문에 이르자 축사에서 말들이 진흙과 홍수에 15센티
미터쯤 잠긴 채 다급하게 왔다갔다하는 게 보인다. 이렇게 비가 억수
로 내릴 때면 우리 집 뒤의 메사*에서 범람한 빗물이 저지대에 있는

---

* mesa, 꼭대기는 평평하고 등성이는 벼랑으로 된 언덕.

우리 축사로 흘러넘친다. 내가 트럭 문을 열자 무가 비명을 내지르고, 그 소리에 잇지와 우리 집에서 가장 어린 말인 라가 축사 안에서 미끄러지며 날뛴다. 내가 진입로로 들어가는데 무가 펜스 가까이로 나와 나를 빤히 본다. 녀석이 앞발을 굴러대는 통에 흙탕물이 제 가슴팍과 아랫배에 잔뜩 튄다.

나는 집으로 달려가 포치에서 우비와 장화를 가져온다. 개들은 꼬리만 흔들고 일어나지는 않는다. 나는 황톳물을 헤집으며 수장굴레와 리드줄이 걸려 있는, 제일 먼 쪽 게이트로 어기적어기적 걸어간다. 내가 철벅거리며 지나가는데 라가 축사에 딸린, 빗장을 질러놓은 그늘막으로 후다닥 달려간다. 그러더니 매일 아침저녁으로 내가 밥 주러 나올 때마다 그러듯 제일 구석진 곳으로 가 웅크린다. 네 살 된 라는 우리 목장에서 가장 덜 길들여진 말이다. 우리 집에 올 때부터 인간을 극도로 두려워하는 상태였다. 누구든 가까이 갔다 하면 녀석은 사시나무처럼 덜덜 떨었다. 녀석이 구석으로 달려가 숨을 때마다 나는 몹시 슬프지만, 오늘만큼은 분위기를 잘 반영하는 것 같다.

내 말들이 있는 축사를 한 번 둘러본다. 매일같이 여기 나와 녀석들을 먹이고, 그루밍해주고, 녀석들을 타고 달리는 것만큼 행복한 일도 없다. 그런데 오늘은 침수된 이 축사를, 울타리와 모퉁이로 둘러막힌데다 돌멩이와 모래와 흙탕물 섞인 두엄을 가둬둔 이 쇳덩어리 컨테이너를 보면서 어떻게 이런 걸 흡족히 여길 수 있는지 새삼나 스스로가 어이없어진다. 잇지가 뒷다리를 뒤로 빼고 비절을 펴더

하프 브로크

니, 붉은 기 섞인 노란 오줌을 갈긴다. 오줌은 물에 잠긴 진창에 섞여 내 다리 옆으로 흘러든다.

오늘 오후 목장 게이트에서 대니얼과 제임스가 나를 기다리고 있었다. 내가 괜찮은지 보러 나온 것이다. 괜찮지 않았다. 숨길 수도 없었다. 너무 울어서 얼굴이 퉁퉁 부어 눈을 내리깔면 부어오른 볼이 보일 정도였다. 제임스가 운전석 창으로 몸을 기울였고, 대니얼은 반대편 창에서 고개를 까딱 기울였다. 둘 다 몇 주는 햇빛을 받지 못한 안색이었다.

"우리가 할 수 있는 게 거의 없었어요, 진저." 제임스가 나에게 알렸다. "자백한 사람이 없어서요. 아무도 서로를 밀고하지 않으려 했어요."

"이틀 동안 벤치에 앉혀났는데도 아무도 입도 뻥끗 안 했어요." 대니얼이 감정이 드러나지 않은 얼굴로 말을 이어받았다. "한 팀이라 이거죠. 덕분에 팀 전체가 나가떨어졌고요."

구석에 몰리면 개도 서로 싸우게 마련이죠. 나는 속으로 대꾸했다. 하지만 내가 이런 일에 대해 뭘 알겠는가? 가축전담반 멤버들에 대해 내가 아는 게 뭐가 있나? 별로 없다. 이제 보니 별로 없는 것 같았다.

"새라도요?" 새라가 자신을 구제하려고 노력했다는 희미한 단서라도 줬으면 해서 이렇게 물었다.

"한마디도 안 했어요. 아예 입을 안 열더라고요."

무가 방목장 쪽으로 난 철제 게이트를 앞발로 건드려 내는 왈그랑달그랑 하는 소음에 정신이 번쩍 들어 현재로 돌아온다. 잇지는 방향을 자꾸 바꿔가며 펜스를 따라 왔다갔다한다. 잇지의 목이 시소처럼 획획 움직인다. 나를 내보내줘.

나도 내가 절대로 벗어날 수 없는 곳, 이를테면 내 말들이 사는 이런 축사 같은 곳으로 들어가는 상상을 해본다. 그렇게 된다면 나는 그 공간에 속속들이 익숙해질 것이다. 내가 싼 오줌 냄새를 재차 맡을 테고, 무슨 의미든 찾아내려고 내 배설물을 짓이길 것이다. 울타리 말뚝에 기대서 잇몸에 나무가시가 박히도록 씹어댈 것이다. 비가 오는지 눈으로 확인조차 못 할 정도로 비좁은 축사 안에서, 초점 없이 텅 빈 눈을 하고 펜스와 벽을 따라 발굽을 떼는 둥 마는 둥 힘없이 왔다갔다 배회할 것이다. 산쑥과 초원의 냄새도 기억하지 못할 것이다. 대신 사방에서 진동하는 똥거름과 오줌과 땀 냄새만 맡고 있을 것이다.

하늘이 장대비를 퍼붓는다. 빗줄기가 사방에 벽을 친다. 가시도가 낮다. 무가 발굽으로 마방 게이트를 세 번 내리치더니, 목을 비틀며 갈기를 휘날린다. 나가고 싶다는 뜻이다. 그런데 내가 너무 굼뜨게 움직인다는 것이다.

십 년 전 이웃에게서 사들인 방목지가 오늘은 참 고맙다. 우리 집에서 길 하나 건너 범람원 위에 펼쳐진 작은 들판이다. 관개장치가 되어 있는 만 2000제곱미터의 풀밭이 리오그란데강과 나란히 펼쳐져 있다. 통상 집을 장만하는 비용보다 더 주고 사들였다. 관개지는 비싸고, 사막이 많은 서부에서는 찾기도 어렵다. 글렌다와 나는 대출금을 상환하느라 몇 년 동안 둘 다 일을 몇 개씩 해야 했다. 일주일 중 출근하지 않는 딱 하루에는 그 방목지에 가서 물을 주었다.

아직 그늘막 구석에 처박혀 있는 라를 지나쳐, 수장굴레를 들고 경사진 바닥을 미끄러져가며 무에게 다가간다. 나는 굴레를 무의 머리 위로 뒤집어씌울 생각도 안 하고 그냥 녀석의 목에 걸친다. 녀석을 뒤로 물러나게 하고 게이트를 안쪽으로 연다. 녀석의 발굽이 찌꺼덕-철퍽, 찌꺼덕-철퍽 흙탕물을 밟으며 내 작업용 장화에 진흙을 튀긴다. 양말에 찐득한 물이 차오른다.

속박은 몸에 마법을 건다. 라는 태어나서 삼 년 동안 매일같이 패독* 안에서 남자 둘에게 쫓겨 구석으로 몰렸다. 남자들은 라의 후구에 대고 밧줄을 휘두르면서 녀석을 쇠파이프 친 구석으로 몰아붙여 겁에 질린 그 몸뚱이를 힘껏 밀어붙였다. 라는 도망치려고 한 귀퉁이에서 다음 귀퉁이로 전력으로 달아났지만, 거기서 기다리고 있던 남자들이 또다시 밧줄을 휘둘러대 끝끝내 녀석이 포기하게 만들었다. 결국 라는 벌벌 떨며 가만히 서서 눈으로만 비명을 질러댔다. 어떤 몸은 영영, 진정으로 자유로워지지 못한다.

나는 무를 게이트 밖으로 데리고 나와 차가 오는지 살피며 길

* paddock, 울타리를 친 작은 방목장.

을 건넌다. 하지만 이 날씨에 밖에 나와 돌아다니는 사람은 없다. 잇지가 무의 궁둥이에 바짝 따라붙고, 라는 총알처럼 튀어나와 우리들 앞으로 달려나간다. 무가 짜증이 나서 귀를 바짝 눕힌다. 펄쩍거리며 앞질러간 라가 앞다리를 공중에 높이 들어가면서 들판으로 달려간다. 나는 무를 놔주고, 잇지도 무를 따라 초지로 간다. 나는 녀석들 뒤로 게이트를 닫는다. 두 녀석은 바람과 비로부터, 또 겨울에는 눈으로부터 말들을 보호해주는, 방목지 가장자리에 강을 따라 우거진 나무숲을 향해 여유롭게 달려간다.

라가 어린놈의 기운을 실컷 발산한 뒤 무와 잇지 뒤에 따라붙는다. 이제 셋이 고개를 푹 숙이고 작년 여름에 자란, 남은 풀을 뜯어먹는다. 녀석들 뒤 서쪽으로 한참 멀리서 천둥의 외침이 계속해서 들려오고, 헤메즈산에 번개가 쩍 내리친다. 또 폭우가 닥치면 말들은 알아서 나무숲으로 들어갈 것이다. 녀석들은 이제 자기를 보살필 줄 안다.

그날 밤 잠자리에 들었지만 좀처럼 잠들지 못한다. 옆의 글렌다는 숙면에 든 지 벌써 두 시간째, 쿨쿨 잘도 잔다. 나는 십 분마다 돌아누우면서 숨을 깊이 들이쉬고 다리에서 긴장을 내보내려 애쓴다. 눈을 감자 플로르가 식당에서 신입 여성 재소자들과 이야기 나누는 모습이 선하다. 플로르는 신입들과 마주앉아 차분하고 명확하며 단호한 언어로 설명한다. 무사히 하루를 날 생각으로 버티라고 격려한다. 멘토들을 믿고, 목장의 시스템이 자신을 안에서부터 바꿔주도록 맡기라고 한다. 플로르가 이 얘기를 해주는 것을 여러 번 들었다. 그 말을 본인이 진심으로 믿었다는 걸 안다. 플로르는 새사람이 됐다는 확신이 있었다. 자신의 변화 과정이 끝났다고, 마무리됐다고 생각했다. 하지만 플로르가 얻은 건 기반뿐이었고, 그 위에 세울 집은 미처 마련하지 못했다. 나는 울음소리를 죽이려고 베개로 얼굴을 덮는다.

플로르는 형기를 다 마치지 못했다. 목장은 플로르의 가석방 담당자에게 연락해 플로르가 목장에서 쫓겨났다고 알렸을 것이다. 목장에서 나가면 자수해야 한다. 엄마 집으로 가 숨었을까? 모녀가 소파에 앉아 플로르의 남동생과 이모의 근황을 나누고 또 개들은 어떻게 지내는지를 얘기하며 시간을 보낼까? 얼마나 오래 그러고 있다가 누구에게든 교도소로 돌아가게 됐다는 사실을 털어놓을까?

나는 다시 돌아누워 글렌다를 마주본다. 글렌다의 숨소리가 나지막하게 들린다. 오르락내리락하는 가슴이 달빛에 비친다. 나는 글렌다의 호흡에 맞춰 숫자를 세기 시작한다. 하나…… 둘…… 열…… 스물넷…… 그러다가 눈가에 눈물이 말라붙은 채 잠이 든다.

한밤중에 시골길을 타고 우리 집까지 흘러든 사람 목소리에 소스라치게 놀라 잠에서 깨어난다. 남자 셋이, 보아하니 술이나 약에 취해서 고함치고 웃고 있다. 그들은 우리 집 남쪽 대문 앞에 멈춰 서서 시시껄렁한 농지거리를 주고받는다. 한 남자가 담배를 내놓으라고 한다. 다른 남자는 지갑을 못 찾겠다고 한다.

나는 벌거벗은 채 일어나 앉아 이불을 젖히고 침실에서 나와 유리로 둘러친 포치로 간다. 우리 집 울타리 앞에 갖다놓은 까만 바윗돌에 남자들이 걸터앉아 있는 게 보인다. 음주운전자들이 도로에서 핸들을 휙 꺾어 우리 집 앞마당으로 돌진하는 사태를 방지하려고 갖다둔 돌이다. 남자들은 술병을 주거니 받거니 한다. 나는 방풍문을 열고 고개를 내민다.

"이봐요. 가요. 잠 좀 자자고요." 남자들이 확실히 듣도록 크게 소리친다. 개들이 열린 창으로 몰려와 으르렁대기 시작한다. 달이 남자들 뒤쪽에 있어서 그들의 실루엣이 일어서서 나를 돌아보는 게 보인다.

"닥쳐, 미친년아." 셋 중 한 명이 꼬이는 혀로 내뱉는다. 발음이 뭉개진다. 소동에 깊은 잠에서 깬 글렌다가 침실에서 외친다. "무슨 일이야?" 개들이 짖기 시작한다.

"썩 꺼져, 안 그러면 경찰 부를 거야." 내가 이렇게 말하자 남자들이 대놓고 비웃으며 술병을 주고받는다.

"씨팔, 안 가면 네가 어쩔 건데?" 그중 한 명이 웅얼웅얼 되받아친다.

나는 방풍문을 쾅 닫는다. 씩씩대며 복도를 쿵쿵 지나 침실 벽장으로 가서 겨울 스웨터 더미 밑에서 권총을 꺼낸다. 그러고는 여전히 벌거벗은 채로 권총의 안전장치를 풀고 포치 밖 축축한 시멘트 계단으로 나간다. 남자들의 목소리가 들려오는 쪽을 향해 돌아선다.

"뭐 하는 거야?" 글렌다가 또 외친다.

나는 양발을 넓게 딛고 왼손으로 오른손목을 받친 다음 권총을 단단히 그러쥔다. 장전된 그 총을 머리 위로 쳐들어 하늘을 겨눈다. 그리고 코로 공기를 흡 들이마신다. 입술은 꾹 다문다. 혀가 입천장에 닿는다. 나는 밤하늘을 향해 총탄 다섯 발을 발사한다. 사격의 반동이 팔꿈치에서 어깨까지 전해 온다. 목의 근육이 딱딱하게 긴장한다.

"가! 얼른 가!" 남자들이 서로에게 소리친다. 운동화가 길바닥에 부딪혀 철벅거리고, 몸의 희미한 윤곽들이 시골길을 따라 남쪽으로 내달리는 게 보인다. 팔다리가 바닥을 힘껏 차고 공중에 휘돌고, 또 차고 휘돈다. 몸통이 휘청하더니 앞으로 고꾸라지고, 길바닥에 닿기 직전에 다시 일어선다. 그들이 집 앞 도로에서 방향을 꺾어 시야에서 사라진다.

"들어와." 글렌다가 나를 문 앞 계단에서 잡아채 포치로 끌어올린다. "도대체 왜 그래?" 화약 냄새 풀풀 나는 방금 발사한 총을 손에 든 나를 모르는 사람 보듯 바라본다. "아는 사람들이야? 누군데 그래?"

아드레날린이 가라앉으면서 서 있기조차 힘들어진다. 양팔이 무감각해지고 이내 후들후들 떨린다. 손의 권총도 덩달아 떨린다. 입술 사이로 스며든 눈물이 찝찔하다.

"몰라. 모르는 사람들이야." 나는 포치 바닥에 총을 내려놓는다. 개들이 와서 총 냄새를 킁킁 맡는다. 더는 서 있지 못하겠다. 머리가 핑 돈다. 어깨와 목 부근 피부가 따끔거린다. 차가운 포치에 주저앉자 개들이 내 팔을 핥기 시작한다. 나는 현기증을 가라앉히려고 다리 사이에 얼굴을 묻는다.

글렌다가 바닥에서 총을 집어들어 안전장치를 잠근다. 그리고 거실로 가 벽난로 위 돌출선반에 총을 얹어놓는다. 글렌다의 맨발이 다시 포치로 나와 내 옆에 선다. 글렌다가 몸을 숙여 따뜻한 몸으로 나를 감싼다.

"그 사람들 갔지? 갔어?" 내가 자꾸 묻는다.

"갔어, 진저." 글렌다가 조용히 대꾸한다. "자, 가서 자자." 글렌다 옆에서 내가 아이처럼 느껴진다. 너무 춥고, 몸이 떨리고, 무너지는 기분이다. 앞이 보이지 않는다. 흔들의자에 발가락을 찧고 몸을 앞으로 움찔한다. "자, 나를 따라와." 글렌다가 이렇게 말하며 나를 침실로 데려가고, 우리는 여전히 귓가에 울리는 총성을 들으며 눈을 휘둥그레 뜬 채 각자 천장을 보고 나란히 눕는다.

월마트

2014년 3월

일요일이다. 주차장이 작업용 트럭과 패밀리 밴으로 빈자리 없이 꽉 찼다. 내가 차를 댄 곳 근처에서 젊은 남자가 자신의 닷지 램 트럭 바닥에 딱 맞게 제작한 케이지에 담아온 핏불 테리어 새끼들을 팔고 있다. 차량 사이사이에 쇼핑카트가 방치되어 있고, 빈 비닐봉투 쪼가리들이 주차된 차량의 타이어와 가로등 기둥에 납작하게 달라붙어 비둘기 날개처럼 퍼덕거린다. 이 주차장은 늘 붐빈다. 무장하지 않은 경비원이 은색 포드 포커스를 타고 내 옆을 지나간다. 가수 시아의 노래가 포드 차량의 스피커에서 쩌렁쩌렁 울린다. 내일이 없는 것처럼 살겠어. 내일이 없는 것처럼. 경비원의 곱슬머리가 경비회사 공식 모자 아래로 꼬불꼬불 삐져나와 있고, 얼굴은 덥수룩한 검은 수염과 짙은 색 선글라스로 거의 다 가려져 있다. 나는 지나가는 그에게 손을 흔든다.

지난 몇 주간 목장에 가지 않았다. 도저히 갈 수가 없었다. 전화도 안 했다. 내가 일하는 다른 목장 두 군데에만 열심히 출근했다. 오늘은 일주일 치 식료품을 사야 한다. 산에서 내려온 구름떼가 해를 가리고 협곡에 우중충한 잿빛 그림자를 드리운다.

그들을 여기 이 주차장에 내려줬다는 얘기를 마침내 들었다. 각자 한 통씩만 전화할 수 있게 해줬단다. 가족한테 연락하거나, 친구한테 연락하거나, 아니면 가석방 담당자에게 전화할 수 있었다. 한 명씩 목장에서 차로 이송되어와 이 월마트 주차장에 버려졌다. 와서 데려가달라고 부탁한 사람이 올 때까지 혼자 남겨졌다. 법적으로는 플로르와 새라, 오마, 폴 전부 가석방 담당자에게 연락할 의무가 있었다. 그러지 않으면 가석방 선서를 깬 게 된다. 목장측도 재소자가 퇴거 명령을 받은 경우 경찰에 고지할 의무가 있다. 렉스를 제외하고 모두에게 두 가지 선택권이 있었다. 교도소로 돌아가든가, 도망 다니든가.

어쩌면 여기서 기다리는 동안 구걸을 했는지도 모른다. 깨끗한 옷차림에 머리도 단정히 다듬고 멋을 부렸고 전혀 약물중독자 같지 않은 모습이었으니 몇 명은 속여넘겼을지 모른다. 다들 점잖게 구는 법, 대화할 때 눈 마주치는 법을 익혔으니까. 상대방의 말을 들어주는 법과 흥미로운 문장을 구사해 대화하는 법도 배웠다. 몇몇은 떨고 있었을 것이다. 새라는 울었을지도 모른다. 갈 곳이 없으니까. 플로르가 꿋꿋한 모습을 유지했을지 궁금하다. 플로르는 완전히 회복한 사람처럼 보이고 그렇게 행동하지만, 멀쩡한 척만 남보다 잘할 뿐 여전히 거짓말을 일삼고 뒤로 구린 일을 저지르는 약물중독자다. 키 크고 잘생긴데다 사람 홀리는 미소까지 짓는 렉스는 앨버커키에서 아버지가 차를 몰고 데리러 오기를 기다렸을 가능성이 높다. 부디 길거리 친구들에게 연락하지는 않았기를 빈다―그 노숙 청년들은 자기들끼리 의기투합해 어찌어찌 차를 마련했을 것이다. 폴의 경우 누나나 형, 아니면 일가친척 중 누군가에게 연락했을 거라고 거의 확신한다. 문제 상황에 처하는 건 폴에게 일상이다. 그로서는 으레 벌어지겠거니 하는 상황이다. 개중에 몇은 가석방 담당관에게 연락했을 수도 있다. 나는 오마가 그랬기를 빌었다. 오마는 어리고, 심지가 약하고, 남에게 잘 휩쓸린다. 가축전담반을 따라 이 사달에 휩쓸렸고, 누군가의 감독을 받지 않으면 그 비슷한 부류를 따라 또다른 문제 상황에 말려들 것이다.

새라는 나에게 전화하고 싶었을 것 같다. 내 번호를 외우고 있으니까. 하지만 나에게 전화할 경우 통화 한 통을 쓸데없이 날리게 될 걸 알았을 것이다. 나는 새라를 데리러 가 그를 자신에게서 구해주지 못했을 테니까. 그 정도는 새라도 파악하고 있었을 것이다. 수많은 재소자들 중에 새라가 제일 가슴 아프다. 가끔 젊고 행복한 버전의 새라가 보일 때가 있었다. 삶의 고통을 알기 전에는 이랬겠지 싶은 모습이다. 때로 새라의 얼굴 피부가 축 늘어지거나 주름지지 않고 매끈하게 펴지는 날이 있었다. 그런 날엔 머리카락도 어깨에 차분히 드리워져 있었다. 엉키지 않고 깨끗하고 곧게 펴진 머리칼이 새라의 주위에 가볍게 부는 산들바람처럼 보였다. 스카우트를 타고 장애물 코스를 달릴 때 장애물을 거의 다 넘어뜨리면서도 호탕하게 웃고 몸이 앞으로 쏠려 스카우트의 목을 두 팔을 크게 벌려 껴안는, 세상 근심 한 점 없어 보이던 새라의 모습이 떠오른다.

아침으로 접시 한가득 쌓은 팬케이크를 먹으면서 우리는 서로에게 자신의 어린 시절 얘기를 들려주었다. 우리 엄마가 나한테 치어리더 팀에 지원해보라고 했는데, 테스트하는 날 내가 하나같이 예쁘고 완벽한 여자애들 앞에서 스케이트보드를 타고 나오다가 자빠진 얘기. 너덜너덜할 정도로 까지고 아스팔트 알갱이가 박힌 무릎에서 피가 너무 철철 나서 도저히 치어리딩 동작을 수행할 수 없었던 얘기. 새라는 여동생이 있는데 엄마가 항상 술 아니면 약에 취해 있고 그것도 아니면 아예 집에 없어서 자기가 매일 동생이 학교에 입고 갈 옷을 챙겨줬다는 얘기를 했다. 전날 밤 하늘색 양말과 분홍색 헤어리본, 아동용 사이즈의 꽃무늬 원피스 등 서로 어울리는 아이템을 찾아 꺼내놓곤 했단다. 학교 갈 준비를 하면서 그것들을 둘이 같이 쓰는 침대 끄트머리에 조심스럽게 펼쳐놓았다고. 여동생—지난 십오 년간 한 번도 보지 못한 여동생—이야기를 할 때면 새라는 자주 울었다.

형광등 켜진 월마트 안으로 들어가면서, 문득 새라가 누구한테 데리러 와달라고 했을지 내가 전혀 모른다는 걸 깨닫는다. 가까이 사는 가족이 없고, 가까이 살았더라도 아무도 데리러 오지 않았을 것이다. 아버지와 여동생, 자녀들마저 그를 버렸다. 새라는 텍사스의 교도소에서 복역하다가 목장으로 옮겨왔다. 철저히 혼자이고 아웃사이더였던 새라. 아마도 다시는 보지 못할 것이다. 새라에 얽힌 기억들을 어디다 보관해야 할지 모르겠다.

가슴팍에 동그란 스마일리 이모지가 그려진 푸른색 바탕의 월마트 유니폼을 입은 여자가 쇼핑카트를 내게 끌어다 주고, 나는 고맙다고 인사한다. 부서질 듯 연약하고 등이 굽었지만 나와 똑바로 시선을 맞추고, 우리는 서로에게 미소 지어 보인다. 괜찮으시냐고 물어보고 싶다. 제가 뭐라도 갖다드릴까요? 이 눈부신 조명 아래 서 있을 게 아니라 병원 진료 대기실에 앉아 있어야 할 사람처럼 보인다.

플라스틱 장난감, 싸구려 옷, 갤런들이 우유와 도넛, 냉동 라자냐, 지름 40센티미터짜리 피자, 대용량 햄버거용 패티, 봉지에 든 아보카도, 삼베 자루에 가득 담긴 그린칠리 따위로 꽉 찬 쇼핑카트들이 통로를 메우고 있다. 쇼핑객이 하도 많아서 공간이란 공간은 다 좁아터지게, 마치 햇볕에 지나치게 그을린 내 피부처럼 빽빽하게 느껴진다. 아이들은 부모가 끄는 카트 주위에 바글대면서 장난감을 사달라고 빽빽 소리지르거나 형제와 싸우고 있다. 엄마들은 피로와 짜증에 축 늘어진 얼굴로, 담아놓은 물건들이 넘쳐나는 카트를 달팽이처럼 느릿느릿 밀며 필요한 또다른 물품을 찾아 선반을 두리번거린다. 내 카트는 텅 비어 있다. 나는 그 카트를 밀며 통로를 지나 우회전하고 또 한번 우회전해 다음 통로로 간다.

다음 통로 한복판에 나이든 여자 한 명이 서서 맨 아래칸의 생 토르티야들을 찬찬히 살피고 있다. 딸이 그녀의 팔꿈치를 잡고 지탱해주고 있다. 나는 두 사람을 비켜서 카트를 밀고 가려다가 그만 그들의 카트를 툭 쳐 통로 저만치로 밀어버린다.

"죄송해요." 나는 사과하며 그 카트를 원래 자리로 당겨놓는다. 모녀가 토르티야에서 눈을 떼 내 텅 빈 카트를 흘끔 본다.

"얼른 뭐라도 채워넣어야겠네, 아가씨." 모녀 중 어머니가 미소지으며 말한다. "자, 이 생 토르티야 먹어봐요." 딸이 어머니가 들고 있던 토르티야를 내게 건넨다. "옛날에 나는 이걸 매일 직접 만들었다우." 어머니가 한마디 얹는다. 나는 두툼한 토르티야 열다섯 장이 든 비닐봉투로 손을 뻗는다.

"저는 매번 뭐가 나을까 고민해요. 얇은 게 좋을지 아니면 이것처럼 폭신폭신한 게 좋을지." 내가 고백하자, 어머니는 최고로 맛있는 토르티야 만드는 법에 대해 일장연설을 할 기세로 정색을 한다. 입고 있는 푸른색 원피스의 제일 위쪽 단추 몇 개가 떨어져나간 게 눈에 들어온다. 턱 밑에 늘어져 겹친 살이 가슴선 바로 위에 U자를 만들었다.

"둘 다요." 딸이 말한다. "둘 다 좋아요." 우리 셋은 동의의 뜻으로 다함께 고개를 끄덕이고 각자 다른 방향으로 카트를 밀고 간다. 식료품 코너의 통로 절반쯤까지 밀고 가다가 문득 이것이 오늘 처음 내뱉은 말임을 깨닫는다.

우리는 오른쪽에서 왼쪽으로, 또 왼쪽에서 오른쪽으로 카트를 밀어가며 이 박스스토어*의 구석구석을 누빈다. 마치 열심히 연습한 군대 제식을 수행하는 것 같다. 육류와 치즈 코너 어딘가에, 아니면 농산물 코너 옆에 벤치 하나쯤 놓아주면 좋겠다. 도시 사람들이 일요일에 공원에서 그러듯 거기 앉아서 구경할 수 있게. 나는 지금 장을 봐야 하지만, 그보다 더 절실한 건 앉아서 대화하는 것이다. 그저 삶을 이어가기 위해 매일의 일상을 열심히 살아가는 이들과 함께 있고 싶다. 나는 카트를 한쪽으로 밀어놓고 허리를 굽혀 토르티야에 곁들일 얼룩배기강낭콩 봉지를 집어든다. 그러고 고개를 드는데, 옥수수 진열 상자 주위에 사람들이 바글바글 모여 있는 게 눈에 띈다.

나는 '캘리포니아 옥수수'라고 쓴 표지판을 향해 카트를 밀고 가, 다른 쇼핑객들을 따라 옥수숫대를 집어들기 시작한다. 가슴팍 위로 팽팽하게 당겨진, 각 잡아 다린 흰 티셔츠 위에 오버올 작업복을 입은 남자와 머리부터 발끝까지 위장복을 입은 남자가 옥수숫대를 들고 껍질을 들춰가며 신선도와 색깔을 확인하고 있다.

"난 하얀 게 좋더라. 하얀 게 더 달콤해. 케 노?**" 오버올을 입은 남자가 진열 상자로 몸을 숙여 다른 옥수수를 집어든다.

* box store, 기본 식품 및 생필품을 상자째 파는 대형 소매점.
** 안 그래?

"시 베시노*, 여름에는 엘 블랑코**가 제일 맛있어." 위장복 차림의 남자가 대꾸하며 옥수숫대 두 개를 자기 카트에 담는다.

나도 덩달아 옥수숫대 세 개의 겉껍질을 벗겨 꽉 들어찬 새하얀 옥수수알을 드러나게 한다. 두 남자가 짙은 색 피부의 울퉁불퉁한 얼굴을 구기며 내게 씩 웃어 보인다.

"이야아, 제일 좋은 놈들을 골랐네요, 미 이하***." 첫번째 남자가 이렇게 말하며 어금니 때운 것까지 보일 정도로 크게 미소 짓는다. 내 마음을 활짝 여는 데는 대단한 것이 필요치 않다. 실한 옥수수 몇 개, 힘내라고 웃어주는, 몸집이 나의 세 배는 되는 남자면 충분하다.

"고마워요." 나도 입이 찢어져라 미소 짓는다.

"더 담아요." 다른 남자가 부추긴다. "아주 싱싱해요. 오늘이 가기 전에 다 먹어치울걸요." 나는 옥수숫대 세 개를 더 꺼내 이번에도 겉껍질을 벗겨본다.

벌써 내 카트는 아까보다 훨씬 보기 좋고, 나도 그렇다. 슬슬 안색이 돌아오는 느낌이다. 아까처럼 지독하게 피곤하지 않고, 몇 시간은 더 카트를 밀고 다닐 수 있을 것 같다.

바로 옆 통로로 가니 십대 여자애 둘이 토마토 코너 한가운데

* 맞아, 친구.
** 흰 것.
*** 딸내미. 여기서는 딸뻘인 여성에게 친근함을 표현하고 있다.

에 서 있다. 나도 그리로 가 어떤 상품이 있나 둘러본다. 눈으로 훑던 중 '지역 생산 토마토: 뉴멕시코 알칼디산'이라고 적힌 표지가 눈에 띈다. 우리 집에서 강 건너 있는 동네에서 수경재배하는 토마토인데, 가격도 괜찮다. 나는 모양이 제각각이고 완벽과는 거리가 먼 신선한 토마토 세 알을 집어 내 카트의 아동용 시트에 담는다. 토마토 알들이 꼼지락대는 아기처럼 그 안에서 멋대로 굴러다닌다. 고개를 들자 여자애들이 나를 빤히 쳐다보고 있다. 그애들은 내 옷차림과 신발을 훑어본다. 내 데님 작업복 셔츠와 혁대 두른 청바지가 아저씨 차림새 같을 것이다. 그런데 또 긴 금발을 뒤통수로 모아 묶은 걸 보면 여자 같을 것이다. 나는 그애들 엄마 또래의 중년 여성인 동시에 여자는 어때야 한다는 사회 통념에 부합하지 않는 여자다. 내가 그애들에게 씩 웃어 보이지만, 그애들은 미소로 답하지 않는다. 자기들끼리 옆구리를 부딪치고는 쑥덕거리며 가버린다.

계산대로 가다가 캘리포니아산 복숭아를 커다란 상자에 옮겨 담고 있는 직원을 지나친다. 그 직원이 복숭아 한 알을 들어 보이며 말한다. "오늘 들어왔어요." 한 젊은 아기아빠가 주머니칼로 복숭아를 쪼개, 품에 안겨 몸을 흔들고 있는 여자 아기에게 한 조각 먹인다. 아기가 복숭아 과육을 잇몸으로 씹자 흐물흐물한 입술 사이로 으깨진 복숭아 조각이 흘러내리고, 아기아빠는 바지 뒷주머니에서 아기 턱에 흐른 침을 닦을 반다나를 꺼내려고 허둥거린다. 반다나가 내 발치에 툭 떨어진다. 나는 그걸 주워 아기아빠에게 건넨다.

"아기가 너무 예뻐요." 내가 한마디한다. "복숭아를 정말 좋아하나봐요, 그쵸?"

"좋아해요. 과일이라면 다 좋아하죠." 아기아빠가 대꾸하며 내게서 반다나를 받아들고 고맙다고 인사한다.

나는 그가 아기의 턱과 코, 목을 닦아주는 모습을 바라본다. 복숭아즙이 아기가 입은 상하의 일체형 점프슈트의 똑딱단추 위로 흘러내린다. "아기 이름이 뭐예요?"

"마리요." 아기아빠가 대답한다.

"저의 할머니 이름도 마리였어요." 내가 이렇게 대꾸하고, 복숭아맛을 음미하느라 눈을 천천히 떴다 감았다 하는 아기를 아기아빠와 둘이서 함께 바라본다.

계산대 줄에 서니 내 앞에 이미 다섯 명이나 있고 다들 피곤해 보인다. 월마트 계산대 앞에 줄을 설 때마다 피로가 집채처럼 덮치곤 한다. 보통은 약간 휘청대면서 내 차례를 기다리는데, 오늘은 한결 낫다. 내 바로 앞에 선 여자가 드디어 로스앨러모스에 일자리를 얻었다고 말하고, 그 앞의 더 나이든 여자가 축하해준다.

"아이구야, 미 이하. 잘됐네. 정말 잘됐어."

내 뒤에 선 남자는 자기가 산 아이스크림 케이크가 녹을까봐 노심초사한다. 생일 파티에 가는 길이란다. 그러자 다들 녹지 않은 아이스크림 케이크를 파티에 무사히 가지고 가라며 그에게 차례를 양보해준다. 시간이 흘러 가슴팍에 스마일리 이모지가 그려진 티셔츠

하프 브로크

를 입은 다른 여자가 내 카트의 물건들을 계산해주고, 나는 카트를 밀며 자동문을 통과해 하늘이 눈부시게 새파란 바깥으로 나온다. 구름은 전부 흩어졌고, 공기는 상쾌하고 선선하다.

내가 쓴 카트를 제자리에 갖다놓은 뒤 식료품이 든 봉투 두 개를 안고 트럭 세워둔 곳으로 오르막을 걸어간다. 그런데 뒤에서 키 150센티미터쯤 돼 보이는 여자가 나를 따라잡으려고 허겁지겁 올라온다.

"저기요. 잠깐만요." 여자가 내 바로 뒤까지 와서, 나는 뒤를 돌아본다. "저희가 기름이 떨어졌는데 타우스*까지 가야 되거든요. 조금만 도와주실래요?"

여자는 바싹 여위고 창백한데다 찢어진 청바지의 단은 너무 길어서 너덜너덜한 끝단이 젖은 아스팔트 바닥에 질질 끌려 낡은 하이톱 운동화 윗부분이 시커매졌다.

"차 어디 있는데요?" 내가 묻자 여자는 주차장의 동북쪽을 애매하게 가리킨다.

그쯤에 주차돼 있는 가장 형편없는 차를 찾아 두리번거리는데, 지붕이 찌그러진 셰비 더스터 안에 남자 셋이 앉아 있는 게 보인다. 차창은 전부 내려가 있고, 안에서 뭐가 폭발한 듯 자욱한 연기가 퍼져나온다. 문신한 팔들이 창밖으로 늘어져 있다. 민둥민둥한 대머리

---

* 뉴멕시코주 북부의 카운티.

들이 앞유리창 안에서 번들거린다. 내 지갑에 현금이 조금 있다. 많지는 않지만 저들이 기름을 넣고 목적지까지 갈 만큼은 된다. 저들이 정말로 이 돈을 기름 넣는 데 쓴다면. 플로르는 목장에 오기 전 바로 이 주차장에서 돈을 뜯어냈다고 했다. 백인 여자가 가장 쉬운 타깃이랬다. 어떤 때는 한나절 수고해서 며칠 치 헤로인 값을 벌기도 했단다. 나는 여자에게 선뜻 대답하지 못한다. 몇 달러 쥐여주면 남의 차를 부수고 돈을 훔치지는 않아도 될 것이다. 몇 달러 쥐여주면 더 깨끗한 헤로인, 그러니까 투여하면 죽을 수도 있는 물질이 섞이지 않은 헤로인을 살 수 있을지도 모른다. 여자는 차에 기름을 넣거나 먹을 것을 사는 데 관심이 없다. 딱 봐도 그렇다. 쇄골 부위의 살갗이 축 늘어져 있다─지방도 근육도 없다. 검은 머리칼이 축 늘어져 잿빛 뺨을 다 가렸다. 내가 지갑을 열고 뒤지는 걸 지켜보며 여자는 눈을 깜빡인다고 하기에는 너무 길게 감았다가 뜬다. 이 여자는 누구의 딸일까.

우리 모두 떠나온 구석이 있다. 콩가루 집안을 버리고 온 사람. 좋은 가정을 두고 나온 사람. 부잣집에서 가출한 사람. 가난한 집을 탈출한 사람. 위탁가정이나 입양가정에서 뛰쳐나온 사람. 우리 모두 자신의 뿌리에 얽힌 사연이 있다. 우리의 유일한 공통점이다.

나는 여자에게 5달러를 준다. 여자는 고맙다는 말도 없이 가버린다. 나는 여자가 더스터에 탄 남자들을 향해 와서 태워가라고 손 흔드는 것을 지켜본다. 차 머플러에서 저공비행하는 헬리콥터 소리가 나고, 뒤 범퍼에서 시커먼 연기가 뿜어져나온다. 남자들이 차를 몰고 오자 여자가 뒷문으로 얼른 탄다. 일행은 주차장을 빠져나가 웬디스를 지나 올라가다가 아직 빛이 환한 데에 이르러 다시 남쪽으로 꺾어 에스파뇰라로 향한다.

나는 트럭 운전석에 앉아 오고가는 쇼핑객들을 바라본다. 모두가 바삐 움직인다. 다들 무슨 할 일이 그렇게 많고, 무슨 생각들이 그리 많은지. 나도 바삐 움직여야지. 집에 가서 글렌다와 둘이 먹을 저녁을 지어야겠다. 내일은 북쪽의 농장으로 출근해 온종일 라이딩해야지. 계속 바삐 움직일 테다. 하던 대로 해나갈 것이다. 내가 바꿀 수 없는 일들에 집착하지 않도록 마음을 다잡을 것이다.

십오 분을 더 주차장에서 뭉그적거린다. 도무지 시동을 걸지 못하겠다.

수백 명 더

2014년 3월

"진저, 듣고 있어요? 여보세요?" 핸드폰 너머에서 들려오는 목소리의 주인공을 알아채지만, 대답하지 않는다. 핸드폰을 무릎에 내렸다가 다시 귀에 갖다 대고, 다시 무릎에 내린다. 북쪽으로 트럭을 꺾어 84번 국도를 탄다. 애비퀴우의 또다른 말 목장으로 가는 길이다. 이미 십오 분 늦었고 중간에 차에 기름도 넣어야 한다.

젠장, 속으로 내뱉으며 차를 갓길에 댄다.

"진저, 일라이자예요. 돌아오실 건지 궁금해서 전화했어요."

아뇨, 나는 일라이자가 보지 못하는 걸 알면서도 고개를 젓고 가만히 얘기를 듣는다. 일라이자의 목소리가 아름답다. 미소가, 생기 넘치는 피부가, 또렷한 눈빛이 눈에 선하다. 지난 한 해 동안 나는 일라이자가 부루퉁하고 말수 적고 잔뜩 웅크린 짐승에서 용감하고 예리하고 관대한 여성으로 변해가는 과정을 지켜보았다. 핸드폰으

260 하프 브로크

로 들려오는 이 목소리를 믿어주고 싶지만, 믿을 수 있을지 잘 모르겠다.

"가축전담반에 두 명이 새로 지원했어요." 일라이자가 말을 잇는다. "다들 궁금해해요. 언제 돌아오실 거예요?"

마지막으로 목장에 간 지 삼 주가 넘었다.

대형 트레일러트럭 세 대가 쏜살같이 지나가면서 내 트럭을 덜컹덜컹 흔들어댄다. 나는 창을 끝까지 올리고 에어컨을 약하게 튼다.

"모르겠어요." 나는 솔직하게 대답한다. "내가 그곳 분들을 돕는답시고 뭘 할 수 있을까요?" 말하면서 앞유리창 와이퍼 버튼을 만지작거리다가 와이퍼를 세 번 왔다갔다하게 해 창에 붙은 벌레들을 다 떼어버린다. 손톱을 깨물고, 핸들 아래 무릎을 초조하게 떤다. 애비큐우의 고객들이 언제 도착하느냐고 묻는 문자를 보내고 있다.

나는 매일 강습한다. 일주일에 엿새는 라이딩을 한다. 하지만 지금은 그 일이 내게 별 의미가 없다. 고객들은 전부 자신의 말을 애지중지하는, 인품 좋고 따뜻한 이들이다. 대개는 직장에서 늦게까지 일하고, 겨우 남는 시간을 자신이 키우는 말에게 쏟는다. 그런 그들이 나를 신뢰하는 것을 늘 영광으로 여겼다. 이렇게 허한 기분을 안겨준 건 그 말들도, 그 고객들도 아니다. 그건 내 안 깊숙한 곳 어딘가—거기 있음을 늘 의식하고 있던 텅 빈 자리—에 들러붙어 있는 어떤 것이다.

나는 이 세상 어디에도 깔끔하게 들어맞지 않는 사람이다. 여자를 사랑하는 여자인 나는 우리의 문화가 나에게 필요하다고 말하는 남자를 내 안에 살아 있는 강한 존재로 품은 채 태어났다. 나는 다른 여자들과 같지만, 동시에 전혀 다르다. 어떤 날은 분노를 주체 못하고, 어떤 날은 오로지 슬픔만 느낀다. 안전하다고 느끼는 날도 있다. 하지만 내가 진정으로 속한다고 느끼는 곳을 발견하는 일은 드물다.

목장에 돌아가 다시 재소자들과 일하는 상상을 해본다. 비통함과 환희가 요동치고 엎치락뒤치락하다가 결국에는 동시에 뱃속 깊숙이 내려앉는다. 메스꺼움이 치솟는다.

"진저, 우리 같은 사람은 항상 넘치도록 있을 거예요, 수백 명 더요. 무엇이 우리를 구해줄지 누가 알겠어요? 저야 말들이 구원해줬지만요." 일라이자가 신중하고 진지한 말투로 천천히, 또박또박 이야기한다. 그러더니 길게 숨을 마셨다 토해내고, 이후에는 정적이 이어진다.

"신입 두 명요? 가축전담반에 두 명이 새로 들어왔다고요?" 내가 묻는다.

올리비아와 조이—이 둘이 가축전담반에 들어오고 싶어한다고 일라이자가 얘기해준다. 두 사람은 말 그루밍하는 법과 안장을 어디쯤 얹어야 하는지를 배우고 있단다. 어서 내가 돌아와 라이딩하는 법을 가르쳐주기를 눈 빠지게 기다리고 있단다. 다들 해오던 대로 잘살고 있는 것 같다. 어제처럼 오늘도 열심히 살 뿐. 아무도 포기하지 않았다. 실패를 흘려보내지 못하는 건 나뿐이다. 오래전 만난 불같은

하프 브로크

암망아지 테리가 떠오른다. 테리는 절대 포기하지 않고 절대 고개 숙이지도 않았다. 부상을 당하고서도 그 커다란 운반용 트레일러 뒷문에서 유명 조교사와 당당히 맞서지 않았던가.

"신입 두 명이라고요." 내가 다시 입을 연다. "잘됐네요. 말에 대해 좀 안대요?" 이렇게 일라이자에게 묻는다.

"아뇨, 하지만 저희가 아는 걸 일단 가르쳐주고 있어요. 토니랑 랜디, 그리고 저까지 셋이서 진저가 떠난 후 화요일하고 목요일마다 모이고 있었어요."

그 일이 일어나고 바로 다음날부터 일정대로 말들을 훈련하고 신입 멤버들도 가르치고 있었다는 얘기다. 나는 가장 집처럼 느끼는 단 한 곳에서 도망쳐 내 바쁜 삶으로, 고객들과 말들에게로 돌아가버렸는데.

그런데 그들은 계속 일하고 있다. 그들은 이 일에 너무 많은 것이 걸려 있고 잃을 것이 너무 많으니까. 나는 뭘 잃게 될까? 내가 다시금 핸드폰 저편에 이어지는 침묵을 들으며 스스로에게 묻는다.

전부 다. 전부 다 잃을 수 있다.

"진저, 우린 당신이 필요해요." 일라이자의 목소리가 내 귀에 대고 말한다.

"나도 당신들이 필요해요."

나는 블루투스 이어폰을 귀에 꽂고 다시 고속도로로 진입한다.

"괜찮다면 다음주 화요일에 갈 수 있어요. 안장 여유분을 챙겨가고, 무도 데려갈게요." 신입 두 명. 신입 두 명이라. 어떻게 생겼을지 궁금하다. 어떤 체형이고 어떤 몸짓을 할지. 말들이 그 둘을 어떻게 생각할지도 궁금하다.

올리비아

우리는 어깨를 맞대고 몸을 숙여 호크의 오른쪽 앞다리 발굽을 들어올린다. 올리비아의 머리카락이 뺨에 장막을 드리워서 눈이 안 보인다. 올리비아가 쇠주걱을 거꾸로 쥔다. 내가 손바닥 안의 쇠주걱을 뒤집어주는데, 내 손길에 흠칫하는 게 느껴진다. 올리비아가 이 목장에 온 지도 넉 달이 됐다. 올리비아는 열여덟 살이다. 열두 살 때부터 소년원과 구치소를 드나들었다. 감옥에서 나와도 곧 다시 들어갔다. 복역 중간중간에는 위탁가정을 전전했다.

올리비아가 쇠주걱을 땅에 툭 떨어뜨리더니 허리를 펴고 일어선다. 올리비아의 두 손이 덜덜 떨리고 손목이 파닥거리기 시작한다. 나는 한 발 물러서서 올리비아의 동공이 눈동자의 하얀 울타리 안을 이리저리 배회하는 걸 지켜본다.

"이런 거 하고 싶지 않아요." 이렇게 말하면서 올리비아는 손을 계속 배배 꼬고, 마치 손들이 할 얘기가 있는 것처럼 귀에 갖다 댄다.

"어떤 거?" 나는 좀더 명확히 말해줬으면 해서 묻는다.

"쟤 만지는 거요. 호크 만지는 거. 만지기 싫어요."

올리비아가 강박행동을 보인다고 일라이자에게서 들었다. 다른 여자 둘과 함께 쓰는 기숙사 방의 문고리를 하루에도 몇 번씩 박박 닦는단다. 다른 사람이 자기 칫솔과 비누, 샴푸를 만질까봐 전전긍긍 한다. 저녁식사 때 자기 포크와 나이프, 스푼이 접시에 닿으면 기겁 한다. 닿으면 새걸로 바꿔달라고 한다. 일라이자는 올리비아가 여기 나와서 말들과 같이 작업하면 나아질 거라고 생각했단다.

나는 내 두 손을 손바닥이 바깥으로 향하게 해서 들어 보인다. "나한테 먼저 해봐."

"뭘요?" 올리비아가 묻는다.

"날 만져보라고. 네 손바닥을 내 손바닥에 겹쳐봐."

올리비아의 가느다란 검은 눈썹이 구겨져 두터워진다. 청록색 눈동자가 실처럼 가늘어지고, 입술은 역겨움으로 울퉁불퉁 일그러 진다.

"언젠가는 누군가를, 뭐든 살아 있는 것을 만져야 할 거 아냐." 내가 타이른다. "어서, 날 만져봐."

올리비아가 두 손을 입으로 가져가 입김을 분다. 펼쳐진 손가락 사이로 한숨을 내뱉고는 손바닥을 내린다. 내게 아주 조금씩 다가와 바람에 날려온 종이처럼 살며시 대는데 손바닥 표면에서 온기가 전

하프 브로크

달된다.

"잘했어. 잠깐 그러고 있어봐." 내가 격려해준다.

올리비아는 나와 시선을 못 맞춘다. 걱정 어린 멍한 얼굴로 땅만 내려다본다. 목과 어깨가 접혀서 앞으로 굽는다. 몸이 점점 쪼그라드는 것 같다.

"좋아. 잘했어." 내가 말한다. 올리비아는 내 손바닥에서 낚아채듯 손을 떼더니 다시 귀 옆으로 가져가 손목을 배배 꼬기 시작한다.

팔을 뻗어 올리비아를 안아주고 싶다. 호크는 움찔거리고 배배 꼬이는 올리비아의 손 뒤에 묵묵히 서서 가만히 주시한다. 올리비아는 길바닥에 뒤집혀서는 일어나려고 날개를 퍼덕거리는 상처 입은 나방처럼 보인다.

"다시 해보자, 몇 번만 더." 내가 올리비아에게 말한다.

올리비아는 알겠다는 표시로 고개를 불안하게 끄덕인다. 그러고는 숨을 깊이 들이쉰다. 아주 조금이지만 하고 싶어하는 마음이 있다. 최악의 순간을 겪고도 살아남지 않았는가. 올리비아는 자기 손바닥을 내 살에 갖다 댄다. 그리고 나를 똑바로 쳐다본다. 입꼬리가 아주 미세하게 올라간다. 입술 사이로 치아가 살짝 드러난다.

이곳에서는 서로 만지지 못하게 되어 있다. 그렇지만 나는 여기 돌아온 후 매일 가축전담반 일원들을 꼭 끌어안는다. 안으면서 어떻게 지내느냐고 묻는다. 무슨 문제는 없는지? 그동안 새로 배운 건 없는지? 재소자들도 내가 집에 돌아가기 전 한 사람씩 나를 안아주면서 와줘서 고맙다고 한다. 언제라도 그들 중 한 명을 잃을 수 있다는 걸 알기에, 나는 소중한 친구처럼 그들의 몸을 꼭 안아준다. 우리의 피부가, 우리의 가슴과 목덜미가 맞닿는 감촉, 팔뚝에 지그시 눌리는 흉곽의 느낌이 외로움을 조금이나마 가시게 한다. 나는 평생을 내가 별나다고, 괴상하다고, 남들과 다르다고 느끼며 살아왔다. 나 혼자라고 생각했다. 이제는 다 틀린 얘기다. 전부 다. 진실이었던 적도 없다.

우리 같은 사람은 항상 넘치도록 있을 거예요. 수백 명 더요.

이 목장에 유입되는 사람이 끊이지 않으리라는 것을 안다. 올리비아와 일라이자, 토니─재소자들 전부 다─가 어떤 식으로든 언젠가 다른 사람으로 대체될 것도 안다. 이 목장은 교도소로부터 문의 전화를 며칠에 백여 통은 받는다. 그 가운데 면접과 수습 기간을 통과하는 건 단 몇 건에 불과하다. 올리비아와 랜디를 비롯해 가축전담반 전원이 그 과정을 통과했기에 여기 있는 것이다. 그들은 승자다. 그나마 희망을 보인 소수다. 언제라도 그들이 실족하고, 엄청난 실수를 저지르고, 되고 싶어하던 사람이 되는 데 실패할 수 있다는 걸 안다. 이제는 내 역할이 그들을 구원하는 게 아님을 안다. 그들이 다시 일어서도록 도와주는 것이다. 매일같이 하는 포옹은 나 여기 있어요. 당신도 여기 계속 있으면 좋겠어요, 라고 말하는 내 나름의 방식이다.

나는 전부 다 포옹한다. 올리비아만 빼고. 올리비아는 너무 멀지는 않게 무리와 좀 떨어져서, 혹은 미루나무 뒤에서 포옹 행렬이 이어지는 내내 땅만 내려다보고 있다. 안녕하세요, 라고 인사는 한다.

안녕히 가세요도 한다. 와줘서 고맙다고도 한다. 하지만 우리는 서로 만지지는 않는다. 올리비아는 절대 아무도 만지지 않는다.

"호크 어때?" 손바닥 맞대기를 세 번 한 후 내가 묻는다. 호크는 그늘에서 뒷다리 하나를 접고 서 있다. 졸려 보인다. "네 손바닥에 호크의 발굽을 살짝 놔보는 건 어때?" 내가 묻는다. 올리비아는 자신 없어 보인다. 몸이 점점 태아 자세를 하듯 앞으로 말린다. "내가 먼저 할게. 어떻게 하는지 보여줄게. 내가 옆에 계속 있을 거야." 그러자 올리비아가 내 어깨 옆으로 다가와 바로 뒤에 선다.

그리고 이렇게 속삭인다. "알았어요."

내가 호크의 어깨 옆에 바짝 서서 녀석의 무릎 뒤를 살짝 꼬집자 녀석이 발굽을 들어 내 오므린 손에 턱 올려놓는다. 올리비아가 내 어깨 너머로 보고 있다.

"이렇게 잠시 가만히 둬." 내가 올리비아에게 설명한다. "발굽을 편안하게 얹도록 오목한 곳을 마련해줘. 두 손으로 하는 게 더 좋으면 그렇게 해도 돼." 올리비아가 자기 명치 앞에 두 손을 모아 오므리고, 그 옴폭 들어간 공간을 들여다본다. 내가 호크의 발굽을 내려놓고 올리비아는 내 앞으로 와 자리를 잡고 선다. 순간 초조해졌는지 손가락끼리 비빈다. 다리가 후들거린다. 상체가 뻣뻣하게 굳는다. 그러더니 팔을 들어올려 양손을 머리 뒤에 감춘다.

"못 해요." 올리비아가 말한다. "못 하겠어요." 그리고 눈을 질끈 감는다. "온실…… 온실에 가야 돼." 이렇게 중얼거리더니 온실을 향해 잰걸음으로 후다닥 가버린다. 말도 안 되는 소리를 줄곧 지껄이면서. "우리가 여기 먼저 있었어. 걔들이랑 타일 하는 배관공 다음에." 나는 올리비아 뒤에 바짝 따라붙어, 도예 공방과 대형 냉장고를 지나쳐 꼭대기에 온실이 자리한 건물 맨 위층까지 쫓아 올라간다. 올리비아가 유리문을 열어젖히고 먼저 들어가고, 내가 뒤따라 들어간다. 올리비아는 사이갈이 한 까만 흙에 두 손을 푹 박더니 고양이가 폭신한 베개에 대고 그러듯 흙을 주무르기 시작한다.

일라이자가 우리를 따라 뛰어들어온다. 나를 한번 보더니 올리비아를 본다. "괜찮아요." 일라이자가 나를 안심시킨다. "가끔 여기로 달려와요. 흙을 만지면 마음이 안정되나봐요." 올리비아가 일라이자를 흘끔 보더니 고개를 끄덕이고 계속해서 흙을 주무른다.

"올리비아, 말 좀 해봐. 오늘 점심으로 뭐 먹었더라." 일라이자가 올리비아를 지금 여기로 다시 데려오려고 말을 시킨다.

"부리토 먹었잖아요, 일라이자. 기억 안 나요?"

흙을 만지면 마음이 안정되나봐요.

무가 지금보다 한참 어렸을 적에 나는 녀석에게 눕는 법을 가르쳤다. 무는 거의 모든 것을 기피하고 무서워했다. 뭐든 뒤에서 다가오면 펄쩍 뛰었다. 아직 어린 말이 자신감이 부족한 건 드문 일이 아니다. 말들은 경험이 쌓이고 자기를 둘러싼 세계의 물체와 움직임을 받아들이는 법을 배우면서 차차 온화하고 고분고분해진다. 그렇지만 무는, 일곱 살이나 됐는데도, 덤불에서 뭐가 살짝 바스락거리기

하프 브로크

만 해도 앞으로 튀어나가거나 옆으로 펄쩍 뛰었다. 그런데 말을 흙바닥에 누이면 신경이 진정된다는 이야기를 읽은 적이 있었다. 그래서 나는 선선한 아침에 무를 원형 마장 안 보드라운 흙바닥으로 데리고 가 따스한 볕 아래 녀석을 누이기 시작했다. 녀석의 목에 밧줄을 씌운 다음 한쪽 앞다리를 들어 녀석을 옆으로 기우뚱하게 했다. 그러면 먼저 한쪽 무릎이 꺾였고, 곧 녀석은 한쪽 어깨로 땅을 딛고 잠시 멈칫했다. 그러다 체중을 몸의 한쪽에 완전히 싣고 천천히 바닥으로 쓰러졌다. 녀석은 긴 목을 흙바닥에 쭉 펴고 누웠고, 내가 온몸을 쓰다듬어주는 동안 십오 분쯤 편히 쉬었다. 호흡이 편안해지고 점차 느려져 나중에는 아예 코를 고는 것 같은 소리가 났다. 그해 나는 몇 주에 한 번씩 녀석을 뉘었다. 그게 벌써 십이 년 전이다.

"좋은 생각이 있어요." 내가 일라이자에게 불쑥 말했다. "잘 달래서 올리비아를 헛간으로 데려가세요."

축사에 돌아가보니 방금 랜디가 타고 장애물 코스를 돌고 온 터라 무의 몸이 뜨끈뜨끈하고 땀범벅이다. 타이밍이 기가 막히게 좋다. 원형 마장 흙에서 구르며 한바탕 몸을 말리면 무는 행복해할 것이다.

"올리비아가 곧 돌아올 거예요." 나는 랜디에게 알린 다음, 무에게서 안장과 굴레를 벗기고 녀석을 내 트레일러에 매놓아달라고 부탁한다.

돌아온 올리비아는 머리카락을 깔끔하게 얼굴 뒤로 넘겼고 두 뺨이 발갛게 상기되어 있다. 일라이자와 둘이 세상에 걱정 한 줌 없는 사람들처럼 헛간으로 걸어온다.

"기분 좀 나아졌어, 올리비아?" 토니가 물어보는 소리가 들린다. 그의 질문을 듣는 순간, 나는 올리비아가 온실로 달려가 숨는 걸 목장의 모든 사람들이 여러 번 목격했으리라는 것을 문득 깨닫는다.

"네, 고마워요." 올리비아는 토니에게 대꾸하고, 트레일러 옆에 서 있는 무와 나에게 다가온다.

"있잖아, 올리비아, 내가 뭘 좀 해보려고 하는데, 네가 나를 믿어 줬으면 좋겠어. 맹세코 억지로 남을 만지게 하진 않을게."

나는 일라이자에게 올리비아를 원형 마장으로 데려가 제일 안쪽 레일 근처 10센티미터 두께의 모래 위에 앉혀달라고 한다. 그래놓고 무를 원형 마장에 데리고 들어가 한복판으로 데려간다. 무가 앞발로 바닥을 툭툭 치기 시작한다. 한바탕 구르고 싶다는 뜻이다. 나는 녀석을 뒷걸음질시켜 잠깐 세워둔다. 바닥에서 올리비아와 일라이자가 우리를 올려다보고 있다. 나는 밧줄을 무의 목에 걸치고 녀석의 왼쪽 앞다리를 든다. 그런 다음 녀석을 오른쪽 어깨 쪽으로 밀어 무게중심을 잃고 넘어가게 한다. 얼마 안 가 녀석은 무릎이 꺾이면서 오른쪽 어깨를 땅에 대고 옆으로 눕는다. 낮은 소리로 길게 한숨을 토하더니, 옆으로 납작하게 축 늘어진다.

"이야아, 이거 봐라!" 랜디가 외치더니 후다닥 달려와 레일에 기대고 들여다본다. 토니와 가축전담반의 다른 신입 멤버인 조이도 그의 뒤에 와서 선다.

나는 무의 등뒤에 철퍼덕 앉아 손톱으로 녀석의 기갑을 긁어주기 시작한다. 무도 내 손의 움직임에 맞춰 모래에 목을 이리저리 문질러댄다. 모두 조용히 지켜본다. 일라이자와 올리비아가 손과 무릎으로 바닥을 짚고 기어와 내 등뒤에 자리잡는다. 무의 흉곽이 팽창하면서 공기가 들어찼다가 다시 푹 꺼진다. 내가 온몸을 마사지해주자 녀석의 입에서 만족감 어린 나지막한 신음이 터져 나온다. 워낙 가까이 붙어앉아서 올리비아의 엉덩이 측면이 내 엉덩이에 닿는다. 내가 조금 비켜나주자 올리비아가 바짝 옆으로 기어오고, 무의 등에 올리비아의 무릎이 닿는다. 내 두 팔이 무의 호흡과 박자 맞춰 오르락내리락한다. 옆으로 시선을 돌리다가 놀라움 가득한 올리비아의 얼굴을 마주한다.

올리비아가 무릎 꿇고 허리를 곧게 펴 앉더니 두 팔을 앞으로 뻗어 무의 흉곽 바로 위에 두 손을 드리운다. 이윽고 하늘색 후드티 소매를 걷어올린다. 나는 무심코 그 오른쪽 팔뚝을 흘끔 내려다본다. 거기에는 학대받은 어린 시절을 말해주는 흉터가 가득하다. 무가 또 한번 길게 신음을 토해낸다.

"만져봐, 올리비아." 랜디가 레일 바깥쪽에서 속삭인다.

올리비아가 고개를 젖히고 랜디를 본다. 가느다란 눈물 한줄기가 뺨을 타고 흘러내린다.

숨겨진 언어

2014년 4월

언어는 빼앗길 수 있다. 소실될 수도 있다. 도둑질당할 수도 있다. 단절되기도 한다. 언어는 생득권이 아니다. 모두가 자기 말을 남에게 들려줄 기회를 갖는 것도 아니다. 모두가 소리를 낼 형편이 되는 것도 아니고 말이다.

내가 이 목장에서 만난 이들 대부분은 좀비 같은 상태로, 창백하고 말 없고 껍질만 남은 채로 이 프로그램을 시작했다. 이들의 사고력, 문장력, 질문에 답하는 능력은 위축될 대로 위축된 상태다. 이들을 침묵하게 한 것이 교도소였든 위탁가정이었든, 빈곤 혹은 강간이었든 크게 다르지 않다—이 목장에서 내가 만난 거의 모든 사람들이 적확한 어휘를 찾으려고, 말을 하려고, 생각을 나누고 소통하려고 갖은 애를 쓴다.

한 해 동안 나는 그들이 침묵이라는 보호막을 차츰차츰 벗어버

하프 브로크

리는 과정을 지켜봤다. 일라이자는 윌리의 발굽을 허벅지 사이에 끼우기 전에는 한마디 뱉는 것조차 힘겨워했다. 랜디는 무가 자신의 쓰러진 몸을 내려다보면서 어서 그가 마음을 추스르고 일어서기를 기다려주기 전까지는 좀처럼 진실을 있는 그대로 말하지 못했다. 올리비아는 무를 만난 이래로 더 이상 온실로 달려갈 필요가 없게 되었다. 이제는 말들을 그루밍해주면서, 부드러운 손바닥으로 말의 몸을 쓸어주면서 유기적인 문장으로 조리 있게 이야기한다. 토니는 이제 친절하게 군다. 더 이상 화나 있지 않다. 떠오르는 대로 말을 내뱉지도 않는다. 두 손은 움찔거리거나 비비지 않고 옆에 얌전히 늘어뜨리고 있다. 가끔가다 나는 토니가 가슴팍에 느슨히 팔짱을 끼고서 재소자들 가운데 서 있는 것을 본다. 한마디도 하지 않고 그냥 남의 얘기를 듣기만 하며 서 있다.

요 몇 달간 나는 목이 아픈 적이 없었다. 목장 말들의 언어에 의지했다. 우리가 그 녀석들의 몸이 말하는 것을 잘 듣는 법을 배우면 녀석들도 우리를 믿는 법을 배우리란 걸 알았다. 말하기의 첫 단계가 듣기라는 것을 말들이 나에게 환기해준다.

나는 언어가 결핍된 채로 태어나지 않았다. 나 스스로 말 대신 움직임을 듣기를 택했다. 나는 소리가 아니라 침묵을 간절히 원했다. 소리 내어 말하는 법은 서서히 배웠다. 제일 먼저 내 방에서 책을 소리 내 읽어보는 식으로 익혔다. 거울 앞에 서서 내 입이 어떻게 소리를 만들어내는지 주의 깊게 보면서 읽고 또 읽었다.

여섯 살이 돼서도 나는 사람들 앞에서 말하기를 거부했다. 학교에서 선생님이 질문을 해도 절대로 대답하겠다고 손들지 않았다. 엄마하고는 멀쩡히 이야기하고 가끔 언니들과도 대화했지만, 대부분의 시간을 내 방에 숨어서 보냈다. 유치원과 초등학교 1, 2, 3학년 시절은 귀에 거슬리는 반복적인 소음들이 한데 엉킨 채 흘러간, 불협화음의 시기였다.

쉬는 시간이 되면 나는 운동장 제일 먼 구석으로 달려가, 거기 수북이 쌓아놓은 낙엽 더미에 드러눕곤 했다. 낙엽 더미의 표면 아래로 가라앉은 상태에서, 무늬가 일정한 단풍잎 사이로 비쳐 들어오는 햇빛의 반짝임을 바라보았다. 종이 울리고 운동장에서 목청껏 외치던 아이들의 소리가 벽돌담 뒤로 잦아들면, 그제야 낙엽을 털고 일어나 문이 잠기기 직전에 건물로 뛰어들어갔다.

아직도 나는 내 언어를 찾으려고 노력중이다. 파티에서, 아니면 친구네 집에서 함께 식사할 때, 나는 이해가 느린 사람이 된 것 같다. 모두가 쉴새없이 말과 웃음을 쏟아내는데, 가끔은 따라잡기 힘들다. 한두 마디 끼어들기도 하지만, 내가 뱉는 말은 안에서 느껴지는 감촉과 일치하지 않는다. 나는 내가 느끼지도 않는 것을 말로 표현하려고 애쓴다. 어쩌면 수많은 이들의 목소리를 억누르는 것이 바로 그것인지도 모른다. 우리가 내뱉는 말들이 텅 빈 껍질임을 감지하는 것.

내가 이 목장에서 뱉는 말은 전부 필요한 말이다. 필수적인 말이다. 그렇다는 걸 이제 알겠다. 내가 하는 말, 내가 말하는 방식이 누군가의 삶에 ─ 크든 작든 ─ 변화를 일으킬 수 있다.

어제 랜디가 에스트렐라에게 안장을 씌우고 있었다. 등에 안장을 얹고 고정하려고 낑낑대는데, 에스트렐라가 불안해하며 자꾸 랜디 주위를 뱅글뱅글 돌았다. 랜디의 답답함이 목소리에 묻어났다. "워, 워, 에스트렐라"를 끊임없이 반복해서 오히려 에스트렐라의 흥분을 더 돋우고 있었다. 그가 하는 말이 아니라 그 소리, 정신 산란한 어조가 녀석을 더 뱅뱅 돌게 만들었다. 동물들은 단어 자체보다 거기에 묻어나는 진동에 더 귀기울인다.

"아무 말도 안 하는 게 낫겠어요." 내가 랜디에게 조용히 말했다. 그 말을 듣자마자 랜디는 자기가 뭘 바꿔야 할지 즉시 알았다. 그는 숨을 크게 들이마셨다가 천천히 내쉬었다. 그리고 눈을 감았다. 그렇게 조용히 있다가 눈을 살며시 뜨고 에스트렐라의 갈기로 손을 뻗어 녀석의 귀 뒤를 긁어주기 시작했다. 그러자 에스트렐라가 고개를 떨구고 숨을 훅 토했고, 그 소리에 랜디는 미소 지었다.

랜디는 말과 함께 작업하면서 목장 재소자들과의 관계도 부쩍 원만해졌다고 나에게 수없이 말했다. 상황이 나쁜 쪽으로 치달을 때, 말싸움이 터져 재소자들이 이성을 잃을 때, 랜디는 말과 함께 훈련하면서 배운 기술에 의지한다. 그는 태어나서 처음으로 마음을 가라앉히는 법을 배웠고, 그것을 자신이 속한 공동체에 이로운 자산으로 활용하고 있다.

이 목장에서는 내뱉는 말 한마디 한마디에 의미가 있다. 모든 숨

돌림, 모든 침묵, 모든 미묘한 억양, 이런 것들이 결과물에 큰 차이를 만들어낸다. 내 목소리, 내가 하는 말로 얼마든지 남의 삶을 구할 수 있음을 깨닫기까지 일 년이 걸렸다.

부서지며 길들어가는 우리

2014년 4월

조이가 덜덜 떨면서 나를 맞이한다. 그의 손을 잡자 떨림이 내 팔을 타고 올라온다. 그가 쏟아내는 말은 행갈이 없는, 숨가쁜 독백이다. 그는 자기가 목장에서 지낸 지 육 개월 됐고 그 전에는 교도소에서 삼 년 복역했으며 형기를 마치려면 이 년 더 있어야 한다고 미주알고주알 이야기한다. 그러더니 자기가 루나를 돌보는 법을 배울 수 있을 것 같으냐고 묻는다.

루나는 초보자가 타기에 적당한 말이 아니다. 대체로 토니와 랜디는 믿어주지만, 그 두 사람조차 때로는 루나를 다루기 어려워한다. 루나는 유일하게 우리가 아직 타지 못하는 말이다. 자기에게 안장을 얹는 걸 허락하지 않으며, 부러졌던 코 근처에 뭐라도 씌울라치면 길길이 날뛴다. 조이가 루나와 동질감을 느낀다는 걸 안다. 내가 목장에 올 때마다 조이가 매번 그렇게 얘기한다. 루나를 보살피고 싶어하는 건 조이만이 아니다. 거의 모든 재소자들이 루나를 돕고 싶어한다. 보통은 루나 쪽에서 관심이 없을 뿐이다.

"도와줄 손이 필요하긴 해요." 내가 조이에게 말한다. "조금씩 천천히 해보면서 반응을 봅시다."

나는 조이에게 말빗을 보여준다. 나무 손잡이가 달린, 둥그렇고 큼직한 쇠빗이다. 루나의 검은색과 흰색 섞인 털에 촘촘히 낀 먼지를 빗 바닥의 도톨도톨한 부분이 긁어내 떼어줄 것이다. 나는 말빗을 조이의 손에 쥐여준 다음 내 손으로 그의 손을 감싸고 빗질하기 시작한다. 우리는 루나의 가슴팍에서 시작해 아랫배, 등선을 따라 회오리 모양을 그리며 빗질한다. 나는 조이 뒤에 바짝 선다. 우리 둘의 몸이 댄서들의 몸처럼 맞닿는다. 우리는 파워 넘치는 루나의 몸뚱이와 평행으로 서서 녀석의 굴곡진 척추를 따라, 이어서 궁둥이까지 빗어준다. 조이는 루나와 겨우 몇 센티미터 간격을 두고 서 있다. 내 가슴팍에 조이의 들숨 날숨이 와 닿는다. 내가 그에게 찬찬히 지시한다.

"서두르지 말아요, 조이." 내가 말로 다독인다. "이 녀석, 시원하게 긁어주는 것 하나는 확실히 좋아하니까요."

루나가 숨을 훅 내뱉으며 콧김을 푸르르 내뿜는다. 미세한 콧물 분말이 축사의 파이프 레일을 맞히면서 저멀리서 들려오는 희미한 종소리 비슷한 소리를 낸다. 조이가 빗질을 잠시 멈춘다. 그리고 루나의 눈을 들여다본다. 눈이 감겨 있다. 루나는 지금 선 채로 푹 쉬는 상태다.

조이는 매일 책상 앞에 앉아 목장으로 걸려오는 직통전화를 받는다. 여보세요. DS 목장입니다. 무엇을 도와드릴까요? 책상 상판 밑에서는 조이의 다리가 오르락내리락하고 뒤꿈치가 따발총처럼 바닥을 두드리고 있다. 조이는 머리를 좌우로 쉴새없이 움직이면서 조그만 껌을 딱딱거리며 씹는다. 전화 받기 업무는 그에게 사람 대하는 법, 남의 요구 들어주는 법을 가르쳐준다. 잠깐만 기다려주시겠어요? 금방 알아내서 알려드릴게요. 조이는 전화 한 통을 끝낼 때마다 방 반대편에서도 들릴 정도로 큰 한숨을 길게 뽑아낸다. 통화 사이사이에는 숨을 참으며 손톱을 잘근잘근 물어뜯는다.

이 목장에 오는 사람들 중에는 고등학교 때부터 약물에 손대기 시작해서 끝내 졸업하지 못한 이들이 많다. 일다운 일을 시작하기도 전에 약물에 단단히 중독되는 것이다. 목장에 오면 처음 육 개월 동안은 일상을 영위하는 데 필요한 기본적인 기술을 익히는 데 집중한다. 다른 재소자들과 서로 존중하며 인사하고 대화하는 법. 사람들 앞에 나갈 때 옷 갖춰입는 법. 기본 위생규범. 제시간에 출근하기. 조이는 그간 크게 나아지지 않았다. 노력은 하지만 대화할 때 좀처럼 나와 눈을 맞추지 못한다. 머리를 짧게 깎았지만 빗지는 않는다. 가축전담반에 일하러 나올 때는 거의 항상 자기 몸보다 몇 사이즈 큰 벙벙한 옷을 입고 온다. 조이가 열두 살 때 부모가 조이와 동생들을 전부 버렸다고 한다. 그래서 조이에게는 역할모델이 없었다. 세상에 어떤 규칙들이 존재하는지, 그것을 어떻게 지키며 살아갈지 본보기가 되어줄 사람이 없었다.

조이가 헤어브러시를 움켜쥐더니 루나의 갈기를 잡아당긴다. 헤어컨디셔너를 집어들어 손바닥에 짜낸다. 그걸 루나의 길고 하얀 터럭 군데군데에 뭉쳐서 생긴 매듭 사이에 쑤셔넣어가며 손가락으로 잘 펴바른다. 마치 어린 딸 학교 보낼 채비해주는 아빠 같다. 다른 쪽 손으로는 터럭의 뿌리 부분을 잡고서 매듭을 하나씩 푼다. 너무 세게 잡아당길까봐 걱정하는 기색이다. 루나는 미동도 없이 서 있다. 다리 하나를 접고, 입으로는 우물우물 원을 그린다. 조이가 루나의 발굽을 들어올린다. 그러자 루나가 무릎을 접고 다리를 가볍게 들어올리며 아예 제 몸을 조이에게 맡긴다. 조이는 루나의 발굽 틈에 낀 돌멩이며 굳은 진흙을 파낸다. 발굽 하나씩 전부 샅샅이 살피고 도로 내려놓는다. 그런 다음 그루밍 도구 상자에서 부드러운 브러시를 꺼내 루나의 몸을 찬찬히 훑으며 솔질하기 시작한다.

조이는 위궤양 때문에 고생중이다. 그래서 끼니로 피넛버터 샌드위치 반쪽처럼 극소량만 먹는다. 쿠키 몇 개를 가지고 하루종일 우물거린다. 그래서 주머니에 늘 쿠키 부스러기가 들어 있다. 조이는 혼자다. 부모는 진즉에 약물중독으로 잃었다. 동생들은 감옥에 있거나 약을 한다. 조이는 이십대 후반인데도 글을 읽을 줄 모른다. 일라이자가 화요일 저녁마다 도서관에서 읽기를 가르쳐주고 있다. 조이는 고등학교 과정 검정고시에 합격하고 싶어한다. 붙으면 가족 중 최초가 될 거란다.

하프 브로크

토니가 리드줄로 끌어 루나를 원형 마장에 넣는 동안, 조이는 마장 레일의 제일 윗칸에 기대서 있다.

"어서 들어가봐, 할 수 있어." 토니가 격려해준다.

조이는 어깨를 으쓱한다.

루나가 마장 안을 어슬렁거린다. 다른 데 정신이 팔려 있다. 게다가 혼자다. 다른 말들은 다 방목장으로 내보냈다.

"얼른. 들어가서 친해져봐." 토니가 어떻게든 도와주려고 하지만 조이는 꿈쩍도 안 한다.

그러더니 저만치 가버린다. 미루나무 쪽으로 가더니 나무 옆에 서서 루나의 반대쪽으로 고개를 돌린다. 토니는 머리를 절레절레 흔들고는 홱 돌아서 호크에게 가버린다. 나는 축사 파이프 레일 옆에서 윌리의 발굽을 깎아주고 있다. 허리를 푹 숙이고 있어서 거꾸로 뒤집힌 시야로 조이를 관찰한다. 조이의 몸은 최대한 조그맣게 접다가 아예 사라지고 싶다고 말하는 듯, 앞으로 잔뜩 웅크린 모양새다. 다리를 넓게 벌리고, 어깨는 안으로 말고, 고개는 왼쪽으로 까딱 기울이고 있다. 그러고 있으니 매사에 실망만 맛본 어린아이처럼 보인다. 세상에서 가장 간절히 원하는 것이 저 마장 안에 있는데, 그걸 어떻게 손에 넣을지 모른다. 마장 안에서 자유로이 돌아다니는 루나에게 가까이 다가가고 싶어하지만, 남들의 지지가 필요하다.

루나가 조이의 등을 빤히 쳐다본다. 둘의 몸 사이의 공기를 킁킁대지만 어떤 냄새도 포착하지 못한다. 조이가 너무 멀리 있다. 루나는 어떤 움직임이든 나타나기를 기다린다. 조이가 돌아서기를, 조금 이라도 움직이기를, 살아 있다는 어떤 신호든 보이기를 기다리는 기색이 역력하다. 조이에게서 감지되는 공허함이 루나를 혼란에 빠뜨린다. 귀를 앞으로 쫑긋거리고 가슴팍을 원형 마장 레일에 바짝 갖다 댄 채 루나는 조이의 사라짐에, 그의 몸이 텅 빈 껍질이 되어가는 것에 놀라서 얼어붙는다.

말들은 상대의 몸에서 생명력을 찾으려 든다. 우리의 겉껍질은 뻣뻣하지만 내부는 물처럼 유동적이어서 끊임없이 흐르고 있다. 짐승들은 그 흐름의 부재, 즉, 움직임이 완전히 멈춘 죽음, 정체 상태를 감지한다. 말에게는 모든 것이 움직임이다. 모든 것에 기류가 있다. 아주 미세한 파동도 많은 것을 말해준다. 루나는 그 짧은 거리 너머를 응시하면서 생명력 없는 한 몸뚱이를 열심히 관찰한다.

나는 윌리의 발굽 트리밍을 마치고 녀석을 도로 마방에 데려다 놓는다. 조이의 옆을 지나가면서 우리 사이의 공기의 흐름을 느낀다. 아마 조이도 느꼈을 것이다. 조이를 상대할 때는 억지로 밀거나 당기면 안 된다는 걸 안다. 그렇게 하면 조이는 오히려 마음을 더 닫아버릴 것이다.

루나가 조이에게서 시선을 거두고 원형 마장 게이트로 다가와 나를 맞는다. 내게서 몇 발짝 떨어진 데 서 있다. 조금만 더 다가오면 좋겠다. 내가 팔을 들어 녀석의 목을 긁어주려고 손을 뻗는다. 손대지 마, 루나가 귀를 납작하게 젖히고 물러선다. 뭐든 요구하면 녀석은 그 즉시 물러나버린다. 나는 팔을 도로 내린다. 그러자 루나가 콧구멍을 벌름거려 내 체취를 맡을 수 있을 정도의 거리로 다시 다가온다.

조이가 모래 깔린 목장길을 터벅터벅 걸어와 소리 없이 내 뒤에 선다. 등뒤로 그의 기척이 느껴진다. 그는 내가 알은척해주기를 기다리고 있다. 왜 아무 말도 안 하는 걸까? 조이가 자기 몸을 이렇게 둘 때마다 내 머릿속에는 별의별 생각이 다 떠오른다. 그를 붙잡고 어깨를 흔들면서 뭐가 필요하냐고 묻고 싶다. 하지만 그러면 안 된다는 걸 안다. 나는 돌아보지 않는다. 루나가 발을 들썩거리면서 몸을 조이 쪽으로 비스듬히 돌린다. 두 귀가 앞을 향해 쫑긋 기운다. 푸른색 한쪽 눈, 갈색 한쪽 눈 둘 다 조이에게 고정되어 있다.

"마장에 들어가고 싶어요." 조이가 말한다.

"내가 여기 있으면 좋겠어요?" 내가 묻는다.

"네."

루나는 하프 브로크다. 우리가 갈기와 꼬리를 그루밍하고 발굽을 청소하고 깎는 것까지는 허락해준다. 축사 안에서 토니와 랜디가 수장굴레 씌우는 것까지도 허락하지만, 다른 사람은 안 된다. 몇 주전 토니가 루나를 원형 마장으로 데려가는데 루나가 휙 돌더니 토니의 골반 바로 위, 갈비뼈 측면을 번개처럼 발로 차 토니를 옆으로 주르륵 미끄러뜨렸다. 토니는 일주일 넘게 거무죽죽하게 멍든 채로 다녀야 했지만 다행히 갈비뼈는 안 부러졌다.

"다루기 힘든 녀석이에요. 우리처럼." 토니는 이 말을 몇 번이나 중얼거렸다.

　루나가 과연 경계를 풀기는 할지, 나는 회의적이다. 지금까지 루나와 비슷한 말을 몇 번 만나봤다. 자주권을 목숨처럼 지키려 드는 말들이 있다. 그런 녀석들은 결코 조교사에게 통제권을 전적으로 넘겨주지 않는다. 말이 그렇게 해도 받아들이는 것, 동물에게 통제권의 일부를 남겨주는 것은 배우기 여간 어려운 일이 아니다. 2008년 승마술 강습을 하러 노스캐롤라이나주 롤리에 갔을 때 나는 루나와 아주 많이 닮은 말을 만났다.

　이름은 코코, 여섯 살 난 웜블러드종 암말이었고 마주는 여우사냥꾼이었다. 당시 강습 참가자는 여자 열두 명이었는데, 모두들 개인 강습을 원했다. 즉, 둘러서서 구경하는 이 없이 강습생 한 명씩 따로따로 가르쳐야 했다는 얘기다. 단, 코코가 아레나에 들어올 때만은 달랐다. 마주가 코코를 아레나로 데리고 들어오는데, 그 뒤로 호기심 가득한 관중 한 무리가 따라왔다. 코코는 이미 아드레날린에 잔뜩 취한 상태였다. 펄쩍펄쩍 뛰면서 앞다리를 공중에 들어올리는 통에 녀석의 무릎이 반동으로 아레나 바닥에서 풍선처럼 통통 튀어올랐다. 장안은 했지만 고삐는 아직 머리 뒤로 넘기지 않은 상태였다. 마주는 코코가 자기 위로 훌쩍 뛰어오르지 않게 붙드느라 고삐를 잡아당겼다.

　"먼저 타실 거예요, 아니면 제가 탈까요?" 마주가 대뜸 물었다.

그 말에 내가 너무 크게 웃는 바람에 내 마이크에서 삐이익 소리가 났다. 구경꾼들도 덩달아 웃음을 터뜨렸다. 코코의 주인은 어리둥절한 표정을 지었다. 자신은 진지한 질문을 던졌고 물어볼 생각이 든 유일한 질문이었으니 그럴 만도 했다.

"누가 가서 내 밧줄 수장굴레랑 조마삭 끈 좀 갖다줄래요?" 나는 구경꾼들을 향해 말해놓고, 코코의 네 발을 땅에 붙여놓는 훈련을 하러 돌아섰다. 코코는 처음 아레나에 들어올 땐 그저 활발한 암말 같더니, 내가 왼쪽 앞다리를 거기 놓고 오른쪽 뒷다리는 여기 놓으라고 시키자마자 귀를 바짝 젖히고 입술을 까뒤집고는 이를 딱딱거리며 내게 돌진했다. 나는 옆으로 펄쩍 뛰어 공격을 피한 뒤, 곧바로 발굽을 내가 원하는 위치에 놓게 하는 훈련으로 돌아갔다. 코코에게 왜 구경꾼이 따라붙는지 분명해졌다. 코코는 내가 원하는 그 무엇도 순순히 해줄 의향이 없었다.

나는 코코의 적개심 어린 표정도 아랑곳하지 않고, 아무것도 개의치 않는 듯 마이크에 대고 휘익 휘파람을 불었다. 녀석의 옆구리 근처, 조금 더 올라가 흉곽 근처, 그리고 다시 어깨 근처에 대고 리드 줄을 휘둘렀다. 한 번 휘두를 때마다 특정 지점에 발굽을 내려놓도록 유도했다. 보통 다른 말들은 금세 응하고 따르는 단순한 지시였다. 하지만 코코는 그러지 않았다. 이건 내 발이야. 내 권위를 지킬 유일한 기회야. 도망을 치거나 안전과 음식, 내 삶에서 필요한 다른 모든 걸 확보할 주 도구야. 그러니 안 될 말씀, 너는 내 발을 가질 수 없어.

내가 정면에 있으면 녀석은 달려들어 나를 물어뜯으려 했다. 내가 뒤나 옆에 있으면 발길질을 하려 들었다. 코코가 내가 요구하는 것의 반만이라도 들어주게 만들기까지 나는 매일 거의 두 시간 가까이 훈련을 해야 했다.

강습 셋째 날 오후가 되자, 기승자가 올라탈 동안 가만히 있기, 90센티미터 높이의 가로대 뛰어넘기, 잔디밭을 얌전히 걸어서 가로지르기까지 수행시키는 데 성공했다. 코코가 평생 한 번도 해보지 않은 세 가지였다. 마주는 그 정도의 발전에도 뛸듯이 기뻐했다.

"이 대단한 걸 어떻게 해내셨는지 모르겠어요." 마주가 강습 마지막날 나에게 말했다.

"이 녀석하고 협상을 했거든요." 나는 설명했다. "어디로 가면 좋겠는지 얘기하고, 얼마나 빨리 갈지는 녀석이 정하게 했어요. 녀석의 자유를 반만 가져온 거죠."

조이가 레일 사이로 몸을 넣어 원형 마장으로 들어간다. 그는 흰색 하이탑 운동화를 신고 자기 몸보다 두 사이즈는 큰 블랙진을 입었다. 허리에 밧줄을 둘렀고, 밝은 노란색 후드티의 후드를 머리에 뒤집어썼다. 조이가 마장에 들어가자 루나가 몸을 돌려 반대편으로 달아나더니 조이와 평행으로 선다. 나는 마장 밖에서 둘을 지켜본다. 바람이 일으킨 흙먼지 회오리가 우리 주위를 맴돈다. 흙먼지와 거름 찌꺼기, 자그마한 돌맹이들이 레일에 따닥따닥 부딪힌다. 그러자 루

하프 브로크

나가 흠칫 놀란다. 조이는 반응이 없다. 움찔하지도 않는다. 나는 눈을 감는다. 이미 바싹 말라붙은 비강에 흙먼지가 들러붙는다. 나는 눈가 안쪽에 낀 먼지를 떼어내고 입술에 붙은 흙도 슥 훔쳐낸다. 눈을 다시 떴는데 조이가 바위처럼 보인다.

나는 기다릴 작정이다. 한마디도 하지 않으련다. 조이는 자기가 준비됐을 때 필요한 것을 요청할 것이다. 이제는 조이에 대해 그 정도는 파악했다. 루나가 목을 땅으로 쭉 뻗는다. 목이 반항적으로 휜다. 풀을 뜯을 생각은 없는 것이다. 왼쪽 앞발을 공중에 휘둘렀다가 땅에 쿵 내려놓고, 이어서 앞발로 바닥을 문대기 시작한다. 화가 났나? 조이가 마장에서 나가길 바라나? 푸르릉. 콧구멍에서 그르릉, 하고 거친 콧바람이 뿜어져나오고 목이 꼿꼿이 펴진다. 고개가 도로 올라간다. 루나는 뭔가 기대하는 기색으로 조이를 향해 몸을 튼다. 조이가 움직이기를 바라는 것이다. 조이가 생기를 띠기를 바라는 것이다. 루나가 왼쪽 비절을 들어 자기 몸 밑으로 접으면서 왼쪽 궁둥이를 오른쪽으로 돌린다. 이제 레일과 직각이 된 루나는 조이를 똑바로 바라보고 섰다. 또다시 뭔가 마음에 걸리는 표정이다. 자기 앞에 있는 생명력 없는 사람이 영 신경 쓰이는 눈치다. 루나는 곧장 조이를 향해 한 발 다가간다. 둘은 9미터쯤 떨어져 있다. 조이가 주춤 물러나고, 그러다 엉덩이를 레일에 부딪친다. 그는 휘청거린다. 루나가 걸음을 멈춘다. 저 사람 움직였어. 살아 있군.

"루나는 뭘 원하는 거죠?" 조이가 묻는다.

"당신이 움직이기를 원하는 거예요." 내가 설명한다.

루나는 예의 보라색과 붉은색 수장굴레를 쓰고 있다. 벌써 일 년 넘게 그걸 쓰고 있다. 우리가 수장굴레 벗기는 걸 허락하지 않아서다. 나는 그냥 두는 게 최선일지 모른다고 판단했다. 벗기면 다시는 도로 씌우지 못할 수도 있으니까.

"어디로든 가봐요. 루나는 당신이 어떤 사람인지 잘 몰라요. 움직여야죠!"

내 말에 조이가 땅만 내려다보면서 왼쪽으로 걸어간다. 노란 후드티와 블랙진 때문에, 머리만 노란 커다란 검은 새가 마장 안을 종종종 도는 것처럼 보인다. 조이가 무릎을 거의 굽히지 않고 발을 끌며 걷자 하얀 운동화가 땅에 끌리면서 금세 주황색이 된다. 그는 다리를 아주 오래된 지팡이처럼 질질 끈다. 루나가 후구를 축으로 몸을 돌린다. 두 귀는 마장 안의 조이를 좇아 겨누는 다트다. 루나는 조이가 움직이는 것에 만족한다. 궁둥이를 축으로 잘도 돈다. 도끼눈을 하고 자기 선수를 관찰하면서 모든 기계적 움직임을 평가하는 코치처럼. 조이의 호흡이 가빠지고, 오른발 엄지발가락이 왼발 엄지발가락보다 더 세게 땅에 박히고, 왼팔을 휘둘러 그리는 부채꼴은 오른팔이 그리는 부채꼴의 반밖에 안 되는 것을 녀석은 가만히 지켜본다. 조이가 내 앞을 지나갈 때 보니, 바보가 된 기분을 느끼는 걸 알겠다. 눈알을 위로 굴리고 입술은 비죽 내밀었다가 아래로 늘어뜨린다. 조이는 루나를 만지길 원하고, 루나를 그루밍할 때 느끼는 친밀감을 확실히 손에 넣고 싶어한다. 루나가 가까이 오면 좋겠는데, 그가 다가가면 루나는 도망갈 것이다. 인간에게서 도망쳐야 한다는 최초의 본능이 아직도 루나에게 유리하기 때문이다. 조이가 후드 자락 밑에서 시선을 든다. 숙소 동기 세 명이 어슬렁어슬렁 지나가자 조이가 눈에 띄게 창피해한다. 그는 시선을 도로 내리깐다.

"어이, 조이, 뭐해? 손수건 돌리기 하는 거야?" 숙소 동기들이 웃음을 터뜨린다.

조이는 고개를 들지 않는다. 아무 말도 하지 않는다. 조금씩 더 초조해한다. 숨을 참는다. 상체를 어기적대면서 동기들에게서 멀어진다. 뭐라고 나직하게 중얼거리는 소리가 들린다. 그런데 그때 저 앞 미루나무 근처에서 목장 개들이 일제히 튀어나온다. 왕왕 짖어대면서 낡은 닭장 밑으로 숨어든 야생 새끼 고양이 네 마리를 쫓아간다. 루나가 원형 마장을 가로질러 달려온다. 조이가 화들짝 놀라 몸을 피한다. 토니와 랜디가 달려가 개들을 말린다. 둘은 개들을 가둬두려고 식당으로 데려간다. 조이가 마장에서 겨우 몇 미터 떨어진, 한쪽으로 내려앉은 닭장을 마주한 레일로 가더니 새끼 고양이들을 부른다. 어미 없이 버려진 그 새끼 고양이들을 잡으려고 벌써 몇 주째 애쓰던 차였다.

"착하지, 아가야." 조이가 노래하듯 말을 건다.

그는 잠시 루나는 완전히 잊고 새끼 고양이만 불러댄다.

"이리 와, 착하지."

나도 마장 바깥쪽을 빙 돌아 닭장으로 다가간다. 계속 "착하지, 야옹아" 하며 고양이를 불러대는 조이를 향해 루나가 몇 걸음 다가간다.

새끼 고양이들이 닭장 밑에서 나온다. 세 마리는 털이 까맣고 한 마리만 하얀 털에 발만 까맸다. 루나가 고양이들을 자세히 보려고 더 바짝 다가왔다. 조이 뒤로 1.5미터쯤 떨어진 데까지 와서 목을 앞으로 쭉 뺀 채, 여차하면 뒤로 후다닥 뛰어가려고 엉거주춤 낮춘 궁둥이에 잔뜩 힘을 주고 있다. 그러다가 몇 걸음 마저 다가와 조이의 어깨와 나란히 선다. 그러고는 새끼 고양이를 건드려보려고 레일 제일 윗칸 너머로 고개를 뺐다가 아래로 내린다. 조이가 목을 반쯤 돌린다. 곁눈질을 하다가 루나와 시선이 마주친다. 조이는 도로 새끼 고양이들에게 시선을 돌린다. 고양이들은 등을 한껏 동그랗게 말고 조이 발치의 레일 기둥에 몸을 벅벅 문지르고 있다.

"진저, 헛간에서 고양이 이동장 좀 갖다주실래요?" 조이가 묻는다.

나는 이동장을 가지러 헛간으로 간다. 이동장은 먼지 쌓인 낡은 안장 두 개 뒤에 끼어 있다. 그걸 꺼내 원형 마장으로 가져가는데, 나란히 붙어서서 새끼 고양이들을 내려다보는 루나와 조이의 뒷모습이 보인다.

조이가 몸을 숙이고 레일 틈으로 손을 뻗어, 그의 다리에 조그만 제 등을 비벼대고 있는 고양이 한 마리를 번쩍 집어든다. 그러고는 돌아서 마장을 가로질러 나에게 온다. 나는 두 팔로 이동장을 안아들고 있다. 루나가 조이를 따라온다. 콧구멍이 다시 벌렁거린다. 제대로 냄새 한번 맡아보려고 조이의 두 팔에 코를 쿡 처박기까지 한다. 조이는 나에게 새끼 고양이를 넘기면서 쿡쿡 웃는다. 돌아서 루나를 뒤에 달고 나머지 새끼 고양이 세 마리를 데리러 가는 그의 얼굴에 멋쩍은 웃음이 번진다.

네 마리 다 이동장에 담겼다. 고로롱거리고, 이동장 벽을 벅벅 긁고, 울고, 제각각 난리가 났다. 조이가 원형 마장 한복판으로 가자 루나가 쫓아간다. 조이는 서두르지 않는다. 돌아서서 루나를 마주본다. 긁어주려고 손을 뻗는데 루나가 가만히 서 있다. 고개를 푹 숙이기까지 한다. 조이가 후드를 젖힌다. 그런 다음 손톱을 세워 갑근까지 훑어올라가며 더러워진 털 속 간질간질한 부분까지 루나의 목 구석구석을 시원하게 석석 긁어준다.

조이의 얼굴이 미소로 활짝 핀다. 등이 꼿꼿하게 펴진다. 그는 마치 평생 그렇게 해온 것처럼 망설임 없이 두 팔을 쳐들어 루나의 몸 위에 얹는다.

"굴레 풀어줘도 돼요?" 조이가 나에게 묻는다.

나는 놀라서 머뭇거린다. 아니, 굴레 풀어주면 안 돼. 다시는 도로 채우지 못할 거야. 속으로 대꾸한다. 우리가 루나의 얼굴을 향해 너무 빠르게 접근할 때마다 루나는 우리의 손길을 피해 고개를 휙 젖히고, 그러다가 재소자를 뒤로 밀쳐 넘어뜨린 일도 많았다. 그러다가 언젠가 누구 한 명 심각하게 부상을 당할까봐 노심초사해왔다. 전에 입은 부상을 아직 잊지 않은 루나는 어떤 대가를 치르든 제 몸을 지키려고 한다. 지난 일 년간 우리는 루나의 벽을 거의 허물지 못했다. 지금 루나를 보고 있자니, 이제는 새로운 것을 시도해볼 때도 되지 않았나 싶다. 다시는 루나에게 올가미를 채우기 싫다. 나는 이제는 짝꿍처럼 나란히 서 있는 조이와 루나를 바라본다.

"글쎄요. 어쩌면요. 굴레 버클을 풀고 코에서부터 살살 벗겼다가, 반쯤만요, 도로 씌워봐요. 루나가 어떻게 나올지 일단 봅시다."

조이가 수장굴레에 눌린 루나의 살을, 귀 뒤의 털이 잔뜩 뭉친 부위를 긁어준다. 그러다가 굴레의 코끈을 들어올리고, 굴레에 쓸려 털이 다 빠진 맨들맨들한 부위를 긁어준다. 말라서 딱딱해진 허연 각질 가루가 풀풀 날린다. 루나가 입안에서 혀를 사탕처럼 굴린다. 그러더니 침을 꿀꺽 삼키고 쩌억 하품을 한다. 고개를 조금 더 떨어뜨린다. 조이가 놋쇠 버클로 손을 뻗어 재갈을 고정한 쇠편을 찰칵 푼다. 코끈을 얼굴에서 반쯤 벗겼다가 도로 올려 씌운다. 버클을 채운다. 조이가 나를 본다. 나는 해도 된다고 고개를 끄덕인다. 조이가 버클을 도로 풀고, 코끈을 루나의 얼굴에서 벗기고, 수장굴레를 땅에 툭 던진다. 이제 흉터가 훤히 보인다. 코 중간에서 왼쪽 눈가까지 지그재그로 15센티미터 팬 흉터다. 털이 다시 자란 데도 있지만 듬성 듬성하며, 빈 부위는 반흔조직이 채웠다. 조이가 뭉툭한 손가락 끝으로 루나의 얼굴을 긁어준다.

루나가 조이의 가슴팍에 머리가 닿을락 말락 할 때까지 몸을 기댄다.

루트비어

2014년 4월

"걔는 안 데리고 나온 지 한참 됐어요." 말 쉼터 정문에서 나를 맞이한 훤칠한 카우보이가 나에게 알린다. 그는 펄럭이는 카우보이 모자를 머리에 꾹 누른 뒤, 딱 붙는 진바지 뒷주머니에서 씹는담배 통을 꺼내 담배 한 자밤을 덜어낸다. 그러고는 입을 벌리고 이미 불룩한 볼에 담배 덩어리를 밀어넣는다. 치아가 진한 커피색으로 변색되어 있다. "할 수만 있다면 제가 직접 조련하고 싶은데 말이죠. 저놈이 제일 마음에 들거든요." 그는 입안에 담배 덩어리를 문 채 웅얼거린다.

"이름이 뭐예요?" 내가 묻는다.

"루트비어라고 불러요. 보스한테 내가 조교하게 해달라고 그렇게 사정했는데." 그는 씹는담배 통을 도로 주머니에 찔러넣는다. "제키가 너무 커서 안 된대요. 근데 저는 아담하고 민첩한 애들이 좋더라고요, 쟤처럼요. 선생님한테는 잘 맞겠네요. 먼저 저 녀석 마음만 얻으면 돼요."

내 나이의 반밖에 안 살았고 경험치도 내 절반밖에 안 되는 남자가 거리낌없이 나에게 충고한다.

이 주 전 우리 집 말들을 봐주는 수의사가 전화해서는 산타페 말 쉼터에서 여는 올해 첫 백 일 조교 챌린지에 참가할 의향이 있느냐고 물었다. 산타페 말 쉼터는 버려진 말들을 데려가 돌보는 비영리 시설이다. 조교사 한 명당 유기마 한 마리씩을 맡아 백 일 동안 훈련한다. 그후 대회를 열어 승자를 뽑고, 뒤이어 열리는 경매에서 말들을 좋은 가정에 입양시킨다.

처음에는 참가할 생각이 없었다. 3월 중순인데 이미 여름 스케줄이 거의 꽉 차버렸기 때문이다. 그런데 쉼터 홈페이지에 올라온 녀석의 사진을 보고 마음이 바뀌었다. 재소자들에게 좋은 도전과제가 될 것 같았다. 일라이자와 토니가 새 말과 작업할 기회를 얻으면 무척 좋아할 것 같았다. 목장의 다른 말들은 루나만 빼고 다 안장을 순순히 받아들이고 있었다. 나는 루트비어의 사진을 프린트해서 목장에 가져갔다. 다들 사진을 자세히 보려고 모여들었다.

"귀엽네요." 토니가 제일 먼저 입을 열었다. "제가 데리고 훈련해보면 좋겠어요. 저 눈 좀 보세요."

올 3월에 토니와 랜디 그리고 나는 함께 일한 지 일 주년을 맞았고, 몇 달 후에는 일라이자가 일 주년을 맞는다. 토니는 완전히 새사람이 되었다. 만날 때마다 나를 꼭 안아주고, 목장 말들과 재소자들이 얼마나 잘하고 있는지 미주알고주알 이야기한다. 아무렇게나 부숭부숭 방치해 새집 같던 머리카락이 이제 숱이 풍성하고 윤기가 흐른다. 토니는 그걸 옆가르마를 타서 넘기고 다닌다. 아래위로 치아도 새로 해 넣었다. 처음에는 그것 때문에 입술이 튀어나와서, 늘 달려들어 뽀뽀를 하려는 것처럼 보였다. 그러더니 마침내 힘을 빼고 입술을 치아에 편안히 얹어놓을 수 있게 되었다. 전에는 에나멜로 때워시커멓고 그마저도 부서져 뿌리만 몇 개 남아 있던 자리에 큼직하고 새하얀, 귀여운 앞니들이 박혀 있다.

"우리가 할 수 있을까요?" 랜디가 묻자, 내가 뭐라고 하기도 전에 일라이자가 냉큼 대꾸했다.

"당연하죠, 랜디. 우리가 작년에 에스트렐라, 호크, 스카우트, 빌리를 얼마나 잘 돌봤는데."

나 혼자서는 하고 싶지 않다고 처음부터 생각했다. 다같이 한 팀으로 일할 생각을 하니 신이 났다. 우리가 함께 이 일을 해내면, 백일 안에 루트비어를 훈련하는 데 성공하면, 녀석에게 입양가정을 찾아줘 쉼터를 떠나게 해줄 수 있다. 루트비어에게 새 삶을, 새 출발의 기회를 주는 것이다.

루트비어는 앨버커키 동쪽에서, 제 어미와 남동생과 함께 뼈만앙상한 상태로 들어왔다고 쉼터 직원이 말했다. 세 마리 전부 정상체중에서 90킬로그램 내지 140킬로그램 정도 덜 나갔다. 얼마나 오래인지 모르지만, 버려진 축사에 물도 여물도 없이 방치되어 있었단다. 동생은 끝내 회복하지 못했다. 쉼터에 도착한 지 며칠 만에 숨을 거뒀다.

루트비어는 몸집은 작지만 내가 본 최고의 커팅호스*들 못지않게 균형 잡혔다. 머리, 목과 등, 허리가 전부 길이와 폭이 일정해 보인다. 어디 한 군데 군살이 없다. 완벽하게 균형 잡힌 무용수의 몸매 같다. 아직 한 발짝 떼는 것도 보지 못했지만, 녀석의 움직임이 얼마나 유려할지 벌써 눈에 선하다.

녀석이 자기 수조 건너편에 있는 나를 물끄러미 응시한다. 숨기는 게 없고 관심 어린 눈초리지만, 동시에 다른 것도 엿보인다―확고하게 지키는 것, 남에게 빼앗긴 것, 그리고 앞으로 녀석이 놓아 보내야 할 것도. 내가 리드줄을 들고 다가가자 녀석은 사슴같이 반대편 펜스로 경중경중 뛰어간다.

"자, 제가 도와드릴게요, 미스." 깡마른 카우보이가 올가미 밧줄을 말아쥐고 뒤에서 다가온다.

"고맙지만 됐어요. 내가 할게요. 문제없어요." 나는 몸을 반쯤 돌리고 그에게 서부식으로 고개를 크게 한 번 끄덕여 보인다. 그러자 그가 걸음을 멈춘다.

* cutting horse, 소를 무리에서 떼어놓는 훈련을 받은 말.

내가 다가가자 루트비어가 목을 접어 나를 마주본다. 나는 10미터쯤 남기고 멈춰 선다. 몇 걸음 더 다가가면 녀석이 달아날 것 같아서다. 대신 녀석은 제 오른쪽으로 걸어간다. 보폭이 일정하고 걸음에 리듬이 있다. 후구의 길이와 근력 덕분에 몸집이 작은 말치고 단몇 걸음 만에 멀리 간다. 산길에서 달리면 아주 근사하겠어. 이런 생각이 든다. 나는 녀석의 흉곽 중심부와 나란히 서서, 녀석이 움직이는 궤적과 평행하게 따라 걷는다. 녀석이 걸음을 멈추고 또 한번 목을 접어 나를 보더니, 이번에는 돌아서 왼쪽으로 걷는다. 나도 그 자리에서 몸을 돌려 녀석의 움직임을 따라 한다. 둘이 그렇게 오가기를 몇 분 계속하다가, 루트비어가 나를 향해 몸을 돌리고 멈춰 서더니 네 걸음 다가와 가만히 선다. 내가 뭘 알고 하는 거라고 판단한 모양이다.

대회는 7월 초에 열린다. 뛰어난 조교사 아홉 명이 참가한다. 우리까지 합하면 열 팀이다. 우리가 일등을 하건 말건 상관없다. 중요한 건 루트비어가 쉼터를 떠나 좋은 가정에 입양되도록 도와주는 것이다.

나는 루트비어의 목 너머로 손을 뻗어 녀석의 뺨 옆에 밧줄굴레를 매듭짓는다. 루트비어는 나를 따라 마장에서 나와 목장 흙길을 걸으면서 쉼터에 머무는 다른 말 십여 마리를 지나친다. 다른 말들이 전부 펜스에 바짝 붙어 지나가는 루트비어를 구경한다. 루트비어가 다른 말들에게 히히힝 소리지른다. 귀도 바짝 눕힌다. 물러나, 라고 말하듯 한쪽 뒷다리를 들어올린다. 벌써 우리 팀에 딱 맞는 녀석인 걸 알겠다.

"그 녀석은 여기 온 후로 트레일러에 들어간 적이 없어요, 미스." 카우보이가 올가미를 들고 또 따라온다. 그는 입 가장자리로 씹는담배를 찌익 뱉는다. "필요하면 녀석의 후구에 밧줄을 하나 더 걸어드릴게요."

"알아서 앞장서서 잘 가는데요 뭘." 내가 지적한다. "그냥 놔둬보죠." 루트비어와 나는 카우보이를 지나쳐 간다. 내가 트레일러차 문을 열어젖힌다. 안에는 무가 매인 채, 얼른 루트비어를 쉼터에서 데리고 나가기를 참을성 있게 기다리고 있다. 루트비어가 트레일러에 바로 훌쩍 올라탄다. 녀석이 목을 뒤로 젖히면서 무를 향해 귀를 눕히자, 무는 루트비어의 냄새를 짧게 한번 맡고 물러선다. 루트비어는 비율이 완벽한 그 조그만 갈색 몸을 트레일러 창을 향해 돌리고 서서 쉼터의 다른 말들이 축사 안에서 흙먼지를 차올리며 날뛰는 모습을 바라본다. 나는 리드줄을 녀석의 등 위로 툭 던지고 트레일러 문을 닫은 뒤, 차체를 빙 돌아 운전석으로 간다.

"도움 많이 됐어요." 이렇게 한마디 던지고, 동풍을 맞으며 하릴없이 올가미로 자기 허벅지를 툭툭 때리고 서 있는 카우보이에게 손을 흔들어준다.

말을 훈련할 때는 뭐든 처음부터 제대로 가르치는 게 좋다. 그러지 않으면 문제행동을 바로잡는 데 시간이 한없이 걸린다. 그 첫날 저녁, 나는 루트비어와 무를 우리 집 축사로 데려갔다. 그리고 이튿날 아침 일찍 마방으로 녀석을 데리러 갔다. 녀석은 나를 피해 마방 구석으로 가 돌아서서 나를 빤히 보더니, 서커스에서 재주 부리는 코끼리처럼 뒷다리로 지탱하고 일어선다. 그랑프리 대회 챔피언처럼 앞다리를 접어 붙인 채 하도 오랫동안 버티고 있어서, 나는 쇼나 감상하자는 기분으로 쿡쿡 웃어버린다. 루트비어가 발을 바닥에 내려놓더니, 밝은 색 귀를 쫑긋대면서 또 한번 공중에 앞다리를 쳐든다. 왠지 녀석의 얼굴에 미소가 어린 것 같다. 말들에게는 자기만의 동작이 하나씩 있다. 들판에서 재미로 그 동작을 하기도 하고, 아니면 마굿간에서 다른 말들과 놀 때 선보이기도 한다. 상체를 쳐들고 햇살에 아랫배를 내놓은 루트비어를 보고 있자니 녀석이 놀고 싶어하는 것을, 자신의 어떤 면을 내가 알아줬으면 하는 것을 알겠다. 녀석은 나를 해치려는 게 아니다. 이게 내 최고의 모습이야. 이렇게 말하는 것 같다. 너는 어떤 사람이야?

"됐어요, 아가씨. 무슨 말인지 알겠어." 나는 이렇게 말하며 녀석의 옆으로 가 왼쪽 허리 뒤에 선다. 거기서 녀석의 궁둥이에 대고 밧줄을 휘두른다. 때리려는 게 아니고, 이제 앞다리 쳐드는 건 그만하고 축사에서 나가라는 뜻이다. 루트비어는 밤사이 푹 쉰 가로세로 3.5미터 마방에서 걸어나간다. 발을 떼고 나와 함께 움직이도록 밧줄을 조용히, 부드럽게 흔들어보지만, 녀석은 밧줄이 윙윙대는 것도,

내가 지시를 내리는 것도 마음에 들지 않는 눈치다. 나한테 부루퉁한 표정을 지어 보인다. 가늘게 뜬 눈에 힘까지 줘서, 눈꼬리가 화살촉처럼 뾰족해진다.

"걱정 마, 꼬맹아. 네가 얼마나 특별한지 아니까." 내가 녀석을 타이른다. 밧줄 흔들던 걸 멈추고 녀석의 왼쪽으로 가 수장굴레를 씌운다. 그러고는 녀석의 갈기 제일 위부터 기갑까지 손으로 쓸어준다. "특별하지, 특별하고말고." 노래하듯 이야기하자 녀석이 귀에 힘을 뺐다가 도로 쫑긋 세운다.

나는 루트비어를 히칭레일*로 데려가 리드줄을 파이프에 느슨히 묶는다. 녀석은 평생 어딘가에 단단히 매여본 적이 없을 것이다. 리드줄이 가볍게 당기는 것을 느낀 녀석은 몇 걸음 뒤로 물러나 자기가 아직 자유로운 몸인지 확인한다. 나는 내가 가진 가장 부드러운 브러시를 찾아 브러시 통을 뒤지다가 녀석을 흘끔 본다. 녀석은 네 발을 다 바닥에 내려놓고 균형 잡고 서 있다. 그러고서 적당한 브러시를 찾는 나를 가만히 지켜본다. 고개가 레일 높이로 내려가더니 녀석이 길게 한숨을 내쉰다. 이 조그만 녀석에겐 적어도 세 가지의 다른 면이 있구나. 장난스러운 면, 불같은 면, 그리고 사랑스러운 면. 이렇게 생각하면서 나는 말빗의 부드러운 솔로 녀석의 등을 빗겨준다.

* hitching rail, 말을 매어두는 목적으로 세워둔 레일.

나를 따라와

2014년 5월

무의 등에 올라탄 토니가 루트비어를 나란히 끌고 걷는다. 속보로 가는 무의 큼직큼직한 보폭에 맞춰 다리를 넓게 벌려 딛는 루트비어의 턱 아래로 리드줄이 달랑거린다. 타각, 토각. 타각 토각. 둘의 다리가 엇박으로, 명쾌하고 운율감 있게 움직인다.

루트비어에게는 어쩐지 사랑할 수밖에 없게 만드는 면이 있다. 우리는 녀석이 방치되어 굶다가 우리에게 온 걸 안다. 생존의지가 강하다는 것도 안다. 그런 일을 겪고도 녀석은 우리를 믿어준다. 우리가 시키는 것마다 열심히 수행한다. 절대로 이의를 제기하지도 않는다. 코를 땅에 박고 한번 킁킁대고는 주저 없이 파란 방수포를 밟고 간다. 우리가 안장을 얹거나 벗길 때에도 제 뒤에서 나는 소리에 귀를 기울이며 얌전히 서 있다. 우리가 복대를 조여도 잠깐 등을 둥글리기만 할 뿐, 놀라 도망가거나 펄쩍 뛰지 않고 순순히 앞으로 걸어간다. 우리에게 악의가 없다는 걸 어떻게 아는지 모르겠다. 우리가 잘 대해줄 것을 어떻게 아는 걸까. 참을성 있게 대할 것을 어떻게 아는 걸까. 그렇게 따지면 우리가 서로에 대해 이런 것들을 어떻게 아는지도 참 모를 일이다.

지금까지 수많은 말들을 길들였다. 대부분은 그래도 한번쯤은 감당 못 할 압력을 느낀 순간 도망 본능을 발휘한다. 내 밧줄을 홱 당기거나, 원형 마장 안을 미친듯 뛰어다니거나, 네 다리 다 땅에서 들고 펄쩍펄쩍 뛰면서 제 등에 묶여 있는 물건을 어떻게든 떼어내려고 기를 쓴다. 하지만 루트비어는 아니다.

토니나 일라이자가 녀석이 사람 무게에 익숙해지도록 잠깐씩 등에 올라탔다 내려오기를 반복해도 녀석은 고개를 돌려 코를 그들 무릎에 대고 쿵쿵거릴 뿐이다. 무슨 일이 벌어지고 있나 파악하는 것이다. 자기 위에 누가 있는지, 뭘 하는지 알고 싶어서 그러는 것이다. 일라이자가 리드줄을 잡고 루트비어의 목을 접으면 녀석의 고개는 바람결의 리본처럼 부드럽게 꺾인다. 정말이지 호기심 충만한 녀석이다. 토니가 녀석을 데리고 장대 코스를 돌거나 배럴통을 돌거나 대형 트럭타이어 코스를 지나도 녀석은 제 눈 위에 주름만 잡을 뿐이다. 한 발 한 발 단호히, 온 신경을 집중해서 딛는다. 나는 조교사를 시작한 이래 처음으로 그 무엇도 두려워하지 않는 말을 만났다.

토니가 제일 먼저 루트비어를 타고 싶어한다. 나는 안전을 위해 챙겨온 큼지막한 파란색 승마용 헬멧을 쓰라고 한다. 토니는 원형 마장 안에서 루트비어의 왼편에 서서 등자를 딛고 훌쩍 올라갔다 내려오기를 반복한다. 루트비어는 전혀 개의치 않고 조용히 서 있다. 그러다가 토니가 한쪽 다리를 휙 넘겨 기승하고, 바깥쪽 다리를 뻗어 반대편 등자에도 발을 끼운다.

"이제 줄 놓으셔도 돼요." 그가 나에게 말한다. "루트비어는 괜찮을 것 같아요."

우리 둘 다 루트비어의 수장굴레에 밧줄을 걸어 붙잡고 있던 참이다. 리드줄은 토니가 잡았는데, 루트비어의 목을 접거나 녀석을 원하는 방향으로 모는 데 쓸 요량이다. 내가 쥔 건 더 긴 밧줄인데, 루트비어가 불안해하면 녀석을 잡아두는 끈 역할을 할 것이다. 토니가 길들지 않은 말을 훈련하는 건 이번이 처음이다. 루트비어가 흥분할 경우에 대비해 필히 내가 가까이 있어야 한다.

그래서 토니에게 이렇게 이른다. "난 여기 있을 거예요, 토니. 어디 안 가요." 실망한 토니의 목과 머리가 앞으로 조금 수그러든다.

루트비어와 토니가 내 앞에 선다. 토니가 루트비어에게 앞으로 가라는 뜻으로 입술을 오므려 쯥쯥 소리를 낸다. 다음엔 녀석의 흉곽에 붙어 펄럭거리는 깃발처럼 양다리를 파닥거려 녀석에게 어서 가라고 신호한다. 루트비어는 어리둥절한 표정이다. 녀석은 토니를 태운 채 중심을 잡으려고 다리를 넓게 딛고 서 있다. 두 귀는 토니가 대체 뭘 하라는 건가 싶어서 옆으로 까딱거린다.

나는 몇 걸음 물러나 내 밧줄 끝을 루트비어의 후구에 대고 살짝 휘두른다. 이제 녀석은 이것이 '가'라는 뜻인 걸 안다. 그런데도 녀석은 확신을 못 해서 앞으로 나가지 않는다. 토니가 쫍쫍 소리를 계속 내면서 다리를 더 넓게 파닥거린다. 나는 나대로 밧줄을 녀석의 몸 위로 아래로, 위로 아래로 붕붕 돌리는데, 어느 순간 루트비어가 갑자기 뒤로 슬며시 미끄러지기 시작한다. 제 후구에 체중을 다 싣고 앞다리에 힘을 주어 어깨로 당긴다. 녀석의 전구가 올라가면서 궁둥이가 밑으로 내려간다.

"워! 워! 워! 얘 뭐 하는 거야?" 토니가 소리친다. 루트비어는 계속 뒤로 슬며시 미끄러진다. 그러다가 간식을 달라고 조르는 개처럼 궁둥이를 땅에 대고 털썩 앉아버리고, 토니는 녀석의 엉덩이를 타고 주르륵 미끄러져 떨어진다. 토니의 바지 뒷주머니부터 흙바닥에 닿는다. 다리는 등자에서 빠져 루트비어의 몸 양쪽으로 쫙 펼쳐지면서 떨어진다. 토니가 웃음을 터뜨리고, 나도 덩달아 웃는다. 루트비어는 등에 안장을 얹은 채 땅바닥에 그대로 앉아 있다. 바닥에서 일어난 토니가 루트비어의 머리 쪽으로 가 녀석의 한쪽 귀 뒤를 살살 긁어주기 시작한다.

"뭐 하는 거야, 꼬맹아?" 그는 미소 지으며 다른 쪽 귀 뒤도 긁어준다.

너무 웃긴다. 이런 일은 나도 처음이다. 루트비어는 어느 방향으로 가야 할지 감을 잡지 못했다. 앞으로 튀어나갈 수도 있었고 앞다리를 들어 발길질할 수도 있었다. 등을 말아 토니를 튕겨낼 수도 있었다. 이 중 무엇을 택했어도 우리는 당연한 반응으로 치부했을 것이다. 그런데 녀석은 대신 그냥 주저앉아버렸다.

"자, 아가야. 일어나자." 토니가 리드줄을 잡고 루트비어에게 일어나라고 신호를 보낸다. 루트비어는 땅바닥에서 궁둥이를 떼더니 온몸을 한 번 부르르 흔든다. 그러자 가죽으로 된 안장날개와 등자가 양 옆구리에 철썩철썩 부딪힌다.

"녀석이 저는 따라올 거예요." 일라이자가 원형 마장 레일을 훌쩍 뛰어넘어와 내 손에서 긴 밧줄을 넘겨받는다. 나는 주저 없이 줄을 내준다. 지난 몇 주간 일라이자와 토니가 한 팀이 되어 일하는 걸 지켜보면서 뜻밖의 즐거움을 얻었다. 내 삶에도 있었으면 하고 갈망하게 되는 팀워크였다.

"다시 올라타요." 내가 토니에게 지시한다. 루트비어가 일라이자의 팔뚝에 주둥이를 얹고서 긴소매 셔츠 자락을 우물우물 씹는다. 토니는 안장에 다시 올라앉았지만 또 아까처럼 될까봐 안장머리뿔을 꽉 붙든다.

딱. 딱. 일라이자가 입천장을 혀로 차 신호한 뒤 녀석의 왼쪽에서 걷기 시작한다. 루트비어가 쿡쿡 웃어대는 토니를 태우고 일라이자와 나란히 어슬렁어슬렁 움직인다.

"녀석의 뒷다리가 몸 아래에서 교차하는 순간을 느껴봐요." 내가 일라이자에게 지시한다. 일라이자와 토니가 원형 마장 안팎에서

하프 브로크

루트비어를 탄 지도 한 달쯤 됐다. 이제 셋 모두에게 일정 수준의 승용마를 키워내는 데 필요한 각종 부조의 뉘앙스를 가르쳐줄 때가 되었다. 일라이자와 루트비어가 나를 축 삼아 왼쪽으로 원을 그리며 돈다.

"내가 보이는 대로 불러볼게요." 안장 위에서 이리저리 흔들리는 일라이자를 향해 내가 말한다. "골반이 왼쪽으로 쏠렸다가 다시 오른쪽으로 쏠리잖아요. 골반이 오른쪽으로 가는 순간이 루트비어의 뒷다리가 몸 밑으로 들어가는 순간이에요. 발꿈치로 녀석을 쳐봐요. 녀석을 왼쪽으로 돌려요."

자기 발이 내딛는 스텝에 집중하는 기승자보다 더 말을 기쁘게 하는 건 없다. 그것은 기승자와 말이 나눌 수 있는 가장 친밀한 교감이다.

"지금이에요…… 또 지금…… 지금. 느껴져요?" 내가 일라이자에게 묻는다.

일라이자는 요즘 목장 운영을 도와줄 정도로 집중력이 높아졌다. 나와 처음 만났을 때 일라이자는 고개를 들지도 못하고, 눈도 못 마주치고, 온전한 문장으로 말하지도 못했다. 그러더니 어느 틈에 무섭도록 빠르게 성장했다. 얼마 전 대니얼과 제임스는 일라이자를 목장 본부 사무실로 배치했다. 회계 시스템 다루는 법을 가르치고 싶어 한다. 그래서 일라이자에게 어려운 일을 맡기고, 압박하고, 격려한다. 모두들 일라이자에게 큰 기대를 걸고 있다. 며칠 전 일라이자는 대니얼이 자신을 말 조련 프로그램에서 빼고 싶어한다고 나에게 털어놓았다. 목장 운영에 필수적인 업무에 더 집중하기를 바란다는 것이다. 일라이자는 대니얼에게 그럴 수 없다고, 자신을 현실에 발붙이고 있게 해주는 건 말들이라고 대답했다.

일라이자는 처음 목장에 왔을 때 누구의 말도 듣지 않았다고 한다. 사람들이 뭐라고 얘기하는데 한마디도 귀에 들어오지 않았단다. 들리는 건 머릿속에서 울려대는 자기 목소리뿐이었다. 그러던 중 어느 날 동이 트기도 전인 이른 아침에 말들이 축사에서 꿍얼거리는 소리를 들었다. 일라이자는 벌떡 일어났고, 누가 먹이 주는 걸 잊은 건가 걱정했다. 그게 일라이자가 칠 년 만에 처음으로 자기 자신 외의 누군가를 신경 쓴 순간이었다.

"느껴져요." 일라이자가 대답하면서 안장 위에서 자세를 바로잡는다. 그러고는 왼발로 루트비어의 갈비뼈를 툭 쳐 방향을 바꾼다.

"타이밍과 리듬." 내가 설명한다. "그것만 터득하면 훌륭한 기수가 될 수 있어요." 일라이자는 또 방향을 틀어 오른쪽으로 원을 그리며 나아간다. 시선을 전면에 두고 방목장 저 끝에서 바람에 일렁이는 미루나무 가지를 바라본다. 머리가 루트비어가 딛는 스텝의 박자에 따라 양옆으로 왔다갔다한다.

"지금…… 지금…… 지금 맞죠?" 일라이자가 묻는다. 정확하게 포착했다. 툭. 툭. 오른쪽 부츠가 루트비어의 옆구리를 차고, 둘은 또 한번 방향을 튼다.

토니가 내 옆에 서 있다. 그는 입을 반쯤 벌린 채 루트비어의 스텝에 맞춰 숨을 들이쉬고 내쉰다. 옆을 흘끔 보니 토니가 손을 내밀고 상상 속 고삐를 쥐고 있다. 그의 몸이 일라이자의 골반 움직임에 따라 흔들린다.

"속보로 가도 돼요?" 일라이자가 묻는다.

"해요!" 토니가 외친다. 신이 나서 주체를 못한다.

"오늘은 말고요." 내가 두 사람을 타이른다. "시간은 있어요. 충분해요."

회복중인 약물중독자들에 대해 배운 게 한 가지 있다—그들은 항상 더 원한다는 것이다.

강으로

2014년 6월

토니와 일라이자가 목장 게이트에서 기다리고 있다가 내 트럭 뒷좌석에 얼른 올라탄다.

"우리, 대회에서 라이딩 못 하게 됐어요." 일라이자가 와락 쏟아놓는다. "복역중인 상태에서는 공개 행사에 참여할 수 없대요."

"뭐라고요?" 나는 적잖이 충격 받는다. "그럼 아무도 못 가요? 한 명도요?"

"그건 확실히 말해주지 않았어요." 백미러에 비친 토니가 대답한다. 토니는 어깨가 목에 붙도록 웅크린 채 내 쪽으로 몸을 기울이고 있다. "가게 해줄 수도 있댔어요. 단, 감독하에요. 라이딩을 못 하는 건 확실하고요."

토니와 일라이자는 루트비어가 택한 사람들이다. 유일하게 루트비어를 타본 사람들이기도 하다. 이런 얘기는 진즉 해줬어야 하지 않

나. 갑자기 생겨난 규정 같은데. 하지만 이런 식의 말 바꾸기는 여기서 흔하다. 목장 운영자들은 해오던 방식을 뒤흔드는 것을 좋아한다. 재소자들의 인내심과 적응 의지, 문제해결 능력을—특히 재소자들이 답답해서 미치려는 순간에—시험하는 것이다. 나는 목장에서 이런 식의 뒤엎기를 몇 번 목격했다. 하지만 내가 그 대상이 된 건 처음이다. 명치 아래부터 화가 서서히 끓어오른다.

"그럼 어떡하죠? 내가 타야 하는 거예요?" 나는 몹시 당황해서 이렇게 물으면서 축사 쪽으로 차를 몰아 오래된 미루나무 아래 댄다.

"마커스가 탈 거예요!" 토니가 냅다 말한다. "이번 일요일에 브런치 먹으러 왔는데, 루트비어 탈 생각 있냐고 우리가 물어봤거든요. 그랬더니 다시 말 타게 되면 정말 좋겠다고 했어요."

"마커스요? 목장 나가고 나서 한 번도 말 안 탔잖아요." 불안으로 뱃속이 조여든다. 우리가 루트비어를 훈련하느라 그렇게 많은 시간과 노력을 들였는데, 이제 와서 대회에서 루트비어를 탈 수 있는 사람이 마커스나 나밖에 없다고? 토니나 일라이자가 타는 것을 허용해주지 않을 걸 알았다면 나는 애초에 이 일을 맡지 않았을 것이다. 나에게 통제권이 없는 이 상황이 너무 싫다.

나는 트럭에서 훌쩍 뛰어내려 히칭 레일에 묶인 호크를 그루밍하고 있는 랜디에게로 간다. 랜디가 울컥 솟는 분노를 다스리려고 시시때때로 양해를 구하고 저만치 가버리곤 했던 게 생각난다. 그래서 가던 걸음을 돌려 윌리의 마방으로 가, 예전에 랜디가 폭발하는 분노를 달래느라 그랬던 것처럼 게이트 레일을 붙잡고 몸을 앞뒤로 세게 흔든다.

"이건 옳지 않아. 이건 옳지 않아." 레일에서 내 몸을 밀어내면서 이 말을 반복한다.

랜디가 다가와 쇠파이프에서 내 손가락을 떼어내더니, 두 팔을 크게 벌려 나를 꽉 안는다. "다 잘 풀릴 거예요, 진저. 루트비어는 잘할 거예요." 랜디의 따스한 몸이 부드러운 담요처럼 나를 감싼다. 그의 흉곽에 내 분노가 스며들어 사라지는 것 같다. 이제 랜디는 자신의 분노를 다스리는 건 물론이고 내가 분노를 다스리게끔 도와줄 수도 있게 되었다. 그의 큼직하고 두꺼운 팔 안에서 내가 연필만큼 작게 느껴진다.

토니와 일라이자는 루트비어를 훈련하느라 수십 시간을 들였으니 대회에서 루트비어를 탈 자격이 있다. 이 조그만 목장 안 어디서든 루트비어를 능숙하게 평보시키고, 속보시키고, 또 구보로 달리게 할 수 있다. 루트비어는 어떤 장애물이든 속보로 통과할 수 있고, 지난주부터는 일라이자가 60센티미터 높이 가로대 뛰어넘기도 시키고 있다. 이번 주에는 90센티미터 뛰어넘기를 훈련하는 중이다. 일라이자와 토니 없이 이 일을 해내는 건 상상할 수 없다.

"괜찮아요." 일라이자가 우리 뒤로 다가온다. 랜디는 포옹을 풀지만 한쪽 팔을 계속 내 어깨에 두르고 있다. "루트비어도 언젠가 이 목장을 떠나야 하잖아요. 내가 보기에 그 녀석은 준비가 됐어요. 어쩌면 잘된 일인지도 몰라요."

　루트비어가 목장을 떠나야 하는 건 나도 알고 있다. 울타리 없는 공간으로 나가 어떻게 적응할지 스스로 알아내야 한다는 것을 알고 있었다. 산에서 녀석이 어떻게 반응할지 나도 궁금했다. 강을 건너는데 거부감은 없을지. 이 7만 제곱미터 땅으로는 아무래도 녀석을 충분히 대비시킬 수 없을 것이다. 대회만이 아니라 언젠가 만날 새 주인에 대해서도 말이다.

　"우리가 루트비어를 탈 수 없다면," 토니가 우리 셋의 뒤에서 다가오며 입을 연다. "최소한 가축전담반 멤버였던 사람이 타는 것도 좋겠죠." 일라이자와 토니는 벌써 상황에 적응했다. 늘 그렇듯 나만 과거에 매달리고 있다.

　근처 소도시 중 한 곳의 주유소에서 마커스를 여러 번 마주쳤다. 마커스는 투잡을 뛰고 있다. 저녁에는 레스토랑에서 일하고, 낮에는 목장을 떠날 때 제일 처음 잡은 일인 트럭 운전을 계속하고 있다. 한 일자리를 오래 유지하는 건 회복중인 중독자에게 성공의 지표 중 하나다. 그런데 마커스는 일자리 두 개를 유지하고 있다. 마지막으로 만났을 때 그는 앨버커키에서 중고로 산 셰비 트럭을 나에게 보여주었다.

　"마커스한테 전화해보세요." 토니가 말한다. "진저의 연락을 기다리고 있어요."

마커스와 나는 아로요를 따라 동쪽으로 산을 향해 이동중이다. 나는 루트비어의 안장 뒤에 주머니를 하나 매단다. 우리의 점심이랑 간식거리, 그리고 하루종일 마시기에 충분한 양의 생수가 담겨 있다. 무의 안장에는 비옷을 넣은 주머니를 매달았다. 먼저 트루차스 봉우리를 향해 몇 시간 이동한 다음, 남쪽으로 방향을 틀어 오래된 소몰이길을 밟아 치마요* 바로 북쪽에 있는 협곡들을 따라 이동할 예정이다. 거기서 다시 서쪽으로 꺾어 리오그란데강으로 내려가려고 한다. 그렇게 빙 돌아서 오는 데 다섯 시간쯤 걸릴 것이다.

루트비어가 앞장서고 무가 뒤따른다. 루트비어는 보폭이 넓고 걸음이 빠르다. 나는 무가 속보로 따라잡게 한다. 아로요를 척척 오르는 루트비어의 허리춤에 안장주머니가 툭툭 부딪힌다. 녀석의 꼬리가 좌우로 찰랑거린다. 주머니 안에서 출렁대는 물병은 알아채지 못했나보다. 마커스가 루트비어를 타는 건 오늘이 네번째다. 루트비어는 기승자가 토니와 일라이자에서 마커스로 바뀐 것에 아주 수월하게 적응했다. 좋은 신호다. 새 주인을 만나면 또 한번 변화에 적응해야 할 테니 말이다.

한 시간가량 사막 깊이 들어가 이동한 끝에 우리는 오히토에 도착했다. 토지관리국에 속한 광활한 땅에 둘러싸인 외딴 농장인데, 땅 주인이 내 친구다. 인적과 한참 떨어져 사막 한복판에 위치한 오히토

---

* 뉴멕시코주 리오아리바와 산타페 사이에 있는 인구조사 지정구역.

하프 브로크

는 샘물이 흐르는 땅 위에 자리하고 있다. 미루나무, 가는잎보리수나무, 느릅나무 들이 피뇽 그리고 노간주나무 건지乾地 위로 훌쩍 자라 있다. 우리는 물과 쉴 그늘을 찾아 나무숲으로 간다. 루트비어는 점차 넓어져 서쪽으로 흐르는 샛강과 이어지는 얕은 샘을 첨벙첨벙 잘도 건너간다. 마커스가 고삐줄을 놓자 녀석은 고개를 아래로 쭉 뻗어 시리도록 차갑고 맑은 물을 들이켠다. 땀도 거의 안 흘렸다. 오늘은 하늘에 구름이 세 점뿐이다. 날이 후끈해질 모양이다. 이윽고 샛강에서 나온 루트비어는 미루나무 그늘로 가 무가 양껏 목을 축이고 나오기를 기다린다.

우리는 샛강을 건너 사설 차도를 따라 농장 부지로 들어선다. 6월 중순이라 화단의 꽃과 텃밭 식물들이 제철을 맞아 싱싱하다. 내 친구 샘이 깜짝 놀라긴 했지만 대화 나눌 사람이 찾아와 기쁜 얼굴로 흙벽돌집에서 나온다. 샘은 일 년에 한두 번 볼까 말까 한데, 어쩐 일인지 늘 말을 탄 채로 보게 된다. 은둔자 성향이 있는 친구라 이렇게 외딴 곳에 산다. 삼 주쯤 면도를 안 했는지 얼굴이 덥수룩한 턱수염으로 덮여 있다. 게다가 맨발이다. 그가 나를 올려다보며 입이 찢어져라 웃는다. 윗니에 초록색 쪼가리가 끼어 있다. 집 안에 거울은 있는지 모르겠다.

"잘 있었지, 샘. 이쪽은 마커스하고 루트비어야. 새로 사귄 친구들." 샘이 다가와 마커스와 악수한다. 마커스는 농장 부지를 둘러본다. 녹슨 폐차들의 잔해가 잡초와 뒤엉켜 널려 있다. 매우 오래된 가

옥 두 채는 너무 납작해서 땅에 녹아들 것 같다. 나이든 고양이 한 마리가 앞마당에 아무렇게나 던져놓은 부서진 변기에 고인 빗물을 핥아먹고 있다.

"여기 얼마나 오래 사신 거예요?" 마커스가 샘에게 묻는다.

"애호박 좀 줄까?" 샘이 마커스를 흘긋 올려다보고는 대답 대신 나에게 묻는다. "며칠 전에 수확하기 시작했거든." 여기까지 찾아오는 방문객은 그리 많지 않다. 샘이 얼마나 자주 시내에 나가는지도 모르겠다.

"좋지." 내가 샘에게 대꾸한다.

마커스는 말문이 막힌 모양이다.

샘이 루트비어의 가슴팍을 긁어주기 시작한다. "야, 이 녀석 우리 농장에 딱 필요한 말이네. 안 그렇수?" 샘이 줄곧 마커스를 올려다보며 말한다.

"네, 선생님, 그러네요." 마커스가 자신감을 되찾고 대꾸한다. "루트비어 같은 말만 있으면 여기서도 원하는 데는 어디든 갈 수 있죠."

샘이 자기네 텃밭을 가로지르는 오솔길로 우리를 안내한다. 도톰하게 올라간 밭에는 말똥 거름이 그득하다. 샘이 가을마다 우리 집에 와서 얻어가는 거름이다. 시금치와 상추 잎은 자칫 웃자라게 생겼다. 스쿼시와 애호박, 후추, 토마토는 이파리가 쌩쌩한 진초록이고 이파리 바로 밑에 꽃도 한창 피어 있다. 루트비어가 텃밭을 가로질러 가면서 이것저것 열심히 들여다본다. 자연의 경이로 가득한 이 세계에서 제 집을 찾은 양 편안해 보인다. 간간이 고개를 쭉 뻗고 식물 냄새를 맡을 뿐이다. 우리는 오솔길을 따라 샘의 집으로 간다.

"치마요 쪽으로 갔다가 다시 강으로 돌아갈 생각이야." 내가 샘에게 말한다. "네가 집에 있어서 다행이다. 보니까 좋네."

"기다려. 잠깐만 기다려봐." 샘은 안으로 후다닥 들어가더니 홀치기염색한 고운 반다나에 흠잡을 데 없이 키운 애호박 네 개를 싸서 가지고 나온다. 내 안장주머니 지퍼를 열고 우비 위에 호박을 얹는다.

"고마워, 친구." 나는 무의 목 너머로 몸을 쭉 뻗어 샘을 꼭 껴안는다. 샘에게서 한동안 안 씻은 사람의 체취가 난다. "이 광활한 하늘 아래 네가 여기서 식물을 키우면서 하고 싶은 대로 살고 있다는 걸 떠올리면 마음이 푸근해져."

"조심히 가." 샘은 이렇게 말하고는 내 손을 조금 더 붙잡고 있다. 나를 대등한 존재로 취급하는 남자는 그리 많지 않다— 한 손에 다 꼽을 수 있을 정도다. 샘도 그중 하나다.

우리는 고삐를 당겨 말들의 머리를 돌리고, 아까 왔던 아로요를 향해 동쪽으로 이동한다.

이후 한 시간 동안 우리는 속보로 갔다 천천히 달렸다 하면서 점점 가팔라지는 비탈을 올라가다가 국립공원 언저리에 다다른다. 키 작은 소나무와 큼직한 노간주나무 들이 고도가 높아졌음을 알려준다. 루트비어는 아로요에서 굽이진 부분이 나올 때마다 먼저 내미는 발을 바꾼다. 목을 평평하게 뻗고 흔들의자 같은 리듬으로 구보한다. 안장 위의 마커스는 몸을 거의 움직이지 않는다.

저만치 앞에 퉁퉁 부은 짐승 사체가 보인다. 악취가 강렬하지만 쉰내가 별로 안 나는 걸로 보아 죽은 지 사흘쯤 된 것 같다. 우리가 다가오는 걸 보더니 독수리떼가 커다란 소나무 위에 내려앉는다.

"오른쪽으로 비켜가죠." 내가 마커스를 향해 말하지만, 마커스는 너무 앞서가고 있어서 내 말을 못 듣는다. 그는 곧장 사체를 향해 간다. 무가 오른쪽으로 빠지면서, 점점 코를 찌르는 악취를 피하려고 초야 덤불을 빙 돌아 비켜간다. 우리는 사체를 지나서 루트비어를 따라잡는다.

"늙은 개 같아요." 내가 달려가 마커스와 루트비어를 따라잡자 마커스가 말한다. "누가 여기까지 차에 싣고 와서 안락사시켰나봐요." 야생짐승에게 먹이도 주고 말이지. 이 지역 주민들은 보통 이렇게 생각한다. "루트비어가 한 번 딱 보더니 계속 가더라고요." 자못 뿌듯한 말투다.

다시 속보로 아로요의 또다른 굽이를 지난다. 풍광에 바위가 점점 많아지고 키 작은 나무들도 잔잔하게 박혀 있다.

한낮 무렵 우리는 소몰이길에 접어들어 남쪽으로 향한다. 가다가 산악용 오토바이를 탄 무리와 마주친다. 우리 말고 다른 사람은 오늘 처음 본다. 그들이 탄 오토바이들이 사방의 언덕길에서 굉음을 내지른다. 귀를 찢는 오토바이 엔진 소리에 무가 흠칫 놀란다. 녀석

하프 브로크

이 앞으로 튀어나가더니 다시 옆으로 후다닥 꺾는다. 우웅거리는 엔진 굉음이 언덕들에 부딪혀 퍼진다. 무가 루트비어를 앞질러 내달리면서 세 번 푸르릉거린다. 문젯거리가 있음을 알리는 것이다.

무가 이렇게 굴 땐 제어하려고 하지 말아야 한다. 내가 녀석을 소몰이길로 유도하지만 녀석은 몇 발짝 안 되는 비탈을 달려올라가 꼭대기에 서서 루트비어를 찾는다. 루트비어와 마커스는 저 아래 소몰이길을 따라 걷고 있고, 그 위 비탈에서는 산악 오토바이족이 뱅뱅 맴돌고 있다. 무가 루트비어를 보자마자 힘껏 소리지른다. 여기야, 라고 말하는 것이다. 루트비어는 흘끔 올려다보더니 조그맣게 푸르릉 하면서 무에게 얼른 가겠다고 알린다.

"이 녀석 대단한데요." 다시 합류한 뒤 내가 마커스에게 말한다. 마커스가 오늘 내내 루트비어의 갈기를 얼마나 많이 쓰다듬어줬는지 모른다.

루트비어는 못 오르는 데가 없다. 서쪽으로 방향을 틀어 리오그란데강으로 내려가기 전, 마커스가 마지막 협곡으로 루트비어를 이끈다. 루트비어는 고개를 푹 낮추고 후구로 모랫길을 힘껏 눌렀다가 박차오르면서 가파른 경사면을 탄다. 짧고 폭도 좁은 능선에서 루트비어의 발굽이 모래와 돌멩이를 비탈로 와르르 흘려보낸다. 내려갈 자세를 취한 녀석의 두 궁둥짝이 마치 스키 한 쌍을 상체 밑에 바짝 붙여놓은 것 같다.

"터프하면서 착해요." 루트비어를 어떻게 생각하냐고 내가 물었을 때 토니가 한 말이다. 일라이자는 루트비어가 "똑똑하고 단호하다"고 했다. 나는 "다정하면서 독립적"이라고 했다. 우리가 각자 자신을 보는 하나의 좁은 관점으로 다른 모든 것을 보는 게 참 신기하다.

무가 1.2미터 깊이의 리오그란데강으로 어기적어기적 들어가 물을 한참 들이켠다. 수면이 녀석의 배까지 올라온다. 루트비어는 강둑에서 내려오기가 선뜻 내키지 않는 눈치다. 강둑은 높게 자란 잡초와 시커멓고 발이 푹푹 빠져드는 진흙으로 덮여 있다. 마커스는 루트비어가 준비됐을 때 움직이도록 내버려둔다. 안장머리뿔 바로 앞에 고삐를 얹어둔다. 루트비어가 강으로 내려갈 적당한 루트를 찾아 고개를 휘휘 돌린다.

그러더니 코를 킁킁대고 푸르릉거린다. 한순간 패닉에 빠져 강둑 위를 허둥지둥 왔다갔다한다. 앞으로 한 발 내디뎠다가 강둑 흙이 발굽 밑에서 푹 꺼지자 얼른 물러난다. 마커스는 녀석이 알아서 내려갈 방법을 알아내도록 그냥 가만히 앉아 있다. 일 분도 지나지 않아 루트비어는 강물에 배까지 담근 채 코를 수면 아래 처박고 있다.

단 한 잔도

2014년 7월

간밤에 비가 억수로 퍼부어서 두 시간 만에 거의 4센티미터나 내렸다. 그러더니 아침의 열기와 합쳐져 습도가 올라가기 시작했다. 아직 일곱시인데 트레일러에 경기용 장애물을 싣는 나와 마커스의 등에 땀이 주르륵 흐른다. 오늘 정오에 대회가 시작한다.

각 조교사는 십 분 동안 심판과 관중에게 자기 말을 선보일 수 있다. 토니와 일라이자가 마커스와 루트비어 팀이 통과할 장애물 코스를 직접 설계하고 제작했다. 우리는 지난 삼 주간 장애물 코스 패턴을 열심히 연습했다. 루트비어는 이제 마커스가 조종을 거의 안 해도 목에서 고삐줄을 달랑거리며 알아서 코스를 수월히 통과한다. 마커스는 안락의자에 앉은 것처럼 안장 위에 그냥 앉아만 있다.

루트비어가 마커스를 참 좋아한다. 마커스가 예의 낡은 셰비 트럭을 몰고 목장에 도착할 때마다 낮게 꿍얼거리며 인사한다. 마커스가 그루밍을 해줄 때도, 장안을 할 때도, 자기 등에 탈 때도 꿍얼거린다. 내릴 때도 꿍얼거린다. 마커스는 루트비어를 타기에 몸집이 딱 적당하다. 둘은 보기 좋은 짝꿍이다.

마커스가 장애물 경기용 장대 두 대를 질질 끌어내 트레일러에 싣는다. 나도 한 대를 끌며 뒤따라 탄다. 뒤쪽에 루트비어가 탈 자리를 남겨야 하기 때문에, 경기용 장애물은 전부 앞쪽에 차곡차곡 쌓아야 한다. 우리는 볼에서 땀을 뚝뚝 흘려가며 장대들을 탄탄하게 한 더미로 쌓는다. 마커스에게서 오드콜로뉴와 담배 냄새가 난다. 요즘 데이트를 하는데, 어젯밤 늦게까지 함께 있었나보다. 그의 땀에서 고기와 섹스 냄새가 난다.

경기용 장애물을 다 실은 우리는 대회장에서 열시 반에 만나기로 한다. 대회 시작 전 루트비어를 워밍업시킬 시간이 한 시간가량 있다.

일라이자와 올리비아는 외출해서 대회를 관람해도 좋다는 허락을 받았다. 나하고는 별로 이야기를 나눠보지 않은 찰리라는 남자가 두 사람을 차로 데려다주고 감독하는 임무를 맡았다. 찰리는 목장에 온 지 오 년이 넘었다. 가석방 기간을 합쳐 형기를 다 마친 지 이미 오래다. 젊은 재소자들을 지도하기 위해 목장에 남아 있는 것이다. 찰리는 대머리에 통통하고 피부가 창백하다. 나는 그에게 모자와 선크림은 물론이고 이렇게 뜨거운 날 오랫동안 햇볕에 노출될 피부를 보호해줄 뭔가를 꼭 챙겨오라고 당부했다. 기상예보에 따르면 오늘

기온이 38도를 넘을 거란다.

　토니와 랜디는 외출 허가를 받지 못했다. 이런 결정이 어떤 경로로, 무슨 이유로 내려지는지 나는 모른다. 하지만 토니가 몹시 속상해하는 건 안다. 나에게 이 소식을 전할 때 눈에 눈물이 그렁그렁했다. 나는 루트비어가 경기하는 모습을 꼭 영상으로 찍어오겠다고 약속했다. 그래도 토니의 기분은 나아지지 않았다. 이건 불공평해. 나는 패배감에 축 늘어진 토니를 팔로 꼭 안아주면서 속으로 생각했다. 대니얼과 제임스가 뭔가 이유가 있어서 그랬겠거니 믿는 수밖에 없다. 이 목장에서는 내가 갈피를 잡을 수 없는 일이 허다하게 일어나니까.

　대회장 부지로 차를 몰고 들어가는데, 오른쪽에 펼쳐진 드넓은 야외 아레나가 간밤에 내린 비로 완전히 침수된 것이 눈에 들어온다. 길이가 152미터인 타원형 아레나인데, 가운데가 무슨 수영장 같다. 양쪽 끝은 말라 있고 가장자리를 따라 군데군데 마른 구간이 있긴 하지만, 중앙에는 물이 최소 10센티미터 깊이로 고여 있다.

　내가 아는 조교사 둘이 각자 자기네 말을 이끌고 큼직한 웅덩이를 피해가는 모습이 보인다. 앨버커키가 고향인 도나는 서부식 말타기 위주로 훈련하는 조교사로, 최근에 막 마장마술을 배우기 시작했다. 도나가 타는 몸집 아담한 회색 거세마는 무스탕*의 피가 조금은

* 멕시코와 미국 서남부에 사는 반야생마.

섞인 것처럼 보인다. 목과 등이 짧고, 뼈가 도드라진 다리는 큼직큼직하며, 갈기와 꼬리털은 길고 풍성하다. 도나는 갑자기 생겨난 연못 언저리에서 말을 붙들고 낑낑대고 있다. 말을 진정시키려 하지만, 녀석은 커다란 웅덩이에 크게 당황한 눈치다.

아레나 반대편 끝의 마른땅 구간에서는 로리와 피트가 루트비어보다 2핸드는 커 보이는, 다리 길쭉한 밤색 암말을 데리고 서 있다. 로리와 알고 지낸 지는 꽤 오래됐다. 로리네 목장에 있는 미주리 폭스트로터*가 아직 어리고 쉽게 흥분하던 시절 로리에게 강습을 해주면서 인연을 맺었다. 둘이 이번 대회에 데리고 나온 암말은 딱 봐도 재능 있어 보인다. 무릎과 비절을 땅에서 튕기듯 들어올리며 피트의 주위를 속보로 걷는데, 등이 거의 안 움직인다. 라이딩할 때도 아주 스무스하겠어. 이런 생각이 절로 든다.

동료 조교사들과 친구들이 각자 맡은 쉼터의 말과 함께 출전한 걸 보니 더없이 뿌듯하다. 그 말들이 어떻게 지내는지 보고 싶었다. 오늘 행사를 성공시키려고 우리 모두 적잖이 품을 들였다.

고개를 드니 일라이자가 나에게 이리 오라고 손짓하고 있다. 일라이자와 올리비아 그리고 찰리가 천막 딸린 부스를 설치하고 그 전면에 DS목장의 참가를 알리는 현수막을 가로로 달아놓았다. 테이블 여러 개에 목장의 사명을 설명한 브로슈어도 잔뜩 쌓아놓았다. 생수

---

* 산악·고원지대에 서식하는, 주로 밤색을 띠는 미국산 경종마.

하프 브로크

와 주스가 가득 담긴 큼지막한 흰색 쿨러를 준비하고, 의자도 작은 파티를 열어도 될 정도로 넉넉히 갖다놓았다. 올리비아와 일라이자는 신나서 활짝 웃고 있다.

　내가 빈 우리 옆에 차를 대고, 다같이 루트비어를 내린다. 루트비어는 천천히 트레일러에서 내리더니, 수백 번은 와본 것처럼 대회장을 느긋하게 둘러본다. 일라이자와 올리비아가 루트비어를 데리고 장내를 돌며 구경시켜주겠다고 나선다. 오늘 두 사람 다 무척 예뻐 보인다. 둘 다 머리를 묶지 않고 어깨를 덮도록 내렸다. 그리고 둘 다 세련된 서부 스타일 블라우스에 기부받은 새 랭글러 진을 입었다. 이 두 사람이 화장한 모습은 한 번도 본 적 없는데, 오늘만큼은 블러셔를 바르고 아이섀도와 립스틱도 칠했다. 루트비어와 나란히 서 있는 두 사람을 보기만 해도 벌써 대회에서 우승한 기분이다.

　경기용 장애물을 내리는데 찰리가 손을 보탠다. 행사 진행요원들이 우리 부스로 오더니 루트비어를 좀 보자고 한다. 그런데 루트비어는 올리비아와 일라이자가 데려간 푸드트럭 구역에서 사람들에게 실컷 귀여움을 받고 있다. 다들 루트비어를 쓰다듬으려고 안달이다.

　"저기 있네요." 내가 진행요원들에게 그쪽을 가리킨다. "벌써 팬이 생긴 것 같은데요."

　나는 일라이자에게 루트비어를 데려오라고 손짓한다. 어차피 브러시질을 하고 갈기도 곱게 빗기고 땋은 다음, 모질을 반들반들하게 해주는 액상제품인 쇼신을 몸에 발라줘야 한다. 진행요원들이 오늘 대회에 관중이 삼백 명 넘게 몰릴 것으로 예상한다고 귀띔해준다. 그러잖아도 승용차와 트럭이 끊임없이 들어오고 있다. 핸드폰을 흘긋 보니 벌써 열한시다. 마커스가 늦는다. 장내 아나운서가 스피커로 안내사항을 전한다.

"조교사들에게 알립니다. 아레나가 열렸습니다. 출전마 워밍업 시간을 사십 분 드리겠습니다."

우리는 루트비어의 치장을 마무리하고, 일라이자가 안장을 얹는다. 올리비아가 트레일러로 가 굴레를 가져온다. 마커스가 올 때까지 내가 루트비어를 워밍업시켜야 한다. 마구실로 가서 부츠와 모자를 챙겨와 루트비어에 기승하고 아레나로 향한다.

우리는 게이트를 통과하자마자 방향을 틀어, 지붕 덮은 특별 관람석을 향해 경기장 방책을 따라 걷는다. 대형 스피커들이 우리 얼굴에 대고 컨트리 음악을 울려댄다. 관람석이 신속하게 들어찬다. 파라솔도 더러 보이고, 와자지껄 떠드는 아이들, 챙 넓은 모자를 쓴 중년 여성들도 보인다. 양어깨에 똑같이 생긴 치와와를 한 마리씩 태운 덩치 큰 남자도 보인다. 웬 남자가 특별 관람석 전면에 특대 사이즈의 성조기를 걸고 있다. 난간에 대롱대롱 매달린 모습이 꼭 원숭이 같다. 루트비어는 이 모든 난장판을 의연하게 지나쳐 간다. 가다가 몸을 돌려 관중을 둘러본다. 두 귀가 옆으로 향한다. 귀가 쫑긋 선 모습이 호기심 가득해 보인다. 꼬마 여자아이 셋이 계단을 우당탕 내려와 방책 사이로 손을 뻗어 루트비어의 코를 만지려고 한다. 나는 루트비

하프 브로크

어에게, 너를 향해 흔드는 저 고사리손들에 조금만 더 가까이 가달라고 한다. 루트비어는 망설이지 않고 아이들의 손 가까이 다가간다.

다른 조교사들도 말을 타고 속보로 우리 뒤를 따라온다. 나는 안장 위에서 몸을 돌려, 우리를 지나쳐 가는 동료들을 본다. 오늘이 특별한 날이라서 그럴까. 아니면 보러 와준 관중 때문일까. 그것도 아니면 내가 오늘 유난히 감상적이어서 그런지도 모르겠다. 어쨌든 말 한 마리 한 마리가 다 숨이 멎을 만큼 대견하다. 마커스가 올 때까지 잠깐이지만 이렇게 루트비어를 타고 있는 것이 참 감사하다. 나는 입으로 딱 하고 신호를 보내 루트비어를 속보로 걷게 하다가 이내 천천히 구보로 달리고, 이윽고 왼쪽으로 꺾어 특별 관람석에서 멀어진다. 물웅덩이 한가운데를 가로질러 세 박자 스텝으로 물을 튕기며 달려간다. 다그닥 착, 다그닥 착, 다그닥 착. 루트비어는 한 번도 물을 내려다보지 않는다. 우리는 밝은색 스폰서 깃발이 펄럭거리는 반대편 방책을 향해 간다. 살랑바람이 현수막을 들었다 놨다 한다. 루트비어는 아랑곳하지 않고 그 옆을 지나간다.

마커스가 도착했나 해서 게이트 쪽을 보는데, 일라이자가 깨끗한 진바지의 끝단이 바닥에 끌리는 것도 모르고 진흙투성이 아레나로 들어오는 모습이 보인다. 루트비어와 나는 서둘러 그리로 간다.

"마커스가 왔어요." 일라이자가 알린다. "그런데 잘은 모르겠지만 술에 취한 것 같아요. 냄새가 독한 화장수를 발랐어요. 올리비아는 알코올 냄새를 맡았대요." 오늘 아침에 맡았던 오드콜로뉴와 담배, 섹스 냄새가 떠오른다.

"어디 있어요?" 내가 묻는다.

"화장실에요. 금방 나올 거예요."

나는 게이트 옆에서 마커스를 기다린다. 모르는 사람들이 다가와 루트비어가 너무 귀엽다며 말을 건다. 나는 그들을 똑바로 바라보지만 말이 안 나온다. 마커스가 취했으면 어떻게 하지? 술냄새 안 나면 어떡하지? 술 마셨냐고 대놓고 물어볼까? 아니라고 할 텐데. 그때 한 젊은 여자가 다가와 내 주의를 끌려고 내 무릎에 손을 댄다. 말을 새로 들이려고 하는데 루트비어가 몇 살이냐고 묻는다. 내 무릎에 닿은 그녀의 부드러운 손길이 의식된다. 루트비어의 주인으로 딱이겠어. 이런 희망적인 생각에, 돌덩이처럼 마음을 내리누르던 절망감에서 스르르 풀려난다.

마커스가 다가와 내 아래 선다. 눈빛이 또렷하고, 미소를 띠고 있다. 블랙진에 깔끔하게 다린 새하얀 버튼다운셔츠로 말쑥하게 차려입었다. 워크아웃을 시작해 목장에서 나갈 때 목장측이 선물한 카우보이 부츠도 신었다. 목에는 골드체인 목걸이를 걸었고, 곱슬머리는 옆가르마로 단정하게 빗어 한쪽으로 넘겼다. 그에게서 오드콜로뉴 냄새 말고는 아무 냄새도 안 난다. 정신도 말짱해 보인다.

"늦어서 죄송해요." 그가 입을 연다. "퍼와키*에서 차가 밀렸어요.

---

* 뉴멕시코주 산타페 카운티에 속한 인구조사 지정구역.

하프 브로크

사고가 크게 나서요." 그러더니 돌아서서 내 옆의 젊은 여자에게 대신 대답한다. "대단한 녀석이에요. 제가 한 달 동안 타봤거든요. 정말 재밌었어요." 그러면서 손을 뻗어 루트비어의 귀 뒤를 긁어주자 루트비어가 꿍얼거린다.

나는 마커스가 루트비어를 타고 아레나를 한 바퀴 돌게 한다. 여전히 술냄새는 안 난다. 지난 한 달과 비교해 딱히 별나게 굴지도 않는다. 그는 진흙탕과 수영장이 된 한복판을 피해 아레나 방책을 따라 걷는다. 루트비어를 타원형 아레나 가장자리를 따라 걷게 하면서 도중에 다른 조교사들을 마주치면 자기소개도 한다.

일라이자와 올리비아가 내 옆에 서서 둘을 함께 지켜본다.

"알코올 냄새는 안 났어요." 내가 두 사람에게 말한다. "어떡해야 좋을지 모르겠네요."

마커스와 루트비어는 현수막이 걸린 쪽을 지나 속보로 걷기 시작한다. 나는 평소와 다른 점을 찾아내려고 마커스의 손과 다리의 움직임을 유심히 본다. 둘은 아레나의 맞은편 방책을 끼고 돌아 이번엔 특별 관람석 쪽으로 간다. 그런데 가다 말고 루트비어가 우뚝 멈춰 선다. 마커스가 부츠 굽으로 녀석을 툭 친다. 루트비어는 갈 생각을 안 한다. 마커스가 한 번 더, 그리고 또 한 번 녀석을 찬다. 그러자 루트비어가 오른쪽 뒷다리를 들어 배 밑으로 당겨서 마커스의 오른발이 등자에서 쏙 빠지게 한다. 마커스는 놀라서 루트비어의 뒷다리를 바라보다가 고개를 들어 군중 속에서 나를 찾는다. 그는 당황해서 어쩔 줄 모른다. 아무리 해도 루트비어가 한 발짝도 떼지 않는다. 목을 접어 다른 쪽을 보게 해보지만 루트비어는 꿈쩍도 안 한다.

나는 아레나로 뛰쳐나가 방책을 끼고 이제는 수백 명의 관중으로 꽉 찬 특별 관람석을 지나쳐 달려간다. 루트비어의 어깨 옆에 멈춰 서서 몸을 기울인다. 마커스가 내 바로 위에 있다. 해가 머리 위에서 내리쬐고, 기온이 못해도 35도는 되는 것 같다. 마커스가 입은 깨끗한 흰 셔츠의 겨드랑이 부분이 땀으로 푹 젖었다. 오드콜로뉴 향도 거의 날아갔다. 그의 몸에서 알코올 냄새가 지독하게 난다.

"술 마셨죠." 내가 말한다.

"몇 잔이에요. 많이 안 마셨어요." 내 질책에 그는 별것 아닌 듯 어깨를 으쓱한다.

마커스의 부친은 알코올중독자다. 지난 몇 주 사이에 마커스가 직접 해준 얘기다.

"아버지는 할 일 멀쩡히 하는 알코올중독자예요." 마커스는 이렇게 말했다. 그의 부친은 이십 년이나 소매업에 종사하셨다고 했다. 그러다 작년에 직장 상사가 휴직을 시키면서 도움을 받으라고 권고했다. 마커스 말로는 짐빔 마시는 양은 줄였지만 여전히 매일 저녁 여섯 개들이 캔맥주와 와인 한 병을 꼬박꼬박 마신단다. 그런데도 복직해서 잘 지내신다고 했다.

"저는 술이 문제된 적은 없었어요." 이틀 전 산길에서 라이딩할 때 마커스가 나에게 이렇게 말했다. "저를 이 꼴로 만든 건 헤로인

이죠."

이제야 알겠다. 마커스는 아버지처럼 자기도 할 일 멀쩡히 다 하는 알코올중독자로 살 수 있다고 믿고 있다. 술을 마음껏 마시고도 직장에서 잘리지 않고 말도 탈 수 있을 거라 믿는 것이다. 하지만 루트비어의 생각은 다르다.

"단 한 잔도 용납할 수 없어요, 마커스." 나는 그에게 내리라고 한다. "한 방울도 입에 대지 않아야지, 안 그러면 도와줄 수 없어요. 라이딩을 허락할 수 없어요." 화가 난 건 아니다. 내 마음을 알아줬으면 해서 그의 눈을 똑바로 들여다본다. 내가 그를 내팽개치는 게 아님을 알아줬으면 좋겠다. "이번엔 길 단단히 잘못 들었네요. 그걸 깨달으면 좋겠어요. 마커스는 어떻게 다시 일어서는지 알고 있잖아요. 이번 일도 잘 해결할 수 있을 거예요. 그렇다는 걸 난 알아요. 하지만 도움은 받아야 돼요." 목소리를 낮게 깔고 이야기한다. 주위의 누구도 우리 얘기를 못 들었으면 해서다. 그가 자격이 충분한 만큼 그를 존중해주고 싶지만, 동시에 진실도 얘기해줘야 한다.

마커스와 내가 땅만 내려다보는 채로 우리 셋은 게이트를 향해 나란히 걸어간다. 루트비어가 뭘 알아챈 건지, 그걸 어떻게 아는 건지 궁금하다. 녀석은 우리의 인간성에 드리운 시커먼 자기파괴의 기운을 감지했지만 동참하기를 거부했다. 나도 좀더 루트비어 같았으면, 저렇게 명확했으면 좋겠다. 어쩌면 지금 내가 하는 이 일을 계속한다면 언젠가는 그 비슷한 모습이 될지도 모르겠다. 나는 마커스가 내게서 왼쪽으로 몸을 돌리고 목과 어깨를 있는 대로 가슴팍 쪽으로 수그린 채 아레나에서 나가는 걸 지켜본다. 저렇게 패배감으로 잔뜩 웅크린 몸을 보는 것도 수개월 만이다. 나는 눈가에 고인 눈물을 손가락 끝으로 닦아낸다.

스피커를 타고 흘러나오는 장내 아나운서의 음성이 귀청을 찢는다. "기수들에게 알립니다. 이제 오 분 남았습니다."

하프 브로크

몇 차례의 파도

2014년 7월

내 강습생들이 바글바글 모여 있는 트레일러차로 루트비어를 도로 데려간다. 다들 지난 몇 달 동안 나한테 루트비어 얘기를 들었는데 드디어 만나게 된 참이다. 텍사스주 오스틴에서 온 강습생 베키가 내게서 리드줄을 받아들고 루트비어의 털에 묻은 먼지를 빗으로 털어주기 시작한다. 재닛과 수는 루트비어가 너무너무 귀엽다며 호들갑을 떤다. 커다란 웜블러드종 말 한 마리를 데리고 있는 프랜신은 그러잖아도 작은 말을 키우고 싶었다는 얘기를 자꾸만 입에 올린다. 내 파트너 글렌다도 도착했다. 내 표정을 한번 보고 뭔가 잘못됐음을 즉시 알아챈다.

"내가 루트비어를 타기로 했어." 글렌다에게 말한다. "마커스가 술을 마셨어." 글렌다가 한숨을 크게 토해낸다. 내가 얼마나 실망했을지 아는 것이다.

축 처져 있을 시간이 없다. 오 분 내로 매무새를 가다듬고, 머리도 빗고, 경기용 장애물을 준비해야 한다. 일라이자와 올리비아, 찰리가 이리로 달려온다.

"마커스는 어디 있어요?" 일라이자가 묻는다. 나는 푸드트럭 근처에서 누군가와 통화하고 있는 마커스를 가리킨다. 아직도 어깨가 축 처져서 몸을 있는 대로 말고 있다. 마커스가 남아서 루트비어의 경기를 지켜보면 좋겠다. 오늘이 그가 앞으로 어떻게 살아갈지 결정하는 데 어떤 식으로든 도움이 되면 좋겠다.

"수동기어 운전 가능한 사람 있어요?" 내가 세 사람을 향해 묻는다. 내 트럭 화물칸에 경기용 장애물을 실어야 한다. 그랬다가 루트비어가 뛸 차례가 되면 아레나로 실어와야 한다. 우리 차례 때 아레나에 장애물을 설치할 시간은 겨우 오 분뿐이다.

"제가 몰 수 있어요." 찰리가 나선다. 우리는 다같이 내 트럭 짐칸에 장애물을 싣고, 찰리가 트럭을 몰아 아레나 게이트 옆에 대놓는다. 일라이자와 올리비아가 장애물 패턴을 훤히 꿰고 있으니, 찰리가 트럭을 사륜구동으로 놓고 원형 아레나 트랙을 천천히 돌면 둘이서 장애물을 하나씩 내려 설치하면 된다.

베키가 루트비어를 게이트로 데려와 우리와 합류한다. 대회에 참가하는 말들과 조교사들이 전부 게이트 앞에 대기하고 있다. 우리는 제비를 뽑는다. 루트비어와 나는 세번째로 뛰게 되었다. 덕분에 시간이 좀 생겼다. 나는 트럭 짐칸으로 가 여러 색깔이 어우러진 환한 낙하산을 주머니에서 꺼낸다. 어느새 강해진 바람이 바스락대는 낙하산 천을 커다란 풍선으로 부풀린다. 말들이 모두 겁을 먹고 움찔거린다. 루트비어만 빼고. 나는 주머니에서 밧줄을 꺼내 낙하산에 연결한 다음 일라이자에게 건넨다.

"특별 관람석 뒤편에서 만나요." 이렇게 말하고 루트비어의 등에 훌쩍 올라탄다. 루트비어와 나는 지붕 없는 관람석 뒤에서 왔다갔다 하며 낙하산을 끌고 가는 연습을 한다. 이 빵빵하게 부푼 천을 뒤에 달고 천천히 달려 아레나로 입장할 계획이다. 벌써 몇 주나 이걸 끌고 다닌 루트비어는 이제 눈 하나 깜짝 안 한다. 나는 밧줄 끝을 안장 머리뿔에 감아 루트비어의 오른쪽 엉덩이 옆으로 낙하산을 늘어뜨린다.

"진저!" 저 위에서 누가 나를 부른다.

아칸소주 엘도라도에 사는 내 강습생 칼라와 존이다. 지난주 강습 때 둘이 이 대회를 보러 올 거라고 칼라가 내게 말했었다. 두 사람은 존이 탈 새 말을 찾고 있다. 내가 루트비어 얘기를 해두었다. 산길을 타고 달리기에 딱 좋은 녀석이라고. 존이 나이가 들어서 이제는 무게중심이 낮고 안정적인 말이 필요하단다.

"그 녀석이 루트비어예요?" 칼라가 시끌벅적한 관중 소리 속에서 소리치듯 묻는다.

나는 칼라에게 손을 흔들어 보인다. 루트비어는 바람 빠진 괴물 같은 낙하산을 질질 끌면서 계속 터벅터벅 걷는다. 존과 존 옆에 앉은 남자 둘이 몸을 틀어 우리를 내려다본다.

나는 장애물 패턴을 떠올리는 중이다. 언제 낙하산을 떼어놓고 어디서 장애물 코스를 시작할지 되새김한다. 종아리로 루트비어의 옆구리를 살며시 누른다. 그러자 루트비어가 몸을 접어 오른쪽으로 돈다. 다른 쪽 다리를 댄다. 루트비어가 다시 몸을 접어 왼쪽으로 방향을 튼다. 토니와 일라이자는 단 백 일 만에 루트비어를 내가 지금껏 길들여본 어떤 망아지보다 더 훌륭한 수준으로 훈련했다.

일라이자가 이리로 걸어온다. "이제 게이트로 가서야 돼요. 다음 차례예요."

말을 타는 건 파도를 타는 것과 비슷하다고 늘 생각해왔다. 파도는 우리를 감으면서 지나간다. 우리는 파도를 발로 차거나 때리지 않고, 파도를 컨트롤하는 건 꿈도 꾸지 않는다. 모든 파도는 특색이 있다. 어떤 파도는 순식간에 높은 벽을 만들었다가 금방 꺼진다. 어떤 파도는 얇게 밀려와 천천히 일어선다. 그런 파도는 표면에 부서진 자국 하나 없이 매끄러운 터널을 만든다. 파도가 다가오는 게 보이면 서프보드를 비스듬히 놓는다. 그리고 손으로 물 저을 준비를 한다. 그러나 일단 파도가 감아오기 시작해 우리를 덥석 물면, 그다음엔 마치 연인에게 하듯 그저 표면을 부드럽게 미끄러지는 수밖에 없다.

그렇다는 것을 수없이 많은 말들이 나에게 가르쳐줬다. 개중에 몸집 아담한 회색 아라비아종 스피릿은 영원히 못 잊을 것 같다. 원래는 내가 멋대로 맡아도 되는 말이 아니었다. 마주가 내가 일하던 목장 중 한 곳의 조교사에게 스피릿의 훈련을 일임했었다. 그런데 그 조교사가 너무 티 나게 스피릿을 안 좋아했다. 그는 자기가 아는 온갖 기술을 동원했지만 스피릿은 그가 라이딩을 할 때마다 귀를 바짝 젖히고 꼬리를 붕붕 돌렸다. 결국 그는 스피릿을 온종일 마방에 세워두었다.

보통 나는 무료로 훈련해주겠다고 나서지 않는다. 하지만 마주가 스피릿을 데리러 왔을 때 나도 모르게 그 말이 입에서 나왔다.

"몇 달만 더 맡기실 수 있나요?" 스피릿을 자기네 트레일러에 실을 준비를 하는 마주 일행에게 나는 이렇게 물었다. "비용은 안 받을게요. 그냥 한번 타봤으면 해서 그래요."

마주 일행은 스피릿을 석 달간 나에게 맡겼다. 나는 스피릿을 데리고 목장 부지를 천천히, 느긋하게 돌았다. 녀석이 5미터쯤 앞장서서 가게 내버려뒀다. 녀석이 리드하고 나는 따라갔다. 안장을 얹을 때는 절대로 복대를 묶지 않았다. 제 몸에 뭘 묶는 걸 녀석이 못 견뎌할 걸 알았기 때문이다. 처음 라이딩하던 날, 나는 한 시간 동안 그냥 녀석의 등에 앉아 있기만 하고 아무것도 시키지 않았다. 딱히 어디로 가지 않았다. 그렇게 있다가 내가 내렸다. 다음번 라이딩 때도 똑같았다. 그렇게 일주일이 지났다. 일곱번째 라이딩을 하던 날, 스피릿이 나를 태우고 실외 아레나를 한 바퀴 타박타박 돌았다. 마음대로 몸을 접고 방향을 틀면서 자기가 가고 싶은 데로 갔고, 나도 불만이 없었다. 녀석은 게이트 앞에 멈춰 서서 다른 말들이 원형 마장 안에서 훈련받는 것을 구경했다. 우리는 녀석이 실컷 구경하고 다시 움직일 마음이 들 때까지 거기 서 있었다. 힘 안 들이고 뭐라도 하게 될 때까지 엄청 힘이 들었다. 시간의 흐름도 잊었다. 내가 무엇을 하고 있는지도 모를 지경이 되었다. 더는 명령을 내리는 조교사가 아니게 되자, 나는 도대체 무엇인지 혼란스러웠다.

스피릿은 좋아했다. 자기 마음대로 돌아다니면서 귀와 눈을 경쾌하게 쫑긋거렸다. 꼬리도 뒷발 스텝의 박자에 맞춰 제멋대로 느슨하게 흔들렸다. 우리는 몇 주 동안 강 옆에 펼쳐진 방목장을 마음껏 돌아다녔다. 그러다가 스피릿이 고개를 번쩍 들고 우리 목장과 인접한 들판에서 뛰노는 한 살배기 말들을 빤히 바라보곤 했다. 녀석은 고개를 꼿꼿이 들고 속보로 방목장 펜스에 바짝 다가가 어린 말들이 뛰노는 걸 구경했다. 나는 안장 위에서 녀석을 따라 이리저리 흔들릴 뿐이었다. 절대로 녀석에게 어느 쪽으로 가라고 지시하지 않았다. 얼마나 빠르게 또는 얼마나 느리게 가라고도 하지 않았다. 아예 의견을 갖지 않았다. 내가 무엇을 원하고, 무엇을 해야 하고, 무엇을 안다고 생각하는지에 대한 일체의 의견을 다 내려놓았다.

"열린 그릇이 되려고 해봐." 스승 중 한 분은 늘 이렇게 말씀하셨다. "더 많이 열려 있을수록 말들도 제 마음을 더 전하려고 할 거야." 그분은 말 타는 얘기를 하는 것이었지만 나는 파도타기를 생각하고 있었다.

하프 브로크

"다음 참가자는 DS목장, 참가마는 루트비어입니다!" 장내 아나운서가 스피커를 통해 힘차게 외친다.

루트비어와 나는 뒤에 낙하산을 질질 끌면서 게이트를 통과해 걸어나간다.

거대한 타원형 경기장에 덜렁 우리뿐이다. 루트비어는 내가 어서 쇼를 개시하기를 기다리고 있다. 우리는 특별 관람석 앞에 서고, 내가 관객을 향해 고개 숙여 인사한다. 수백 명이 박수를 치자 루트비어는 흠칫 놀란다. 나는 녀석의 목에 지그시 손을 댄다.

"네 무대야." 이렇게 말하는 순간 때마침 산들바람이 불어온다. 낙하산이 바닥에서 들리더니 우리 위로 둥실 떠오른다. 루트비어는 가벼운 구보로 시작한다. 3미터 높이로 떠오른 낙하산이 우리를 바짝 쫓아온다. 이런 상황은 대비하지 못했는데. 속으로 걱정하지만 어쨌든 루트비어가 가게 내버려둔다. 우리는 왼쪽으로 방향을 꺾어 물웅덩이로 들어간다. 여러 가지 색을 띤 낙하산이 부풀어오른 채 약간 측면에서 따라오는 게 시야에 잡힌다. 이 루틴을 연습한 지난 삼 주 동안 낙하산이 이렇게까지 높이 뜬 적은 없었다.

우리는 아레나를 가로질러, 일라이자가 후원기업 현수막 전면에 낮게 설치해놓은 횡목 장애물로 간다. 루트비어가 뛰어오르려고 목을 길게 빼고 낮춘다. 나는 고삐를 쥔 손에 힘을 뺀다. 횡목 바로 앞에서 루트비어가 뒷다리를 배 밑으로 끌어당기고 앞다리를 필요한 높이보다 60센티미터쯤 더 높게 들어올린다. 포물선의 정점에서 낙하산이 머리 위에 어른거리는 게 보인다. 이런 묘기라니, 내가 이런 걸 할 줄은 꿈에도 몰랐네. 문득 이런 생각이 든다.

우리는 속보로 몇 걸음 가다가 오른쪽으로 천천히 달려간다. 우리를 따라오는 낙하산이 어쩐지 점점 더 커지는 것 같다. 모두들 박수를 치고 있다. 아레나의 반대편 끝에 다다라서 다시 보속을 속보로 늦추고, 그러자 낙하산에서도 바람이 조금 빠진다. 우리는 걸음을 멈추고, 나는 우리와 연결된 낙하산 줄을 풀어 바닥에 떨어뜨린다.

루트비어는 더없이 침착하다. 녀석이 숨을 크게 들이마시자 내 다리가 바깥을 향해 들썩 들렸다가 내려온다. 머리 위에 둥실거리며 나를 말을 탄 채 패러세일하는 사람처럼 보이게 만든 낙하산을 녀석이 눈치나 챘는지 모르겠다. 다음은 수직 장대 코스다. 각 장대 사이에 구보로 한 걸음 디딜 수 있을 정도의 간격으로 설치돼 있다. 보호소 웹사이트에 실린 사진을 처음 본 순간부터 나는 루트비어가 놀라운 일을 해낼 것을 알았다. 루트비어는 울타리를 뛰어넘는 엘크처럼 유연하게 장대들 사이를 요리조리 지나간다.

장대 코스를 지나서는 다시 속보로 바꿔, 일라이자와 올리비아가 일렬로 길게 설치해놓은 화분들 사이를 지난다. 루트비어의 흉곽이 내 기좌 밑에서 꿈틀거린다. 녀석이 예쁜 꽃들 사이로 몸을 비틀며 지나가자 녀석의 척추가 꾸물꾸물 휘는 게 느껴지고, 땋은 갈기도 목 양쪽에 늘어진 채 찰랑거린다. 좌우로 흔들리는 녀석의 몸 위에서 나는 마치 무중력 상태에 있는 것 같다. 더는 내가 뼈와 근육으로 이루어진 존재가 아닌 것 같다.

화단 코스 끝에서 우리는 PVC 파이프로 만든 좁은 통로를 속보로 빠져나간다. 너비 60센티미터의 통로가 오른쪽으로 급격히 꺾인 형태라, 우리는 가다가 갑자기 멈춰 선다. 앞에 말뚝에 매달린 커다란 종이 보인다. 나는 루트비어의 주둥이 너머로 팔을 뻗어 종을 세 번 울린다. 관객들이 일제히 환호한다. 우리는 L자형 통로에서 뒷걸음질쳐 나와 왼쪽으로 방향을 틀고 습보로 달려간다. 영화 촬영장에서 달리는 기분으로 웅덩이의 물을 첨벙첨벙 밟으며 전속력으로 특별 관람석을 향해 달린다.

내가 안장에서 등을 뒤로 기울이자 루트비어가 급정지한다. 우리 앞의 관객들이 경기장이 떠나가라 박수를 쳐준다. 루트비어가 고개를 들어 그 광경을 본다. 오늘 하루 중 고개를 최고로 꼿꼿이 치켜들고 있다. 관객의 환호성에 묻힌 녀석의 낮은 꿍얼거림이 등을 타고 나에게 전달된다. 내 몸이 그 소리를 따라 진동한다.

"말들이 저를 구했어요." 일라이자가 청록색 여름용 원피스를 입고 머리에는 꽤 비싼 산타페 카우걸 모자를 얹은 여자에게 이렇게 말하는 게 들린다. "말들을 못 만났다면 제가 어떻게 됐을지 상상할 수도 없어요. 그 녀석들이 저를 깨워준 거죠." 천막 안 테이블 뒤에 선 일라이자는 상대방과 똑바로 눈을 맞추고 이야기한다. 그러더니 씩 웃으며 여자에게 브로슈어를 건넨다. "저희가 하는 일이에요." 그런 다음 설명을 시작한다. "생명을 구한답니다."

내가 모르는 사람들로 우리 천막이 꽉 찼다. 다들 한데 모여서 일라이자와 올리비아, 찰리에게 너도나도 말을 건다.

올리비아는 내 강습생인 칼라와 존과 이야기를 나누고 있다. 셋은 천막 차양 아래 의자를 끌어다놓고 열띤 대화를 나눈다.

"언제 알았어요?" 칼라가 호기심 어린 투로 올리비아에게 묻는다.

올리비아는 대답을 서두르지 않는다. 말을 고르고 고르다가 입을 연다. "여덟 살 때였던 것 같아요. 엄마가 중독자인 걸 그때 알았어요. 나를 낳았을 때도 약을 하고 있었다는걸요."

루트비어는 근처 우리에서 쉬고 있다. 녀석 앞에 건초가 그득 쌓여 있다. 녀석은 눈을 지그시 감고 입안의 덩어리를 기계적으로 우물우물 씹는다. 게이트에는 3등에게 수여되는 리본이 붙어 있고, 나는 내 트레일러차의 펜더에 걸터앉아 있다. 글렌다가 나에게 입을 맞추고 꼭 안아주더니, 옆에 털썩 앉아 알루미늄으로 된 트레일러 벽에 기댄다. 관람객 무리가 특별 관람석에서 내려와 우리 천막으로 오는 게 보인다. 방문객들은 몸을 숙이고 브로슈어를 읽는다. 그러다가 곧 허리를 펴고 자기들 앞의 세 사람을 얼빠진 표정으로 바라본다. 이 세 사람이 약물중독자라고? 감옥에 갔었다고? 눈에 보이는 것과 평소에 생각하던 것이 일치하지 않는 것이다.

일라이자가 모여드는 군중을 향해 목청을 높인다. "자, 와서 브로슈어 받아가세요. 주변에 저희와 똑같은 곤경에 처했던 친구나 사랑하는 사람이 한 명씩은 있을 거 아녜요."

글렌다와 나는 차가운 생수를 조금씩 마시면서 일라이자와 올리비아, 찰리가 자기들 이야기를 늘어놓는 걸 듣는다. 나는 거의 다 들은 얘기지만, 글렌다는 처음이다. 우리는 브로슈어를 찬찬히 들여다보는 방문객들의 표정을 관찰한다.

"목장이네." 한 여자가 남편에게 말한다. "교도소 대안으로 운영하는 목장에서 저 말을 조련했대."

존과 칼라가 텐트에서 나와 우리에게 온다.

"진저, 물어볼 게 있어요." 존이 묻는다. 칼라가 옆에 와 서더니 어서 물어보라고 존의 옆구리를 쿡 찌른다. "제 몸집이 너무 클까요?" 루트비어 얘기를 하는 것이다. 우리의 작고 사랑스러운 루트비어. 존이 경매에서 루트비어에게 응찰할 거라고 칼라가 말해준다.

글렌다와 나는 몸을 돌려 루트비어를 본다. 여자애 셋이 펜스 틈으로 손을 넣어 당근을 먹이고 있다. 처음 축사에서 녀석을 데리고 나오던 날 아침을 떠올려본다. 녀석이 앞다리를 공중에 들어올리자 몸집 커다란 서러브레드종처럼 보였던 것이 생각난다. 처음 라이딩한 날 강아지처럼 땅에 엉덩이를 대고 주저앉아서 토니가 녀석의 등에서 주르륵 미끄러진 것도 기억난다. 바로 며칠 전 일라이자가 녀석을 타고 90센티미터 높이의 장애물을 훌쩍 뛰어넘은 것도.

"생각해보니 루트비어에겐 큰 사람이 필요한 것 같아요." 나는 칼라와 존에게 말한다. "얘가 몸집은 작아도 마음은 크거든요."

벨

1995년 노스캐롤라이나

내가 입을 만지려고 손을 들자 벨이 움찔하면서 통뼈로 된 커다란 머리를 갑자기 뒤로 빼는 바람에, 나는 부딪히지 않으려고 피하다가 그만 바닥에 나자빠진다. 녀석의 입술이 앙다물려 있다. 고운 턱 밑 털은 내 손길을 거부하느라 고슴도치 가시처럼 쭉쭉 뻗쳤다. 머리를 목에, 이어서 어깨까지 연결해주는 하나의 긴 근육이 생가죽 채찍처럼 사납게 꿈틀거린다. 관둬. 속으로 나 자신에게 말한다. 쟤 입, 쟤 입술, 쟤 혀는 만질 생각도 마. 벨에게도 말한다. 너 다 가져. 난 준대도 싫어. 필요 없어. 그것들은 벨의 것이고 다시는 누구에게도 빼앗겨선 안 되니까.

밥이 자기네 목장 말들을 탈 때 썼던 두꺼운 가죽 마구를 잘라 재갈이 없는 굴레를 만들어줬다. 옛날에 밥이 매년 봄가을 밭을 가느라 목장 주변에서 벨기에산 말 한 쌍을 몰던 시절에 썼던 마구다.

"걔는 입안에 암것두 물 필요 읎어." 밥은 예의 귀가 들리지 않아 필요 이상으로 높인 목청으로 나에게 재차 이렇게 말했었다.

부드러운 가죽 조각을 코끈에 포개어 꿰맸고, 아랫면에는 플리스천을 덧댔다. 코끈 양쪽에 고리를 하나씩 달아 가죽 고삐줄을 연결할 수 있게 했다.

나는 벨의 입에서 멀찍이 떨어져 발굽을 청소하기 시작했다. 발굽쇄기* 옆에 낀 돌멩이며 진흙, 오늘 아침밥의 잔해인 으깨진 귀리 따위를 파냈다. 녀석의 발굽을 들어, 딱 발굽 얹으라고 허벅지를 기울여 만든 오목한 자리에 올렸다. 녀석이 나를 믿어주기만 하면 힘 빼고 올려둘 수 있는 자리다. 녀석의 발굽 윗면이 내 허벅지에 닿았지만, 녀석은 그 발굽을 세 번이나 들어올렸다 내렸다 한 뒤에야 내 도움을 받아들였다. 그걸 보니 어렸을 때 일요일마다 성당 뒤편 성수대에 손가락을 세 번 담갔던 게 생각났다. 미사에서 내가 제일 좋아하는 순서였다. 고요한 성당 안으로 들어서면 나는 다른 식구들이 우리 가족이 매주 앉는 신도석에 먼저 가서 앉도록 일부러 걸음을 늦췄다. 그러고는 내가 신부나 수녀라도 된 양 고개를 숙이고 두 손은 기도하듯 모은 채 성수대로 다가갔다. 성수대를 향해 한쪽 무릎을 꿇고 앉아 오른손을 성수에 세 번 담갔다. 삼위일체라서 그런 건 아니었다. 딱히 이유는 없었다. 3이 완벽한 숫자라서 그랬다. 1은 너무 외

---

* 말발굽 중앙에 있는 삼각형 연골. 제차라고도 한다.

하프 브로크

롭다. 2는 어딘가 부족하다. 3에는 마법의 힘이 있다.

벨의 발굽이 내 진바지에 살며시 얹혔다. 나를 정면으로 향한 제
저가 마치 온힘을 다해 집중하느라 일그러진 얼굴 같았다. 제벽이 제
저에서 갈라져 생긴 틈에 조그만 돌멩이들이 잔뜩 끼어 있었다. 쇠주
걱의 뾰족한 끝으로 그 돌멩이를 파내기 시작했다. 그 아래 시커멓고
찐득해진 염증 부위에서 지독한 냄새가 나기 시작했다. 그걸 긁어낸
뒤 땅바닥에 문대 쇠주걱에서 닦아냈다. 즉시 파리떼가 몰려들었다.

나는 발굽 하나의 청소를 마친 뒤 바닥에 천천히 내려놓고 벨의
상태를 체크했다. 발굽이 땅에 다시 닿자 녀석은 두껍고 축축한 혀를
마치 달팽이가 껍데기에서 나오듯 쏙 내밀었다. 그 끝을 콧물이 뚝뚝
떨어지는 콧구멍에 갖다 대고 몇 번 훔치고는 울퉁불퉁한 입안으로
도로 말아넣었다. 발굽을 하나 청소하고 땅에 내려놓을 때마다 벨은
똑같은 의식을 반복했다. 입술을 벌리고, 혀를 반반하게 펴 내밀고,
벌름거리는 콧구멍에서 흘러나온 짭짤한 콧물을 훔치기. 벨은 이런
식으로 나에게 자신의 언어를 가르치기 시작했다. 자신의 발굽과 입,
뇌가 길고 유려하게 쭉 뺀 몸선을 타고 전부 연결되어 있음을 가르
쳐주었다. 벨의 다리는 각 발굽에서 끝나는 문장이었다. 땅에 닿아야
만 벨의 몸이 하는 이야기가 들렸다. 녀석이 만들어내는 모든 움직임
이 하나의 긴 문단, 한 편의 이야기, 서로를 이해하는 하나의 방편임
이 내게도 비로소 보이기 시작했다. 나는 눈으로 듣는 법을 배웠다.

마지막 발굽까지 청소를 마치자, 녀석은 리드줄을 땅에 늘어뜨

린 채 가만히 서 있었다. 나는 여전히 녀석을 무엇에도 매어놓을 수 없었다. 나무에 매어놓을 수도 없고 헛간에 묶어놓을 수도 없었다. 내 펼친 손바닥이나 흙바닥에 늘어뜨린 느슨한 밧줄이 아니면 꿈도 못 꿨다. 몸이 뭔가에 매이면 벨은 패닉에 빠져 몸부림치면서 뒤로 물러났고, 그러다가 수장굴레를 끊어먹고 히칭 포스트를 두 동강 냈다. 하지만 자유롭게 풀어놓으면 수리부엉이인 양 미동도 없었다. 눈꺼풀만 내렸다 올렸다 했다. 덕분에 나는 안장을 가지러, 또는 브러시나 파리 쫓는 스프레이를 가지러, 심지어 식수를 뜨러 급수전에도 안심하고 다녀올 수 있었다. 내가 가도 녀석은 한 발도 떼지 않았다. 자유롭게 놓아두면 녀석은 내가 늘 갈망하던 평온 비슷한 것을 얻었다. 내가 돌아가면 주둥이를 낮추고 내가 내미는 것의 냄새를 맡았다. 그것은 안장깔개일 수도 있고, 갈기와 꼬리 컨디셔너인 경우도 있고, 내 손바닥에 얹어 먹이려고 가져온 알팔파 알갱이일 때도 있었다. 녀석은 내가 가져온 새 공물에 콧구멍이 닿도록 턱을 가슴팍으로 당긴 다음, 내 손가락을 간질일 정도로 살짝만 움직여 입술로 그것을 쓸어보았다.

　모든 것이 언어였다. 모든 것에 생명이 깃들어 있었다. 벨은 홀로 순례하는 수도사처럼 자신의 세계를 목격했다. 수조 안 벽에 부딪혀 반짝이는 햇빛, 철조망 꼭대기의 철사를 발가락으로 꽉 감아쥔 파랑새들, 멀리서 들려오는 개 짖는 소리, 이웃 목장에서 나는 차문 닫는 소리. 이 모든 것이 각각 말할 수 없을 만큼 중요하고, 찬찬히 인지할 가치가 있었다. 나도 그렇게 모든 것이 한눈에 파악되는 시점에서 세상을 보는 것은 오랜만이었다.

초등학교 1학년 때와 2학년 때 나는 엘름 가[街]와 뉴로드가 만나는 모퉁이에서 내가 다니던 가톨릭 스쿨의 스쿨버스를 기다리곤 했다. 일찌감치 버스 정류장에 나가 이웃집 하얀 울타리에 걸터앉아 소리의 부재에 귀기울였다. 그렇게 이른 아침에는 지나가는 차도 거의 없고 자전거 탄 아이들이나 집 안에서 고함치는 엄마들도 없었다. 나는 다리를 흔들지 않으려고 엉덩이에 단단히 힘을 주고 울타리 맨 윗단에 앉았다. 그리고 살며시 눈을 감았다. 그러면 잠시 동안 거기에는 아무것도 없었다. 침묵은 곧 눈꺼풀 안쪽에 보이는 하얀색이고 누가 일어나 만지기 전의 아침 공기 냄새였다.

버스가 오면 되도록 앞쪽에 혼자 앉아, 뒷자리에 앉은 아이들의 시끌벅적한 소리에 산산조각 날 때까지 고요에 매달렸다. 때로는 매일 보는 것들에서 그것을 발견했다. 조그맣고 동그란 어항 속 물고기 한 마리, 요람에 누워 있는 아기, 성당 제일 앞줄에서 무릎 꿇고 기도하는 우리 할머니. 나는 무[無]의 상태를, 고요함도 하나의 언어를 가지는 그곳을 알고 싶었다. 다른 동물들은 아는 것 같았다. 부서지는 파도를 앞질러 날아가는 바닷가의 새들. 돌방파제 안쪽에서 물에 쓸려 들어왔다 나갔다 하는 불가사리들. 온종일 등딱지 안에 머무는 거북이들. 아무것도 아닌 것이 곧 특별한 것임을 알았지만, 그것이 정확히 뭔지는 알 수 없었다. 평생 그것을 찾아 헤맸는데, 그러다가 벨을 만난 것이다.

밥은 늘 내가 장안할 때 도와주려고 들었다. 벨이 믿고 새 가죽 굴레를 씌우게 허락해주는 것은 밥뿐이었다. 밥은 우리를 목장 안내 견 버드와 함께 앞세워 산길로 보내곤 했다. 나는 벨의 코를 가로지른 부드러운 가죽끈만으로 녀석을 조종할 수 있었다. 버드의 꼬리 방향으로 녀석의 머리를 당기면 됐다. 고삐에는 거의 손도 안 댔고, 손으로 꽉 쥔 적도 거의 없었다. 고삐줄이 녀석의 목 옆에서 달랑거리게 놔둔 채 우리는 숲으로 들어가고, 개울을 건너고, 우리를 야생화 밭으로 안내해줄 오솔길을 따라 걸었다. 바위투성이 언덕을 조금 올라갔다가 다시 내려오는 코스였다. 벨은 내리막에서 고개를 낮게 드리우고 붉은개미 집들이 오르락내리락하는 광경이나 칡넝쿨이 우리가 밟는 길에 쫙 깔려 있는 모습을 관찰하곤 했다. 숲에 들어가면 벨은 전혀 겁을 내지 않았다. 확신에 찬 걸음으로 다니면서, 뭔가에 화들짝 놀라지도 않고, 더는 안 가겠다고 뻗대지도 않고, 돌아서 집으로 가려고 하지도 않았다. 벨과 다닐 때면 나는 이끄는 자, 우리 중 우월한 자, 알파 암말 노릇을 하려고 들지 않았다. 우리 둘의 몸이 함께 움직이기로 늘 무언의 동의가 돼 있었다. 벨이 규칙을 정하고, 내가 따랐다.

우리는 포도필룸*과 솜대**, 윈터그린***, 루드베키아****를 찾아

---

* 북아메리카와 아시아 동부에 분포하는 매자나무과 식물.
** 백합과 솜대속 식물의 총칭. 엷은 초록빛 꽃술이 달린다.
*** 진달래와 가울테리아속 상록관목의 총칭.
**** 여름에 노란색 꽃을 피우는 북미산 여러해살이풀.

축축한 숲을 뒤지고 다녔다. 나는 벨의 등에서 내려와, 발로 차서 사방에 향을 흩뿌릴 요량으로 야생 제라늄 밭으로 녀석을 데려갔다. 버드는 근처 언덕에 엎드려 제 앞다리에 머리를 얹고서 우리를 지켜보며 기다렸다. 완만하게 펼쳐진 언덕들은 어린 나무와 풀로 무성했다. 벨은 세 살 된 앞니로 그 풀을 깨작거리다가 턱을 좌우로 움직여 풀잎을 으깨 초록색 곤죽을 만들었고, 그걸 입술 사이로 줄줄 흘리며 먹었다. 그럴 때면 녀석의 눈이 꿈을 꾸듯 지그시 감겼다. 우리는 둘 다 걸어서 제라늄 밭을 가로질렀고, 걸으면서 나는 기승대로 쓸 만한 쓰러진 나무를 찾기도 했다. 무성한 수목들 틈으로 비친 햇살이 닿은 곳마다 길쭉하게 까만 코호시* 줄기가 자라 있었다. 말을 타고 그 옆을 지나쳐 가면 그 약초가 우리에게 말을 거는 것이 느껴졌다.

성수에 손가락 끝을 담근 후에는 성당의 중앙 통로를 걸어가, 부모님과 언니들을 지나쳐 벽에 걸린 특대 사이즈의 십자가 예수상 앞으로 나아갔다. 거기서 고개를 숙이고 무릎을 꿇었다가, 매주 신도석 제일 앞줄에 앉는 할머니 옆으로 가 앉았다. 그러면 할머니는 무릎 꿇고 기도하다가도 고개를 들고 좌석 안쪽으로 조금 움직여 내 조그만 몸이 들어갈 공간을 마련해주셨다. 할머니 옆에 무릎을 꿇고 있으면, 세상 어느 곳에서보다 신의 존재를 강렬하게 느꼈다. 때로는 할머니의 숨결에서 신의 냄새가 나는 것 같았다. 할머니가 뿌린 헤어스

* 북미 원산의 노루삼속 약초.

프레이는 독한 화학약품 냄새를 풍겼고, 숱이 얼마 남지 않은 할머니의 가느다란 머리카락을 머리통에 찰싹 고정해주었다. 할머니는 이마에 조그만 성호를 그으면서 입을 벌리고 숨을 토해냈다―고기와 채소 냄새가 났다. 정확히 말하면 순무와 양배추, 돼지고기 냄새였다. 실체를 가진 땅의 풍성한 향내가 잔여 에어로졸과 뒤섞였다. 그 혼합물에서는 금박 입힌 흙내가 났고, 나는 신이 멀지 않은 곳에 있음을 알았다. 우리는 커튼 뒤에서 복사가 나오고 긴 체인 끝에 달린 향로의 찰캉거리는 소리가 우리를 일으켜 세울 때까지, 어린 무릎도 늙은 무릎도 똑같이 쑤시는 걸 참아가며 나란히 무릎 꿇고 있었다.

버드와 벨과 나는 연령초와 모자 쓴 모양을 한 매발톱꽃이 피어 있는 언덕을 올라가 그 숲에서 가장 높은 지대에 홀로 서 있는 오래된 참나무로 갔다. 나무줄기의 지름이 3미터나 됐다. 우리 셋은 참나무를 중심으로 펼쳐진 좁고 평평한 땅으로 올라갔다. 그곳이 우리의 반환지점이었다. 우리가 귀를 활짝 여는 지점이었다. 우리는 거기서 쉬면서, 영원히 뻗어나가는 것처럼 보이는 숲을 응시했다. 동고비새 한 마리가 우리 머리 위 나뭇가지에 거꾸로 매달려, 나무껍질의 갈라진 틈을 타고 기어오르는 개미를 쪼아먹었다. 그 언덕 정상에서는 남쪽으로 자색제비들이 높다랗게 자란 돌귀리 위에서 이리저리 포르르 날아다니며 모기를 쪼아먹고 있는 탁 트인 들판을 한눈에 볼 수 있었다. 북쪽에서는 목장 개들이 개울을 지나 우리 집 쪽으로 컹컹

하프 브로크

짖어댔다. 래브라도종인 버드의 펄럭귀가 쫑긋 올라갔다. 벨이 하품을 쩍 하더니 윗입술을 잇몸 위로 말아올리고 주둥이를 하늘로 치켜들었다. 이 숲에는 우리가 사랑하는 것이 참 많았다. 우리는 전부를 원했다. 동시에 아무것도 원하지 않았다.

온화한 존재들

2014년 9월

"앉으세요. 어서 앉아요." 토니가 랜디의 기승대를 원형 마장 레일 가까이 끌어다 놓더니 나를 조심조심 거기 앉혔다. 나는 육 주 넘게 목장에 못 왔다. 아파서 그랬다—죽도록 아팠다. 말에 여장을 싣고 나흘간 콜로라도주 크리드 근방의 산에 가 있다가 맹장이 터졌다. 첫날은 그냥 속이 메슥거리는 정도였다. 둘째 날에는 이부프로펜을 세 알 먹고 맥주 몇 캔을 마시자 겨우 좀 나아졌다. 셋째 날에는 아무것도 먹을 수가 없었다. 그저 정신을 잃지 않기 위해 여섯 시간마다 이부프로펜 600밀리그램을 먹어야 했다. 넷째 날 나는 집에 돌아왔다. 글렌다가 곧바로 나를 병원 응급실에 데려갔다.

"살아 있는 게 기적이에요." 내 CT 사진을 보더니 의사는 이렇게 말했다. 맹장이 터졌는데, 감염부가 맹장 주위에 형성된 일종의 밀폐 주머니에 갇혀 있었다고 한다. 덕분에 몸안에 온통 퍼지지 않았다.

만약 퍼졌다면 나는 죽었을 것이다. 염증을 치료하느라 나흘간 입원해 있었고, 퇴원해서도 한 달 반 동안 쉬면서 회복했다.

"보여드릴 게 있어요." 랜디가 말하더니 루나를 축사에서 데리고 나와 원형 마장으로 데려왔다. 루나는 근육이 딴딴하고 선이 늘씬하다. 여름이라 털이 빠져서 그런지 갈비뼈 하단이 도드라져 보인다.

"틈날 때마다 루나랑 훈련했어요. 화요일이랑 목요일마다 하고, 일요일에도 브런치 먹고 추가로 훈련했죠." 토니가 안장과 안장깔개를 가져와 원형 마장 레일에 걸쳐놓는다. "거기 가만히 앉아 계세요. 루나가 얼마나 잘하는지 보여드릴 테니까요."

일라이자와 올리비아가 와서 생수병을 건넨다. 둘은 내 옆에 서서 각자 손을 하나씩 내 어깨에 얹는다.

"좋아지신 걸 보니 얼마나 마음이 놓이는지 몰라요, 진저." 일라이자가 미소 지으며 말한다. "이 친구들이 그동안 루나 데리고 뭘 했는지 보여드리고 싶어서 안달이 났어요."

조이가 마구실에서 굴레를 가져와 마장 게이트에 걸쳐놓는다. 레일 맨 윗단을 넘어가더니 나에게 손을 흔들어 보이고는 루나에게로 간다. 루나가 조이를 얼마나 좋아하는지. 조이가 시키는 건 다 할 기세다. 랜디가 파란색 방수포를 마장 바닥에 넓게 깐다. 조이와 루나가 방수포 위를 왔다갔다한다. 밟을 때마다 방수포가 바스락거린다. 루나는 수장굴레나 리드줄도 차지 않은 채 조이를 따라 파란 방수포 위를 오가고, 이따금 길게 뺀 목을 낮춰 큼큼 냄새를 맡는다. 몇 분 그렇게 오가다가 조이가 방수포를 들어 루나의 몸을 완전히 덮고, 둘이서 원형 마장의 가장자리를 따라 걷기 시작한다.

루나는 고개를 낮게 드리운 채 콧구멍에서 약하게 콧바람을 내뿜는다. 둘이 걷는 내내 방수포가 박자 맞춰 펄럭거린다. 파란색 긴 드레스 자락이 루나의 양옆으로 늘어져 땅에 끌리는 것 같다. 루나는 별로 신경 쓰지 않는 기색이다. 눈빛이 솜뭉치처럼 온화하다. 녀석은 태평하게 몇 분에 한 번씩 눈을 꿈벅 감았다 뜬다.

두려움은 늘 루나가 세상을 투과해서 보는 렌즈였다. 루나는 '깜짝 놀라는' 반응이 내장되어 있는 녀석이었다. 몸 전체가 눈이 보내는 명령에 복종하도록 자동반응 설정이 되어 있었다. 녀석의 눈 모양을 보면 항상 녀석의 사정을 짐작할 수 있었다. 그런데 지금 녀석을 보고 있자니 내가 한때 알던 짐승과 전혀 달라 보인다.

"변화는 어느 날 느닷없이 발현될 수 있어." 스승 중 한 분이 오래전 이런 말을 했다. 말이 한번 행동을 바꾸면 조교사가 매일 하던 훈련을 반복하지 않아도 된다. 말이 기억하고 있기 때문이다. 십 년간 보지 못하던 조교사가 어느 날 갑자기 찾아가도 말은 그를 기억할 것이다.

지난 일 년간 나는 루나에게서 또다른 나를 보았다. 루나의 고립, 아무도 믿지 못하는 태도, 이 공동체에서 편하게 지내지 못하는 모습. 그런 모습에서 외롭고 은둔적이었던 나의 어린 시절을 떠올린 적이 한두 번이 아니다. 그런데 지금, 한때 사나운 짐승에 버금갔던

하프 브로크

루나가 푹신한 동물인형과 더 닮은 모습으로 원형 마장 안을 한가로이 거닐고 있다. 나는 랜디의 기승대에 걸터앉은 채 루나와 조이가 산책 나온 오랜 친구처럼 한몸으로 흔들대며 걷는 걸 지켜본다. 문득 궁금해진다. 나도 루나처럼 더 온화한 존재로 변했을까? 마침내 남을 믿을 수 있게 되고 어딘가에 속한 기분을 느끼는 사람이 되었을까?

랜디가 게이트를 열고 마장 안으로 들어간다. 루나가 조이와 나란히 멈춰 서고, 조이는 녀석의 등에서 방수포를 거둬 레일에 툭 걸친다. 루나는 여전히 리드줄이나 수장굴레 없이 조이 옆에 가만히 서서 한 발도 떼지 않는다. 랜디가 녀석의 등에 안장깔개를 얹는다. 그런 다음 깔개 끝이 기갑에 닿도록 조정하고, 녀석의 등에 제대로 얹히도록 매만진다. 루나는 꼼짝도 안 한다. 이어서 랜디가 안장을 가져와 녀석의 등에 얹고, 천천히 배 밑에서 복대를 묶는다. 루나가 하품을 한다.

전에도 루나의 등에 안장을 얹으려고 애써봤지만 한 번도 성공한 적이 없었다. 우리가 가까이 가기만 해도 루나는 우리 주위를 팽팽 돌면서 낯선 물체로부터 자신을 보호하려고 옆으로 발길질을 해댔다.

일라이자가 위에서 내 어깨를 살며시 누른다. "이게 다 진저가 우리한테 가르쳐준 거예요." 고개를 드니 일라이자가 생각에 잠겨 랜디의 일거수일투족을 지켜보고 있다. "우리는 이제 기수예요. 진짜 기수요." 나는 손을 들어 일라이자의 손에 포개고 살며시 쥔다. 일라이자의 눈을 들여다봤다간 감정이 봇물처럼 터질 게 뻔하다.

이제 머지않아, 언제고 토니와 일라이자와 랜디는 이 목장을 떠날 것이다. 형기를 마치자마자 우리의 세계로 다시 들어올 것이다. 조이와 올리비아도 결국에는 다른 데로 갈 것이다. 나는 루나 그리고 루나의 친구들과 함께 이곳에 남겨질 것이다. 어쩌면 가축전담반에 재소자들이 더 들어올지 모르고, 지금보다 훨씬 많이 들어올지도 모른다. 나의 두려움, 외로움, 다 버리고 도망치고픈 욕구들을 떠나보내야 한다. 변화는 어느 날 느닷없이 발현될 수도 있으니까.

"우리는 생명을 구하고 있어요." 몇 달 전 일라이자가 교도소에서 목장으로 이소하려고 면접 보러 온 여자에게 이렇게 말하는 걸 들었다. "한 번에 하나씩요."

"아직 안 끝났어요." 토니가 뒤에서 다가오며 말한다. 그는 게이트에 걸쳐둔 굴레를 집어들고 레일 맨 윗단을 넘어간다. "끝나다니 어림없죠. 더 남았어요." 그의 걸음이 하도 가벼워서 산들바람에도 날아갈 것만 같다.

토니는 엄지와 새끼손가락으로 재갈을 펴고 다른 손 엄지로 루나의 입술을 간질인다. 루나가 입을 벌리자 재갈이 입에 쏙 들어가면서 귀 뒤로 굴레가 넘어간다. 우리는 루나에게 한 번도 굴레를 씌운 적이 없다. 녀석은 혀에 얹힌 쇳조각을 질겅질겅 씹어 살짝 맛본다. 토니가 녀석의 왼쪽 옆구리로 가더니 녀석의 목을 살며시 접는다. 녀석의 목이 고무줄처럼 부드럽게 휜다. 토니가 등자를 비틀어 왼발을

하프 브로크

그 가운데에 끼우려고 한다.

"워우. 잠깐만요." 내가 깜짝 놀라 일어서서 레일로 다가간다. 그러자 다들 몰려들어 내가 넘어지기라도 할까봐 손을 뻗는다.

나는 머뭇거린다. "안 돼요, 토니. 좀 기다려보자구요"라고 말할 생각이다. 그런데 그 말이 안 나온다. 토니는 벌써 등자에 발을 끼우고 안장으로 훌쩍 올라갔다가 도로 땅에 내려온다. 루나는 토니를 향해 한쪽 귀를 쫑긋 기울여 조용히 관심을 보인다. 눈빛은 여전히 따스하고 부드럽다.

"내가 갖다둔 파란색 승마용 헬멧 어딨어요?" 내가 모두를 향해 묻는다. 일라이자가 얼른 마구실로 달려가 헬멧을 가져온다. "이걸 써요, 토니." 나는 토니에게 말한다. "그리고 랜디, 루나에게 수장굴레랑 리드줄도 채워줘요." 랜디가 황급히 수장굴레를 가져와 그걸 굴레 밑으로 씌운다.

토니는 양쪽 발을 다 땅에 내려놓고 있다. 돌아서서 나를 보며 허락을 기다린다.

"이제 기승해도 돼요?" 토니가 묻는다.

"루나가 준비된 것 같으면요." 하지만 나는 마음속 깊이 알고 있다. 루나가 준비됐다는 것을.

감사의 말

다음의 에세이들은 다른 매체에 변형된 버전으로 실린 적이 있음을 밝힌다.

「걷는 법 배우기」는 잡지 『위트니스^{Witness}』 2016년 봄호에 편집자 메일 채프먼의 손길을 거쳐 실렸으며,『우트니 리더$^{Utne\ Reader}$』 2016년 가을호에 편집자 크리스천 윌리엄스가 한번 더 다듬은 버전으로 실린 바 있다.

「부서지며 길들어가는 우리」는 편집자 다니타 버그의 손길을 거쳐 잡지 『애니멀^{Animal}』 2016년 7월호에 실렸다.

「켄타우로스」는 『쿼털리 웨스트$^{Quarterly\ West}$』 91호(2017년 6월 27일)에 실렸다.

「달과 별」은 엠마 콤로스흐롭스키의 편집을 거쳐『틴 하우스$^{Tin\ House}$』 2017년 겨울호에 실렸다.

오랫동안 많은 이들이 나를 믿고서 자신이 타는 말들의 라이딩과 훈련, 문제행동 교정을 맡겨주었다. 그 말들의 소리와 몸짓에 귀 기울이며 배우는 친밀한 시간이 차곡차곡 쌓이면서 나는 또하나의 언어와 시력이라는 귀한 선물을 얻었다. 이 책을 쓸 수 있었던 건 그 말들과 마주들 덕분이다. 또한 나를 구해준 나의 말들—특히 벨과 무, 잇지—덕분이기도 하다.

내가 이 책의 원고를 쓰기 시작한 시기는 뉴멕시코주 아메리칸 인디언 아트 연구소에서 석사 학위를 따기 위해 문예 창작을 수강하고 있을 때였다. 이 수업에 참여한 교수진과 다른 학생들 덕분에 생애에서 가장 영감을 주는 순간들을 경험했다. 칩 리빙스턴과 이나 레너드, 캣 와일더를 비롯해 시詩 창작 학부의 모든 분께, 날것에 허점도 많았던 원고에 아름다운 글의 표준을 제시해준 데 대해 감사드린다. 팸 휴스턴은 내가 몸소 겪은 바를 실제적 디테일로 옮길 수 있도록 꾸준히 지도해주었다. 멜리사 피보스와 리디아 유크나비치는 쓰기 어려운 내용마저도 쓸 수 있는 용기를 주었다.

이 년에 걸쳐 함께 작업하는 내내, 작가 제이미 피게로아는 내 원고를 인내심을 가지고 천천히, 극히 세심하고 주의 깊게 들여다보면서 글쓰기의 기교와 기술을 훈련해주었다. 나의 소중한 친구 헤더 라브는 원고를 출판사에 보내기 전 초고 다듬는 과정을 도와주었다.

코퍼리얼 라이팅Corporeal Writing, 틴 하우스Tin House, 라이팅 X 라이터스Writing X Writers, 라이터스 앳 워크Writers at Work는 나에게 펠로십

과 레지던시 참여 기회를 주었으며, 그 덕분에 나는 이 이야기들을 계속해서 써나갈 용기를 얻었다.

나의 파트너 글렌다 플레처는 내가 한 장^章을 완성할 때마다 가장 먼저 원고를 읽어주는 독자였다. 내 원고의 첫 독자이자 마지막 독자였다고 할 수 있다. 작사가 겸 작곡가인 글렌다는 이야기마다 핵심을 짚어내 다듬는 재주가 있어서, 책 전체가 한줄기의 감정선을 유지하는 데 큰 도움이 되었다.

집필하는 내내 우리 가족의 멋진 여성들이 꾸준히 힘과 버팀목이 되어주고 사랑을 주었으니 그저 고마울 따름이다. 주디 프리몰리, 린 미한, 트리시 크라이들러, 캐슬린 호모, 캐럴 개프니. 이들의 존재가 이 책의 낱장마다 진하게 배어 있다.

책을 세상에 내놓는 것이 여전히 인간의 아름다운 활동임을 몸소 보여준 나의 에이전트 엘리자베스 웨일스에게 감사드린다. 그리고 원고가 점점 나아지도록 나를 부드럽게 채찍질해준 담당 편집자톰 메이어에게도 감사의 마음을 표한다. 마침 책을 내려 할 때 두 사람을 만난 것은 큰 행운이었다.

지난 칠 년간 만난, 회복중인 혹은 복역중인 이들 모두에게 어떻게 감사의 마음을 전할지 모르겠다. 당신들이 내 삶을 바꿔놓았어요. 당신들이 싸움을 포기하지 않고 꿋꿋이 살아가는 모습에서 내가 영감을 받은 만큼, 나도 당신들에게 도움을 주었기를 바랄 뿐이에요. 중독자라는 껍질 안에 들어 있는 사람을 독자들도 나만큼 존경하게 되었으면 하는 마음에, 진실의 다만 일부라도 원고지에 온전히 옮기려고 노력했음을 밝힙니다. 여러분 모두에게 이 책을 바칩니다.

하프 브로크

옮긴이의 말

여기 '웃고 있는' 말이 있다. 이름은 세인트보이. 2020 도쿄올림픽에서 근대5종 경기 여자부에 출전한 독일 선수에게 '배정'된 말이다. 올림픽에 관심없다 하면서 이번에도 역시나 분위기에 휩쓸렸고, 세인트보이의 사진을 보게 되었다. 사진 속에서 말은 웃고 있었다. 한 가지 새로 알게 된 사실은, 놀랍게도 사람-말 파트너가 경기 당일 제비뽑기로 정해진다고 한다. 말도 지각이 있는 존재인데. 그것을 부정당해서 그랬을까. 세인트보이는 처음 보는 사람의 지시를 따르기를 거부했고, 선두를 달리던 독일 선수는 순식간에 꼴등으로 주저앉았다. 선수는 엉엉 울고 말은 히죽 웃는 표정이 대비되어 더욱 화제가 된 것 같다. 한데 그건 웃는 표정이 아니었다. 자세히 보면 스트레스 시그널을 보내고 있다. 우선 귀가 뒤로 젖혀졌다. 말의 귀는 일차적 '상태표시등'이다. 게다가 눈 흰자도 보이고, 이빨도 드러내고 있다. 고백하는데 나도 이 책을 번역하느라 자료조사를 하지 않았다면 말의 스트레스 신호를 알아보지 못했을 것이다. 말의 언어가 낯선 네티즌들은 세인트보이의 신호를 오독했고, 선수는 알면서도 무시했다. 괘씸하다고 세인트보이를 주먹으로 때린 코치는 남은 경기의 출전을 금지 당했다고 한다. 이 일을 계기로, 선수와 말이 서로 라포를 쌓고 교감할 새도 없이 말이 사람의 명령에 따르도록 강제하는 경기방식을 재고해야 한다는 목소리가 여기저기서 튀어나왔다.

번역을 하면서 원문을 여러 번 읽다보면 저자와 나의 경계가 뭉개지고 저자의 경험이 내 경험인 것처럼 느껴지는 때가 있다. 에세이나 회고록은 장르의 특성상 더 그렇다. 저자의 내밀한 고백에서 독자는 자신과 오버랩되는 부분에 반응하고 공감한다. 열 명이 읽으면 열 개의 감상이 생긴다. 내게는 『하프 브로크』가 동물들 그리고 다른 사람들과 교감하는 이야기, 반만 길들여진 부서진 이들의 이야기이기도 하지만, 무엇보다 소통의 이야기로 읽혔다. '소통하자'는 말은 SNS에서 유행하며 일종의 밈^{meme}이 되어버렸지만, 언어의 오염을 걷어내면 누가 뭐래도 우리네 삶에 가장 중요한 부분이 아닐까 한다. 소통할 줄 몰라서 혹은 너무 심한 고집'불통'이라서 모두가 자신에게 맞춰주기만을 바라다가 외톨이가 되는 사람들을 보며 어울려 산다는 건 뭘까 고민하던 차였다. 마침 말이 등장하는 이 일화가 오래도록 마음에 남은 이유다.

여기 야생짐승 같은 한 무리의 사람들이 있다. 뉴멕시코의 어느 목장에서 가축을 돌보는 일꾼들이다. 그런데 이 목장은 평범한 목장이 아니라 대안교도소다. 일꾼들도 하나같이 헤로인이나 메스암페타민에 장기간 중독된 전력이 있으며 다중의 중범죄를 저지른 죄수들이다. 몇백 대 일의 경쟁률을 뚫고 교도소에서 이 목장으로 옮겨 왔고, 가축전담반에 배치되었다. 목장은 이들이 형기를 마치고 바깥 세상에 나가 한 사람분의 몫을 하며 살아가도록 목공이나 자동차 정비, 요리, 가축 돌보기 등의 기술을 가르친다. 목장으로 오는 로또급 행운을 얻었건만 이 '재소자들'은 여전히 온몸으로 분노와 불안을 발산하며, 그러한 몸의 언어는 고스란히 목장의 말들에게 전이된다. 이곳 말들도 평범한 말은 아니다. 대부분은 학대받고 버려졌고, 하도 오래 방치되어 야생마의 상태가 되었다. 풀을 뜯는 대신 대형 쓰레기통을 뒤져 사람이 먹다 버린 빵을 주워먹고, 포식동물인 양 사람을 추격해 짓밟고 정복한다. 목장의 말들과 사람들은, 원래 있던 상처에 더해 날마다 새로이 상처를 주고받는다. 이들이 섬세한 조교사 진저 개프니를 만난 건 양쪽 모두에게 행운이었다.

진저 개프니는 사람보다 동물의 신호를 더 예리하게 포착하는 조교사다. 목장에 오자마자 말들은 물론 재소자들이 발산하는 몸의 신호를 곧바로 캐치한다. 재소자들은 정중하게 자기소개를 하고 멀쩡히 대화를 주고받지만, 시선이 사방으로 흩어지거나 다리를 떨고 있다. 그래서 진저는 야생에 가까운 이들에게 똑바로 서는 법, 자연스럽게 걷는 법부터 지도한다. 비非음성언어 소통은 진저의 전문 분야다.

태어나서 여섯 살 때까지 말하기를 거부한 진저는 대신 몸의 언어를 배웠다. 그래서 몸의 신호에 예민해졌다. 추측건대 타고난 성정도 한몫했을 것이다. 소리에 예민해서 늘 고요를 찾는 그가 하필이면 왁자지껄 요란한 가족에게서 태어났다. 어렸을 때는 그래서 줄곧 숨어들었고, 십대가 되고서는 사회의 요구에 부합하지 않는 정체성 때문에 자신을 숨겼다. 그래도 살아가려면 소통을 해야 했기에 유명 조교사처럼 굳이 남의 신호를 읽지 않는 사람 앞에서는 고개 숙이고 예예 할 줄 알게 되었지만, 본래 진저는 상대가 빈껍데기에 불과한 말을 하거나 몸의 신호와 어긋나는 말을 하면 일단 갸우뚱하는 사람이다.

그런데 말들은, 동물은, 그런 게 없다. 언제나 본의를 그대로 드러내며, 그런 말과 교감하려면 사람도 정직하고 숨김없이 다가가야 한다. 동물의 어떤 점이 방어막을 두껍게 쌓아올린 어른들을 단숨에 무장해제 시키는 걸까? (그 삐딱한 재소자들이 말 한번 쓰다듬어보겠다고 진저에게 "저요! 저요!" 하는 걸 보라.) 몸의 신호로 소통해서 사람이 초집중하게 만들기에 한층 깊은 교감을 이끌어내는 걸까? 하여간 목장의 말들과 진저가 데려온 말들을 매개로, 아이보다 더 소통에 서툴렀던 재소자들은 서서히 신호를 해독하고 교감하는 법을 배워

간다.

　"당신이 어디로 가는지 알고 싶으면, 우선 어디에서 왔는지를 알
라." 누군가의 현재를 이해하고자 하면 그의 과거를 먼저 알라고 했
던가. 목장 재소자들은 어떤 삶을 겪어온 걸까. 새라는 쫓겨날 걸 알
면서도 왜 목장 규칙을 어겼을까. 폴과 오마, 플로르도 어떤 대가를
치를지 잘 알면서 왜 약에 다시 손댔을까. "왜 그랬어요, 새라?" 진저
도 묻는다. 어째서 그들은 기껏 두번째 기회를 얻어놓고 제 발로 차
버린 걸까. 그들이 잘 아는 익숙한 세계이기 때문이다. 우리는 불안
하고 겁이 날 때 익숙한 것으로 도망친다.

　뉴멕시코의 버석한 건곡과 황량한 대초원. 철마다 범람하는 강.
미국의 어느 주보다 오래 빈곤과 마약의 마수에 붙들려 있었던 곳.
사람들은 대낮부터 취해 오토바이를 타고 질주하고, 주머니가 늘어
지도록 미니어처 술병을 채우고 다닌다. 태어나 보니 부모가 마약중
독이고, 온 가족이 마약거래 사업을 벌여 자식이 셈을 할 줄 아는 나
이가 되자마자 사업에 동원하는 곳. 갓 열세 살 된 딸에게 스트립댄
스와 매춘을 시키는 곳. 그들에게 익숙한 세계다. 그래서 재소자들은
순조롭게 회복하는 것 같다가도 조금만 균형이 흔들리면 메스암페
타민, 무분별한 섹스, 자해로 도망친다. 아는 거라곤 남 앞에서 옷 벗
는 것뿐이라서 그랬다는 새라. 4대째 교도소를 들락거리는 삶이 지
긋지긋해 자신이 악순환을 끊을 거라 큰소리쳐놓고 다시 주삿바늘

을 꽂은 폴. 모르는 사람이 보기엔 '거짓말쟁이'지만 알고 보면 헤로인에 절어 현실과 현실이 아닌 것을 구분하지 못하는, 그래서 나오는 대로 말을 뱉는 플로르.

하지만 이들은 진저를 만나고 제대로 소통하는 법을 배우면서 자신을 고립시켰던 껍질에서 벗어난다. 비아냥대지 않고는 한마디도 하지 못했던 토니는 상대방 눈을 똑바로 보며 사과할 줄 아는 성숙한 사람이 되었다. 남과 시선을 못 맞추고 얼굴 털을 모조리 뽑는 자해를 하던 일라이자는 이제 온전한 문장으로 이야기하고 목장의 운영을 도울 정도로 정신이 빠릿해졌다. 마커스는, 비록 고기능 알코올중독 장애로 빠질 위험이 있지만, 형기를 무사히 마치고 투잡을 뛴다. 화가 나면 펜스를 붙잡고 마구 흔들던 랜디는 감정 조절을 못 하는 진저를 차분히 달랠 줄 아는 사람이 되었다.

그리고 진정 자신이 속할 곳을 찾지 못했던 진저는 마침내 속할 '사람들'을 찾았다.

모두가 회복에 성공한 건 아니다. 너무 큰 상처를 입은 말들은 끝내 길들여지기를 거부하고, 앞으로도 끝내 길들여지지는 않을 것이다. 또한 중독자에게 백퍼센트 회복을 보장해주는 건 없다. 그래서 13년째 회복중인 장제사 재닛도 한 번 더 삐끗했다간 살아남지 못하리라는 각오로 하루하루를 산다지 않나. 모두가 다시 일어서는 데 성공하는 건 아니다. 하지만 동시에 우리는 생각보다 강한 회복탄력성을 가지고 있다.

진저도 말한다. 끝까지 과거를 붙들고 있는 건 자신뿐이었다고. 어느새 그들은 다시 일어서 있었다. 진저가 맡은 역할은 그들 곁에 있어주는 것, 다시 일어설 때 붙잡아주는 것이었다. 결국 『하프 브로크─부서진 마음들이 서로 만날 때』는 길들여지지 않은 상처받은 짐 승들이 서로를 붙잡아주고 구해주는 이야기이다.

보호소 유기마를 멋지게 훈련시켜 잠재적 입양자들 앞에 선보 이고 상처 입은 야생마 루나도 사람의 손길을 받아들이도록 길들인 후 다 함께 활짝 웃는 장면으로 끝나지만, 이 책은 회고록이고 여기 실린 이야기들은 실화이며 우리는 이들이 그 후 어떻게 됐는지 모른 다. 약해진 순간에 발 한번 잘못 디뎌 목장에서 쫓겨난─아마도 여 러 명의 페르소나가 조금씩 합쳐진 인물들일─새라와 플로르, 폴, 렉스, 오마가 유독 눈에 밟힌다. 그들이 어디에 있든 따스했던 말들 의 온기를 떠올리며, 그 온기를 다시 느낄 생각에 힘을 얻어, 더 나은 선택을 내리기를 빈다. 진저와 반만 길들여진 말들과 목장 재소자들 모두의 안녕을 빈다.

2021년

허형은

하프 브로크
부서진 마음들이 서로 만날 때

초판 인쇄 2021년 10월 13일
초판 발행 2021년 11월 3일

지은이 진저 개프니
옮긴이 허형은

펴낸곳 복복서가(주)
출판등록 2019년 11월 12일 제2019-000101호
주소 03707 서울특별시 서대문구 연희로11다길 41
홈페이지 bokbokseoga.co.kr
전자우편 edit@bokbokseoga.com
문의전화 031) 955-3578(마케팅) 031) 941-7973(편집)

ISBN 979-11-91114-15-7 03840

이 책의 판권은 지은이와 복복서가에 있습니다.
이 책 내용의 전부 또는 일부를 재사용하려면 반드시 양측의 서면 동의를 받아야 합니다.

잘못된 책은 구입하신 서점에서 교환해드립니다.
기타 교환 문의: 031) 955-2661, 3580